KB055276

우리
베란다에서
만나요

1

우리
베란다에서
만나요

1

김주희 장편소설

위즈덤하우스

차례

1

한 달, 단 한 번

“공항 가는 길이겠네요?”

휴대폰 너머로 들려온 예희의 목소리는 고혹적이었다.

“뭐. 그렇죠.”

도하는 걸음을 옮기며 영혼 없이 대답했다. 무심코 고개를 들자 빌딩 상단에 설치된 옥외 전광판 광고 영상이 눈에 들어왔다. 머리카락을 한 손으로 쓸어 올리며 눈웃음치는 예희의 모습이 ‘오늘 밤, 어때요?’라는 다소 중의적인 카피와 함께 어우러졌다. 톱스타만 찍는다는 소주 광고였다.

하지만 도하의 시선을 붙잡지는 못했다. 그의 얼굴에는 귀찮음만 가득했다. 예희의 목소리가 다시 휴대폰을 통해 들려왔다.

“나도 내일 일본 일정이 있는데. 공교롭게도 오사카.”

목구멍까지 올라온 ‘그래서 어쩌라고’를 삼킨 도하는 건성으로 대꾸했다.

"잘 다녀오세요."

"초밥 좋아해요? 이번에도 거절하면 곤란해요. 내가 부끄럽잖아요. 우리, 작품 얘기도 해야 하고요."

작품이 언급되자, 도하는 얼굴을 굳혔다. '걸어 다니는 바비 인형'이라는 수식어를 가진 '나예희'는 그가 쓴 작품의 여자 주인공으로 캐스팅된 배우였다. 성질대로 대하거나, 하던 대로 철벽을 칠 수 없다는 뜻이다.

도하는 최대한 예의를 갖춰 말했다.

"메일로 하시죠."

휴대폰 너머에서 웃음소리가 들려왔다.

"도하 작가님 매력 있는 거 알아요? 난 어려운 남자가 좋더라. 연락 줘요."

도하는 휴대폰을 재킷 안주머니에 갈무리했다. 거칠게 머리카락을 헝클어트린 그는 걸음을 빨리했다.

귀찮은 건 딱 질색이다.

'번호는 어떻게 안 거야.'

빨간 불이 들어온 신호등 앞에 멈춰 선 그는 다시 휴대폰을 꺼냈다. 예희의 전화번호를 스팸 번호로 등록하고 나니, 수신된 메일 하나가 보였다.

메일 발신자를 확인한 도하의 얼굴이 조금 밝아졌다. 회신된 메일에는 '문화재 복원 원리'에 대한 리포트와 미리 보내놓았던 질문지에 대한 답변이 첨부되어 있었다. 친절하고 깔끔한 설명은 기본이고, 이해를 돕는 그래픽 이미지까지 추가되어 있었다.

도하가 해야 할 자료조사의 범위를 대폭 줄여준 셈이다. 첨부된 파일을 모두 살펴본 도하는 메일에 적혀 있던 담당자 네임 태그를 확인했다.

'황 박물관 정이채.'

바로 통화 버튼을 누르자 컬러링이 흘러나왔다.

처음 듣는 노래였는데, 따사로운 봄 햇살 같은 노랫말이 담겨 있었다. 가사가 좋아 귀 기울이다 보니 부재중을 알리는 ARS로 넘어가버렸다. 메일은 여러 번 주고받았지만, 통화는 처음이었다. 스팸전화나 광고 전화로 오인했을 수도 있었다.

그러는 동안 주변에서 '공도하'라는 이름이 들려왔다. 옆에 있는 일행의 어깨를 팡팡 때린다거나, 휴대폰으로 도하를 몰래 촬영하는 분주함이 거리를 장악했다.

그는 꽃미남 계열은 아니었다. 대신 쌍꺼풀 없이 치켜 올라간 강렬한 눈과 나른한 입매가 묘한 조화를 이루며 섹시한 분위기를 풍겼다. 게다가 출간 소설마다 베스트셀러가 되는 작가라는 유명세가 덧씌워진 상태였다. 얼굴과 머리가 모두 섹시한 남자는 드물다. 멸종 위기 동물인 판다만큼이나 보호해야 할 가치가 있는 존재였다.

수군거림이 점점 더 커졌지만, 도하는 신경 쓰지 않았다. 이런 시선조차 일상이 된 지 오래였다.

신호등이 푸른빛을 쏟아내자, 다시 걸음을 옮겼다. 금방이라도 비가 내릴 것 같은 날씨였다. 습기를 가득 머금은 눅눅한 바람이 불어와 도하의 머리카락을 흐트러트렸다.

모든 것의 시작은 바로 이 습기를 머금은 바람이었다. 눈살을 찌푸리며 고개를 돌린 도하의 눈에 한 여자가 들어왔다.

그녀는 편의점 앞에 놓인 접이식 테이블에 앉아 있었다. 특이한 점이 있다면 팩 소주에 빨대를 꽂아 입에 물고 있다는 것 정도였다. 테이블 위에 구겨진 채 굴러다니는 팩 소주가 모두 그녀의 작품이라면 대단한 주당인 셈이다. 하지만 그보다 인상적인 건 아무것도 남아 있지 않은 텅 빈 표정이었다.

월요일 오후 5시, 대로변에 위치한 편의점 앞에서 보기 힘든 풍경인 데다가 꽤나 미인이란 점에서 다른 행인들의 시선도 강탈하고 있었다. 헝클어진 검은색 블라우스에 청바지를 입은 그녀는 온몸으로 사연이 있음을 표출했다.

잠시 멈춰 서서 그녀를 응시하던 도하는 곧 걸음을 옮겼다.

한 블록을 걸어가 공영 주차장으로 들어서자 빗방울이 하나둘씩 떨어지기 시작했다. 그는 차에 오르기 전에 아까의 번호로 다시 전화를 걸었다. 컬러링 후렴구가 끝나갈 무렵 상대가 전화를 받았다.

"누구세요?"

들려온 목소리는 중년 여성의 것이었다.

"안녕하세요. 공도하입니다. 메일 확인하고 전화했습니다."

"잘됐네. 이 아가씨 좀 데려가요. 지금 당장."

도하는 앞뒤 없는 말에 황당함을 느꼈다.

"무슨 말씀이신지……."

"이 아가씨가 30분 전쯤에 와서 소주를 막 들이부어 마시더니 뻗어 있어요. 여기 주소가 어디냐면……."

불러준 주소와 편의점 상호를 들은 순간, 조금 전 간이 테이블에 앉아서 팩 소주를 마시던 여자가 떠올랐다.

"다른 분에게 연락해보세요."

"연락할 수 있으면 진작에 했지. 전화가 다시 오길 언제까지 기다려. 이 아가씨 좀 데려가요."

휴대폰에 잠금 패턴이 걸려 있는 듯했다.

"잘 모르는 사이라서요. 그럼."

미련 없이 전화를 끊은 도하는 자동차에 올라탔다.

핸들에 손을 얹고 보니 빗줄기가 더 굵어져 있었다. 앞 유리에 부딪히는 빗방울을 나른한 눈빛으로 응시하던 그는 신경질적으로 핸들을 꺾었다.

간이 테이블에 엎드린 여자는 비를 고스란히 맞고 있었다.

도하는 인도에 차를 바짝 대고 한동안 망설였다. 그사이 거세진 빗줄기가 시야를 가렸다. 와이퍼를 작동시킨 도하는 문을 열고 비 오는 거리로 나갔다.

비에 흠뻑 젖은 그녀의 블라우스가 신경을 긁었다.

"정이채 씨?"

다가가서 이름을 불러봤지만, 그녀는 미동도 하지 않았다. 도하가 다시 전화를 걸자 테이블에 놓여 있던 휴대폰 액정에 불이 들어왔다. 빗물로 얼룩진 액정에 떠오른 '공도하 작가님'이라는 글자를 확인하고 보니 더 어이가 없었다.

그녀가 '정이채'가 맞긴 한 모양이다.

"정이채 씨."

다시 불러봐도 소용이 없었다. 테이블 위를 굴러다니는 팩 소주는 모두 다섯 개.

"정이채."

불편한 심기 탓에 목소리 톤이 달라졌지만, 그녀는 여전히 미동도 하지 않았다. 도하는 인내심의 한계를 느끼며 재킷을 벗어 이채의 어깨 위에 걸쳐주었다.

'망신을 당하든 말든 박물관에 연락할까.'

경찰서에 버리는 것도 좋은 방법이 될 수 있었다.

이채의 뒤통수를 노려보며 처리를 고심하는데, 편의점 문이 열리더니 앞치마를 걸쳐 입은 아주머니가 밖을 내다보았다. 우산 하나를 들고나온 그녀는 두 사람의 머리를 대충 가려주었다.

"아휴, 여자 친구랑 싸웠나 봐. 어서 데리고 가요. 아가씨 감기 걸리겠어."

어쩔 수 없이 이채를 짐짝처럼 안아 든 도하는 그녀를 차 뒷좌석에 구겨 넣었다. 그가 운전석에 오르자 편의점 아주머니는 다시 안으로 들어갔다.

문제는 이제부터였다.

"정이채 씨, 집이 어딥니까."

여전히 반응이 없었다.

핸들을 가볍게 내리친 도하는 시동을 걸었다. 그가 도착한 곳은 가장 가까운 호텔이었다. 체크인하고 객실로 올라가는 동안 심기는 점점 더 불편해졌다. 도하의 품에 안겨 축 늘어진 이채로 인해 쏟아지는 시선을 감당해야 했다. 간혹 도하를 알아보는 이도 있었다.

객실로 들어와 이채를 침대 위에 던지듯 눕힌 도하는 소파에 앉아 숨을 골랐다. 비에 완전히 젖어버린 이채 때문에 도하의 몸까지 축축해져 버렸다.

수건으로 대충 자신의 셔츠를 닦아낸 도하는 이채를 힐긋 보았다. 이 정도면 사람의 도리는 다했다. 이메일로 받은 자료의 값도 톡톡하게 치른 셈이다.

그대로 객실을 나서려는데, 잠든 듯 보이던 이채가 몸을 떨기 시작했다.

"아, 어쩌라고."

도하는 신경질적으로 넥타이를 풀어헤쳤다.

○○○

이번 주는 물을 조심하라고 했다.

이채는 갑자기 느껴지는 온도 변화에 눈을 번쩍 떴다. 보이는 건 온통 물뿐이었다. 놀라서 허우적거려 봤지만, 점점 물속으로 가라앉을 뿐이었다. 코와 입으로 넘어가는 물이 알싸한 통증을 유발했다.

'나 죽는 거야? 왜?'

왜 물에 빠져 있는지 알 수 없었다. 정신없이 허우적거리다 보니, 자신을 내려다보는 낯선 남자의 시선이 느껴졌다. 멀찍이 떨어져서 있는 그의 입매는 비틀린 듯 올라가 있었다. 흐트러진 셔츠 사이로 드러난 쇄골이 이채의 시선을 사로잡았다.

'누구?'

상대가 누구든 상관없었다.

"사, 살려주세요!"

지푸라기라도 잡는 마음으로 손을 뻗자, 남자가 실소를 터트렸다. 그는 이채가 내민 손을 붙잡아 밖으로 끌어당겨 주었다. 물이 튀어 올라 그의 옷을 적셨고, 이채는 새하얀 타일 위에 앉혀졌다.

이채는 손을 들어 얼굴에 흐르는 물을 닦아내며 주변을 둘러보았다. 그녀가 빠져 죽을 뻔한 곳은 놀랍게도 욕조였다.

'내가 왜 여기에?'

눈이 휘둥그레진 이채에게 커다란 수건이 날아들었다. 받아 든 수건으로 몸을 감싸자 삐딱하게 웃고 있는 남자의 얼굴이 눈에 들어왔다.

'공도하?'

얼굴을 확인한 이채는 눈동자를 데구루루 굴렸다.

'꿈?'

인터넷에서 '공도하'라고 검색하면 나오는 사진과 똑같이 생긴 사람이었다. 현실에서 만날 리 없는 상대였다. 요즘 업무상 메일을 주고받다 보니 꿈에 나온 모양이다.

"공도하입니다. 납치 아니니까, 소리는 지르지 말았으면 좋겠습니다만."

"어? 이거 꿈 아니에요?"

"술 덜 깼습니까?"

팔짱을 낀 도하가 눈살을 찌푸린 채 말하자, 이채의 눈동자가 한 번 더 데구루루 굴러갔다. 상황을 헤아리느라 아래로 처져 있던 눈썹이 이내 높이 치솟았다.

'설마 납치……는 아니겠구나.'

그의 눈치를 보니 무언가 엄청난 폐를 끼친 것 같았다. 술, 그래술을 마셨다. 이채는 편의점에서 팩 소주를 샀던 기억을 떠올렸다.

그런데 왜 '공도하'가 눈앞에 있는 걸까.

이채는 상상력과 추리력을 총동원했다. 술기운을 비집고 뒤죽박죽인 기억이 하나둘씩 떠오르기 시작했다. 하지만 그 기억 중 무엇도 도하와 연결되지 않았다.

그녀는 물에 젖은 분홍빛 입술을 오물거렸다. 곧 어눌한 목소리가 흘러나왔다.

"제, 제가 무슨 실수를 했나요?"

"얼마나 잘 포장하면 이 순간이 실수가 되는 겁니까."

한심해하는 도하의 눈길을 슬쩍 피한 이채는 자신이 욕조 속에 빠져 있었음을 뒤늦게 인지했다.

"설마, 여기에 날 집어넣은 거예요?"

"그럼, 내가 직접 옷이라도 갈아입혀 주길 바란 겁니까? 몸 다 녹았으면 옷 갈아입고 나와요."

도하는 딱딱하게 말하고 욕실 문을 닫았다. 혼자 남겨진 이채는 멍하니 욕실 타일을 응시했다. 생각의 정리가 필요했다.

세상이 자신에게만 유독 가혹하다고 느껴지던 날이었다. 그 자리에서 벗어나야 한다는 생각에 정신없이 걷다 보니 편의점이 나왔다. 그리고 편의점에는 빨대를 꽂아 마실 수 있는 간편한 팩 소주를 팔고 있었다.

그러니 어쩌겠는가. 마셔야지.

한 팩만 마시고 집으로 돌아갈 생각이었다. 하지만 한 팩은 두 팩이 되고, 두 팩은 세 팩이 되었다.

'그러고 나서 잠이 들었나?'

다시 욕조에 미끄러지듯 들어간 이채는 얼굴을 물에 박았다. 왜 공도하와 함께 있는 걸까. 단지 메일만 주고받던 사이였는데 왜?

'망했다.'

이래서 물을 조심하라는 거였나 보다. 욕조에 코 박고 죽을까 봐. 물속에서 자아 성찰의 시간을 맞이하던 이채는 숨이 다했음을 느끼고 얼굴을 들었다.

숨을 토해낸 그녀는 젖어버린 블라우스를 벗었다. 몸에 치덕치덕 감기는 블라우스와 청바지를 벗어놓고, 도하가 놓아둔 쇼핑백을 집어 들었다.

안에는 속옷과 원피스가 가지런히 들어 있었다. 속옷은 조금 작았지만 입을 만했다. 불평할 처지가 아니라는 것쯤은 충분히 인지하고 있었다. 함께 들어 있는 원피스는 무난한 A라인에 색상도 검은색이었다. 사소한 문제가 있다면 사이즈가 맞지 않는다는 것 정도랄까.

원피스는 44사이즈였다.

'도대체 왜! 어째서!'

키 165센티미터 이상의 여자가 44사이즈의 옷을 입으려면 뼈와 가죽만 남아 있어야 한다. 그 사실을 남자들은 왜 모르는 걸까. 하물며 이채의 키는 168센티미터였다.

옷에 몸을 끼워 넣었지만, 지퍼가 다 올라가지 않았다. 호리호리함의 문제가 아니라 골격의 문제였다. 품이 작은 것도 문제였지만, 기장이 짧은 것은 더 큰 문제였다.

남자들에게 고정관념을 만들어버린 여자 연예인 프로필을 원망하던 이채는 입고 있던 옷의 물기를 짜서 쇼핑백에 구겨 넣었다. 그리고 주변을 두리번거리다가 커다란 목욕 수건을 집어 들었다.

그녀의 흔들리는 시선이 수건에 박힌 로고에 닿았다.

'호텔?!'

○○○

'도대체 무슨 일이 있었던 거지?'

화장실 변기 위에 쪼그리고 앉아 있던 이채는 다리가 저리기 시작한 다음에야 몸을 움직였다. 차라리 알몸 상태로 욕조 속에서 깨어났다면 앞뒤를 상상하기가 수월했을 것이다.

아무리 고민해 봐도 모르겠다. 빈약한 상상력을 동원해가며 고민하느니 문밖에 있을 그에게 묻는 게 나을 듯싶었다.

계속 욕실에 죽치고 있을 수도 없는 노릇이었다. 이채는 진득하게 배어 있는 술기운을 몰아내며 수건을 숄처럼 둘렀다. 눈을 질끈 감은 채 문을 슬쩍 열자, 타닥거리는 소리가 들려왔다.

공간은 예상했던 대로 호텔 객실이었다. 시계는 8시를 가리키고 있었다. 박물관을 나선 게 5시가 조금 넘어서였으니, 세 시간밖에 흐르지 않은 것이다.

'아침 8시가 아니라면.'

도하는 테이블에 앉아 노트북을 들여다보고 있었다. 이채는 잠시 그의 옆모습을 훔쳐보았다. 인기척을 느낀 그는 고개도 돌리지 않고 손가락을 들어 테이블을 가리켰다.

덕분에 이채는 도둑질하다 들킨 아이처럼 화들짝 놀라버렸다.

그가 가리킨 테이블 위에는 약국 로고가 박힌 비닐봉지가 놓여 있었다. 눈치를 살피던 이채는 비닐봉지를 집어 들었다. 안에는 술 깨는 약과 몸살감기약이 들어 있었다.

이어서 그의 느릿한 목소리가 들려왔다.

"술 깨는 약부터. 감기약은 내일 술 깨면."

그 정도는 알고 있었다. 아직도 숨결을 타고 술기운이 번지고 있었다. 이런 몸에 몸살감기약과 숙취 해소 드링크를 한꺼번에 들이부으면 아찔한 상황이 연출될 것이다.

이채는 숙취 해소 드링크를 따서 내용물을 입에 털어 넣었다. 오묘한 맛에 인상이 절로 써지며, 눈썹이 아래로 처졌다. 그러다 소파에 삐딱하게 앉은 채 고개를 꺾어 든 도하와 눈이 마주쳤다.

그녀는 입안에 남아 있던 약을 꿀꺽 삼켰다. 그리고 빈 드링크 병을 슬쩍 내려놓으며, 도하를 향해 말했다.

"이 상황을 설명해주셨으면 하는데요."

도하는 귀찮음이 역력한 얼굴로 자신의 휴대폰을 침대 위에 툭 던졌다. 그리고 다시 노트북으로 시선을 돌렸다.

"자동녹음 어플 들어 봐요."

이채는 한쪽 팔을 뻗어 그의 휴대폰을 손에 쥐었다. 액정을 켠 이채는 무언가를 입력하고 있는 도하를 다시 돌아보았다.

"저, 잠금 패턴이……."

"기역."

"넵."

괜히 기합이 든 이채는 잠금 패턴을 풀고 휴대폰 메인을 확인했다. 화면에는 전화, 메일, 메모장, 통화 저장 애플리케이션만이 설치되어 있었다. 흔한 게임이나 SNS 애플리케이션 하나 없는 단출한 구성이었다.

이채는 자동 저장된 통화 음성을 듣고 사건의 전모를 파악할 수 있었다. 원흉은 편의점 아주머니였다. 휴대폰을 침대 위에 슬쩍 올려놓은 이채는 두 손을 공손하게 모으고 도하 앞에 섰다.

"정말 죄송합니다."

그런 이채를 응시하던 도하의 입꼬리가 나른하게 올라갔다.

"괜찮아 보이네요. 가보세요."

"네?"

반사적으로 고개를 든 이채와 그의 시선이 부딪쳤다. 이채는 재빨리 눈동자를 굴려 그의 시선을 피했다.

그녀는 조금 초조한 상태였다. 유명 소설가인 도하는 황 박물관을 통해서 '문화재 복원사 관련 자료 및 인터뷰 요청'을 했다. 전략홍보실에서는 이채를 낙점하며 황 박물관과 문화재 복원사에 대한 이미지를 좋게 남겨달라고 신신당부했다.

그런데 이런 일이 벌어졌다. 이 일이 박물관에 전해진다면, 제대로 망신살 뻗치는 것이다.

"저, 오늘 일은 비밀로 해주실 거죠?"

도하는 노트북으로 시선을 돌리며 귀찮음이 가득한 목소리로 대꾸했다.

"내가 소문이나 내고 다닐 만큼 한가한 사람으로 보입니까."

"아니요! 저, 그런데 전화는 왜 하신 거예요?"

"됐습니다."

"화 많이 나셨어요?"

풀이 죽은 그녀의 질문에 툭툭 대꾸하던 도하는 노트북 자판을 두드리던 손가락을 멈췄다. 화가 난 건 아니었다. 귀찮아서 짜증은 좀 났지만.

"전화는 묻고 싶은 게 있어서 했습니다만, 다음에 얘기하죠. 메일로 보내놓겠습니다."

"지금! 물어보세요. 저 술 다 깼어요."

도하가 의심스럽다는 얼굴로 쳐다봤지만, 이채는 괜찮다는 듯이 연신 고개를 끄덕였다. 그는 천천히 노트북 화면으로 시선을 움직였다. 그리고 정리해두었던 질문지 파일을 불러왔다.

"용무늬 연적에 관한 겁니다. 보내주신 자료 중에 발굴 관련 내용이 없더군요."

이채는 옆에 있던 의자를 끌어다 앉으며 입을 열었다. 언제 풀이 죽어 있었냐는 듯이 당찬 얼굴이었다.

"발굴 당시 상황을 알 수가 없었어요. 용무늬 연적은 80년대에 보존처리를 하고 박물관에서 보관 중이던 유물이에요. 당시 기술로는 복원하지 못했던 부분이 있었고, 시간이 흐르면서 복원 재료의 접착력이 약해진 부분이 발견되어서 재복원을 진행한 거예요."

"재복원은 자주 진행됩니까?"

"그렇지는 않아요. 보존처리는 반영구적이라서요. 한번 복원하면 되돌릴 수가 없어요. 많은 시간이 지나고 기술이 발전을 거듭하면 상황은 또 달라지겠지만요."

"되돌릴 수 없으면 작업할 때 부담감이 들지는 않습니까?"

"당연히 부담감이 크죠. 그래도 부담감보다는 성취감이 더 커요. 1만 피스짜리 퍼즐을 맞춘다고 생각해보세요. 대강 보면 돌 부스러기 같은 것들인데, 조각난 걸 맞춰 놓으면 문화재로 변신하는 거죠. 완성된 모습을 상상하면서 조각을 맞춰가는 거예요. 하나씩, 하나씩."

조금 전까지 술에 취해 인사불성으로 엎어져 있던 여자와 동일인이라고 보기 힘들 정도로 깔끔한 답변이었다. 도하는 시간을 확인했다. 비행기 시간까지는 아직 여유가 있었다. 번거롭게 추가 질문지를 보낼 필요 없이 이 자리에서 다 물어보면 될 듯했다.

"이채 씨는 왜 복원사가 되셨습니까?"

"정다채 복원사를 아세요?"

도하는 자료 조사 때 읽었던 기사를 떠올렸다. 황 박물관 입사 3년 만에 문화재 복원사에 한 획을 그을 만한 안료를 개발했다던가. 재현 불가능한 고려청자의 빛깔을 가장 유사하게 만들어낸 사람이라고 했다.

"기사에서 봤습니다. 같은 박물관에서 일하시죠? 그분의 영향입니까?"

"언니예요. 친언니. 다채롭다 할 때 다채, 이채롭다 할 때 이채."

다채에 대해 말하는 목소리에서 자랑스러움이 묻어났다.

"자매가 같은 직업을 선택한 겁니까?"

"제가 언니를 많이 좋아했어요. 어렸을 때부터 졸졸 따라다녔거든요. 언니가 하는 건 뭐든 근사해 보여서 따라하기도 많이 했고요. 그러다 보니 언니와 같은 직업을 갖게 되더라고요."

그 점은 도하의 동생인 류하도 비슷했다. 어린 시절부터 도하와 류하의 우애는 유별났다. 두 사람의 유별남은 친형제가 아니라 이복형제라는 점에서 더욱 빛을 발했었다.

지금은 과거형이 되어버렸지만.

"질문은 여기까지입니다."

노트북 모니터에 가 있던 시선을 돌려보니, 구김 없는 미소와 따뜻한 눈빛이 도하를 향하고 있었다. 가슴에 스밀 듯이 다정한 시선이었다. 조금 전, 다채에 대한 이야기를 나눈 이후로 계속 그런 눈빛을 하고 있었다.

처음 봤을 때의 텅 빈 듯한 얼굴은 착각이었다는 것처럼.

"오늘은 정말 죄송했습니다. 아, 그리고 호텔비랑 옷값은 드릴게요."

그녀는 금세 풀죽은 얼굴을 했다. 술 때문인지, 얼굴에 그때그때의 감정이 묻어나고 있었다. 도하는 어쩐지 웃음이 났다.

"됐습니다. 감수비라고 생각하세요."

따로 감수자를 구하는 수고를 할 필요는 없을 것 같았다.

"감수요?"

"초고가 나오면 메일로 보내드리겠습니다. 검토해보시고 문화재 복원작업을 다룬 부분에 오류가 있으면 체크해서 회신해주시면 됩니다."

"네!"

활기차게 답하고 나니, 대화가 끊어져버렸다. 그 뒤로 숨 막히는 침묵이 이어지자, 이채는 눈동자를 굴렸다.

도하는 인터뷰 내용을 정리하는지 노트북 자판을 연신 두드리고 있었다. 나른하면서도 섹시한 분위기 때문인지 자꾸만 시선이 갔다.

이채는 그를 힐끔거리며, 치맛자락을 만지작거렸다. 가뜩이나 짧았는데, 앉아 있으니 더 짧게 느껴졌다. 새삼스레 민망해져서 양손으로 끌어내려 봤지만 소용없었다. 두르고 있던 수건을 여미며 조금이라도 더 가리려고 낑낑거렸다.

그러고 보니 돌아갈 것도 문제였다.

'인사하고 가면 되는 건가? 이 옷을 입고 가야 하나? 프런트에 가서 수건을 가져가도 되는지 물어볼까? 아, 어쩌지.'

격렬한 갈등 사이로 초인종 소리가 비집고 들어왔다.

기다렸다는 듯이 자리에서 일어난 도하가 객실 문을 열었다. 문밖에는 손질을 맡겨놓은 재킷이 도착해 있었다. 그는 비닐이 씌워진 재킷을 들고 돌아와 자연스럽게 노트북을 정리했다.

도하는 재킷 위에 씌워진 비닐을 벗기면서 이채를 응시했다.

"쉬다가 가세요."

"네?"

재킷을 걸치고 한 손으로 단추를 잠근 도하는 이채가 뭐라고 대꾸하기도 전에 객실을 나가버렸다.

공간엔 이채만이 덩그러니 남겨졌다. 멍하니 있다 보니 새삼 그녀가 앉아 있는 공간이 호텔 객실이라는 데 생각이 미쳤다. 불미스러운 일이 일어나지 않은 건 다행이었지만, 뭔가 여성성을 부정당한 듯한 느낌에 기분이 묘해졌다.

○○○

지문인식기에 댔던 손가락을 떼자, 기계음과 함께 유리문이 열렸다. 이채는 박물관 사무동 복도로 들어섰다. 조급한 걸음걸이 때문에 긴 머리카락이 찰랑거렸다.

빛이 새어 나오는 복원실 앞에서 걸음을 멈춘 이채는 조심스럽게 문을 열었다. 그러자 투블럭 펌을 한 뒤통수가 보였다. 야근 중이던 성수였다.

인기척에 고개를 돌린 성수의 표정이 기괴하게 일그러졌다. 몸에 착 달라붙은 짧은 원피스 위에 흰 수건을 숄처럼 걸친 모습이라니.

"꼴이 그게 뭐냐? 옷 터지겠다."

"말도 마. 아아."

자신의 책상 의자에 쓰러지듯 앉은 이채는 트렁크부터 손에 쥐었다. 안에서 잡히는 대로 옷을 끄집어낸 다음 화장실로 직행했다.

청바지와 블라우스로 갈아입고 나서야 마음이 진정되었다. 그녀는 44사이즈 원피스를 노려보다가 곱게 접었다. 복원실로 돌아와 보니, 서류 뭉치를 들고 있던 성수가 고개를 들었다.

"훨씬 낫네. 이상한 거 입지 마. 내 눈이 무슨 죄냐? 눈 버릴 뻔했잖아."

"입고 싶어서 입은 게 아니거든. 물에 빠져서 입었지."

"뜬금없이 물? 아, 너 이번 주에 물 조심해야 한다고 했지. 술 마셨냐? 냄새가 진동하네. 어디 분수대에라도 빠진 거야?"

아니, 욕조.

"아아. 난 왜 술을 마셨을까."

이채는 책상에 엎드리며 탄식했다. 자괴감이 쓰나미처럼 몰려왔다.

"무슨 사고를 쳤길래 그래? 술 마셔도 잘 안 취하잖아. 가끔 개가 돼서 그렇지."

"그 개가 오늘 되었단다."

다시금 자아 성찰의 시간이 찾아왔다. 멍하니 복원실 벽면을 응시하고 있는데, 성수의 손에 들린 목걸이가 시야를 가로막았다.

"뭐야?"

"온 김에 보라고. 제작 연도는 8세기경일 수도 있고, 작년일 수도 있어. 막 궁금해서 미치겠지?"

푸른빛이 도는 유리 환옥이 알알이 연결된 형태였는데, 가운데에는 연옥으로 만들어진 장식이 달려 있었다.

"작년이겠네. 맨손으로 만지는 걸 보니까."

"일단 보라니까."

슬쩍 고개를 든 이채는 그것을 받아 들고 눈으로 한번 살펴본 뒤 현미경 위에 올려놓았다. 못 이기는 척 현미경을 들여다본 이채의 표정이 미묘하게 변했다.

"이거 연옥 맞아?"

옥 중에서도 경도가 낮은 연옥은 스크래치에 취약했다. 그런데 목걸이의 연옥은 보존 상태가 완벽했다. 미세한 흠집 하나 없는 유리 환옥도 마찬가지였다.

이채는 팔짱을 끼며 다시 입을 열었다.

"복원해야 할 곳이 하나도 없잖아. 고분에서 막 출토됐어도 이것보다는 손상됐어야 해. 8세기경 제작된 연옥 목걸이가 이렇게 멀쩡한 상태로 나타날 확률이 얼마나 된다고 생각해?"

"내가 나예희랑 결혼할 확률이랑 비슷하겠지."

"잘 아네. 어떤 점이 이상한데?"

성수는 기다렸다는 듯이 들고 있던 서류 뭉치를 내밀었다.

"연도 측정 결과야."

이채는 측정 보고서를 확인하고 분석 내용을 꼼꼼하게 읽어 내려갔다. 그녀의 눈에 당혹과 불신이 어렸다. 전투적으로 페이지를 넘기다가 손까지 베였지만 그조차 신경 쓰이지 않을 정도로 당황스러운 내용이었다.

"누가 장난친 거 아니야? 유리 환옥 한 알 한 알마다 연도 측정이 다르게 나온다고?"

"확인할 수 있는 건 다 해봤어. 검사 결과는 맞아. 이제 이걸 어떻게 해석하느냐의 문제만 남은 거지."

서류를 내려놓은 이채는 목걸이를 돌려 가운데 달린 연옥에 새겨져 있다는 문구를 확인했다.

"一个月, 只有一次. 한 달, 단 한 번?"

이채가 문구를 소리 내어 읽은 순간 연옥에 새겨진 글씨가 반짝였다. 조금씩 번지던 빛은 공기 중으로 날아가듯 흩어졌다.

"어떻게 생각해?"

성수가 답을 재촉했지만, 이채는 반짝이는 빛에 시선을 빼앗긴 상태였다. 뒤늦게 고개를 든 그녀가 물었다.

"봤어? 반짝이는 거?"

"뭐가 반짝여?"

"글씨가 새겨진 부분이 반짝였잖아?"

"무슨 소리야. 빨리 얘기나 해 봐."

이채는 이상하게 여기며 다시 목걸이를 들여다보았다. 조금 전까지 반짝이던 빛은 어디론가 사라지고 없었다.

ㅇㅇㅇ

성수가 내민 연도 측정 보고서에 의하면, 가장 오래된 것으로 추정되는 유리 환옥은 8세기경 제작되었다. 특이한 점은 가장 최근에 만들어진 것으로 추정되는 유리 환옥의 측정 연도가 작년이라는 것이었다.

이채의 얼굴에 궁금증이 스멀스멀 피어올랐다.

"시대별 유리 환옥을 모아서 하나의 목걸이를 만든 거네. 왜?"

"나야 모르지. 너라면 어떤 결론을 내리겠어?"

이채의 미간이 절로 찌푸려졌다. 유물의 세계에도 '한정판'은 존재한다. 오래되었다고 모두 가치 있는 건 아니다. 누가 만들었는지, 얼마나 희귀한지, 보존 상태가 어떤지에 따라 그 가치는 크게 달라진다.

명품 가방과 비슷하다고 생각하면 된다. 성수가 가져온 목걸이는 흡사 샤넬 가방에 루이비통 손잡이를 달고, 프라다 로고를 찍은 격이었다. 괴짜가 만든 게 분명하다. 아니면 연인에게 모든 시대를 선물해주고 싶었던 로맨티시스트였거나.

"판단 보류할래. 측정 불가 도장 찍고, 천천히 조사해볼 것 같아."

성수도 그녀의 말에 동의한다는 듯이 고개를 끄덕였다. 이채는 다시금 연도 측정 보고서를 들여다보았다.

"이건 대체 어디서 난 거야?"

"더 재밌는 거 보여줄까?"

호기심에 고개를 든 이채의 얼굴에 경악이 번졌다.

성수가 목걸이를 책상 위에 올려놓고, 작업용 망치로 내리친 것이다. 복원실에 울려 퍼진 커다란 충격음과 동시에 이채가 외쳤다.

"미쳤어?!"

"봐."

망치로 내리친 목걸이는 여전히 흠집 하나 없이 멀쩡했다.

"왜 안 깨져? 뭐야? 이거."

성수는 놀리듯이 망치를 흔들어 보였다. 그리고 놀라서 눈동자를 굴리는 이채를 보며 키득거렸다.

"재밌지? 이게 바로 그 흉악한 놈이야."

"흉악?"

성수의 말뜻을 단번에 알아듣지 못한 이채가 되물었다.

"누나가 최근까지 연구하던 게 이거야."

이채는 목걸이를 손에 들고 이리저리 살폈다. 특이하다고만 생각했던 연옥 목걸이가 특별해 보이기 시작했다. 다채가 박물관까지 그만두고 집에 틀어박혀 연구하던 게 무엇인지 궁금하던 참이었다.

깨지지 않는다는 것과 제작 시기를 가늠할 수 없다는 특이점을 제외하고도 연옥 목걸이는 신비한 분위기를 품고 있었다. 다채가 왜 집착했는지 알 것도 같았다.

연옥 목걸이를 내려놓은 이채가 성수를 빤히 바라보았다.

"이걸 왜 네가 가지고 있어?"

"누나가 줬어. 역시 프러포즈겠지? 예물 같은 거?"

이채의 입에서 바람 빠지는 소리가 새어 나왔다.

"그럴 리는 없고. 뭔데?"

"지난주에 우리 술 마신 날 말이야. 너 먼저 내려주고, 누나 데려다주러 갔잖아."

"그날 언니 엄청 취했지."

"누나가 연구 때려치울 거라고 집어던진 걸 이 몸이 받으셨거든. 나도 취해서 주머니에 넣고 집에 갔더라고. 세탁기에 넣다가 찾았는데, 얼마 전에 우리 팀 장비 바꿨잖아. 그래서 데이터 좀 돌려봤지. 결과 나오면 주려고 했는데 누나가 갑자기 잠수를 타버린 거야."

"넌 생색낼 기회를 잃은 거고?"

"그런 거지. 누나는 언제 온대? 너한테는 말했을 거 아니야."

성수의 목소리에 사심이 가득했다. 이채는 그의 바람을 살짝 무시하고, 다시 연옥 목걸이를 집어 들었다.

"돈 떨어지면 오겠지. 좋겠다. 세계 여행."

"박물관 복귀는 할 생각이 없어 보여? 누나가 돌아온다고만 하면 관장님이 책상 닦아놓고 기다리실 텐데."

"1그램도 없어 보여. 언제까지 복원 2팀장 자리를 비워놓을 수도 없을 텐데."

"그러니까 채용 공고 뜨기 전에 빨리 복귀했으면 좋겠다는 거지. 방구석 폐인 탈출한 것만 해도 다행이긴 하지만."

"내 말이. 어떻게 방구석 다음이 바로 세계 일주지? 중도가 없어. 중도가."

이채는 의자 등받이에 몸을 기대며 투덜거렸다. 다채 말고 다른 사람이 팀장으로 오는 건 어쩐지 싫었다.

"역시 나의 다채 누님은 뭔가 달라도 다른 거지. 이 극단적인 스케일."

"뭐래."

둘은 마주 보며 픽 웃었다.

다채는 성수의 우상이었다. 그리고 첫사랑이기도 했다. 하지만 그녀는 성수를 남자로 보지 않았다. 동생의 친구 이상으로는 보기 힘들다는 말만 300번쯤 들었다. 그렇게 성수는 열 번 찍어 넘어가지 않는 나무가 없다는 속설을 깨부수는 중이었다.

성수는 목걸이를 작은 목함에 담아 이채의 손에 들려주었다.

"왜 날 줘?"

"집에 가져다 놓으라고. 너 오늘부터 누나네 집에 빌붙을 거라며."

"나중에 직접 주지?"

"언제 돌아올지도 모르는데 내가 계속 가지고 있기도 그렇고. 네가 살짝 가져다 놔. 아마 없어진 것도 모를 거야."

"하긴 언니, 그날 필름 완전히 나갔다고 하더라."

이채는 목함을 주머니에 넣으며 대꾸했다. 그러자 성수가 곤란하다는 듯이 이마를 긁적였다.

"필름, 나갔대?"

"머리 아파서 죽을 뻔했다고, 금주까지 선언했지. 얼마나 갈지는 모르겠지만. 나가자. 퇴근 시간 한참 지났어."

이채를 힐긋 본 성수는 축 늘어진 어깨를 하고 자리에 앉았다. 칼퇴근을 사랑하는 성수가 이런 반응을 보일 만한 일이라면 한 가지뿐이었다.

"10만 피스짜리 불상 네가 맡은 거야?"

"도와줄래?"

"사양하고 싶구나. 친구야."

이채는 성수의 등을 툭툭 치고는 트렁크를 끌며 복원실을 나섰다.

깜깜한 복도로 나오자 호텔에서의 일이 다시 떠올랐다. 그녀는 고개를 세차게 흔들며 기억을 털어냈다. 울적함에 어깨가 조금 처졌지만, 다시 등을 곧게 폈다.

○○○

토마토 빌라는 오르막길 끝에 자리 잡고 있었다. 빌라 앞에 선 이채의 입가에 옅은 미소가 어렸다. 그동안은 버스를 두 번이나 갈아타고 출퇴근해야 했다. 자그마치 왕복 세 시간이었다.

하지만 내일부터는 걸어서 20분 거리다.

건물에 엘리베이터가 없다는 것조차 단점으로 보이지 않았다. 매일 5층까지 오르내리는 것만으로도 운동이 될 것 같았다. 이채는 트렁크를 품에 안듯이 들고, 계단을 두 칸씩 올라갔다.

5층에는 501호부터 504호까지 네 채의 집이 모여 있었다. 그중 다채의 집은 왼쪽 끝에 있는 501호였다.

현관문을 열고 들어가자 주방과 아일랜드 식탁이 바로 보였다. 그 너머로는 사각 테이블과 책장, 옷장이 자리하고 있었다. 그 공간을 지나 기역 자 모양의 구조를 따라 돌아가면 침대가 나왔다. 원룸임에도 침대가 한눈에 보이지 않는 것이 이 집의 가장 큰 장점이었다. 침대 뒤쪽으로는 돌출형 베란다도 있었다.

이채는 트렁크를 책장 앞에 놓고 방을 둘러보았다. 아일랜드 식탁 앞에 놓인 철제 스툴을 비롯한 커튼과 이불, 쿠션 등의 모든 패브릭이 푸른색 계열로 통일되어 있었다. 바닥에 깔린 흰 카펫과 어우러져 전체적으로 청량한 느낌을 주었다.

시선이 멈춘 곳은 아빠와 엄마, 다채와 이채의 모습이 담긴 4인 가족사진이었다. 벽에 걸린 사진을 들여다보던 이채는 침대에 풀썩 누워 천장을 응시했다.

'편하네.'

침대가 아니라 과학을 샀다고 자랑하던 언니, 다채가 떠올랐다. 그 덕을 이채가 보게 된 셈이다.

이채는 휴대폰을 꺼내 메시지 창을 열었다. 다채는 뭘 하는지, 오전에 보내놓은 메시지에도 묵묵부답이었다.

"유심칩 좀 사지. 통화도 안 되고. 답장도 없고."

궁얼거리며 다시 메시지를 입력했다.

- 집에 들어왔음. 말도 없이 혼자 여행 가니까 좋아? 좋아야 할 거야. 엄마가 언니 돌아오면 머리 밀어버린대. 엄마 한다면 하는 사람인 거 알지?

메시지를 전송하고 보니 트렁크가 눈에 밟혔다. 일어나려고 꼬물거리는데 메시지 알림이 울렸다.

- 내가 부탁한 건?

- 가져왔지. 뜬금없이 그건 왜 가져다 놓으래?

- 엄마가 보면 좀 그런 게 있어서.

- 지금은 어디야?

한동안 답을 기다렸지만, 새로운 메시지는 도착하지 않았다. 뒤늦게 정글처럼 보이는 사진 한 장이 전송되었을 뿐이다. 사진 속의 장소는 미발굴 유적지처럼 보였다. 전화도 터지지 않을 것 같은 오지였다.

- 갑자기 여행 간다고 사라졌을 때부터 이상하다 했다. 유적 발굴팀에 합류한 거야?

이건 머리 밀리는 거로 끝날 일이 아니었다.

엄마인 박 여사는 다채와 이채가 국외 유적 발굴 작업에 참여하는 걸 질색했다. '미라'나 '인디애나 존스' 같은 영화를 연상하는 듯했다. 그래서 몰래 간 모양이지만, 걸리면 앞으로 남은 인생이 잔소리에 파묻힐 것이다.

- 비밀이야. 좋은 꿈 꾸고 잘 자.

이채는 자신의 눈을 의심했다. '좋은 꿈 꾸고 잘 자'라니, 인생을 통틀어 처음 들어본 말이었다. 다채는 이렇게 살가운 말을 하는 사람이 아니었다.

'별일이네.'

휴대폰을 협탁 위에 내려놓은 이채는 트렁크를 열어젖혔다. 가장 먼저 나온 건 젖은 옷과 약국 비닐봉지가 든 쇼핑백이었다. 그것을 한쪽으로 밀어놓고 보니 44사이즈 원피스가 보였다.

'돌려주는 것도 웃기고, 언니한테는 맞으려나.'

고민하던 이채는 원피스를 들고 옷장으로 다가갔다. 옷장 안은 티셔츠 한 장 남아 있지 않고 텅 비어 있었다.

"아니 무슨, 탐사 가면서 옷을 다 가져가?!"

언니의 옷을 빼앗아 입으려던 이채의 야심 찬 계획이 실패로 돌아갔다. 옷뿐만이 아니었다. 액세서리와 화장품, 가방까지 전부 사라지고 없었다.

'설마, 몇 년씩 있다가 돌아올 생각은 아니겠지?'

이채는 44사이즈 원피스를 비롯한 자신의 옷을 텅 빈 옷장에 대충 걸어놓았다. 챙겨 온 소지품도 화장대 위에 늘어놓았다. 그중에는 타로도 포함되어 있었다.

그녀의 취미는 타로점을 보는 것이었다. 고등학교 때부터 보기 시작한 타로점은 생활의 일부가 되었다. 미신에 빠졌다며 걱정하던 지인들도 이제는 그녀의 타로점을 신봉하기에 이르렀다. 그만큼 그녀의 타로점은 잘 맞았다.

오늘만 해도 그랬다. 물을 조심하라더니 욕조에 빠져 죽을 뻔하지 않았던가.

짐 정리를 끝낸 이채는 환기를 시키기 위해 베란다로 향했다. 암막 커튼을 젖히고, 베란다 문을 열자 청량한 봄바람이 흘러 들어왔다. 내친김에 베란다로 나가 아담한 티 테이블 앞에 섰다. 이채는 기지개를 켜며, 건물 사이로 부는 바람을 만끽했다.

차르랑- 차르랑- 고운 소리가 들려 돌아보니 베란다 귀퉁이에 도자기로 만들어진 풍경이 매달려 있었다. 아름다운 여인의 모습을 빚어낸 형태였는데, 바람이 불 때마다 치맛단이 차르랑거리는 소리를 내며 흔들렸다.

그런데 한 가지 문제가 있었다. 앞집의 돌출형 베란다가 너무 가까웠다.

'앞집에 베란다가 있었나?'

이전에 왔을 때에는 발견하지 못했었는데 이상한 일이었다.

슬쩍 팔을 뻗어보니 더 가깝게 느껴졌다. 맞은편 베란다에서 손을 뻗으면 마주 잡을 수 있을 것 같았다. 그럼, 1.5미터 정도 되는 건가?

고등학교 때 마지막으로 측정했던 제자리 멀리뛰기 기록이 1.6미터 정도였다. 5층 높이가 아니라면, 뛰어넘고도 남을 만한 거리라는 뜻이었다.

이채는 앞집을 응시했다. 커튼 사이로 불 켜진 거실이 들여다보이고 있었다. 슬쩍 뒤를 돌아보니 이채가 누워 잘 침대도 고스란히 들여다보였다.

'커튼은 못 걷고 살겠네.'

무심코 주머니에 손을 넣자, 딱딱한 것이 잡혔다. 성수가 건네준 목함이었다. 이채는 연옥 목걸이를 꺼내 빤히 바라보았다. 알알이 다른 시간을 품고 있는 목걸이라니, 쓸데없이 낭만적이다.

목걸이 가운데에 있는 연옥을 돌려보았다.

"一个月, 只有一次. 한 달, 단 한 번. 단 한 번의 사랑? 단 한 번의 키스? 단 한 번의……."

무언가 점점 19금을 향해 달려가는 느낌이라 생각을 멈췄다.

이채는 목걸이를 다시 목함에 집어넣었다. 차르랑거리는 소리와 함께 어디선가 불어온 바람이 그녀를 감싸고 돌았다. 회오리치듯 불어온 바람에 머리카락이 사방으로 흩날렸다. 흐트러진 머리카락을 매만지던 이채는 앞집 베란다 커튼 사이로 스치듯 지나간 남자를 보고는 멍해졌다.

"무슨 수를 써서라도 찾아야 합니다. 포기할 생각 없습니다."

겉옷을 벗어 소파 위에 던진 남자는 휴대폰 통화를 하며 문 앞을 한 번 더 지나쳐 갔다.

'공도하?!'

당황한 이채의 눈이 동그래졌다. 스트레스가 심한 나머지 환영을 보게 된 걸까. 눈을 깜박여봤지만, 도하의 모습은 사라지지 않았다.

살짝 내리깐 눈에서 높은 콧대를 지나 날렵한 턱선을 따라 움직이던 이채의 시선은 목울대에 잠시 머물렀다. 소파에 앉아 통화하던 그는 답답한지 넥타이를 풀어헤쳤다. 이어서 단추 하나를 풀자 와이셔츠의 깃이 벌어지며 목선이 살짝 드러났다.

'정말 공도하?'

이렇게 시선을 강탈하는 목선을 가진 남자가 또 있을 리 없었다. 현실감 없는 상황에 이채의 입이 헤 벌어졌다.

황급히 집 안으로 들어온 그녀는 베란다 문을 닫고 커튼을 쳤다. 오늘은 인생에서 손꼽을 만한 흑역사를 만든 날이었다. 그 장면을 실시간으로 목격한 상대와는 다시 마주치고 싶지 않았다.

'잘못 봤을 거야. 그래. 술이 덜 깬 거야.'

이채는 도리질 치며 침대 끄트머리에 엉덩이를 걸쳤다. 멍하니 앉아 있다가 정신을 차려보니 오한이 느껴졌다.

침대에서 기어 내려와 잠옷으로 갈아입고, 아직 바닥에서 굴러다니고 있는 쇼핑백을 집어 들었다. 그리고 그 안에 담겨 있던 몸살감기약을 꺼냈다.

차가운 드링크제를 단번에 마시자 한기가 한층 심해졌다. 이채는 침대 위에 있는 이불을 끌어당겨 몸에 둘렀다. 시선을 떨어뜨려 손에 들려 있는 몸살감기 약병을 노려보자, 자연스럽게 도하의 얼굴이 떠올랐다.

무심한 척은 혼자 다 했지만, 갈아입을 옷이며 약까지 챙겨주었다. 생각해보니 미안하다고 사과했을 뿐 고맙다는 말을 하지 못했다.

자리에서 벌떡 일어난 그녀는 커튼 한쪽을 슬며시 걷었다. 그러자 맞은편 베란다에 앉아 있는 도하가 보였다. 이채는 자신도 모르게 암막 커튼을 꽉 움켜쥐었다.

어둠 속에서 그의 눈동자가 요요하게 빛나고 있었다. 머리카락도 바람결을 따라 흐트러지며 살랑거렸다. 얼굴에 드리워진 밤 그림자는 그의 이목구비를 더욱 도드라져 보이게 했다.

낮과 밤의 느낌이 확연히 달랐다. 낮의 도하에게 나른한 느낌이 있었다면, 밤의 도하에게는 날카로움이 있었다. 그는 원목 티 테이블 앞에 앉아 노트북 자판을 두드리고 있었다.

'정말, 앞집에 사는 거야?'

이채는 무언가에 홀린 것처럼 베란다 문을 열고 말았다. 강 건너 불구경하는 기분으로 그를 바라보다가 막 고개를 든 도하와 눈이 마주쳤다.

훔쳐보고 있다가 들킨 느낌이라 괜히 움츠러들었다.

저녁의 실수는 둘째 치고, 잠옷 차림이었다. 머리카락은 부스스할 테고, 이불까지 두르고 있었다. 완벽하게 창피한 모양새였다. 하지만 들어가기엔 늦었다. 도하는 이미 그녀를 훑듯이 바라보고 있었다. 이채는 어쩔 수 없이 사르르 웃어 보였다. 어색할 때는 웃는 게 최고니까.

"우연치고는 재미있지 않아요? 이웃사촌이었네요."

하지만 도하의 반응은 예상 밖이었다. 그는 마치 무언가를 경계하는 듯한 눈빛을 보내고 있었다.

'저 반응은 뭐지?'

이채는 그가 자신을 알아보지 못한 건 아닌지 생각해보았다. 베란다에 불을 켜지 않은 상태라 얼굴이 보이지 않을 수 있었다.

"정이채예요."

이어지는 그의 표정 변화를 본 이채는 이유를 알 수 있었다. 못 알아본 것이다.

도하는 한동안 무언가를 골똘히 생각하기 시작했다. 뒤늦게 이채를 기억해낸 그는 귀신이라도 본 것 같은 얼굴을 했다. 작업하던 파일도 저장하지 않은 채 노트북을 덮어버리더니 마른세수를 했다. 그가 다시 고개를 들었을 때는 얼굴에 가면이 덧씌워져 있었다.

"왜, 거기에 있는 겁니까."

"언니 집이에요. 그런데 이 베란다요. 왜 이 두 집만 이렇게 가까운 거죠? 다른 집 베란다는 다 멀찍하게 떨어져 있는 것 같은데요."

"이사 올 때 리모델링을 하면서 베란다 확장 공사를 했습니다. 동시에 여러 가지 공사가 진행되다 보니 착오가 있었던 모양입니다."

궁금증 하나가 풀렸다.

"그래도 이렇게 가까우면 이상하지 않아요?"

"소송 거세요."

이채의 눈썹이 슬쩍 올라갔다.

개인 간의 분쟁은 민사소송으로 해결할 수 있었다. 결과가 나오면 마주 보는 두 개의 베란다 중 하나는 철거될 것이다. 하지만 문제가 있다. 잘못한 건 앞집이지만 철거되는 건 언니의 베란다일지도 모른다는 것이다. 소형 원룸이 모여 있는 평범한 빌라인 '토마토 빌라'와는 달리 베란다 너머의 '리버빌'은 한 층을 한 가구가 사용하는 고급 빌라였다. 이런 종류의 소송은 누가 잘못을 했느냐보다 누가 더 능력 있는 변호사를 선임했느냐에 따라 결과가 갈리곤 한다. 아직 선임되지도 않은 언니 측 변호사를 마음속으로 응원하며 고개를 들어보니, 그는 이미 집 안으로 들어가고 없었다.

'되게 뻣뻣하네.'

괜스레 기분이 상한 이채도 방으로 돌아왔다.

베란다 문을 닫고 멍하니 있던 그녀는 화장대 위에 놓아둔 타로를 발견했다. 그녀는 익숙한 동작으로 타로를 섞은 뒤 화장대 위에 펼쳤다.

첫 번째 카드에는 일곱 개의 성배와 악몽을 꾸는 여인이 그려져 있었다. 두 번째 카드는 낫을 든 사신이, 세 번째 카드는 여덟 자루의 검에 둘러싸여 옴짝달싹 못 하는 여인의 모습이 있었다.

과거, 현재, 미래를 알려주는 각각의 카드는 다가올 불행과 죽음에 가까운 변화 그리고 불안한 미래를 뜻했다. 나온 카드가 지난번과 비슷했다.

이채는 설마 하는 마음으로 한 장의 카드를 더 골랐다. 역시나 같은 카드가 나왔다. 조심해야 할 것은 물이었다.

'또 욕조에 빠질 만한 일이라도 생긴다는 건가.'

한숨을 쉰 이채는 몸에 말고 있던 이불을 추슬러 침대로 향했다. 출근하려면 몇 시간이라도 자야 했다.

겨우 잠이 들었을 때였다. '띠리릭' 하는 보안 해제음이 들렸다. 뒤이어 현관문이 열리고 닫히는 소리가 집 안에 울려 퍼졌다. 그다음에 들린 것은 신발을 끄는 소리였다.

이채는 묵직한 눈꺼풀을 들어 올렸다.

'현관문이 열렸어?'

잠결에 흩어지려고 하는 정신을 간신히 부여잡았다. 시야 밖의 공간에서 소름 끼치는 인기척이 느껴지고 있었다.

이채는 어둠 속을 노려보았다. 천천히 다가오는 기척이 느껴지자, 입안에 침이 고였다. 해외여행 중인 다채가 갑자기 돌아왔을 리는 없었다. 이채는 소리가 나지 않도록 조심해서 침대 옆으로 내려와 숨었다.

침대와 베란다 문 사이의 공간에 엎드려 눈만 내놓은 이채는 집 안으로 들어선 그림자를 발견했다. 어둠 속에서 움직이는 그림자가 만들어내는 인기척은 오싹하도록 스산했다. 어둠에 가려 상대의 얼굴도 제대로 확인할 수 없었다.

이채는 이 시간이 무사히 지나가기를 기도했다. 기억 모양으로 꺾인 구조라서 운이 좋으면 발견하지 못하고 지나칠 수도 있을 것이다. 그녀는 몸을 더욱 웅크리며, 만약을 대비해서 휴대폰을 찾았다.

손전등을 꺼낸 침입자는 방 안을 이리저리 비춰보았다. 곳곳을 살피던 그는 침대 쪽을 주시했다. 다행히 숨어 있는 이채를 발견하지 못했는지, 옷장 쪽으로 움직였다. 그는 이채가 정리해놓은 옷장과 서랍을 사정없이 흐트러트렸다. 다채가 부탁해서 가져온 박스도 열어젖혔다. 그다음은 이채의 트렁크 차례였다.

'아무거나 가지고 가. 제발.'

하지만 그녀의 간절한 바람은 들어주지 않을 모양이었다. 침입자는 트렁크를 뒤지다 말고 뒤를 돌아보았다. 어두운 방 안에서 그의 안광이 번뜩였다.

'왜! 왜! 그냥 다 들고 나가!'

소리 없는 외침이 마음속에서 메아리칠 때였다. 침입자의 손전등이 정확하게 이채의 눈을 향했다.

'헉.'

너무 놀란 나머지 비명도 지르지 못했다.

이채는 반사적으로 일어나 벽으로 붙었다. 손전등 불빛 때문에 앞이 보이지 않았지만, 침입자가 히죽 웃은 것만 같았다. 어느새 손전등을 내린 침입자는 나이프를 꺼내 그녀를 향해 겨누었다.

"조용히 해!"

이채의 몸이 움찔거렸다. 낮게 가라앉힌 목소리는 극도의 공포를 자아냈다. 그래도 두 사람 사이에는 아직 침대만큼의 거리가 남아 있었다. 물론 이채가 구석에 몰린 꼴이기는 했다.

"지갑, 지갑에 비상금이. 저기 두 번째, 두 번째 서랍에 있어요. 중요한 건 다 그 서랍에 있어요. 그거 가지고 가세요."

두서없이 내뱉은 이채의 말에 침입자가 나이프를 슬쩍 거두었다. 그가 다시 서랍을 뒤지는 동안 이채는 눈동자를 굴려 휴대폰의 위치를 파악했다.

"다른 건?"

휴대폰을 향해 슬쩍 손을 뻗으려는데, 침입자가 돌아보았다.

"다, 다른 거요?"

화들짝 놀란 이채는 눈동자를 굴렸다. 그리고 침대 아래쪽에 아무렇게나 놓아두었던 가방에서 지갑을 꺼내 던졌다. 그다음 협탁 위에 있던 도자기 저금통을 바닥에 내려놓고 슬쩍 발로 밀었다. 타원형의 저금통이 요란한 동전 소리를 내며 굴러가다가 침입자의 발치에 멈춰 섰다.

"뭐냐. 이건?"

그는 어이없다는 듯 실소했다.

"500원짜리만 모은 거예요."

이채는 눈치를 보며 휴대폰 쪽으로 슬쩍 움직였다.

"이게 누굴 거지로 아나. 움직이지 마!"

고압적인 목소리에 이채는 얼어버린 듯 움직임을 멈췄다. 등 뒤로 식은땀이 또르르 흘러내렸다. 그녀는 눈을 찡그리며 겨우 말을 토해냈다.

"더 없어요. 진짜예요. 그, 그것만 가지고 가세요. 제발."

"싫다면?"

"네?"

그가 이채에게 한 걸음 다가섰다.

"사, 살려주세요."

"해치진 않아. 대신 얘기를 좀 나눠봐야 할 것 같은데."

이채는 현실을 부정하고 싶었다. 아무래도 단순 강도가 아닌 모양이었다. 심장이 튀어나올 것처럼 뛰기 시작했다.

'도망, 도망쳐야 해.'

도망칠 방법을 찾던 이채의 눈에 베란다가 들어왔다.

'베란다!'

이채는 몸을 돌려 베란다 문을 향해 손을 뻗었다. 짧은 시간이었지만, 영원처럼 느껴졌다. 깜빡 잊고 잠그지 않았던 문은 단번에 열렸다. 등 뒤에서 고함이 들린 것도 같았다.

바깥 공기가 느껴진다고 생각했을 때, 베란다 너머의 남자와 눈이 마주쳤다. 그의 눈동자가 당황으로 얼룩진 것과 동시에 이채는 베란다 난간 위로 올라섰다. 그리고 거리를 가늠할 겨를도 없이 맞은편 베란다를 향해 뛰었다.

그의 손에 들려 있던 책이 바닥으로 떨어졌다. 도하는 자신에게 날아든 그녀를 받기 위해 반사적으로 두 팔을 벌렸다.

불시에 안겨 온 이채의 무게감에 의해 도하의 몸이 뒤로 밀렸지만, 넘어지지는 않았다. 눈앞에서 흩날리는 긴 머리카락과 코끝에 스치는 체향이 강렬한 이미지로 각인되었다.

"이게 무슨 짓입니까."

"강도, 강도가!"

품에 안긴 그녀의 속눈썹이 파르르 떨렸다. 미간을 찌푸린 채 이채를 내려다보던 도하는 강도라는 말에 맞은편 베란다를 노려보았다.

그 순간, 침입자와 도하의 눈이 마주쳤다. '말도 안 돼'라고 작게 중얼거린 침입자는 그대로 뒷걸음질 쳤다.

도하는 이채를 밀치듯 떼어냈다. 그리고 베란다 난간을 손에 쥐었다.

"위험해요!"

그는 이채의 날카로운 목소리를 뒤로하고 베란다를 넘었다. 도하의 움직임에서 망설임은 찾아볼 수 없었다. 어둠이 짙게 깔린 집 안으로 달려 들어간 도하는 도망치는 침입자의 뒤를 쫓았다.

"거기 서!"

도하는 바닥에 있던 도자기 저금통을 집어 던졌다. 빠른 속도로 날아간 저금통은 침입자의 등을 정확하게 타격했다.

깨져버린 저금통 조각과 500원짜리 동전이 파편처럼 튀었다. 도하는 충격으로 비틀거리는 침입자의 멱살을 쥐고 주먹을 날렸다. 세게 맞은 것 같지도 않은데, 그는 숨을 몰아쉬며 괴로워했다.

도하는 기세를 몰아 침입자의 손목을 붙잡아 비틀었다. 침입자의 손에서 나이프가 떨어지자 발로 멀리 차버렸다. 복면을 쓰고 있어서 보이는 것은 침입자의 눈뿐이었다. 도하는 침입자가 쓰고 있는 복면을 벗겨내기 위해 손을 뻗었다.

복면이 벗겨지려던 찰나, 침입자는 손을 뻗어 테이블 의자의 다리를 쥐었다. 그는 테이블 의자를 있는 힘껏 휘둘렀다. 무언가 부서지는 소리와 함께 나무의 파편이 사방으로 튀었다. 도하는 어깨에서 느껴지는 강렬한 통증에 침음을 흘렸다.

침입자는 발광하듯 부서진 의자를 계속 휘둘렀다. 그러면서도 숨소리 한 자락 흘리지 않았다. 놓으라는 말도, 비키라는 말도 없었다. 이채에게 했던 것처럼 스산한 목소리로 협박하지도 않았다.

격렬한 침묵을 깨고 입을 연 건 도하였다.

"여기에 뭐가 있길래!!"

의자를 휘두르던 침입자의 몸이 순간적으로 경직되었다.

○○○

"어떻게 해. 저러다 다치면!"

건너편 베란다에 남겨진 이채는 돌아가는 상황을 파악하지 못하고 발만 동동 굴렀다. 무언가 깨지고, 부서지는 소리가 연달아 들리더니 잠잠해진 참이었다.

파열음이 들릴 때도 두려웠지만, 아무런 소리가 들리지 않자 더욱 무서웠다. 손톱을 깨물던 그녀는 베란다 난간을 손에 쥐었다. 강도가 등 뒤에 있을 때는 뛰어넘으면서도 두렵지 않았었다. 하지만 되돌아가려니 5층이라는 높이가 아찔하게 느껴졌다.

"괜찮아. 아까는 뛰어서도 넘었잖아. 괜찮아. 괜찮아."

할 수 있다고 자기최면을 걸며 베란다 난간을 붙잡았다. 슬쩍 아래를 내려다보자, 어질어질한 감각이 밀려왔다. 이채는 눈을 질끈 감았다.

"보지 말자. 난 아무것도 못 봤어. 못 본 거야."

다시 눈을 뜬 이채는 아래를 내려다보지 않으려고 애쓰며 베란다 난간을 넘었다. 그리고 건너편 베란다를 향해 한쪽 팔을 뻗었다. 반대편 난간을 단단히 쥐고 나니 어렵지 않게 넘어갈 수 있었다.

베란다 사이는 예상했던 것보다 더 가까웠다.

이채는 집 안의 상황을 살피려고 고개를 내밀었다. 하지만 깜깜해서 앞이 잘 보이질 않았다. 게다가 별다른 소리가 들리지 않는다는 걸 깨닫고 나니 더욱 두려워졌다. 조마조마한 마음을 이끌고 안으로 들어선 그녀는 휴대폰부터 찾아 손에 쥐었다.

긴급신고 112 애플리케이션을 실행시키고, 벽을 더듬어 스위치를 눌렀다. 달칵거리는 감각이 느껴지자, 집 안이 환하게 밝혀졌다. 바닥에는 도자기 저금통 파편과 500원짜리 동전이 함께 굴러다니고 있었다.

집 안이 밝아졌지만, 여전히 아무런 소리도 들리질 않았다. 이채의 긴장감은 한층 더 고조되었다. 그녀는 기역 자로 꺾인 부분에서 고개를 살짝 내밀었다.

도하는 아일랜드 식탁 앞에 서 있었다. 다행히 침입자의 모습은 보이질 않았다. 이채는 놀란 가슴을 쓸어내리며 그를 향해 걸어갔다.

"작가님, 괜찮으세요?"

그는 서서히 고개를 돌렸다. 조금 전까지 강도와 대치했던 사람이라고 하기엔 한없이 고요한 얼굴이었다.

"도망쳐버렸네요."

감정 없이 메마른 목소리였다. 그리고 마주친 눈빛은 스치는 모든 것을 얼려버릴 것처럼 서늘했다. 그의 눈빛에 놀라 다리에 힘이 풀려버렸다. 휘청거리다가 손을 뻗어 테이블을 붙잡았지만 소용없었다. 팔에도 힘이 들어가지 않아 그대로 미끄러져 버렸다.

도하가 뒤늦게 이채의 팔을 붙잡아줬지만, 주저앉는 걸 막지는 못했다. 이채는 동그란 눈을 치켜뜬 채 그를 올려다보았다. 도하와 다시 눈이 마주치자, 손뿐만 아니라 전신의 힘이 빠져나갔다.

이채는 도하가 붙잡고 있는 자신의 팔을 바라보았다. 온몸의 피가 그의 손길이 닿은 부분으로 몰리는 느낌이었다. 그의 손은 놀라울 정도로 뜨거웠다.

"놀랐습니까?"

"딸꾹."

이채의 입에서 눈치 없는 딸꾹질이 새어 나왔다. 한 손으로 입을 틀어막아 봐도 소용없었다. 그녀는 눈동자를 굴리며 숨을 참았다.

"딸-꾹."

딸꾹질은 여지없이 튀어나왔다. 두 손으로 입을 막아도 소용없었다. 입을 틀어막고도 소리가 새어 나와 히끅거려야 했다. 덕분에 가슴이 뻐근했다.

그녀의 딸꾹질이 멈출 기미를 보이지 않자, 도하가 냉장고 앞으로 걸음을 옮겼다. 안에는 가지런히 정리된 반찬 통과 채소, 과일이 들어 있었다. 다만, 그것들은 새로운 물질로 다시 태어난 상태였다.

반찬은 밀폐용기 속에서 꿈틀거리고 있었고, 채소와 과일은 곰팡이에 둘러싸여 제 모습을 잃고 허물어지기 직전이었다. 냉장고 속 생태계에 당황한 도하가 멈칫거렸다.

놀란 건 이채도 마찬가지였다.

'아, 언니…….'

조금 전까지 이채를 지배하던 공포는 창피함에 뒤덮여 힘을 잃어버렸다. 옷은 싹 다 가져갔으면서 냉장고 정리는 하지 않고 떠나버린 다채가 원망스러웠다. 그 와중에도 딸꾹질은 계속되었다.

도하는 냉장고에서 생수병을 꺼내 뚜껑을 땄다. 그리고 그것을 이채에게 내밀었다. 얼떨결에 생수병을 받아 든 이채는 물을 단숨에 들이켰다. 숨을 참고 생수를 반병이나 마시고 나서야 딸꾹질이 멈췄다.

"감사합니다."

다시 도하와 눈이 마주쳤다.

어느새 그는 무심한 눈빛으로 돌아와 있었다. 몸을 일으킨 이채는 소란스러워진 감정을 감추기 위해 한 걸음 뒤로 물러섰다.

"다친 데는 없으세요?"

"없어진 게 뭡니까?"

도하는 이채의 질문에 질문으로 답했다. 이채는 난장판이 된 집 안을 대충 훑어보며 대꾸했다.

"없어진 건 없어요. 아무것도 못 가져갔을 거예요."

"잘 생각해 봐요. 없어진 게 있는지."

헝클어진 트렁크와 옷장, 서랍. 도하의 시선이 집 안 구석구석을 훑고 지나갔다. 아무리 봐도 특별할 게 없는 집이었다.

"괜찮아요. 그렇게 중요한 물건도 없고요."

사실 무엇이 없어졌다고 해도 목숨만큼 중요하지는 않았다. 게

다가 강도에게 험한 꼴을 당할 수도 있었다. 오늘 밤 벌어질 수 있었던 최악의 상황을 떠올린 그녀는 가슴을 쓸어내렸다.

"어? 피가."

바닥에 엉겨 붙은 핏자국을 발견한 이채는 얼굴을 굳혔다. 도하도 뒤늦게 바닥에 점점이 떨어진 핏자국을 발견했다.

"강도의 피면 중요한 증거가 되겠죠?"

이채는 그렇게 말하며 핏자국을 향해 움직였다. 그런데 그녀가 걸음을 옮길 때마다 바닥에 깔아놓은 하얀 카펫에 붉은 얼룩이 남았다.

"잠깐만."

도하가 거침없이 다가와 이채의 팔을 붙잡았다. 반동에 의해 돌아본 이채는 당황스러움을 감추질 못했다. 이어지는 도하의 행동으로 그녀의 당황은 배가되었다.

그는 이채를 번쩍 안아 들고 테이블 의자에 앉혔다. 그리고 그 앞에 한쪽 무릎을 굽히고 앉았다.

"뭐, 뭘 하는 거예요."

그는 대답 대신 이채의 발을 향해 손을 뻗었다. 낯선 손길이 다가오자 당황한 이채가 재빨리 발을 뒤로 뺐다.

"왜, 왜요?"

"아프지는 않았나 봅니다?"

"네?"

그의 커다란 손이 발을 붙잡자 예리한 통증이 느껴졌다. 그제야 핏자국의 주인이 누구인지 깨달을 수 있었다.

이채의 발을 살핀 도하는 혼잣말하듯 중얼거렸다.

"다행이네."

다행이라니? 이채는 눈을 크게 떴다가 표정을 풀었다. 순간적이긴 했지만 다친 사람이 '이채'여서 다행이라는 뜻으로 들린 것이다. 왜 그렇게 들렸는지는 모를 일이었다.

분명, 큰 상처가 아니라 다행이라는 뜻이었을 텐데.

"아픕니까?"

그녀를 올려다보는 도하의 눈빛에는 적절한 걱정이 담겨 있었다.

"괜찮아요. 다친 줄도 몰랐는데요."

이채는 발의 상처를 살피는 그의 얼굴을 물끄러미 바라보았다. 가까이서 보니 속눈썹이 길고 풍성했다.

'나보다 길겠는데.'

눈동자는 짙은 갈색이었다. 정신없이 그를 탐색하는데 눈이 마주쳐버렸다. 이채의 귀에 심장 소리가 들리는 듯했다. 황급히 시선을 돌렸지만, 두근거림은 잦아들지 않았다. 급기야 숨소리마저 들려왔다.

오늘 하루 그로 인해 참 많이도 심장이 뛰었다. 처음에는 놀라서, 다음에는 황당해서, 그다음에는 고마워서. 내일의 그는 또 어떤 이유로 가슴을 뛰게 해줄까.

아주 조금, 그런 기대를 해보았다.

"저금통 파편을 밟은 것 같습니다."

그녀의 발은 도하의 한 손에 들어올 정도로 작고 하얬다. 이채의 발을 내려놓은 도하는 몸을 일으켰다. 그의 움직임을 따라 청량한 시트러스 향기가 주변으로 퍼져 나갔다.

"소독약이나 연고는 어디에 있습니까?"

"저기, 네 번째 서랍일 거예요."

그는 이채의 손끝이 가리키고 있는 서랍을 열었다.

서랍 안에 약 상자가 들어 있을 거라는 예상과는 달리 서랍 자체가 약 상자였다. 안에는 각종 밴드와 연고, 소독약 등이 어지럽게 굴러다니고 있었다.

발가락을 꼼지락거리다가 의자 등받이에 몸을 기댄 이채는 도하를 빤히 바라보았다. 서랍을 뒤적거리는 모습이 제 집처럼 편안해 보였다.

'누가 보면 남자 친구인 줄 알겠네.'

남자 친구, 라는 단어를 떠올리자 그와 한 집에 있다는 사실이 새삼스럽게 느껴졌다. 어색함에 헛기침을 한 번 했지만, 도하는 신경도 쓰지 않는 기색이었다. 호텔에서부터 한결같이 무신경했다.

사실 베란다로 도망칠 때까지만 해도 그가 이렇게 적극적으로 나서줄 줄은 몰랐다. 요즘 세상에 신고라도 해주면 다행이지 않은

가. 게다가 베란다에서 다시 만난 도하는 꽤나 냉담한 반응을 보였었다. 하지만 그는 이채의 예상과 달랐다. 망설임 없이 베란다를 넘었다. 위험을 무릅쓰고 강도에게 달려들었던 도하는 지금, 이채의 발을 치료할 약을 찾고 있었다. 분명 무신경한데, 다정했다. 그 미묘함이 오히려 더 신경을 자극했다.

그는, 어떤 남자일까.

필요한 약품을 챙겨 온 도하가 다시 한쪽 무릎을 꿇고 앉았다. 그는 소독용 에탄올의 뚜껑을 열다가 멈칫거렸다.

"유통기한이 좀 지나긴 했는데 소독약이니까 괜찮을 겁니다."

그는 자신과의 타협을 진행하고 면봉에 소독약을 묻혔다. 도하는 이채의 상처를 소독하고 꼼꼼하게 연고까지 발라주었다. 일회용 밴드는 크기가 맞지 않아, 거즈를 대고 테이핑해야 했다.

치료를 마친 도하가 낮게 깔린 목소리로 말했다.

"병원에 가보는 게 좋을 겁니다."

이채는 고개를 끄덕였다. 그의 손길이 닿은 발이 간질간질했다. 고작 발 하나 내어준 것뿐인데 부끄러움이 밀려왔다. 이채는 표정을 수습하며 그의 손에 붙잡혀 있던 발을 슬쩍 끌어당겼다.

"고마워요……."

고맙다고 말하고 보니, 도하의 표정이 이상했다. 고개를 갸웃거리던 이채는 그의 어깨가 가늘게 경련하는 것을 발견했다.

"다쳤어요?"

"괜찮습니다."

도하는 '다치지 않았다'가 아니라 '괜찮다'고 말했다. 그건 다쳤다는 뜻이다. 이채는 한 손으로 그의 얼굴을 돌려서 자신을 향하게 했다. 졸지에 얼굴을 붙잡힌 도하가 빳빳하게 굳는 것을 느끼며, 다른 손으로 그의 어깨를 꾹 눌렀다.

어깨가 바르르 떨리는 걸 발견한 이채의 목소리에 힘이 실렸다.

"다쳤잖아요. 병원에 가야 하는 건 작가님 아니에요? 이럴 게 아니에요. 병원부터 가요."

"근육통 정도니까 소란 떨 것 없습니다."

"그래도."

"이 정도로 응급실에 가면 비웃습니다. 정 불편하면 내일 가면 됩니다."

도하는 사용하고 남은 붕대를 내려놓으며 대수롭지 않게 말을 이었다.

"앉아 있어요. 대충 치울 테니까."

그리고는 바닥에 늘어놓았던 약품들을 정리하기 시작했다.

"제가 할게요."

부상당한 은인에게 잡일까지 시킬 수는 없었다. 이채는 그의 손에서 약을 가로채듯이 받아 들었다. 소독용 에탄올을 쓰레기통에 버리려다 보니 유통기한 표시가 눈에 들어왔다.

'숫자를 잘못 읽었나?'

도하가 했던 말과 달리, 유통기한이 2년 정도 남아 있었다. 쓰레기통에 버려질 뻔한 소독용 에탄올은 다시 테이블 위로 올라갔다.

"쓰레기봉투는 어디에 있습니까."

도하는 어느새 피 묻은 카펫을 말아 들고 있었다.

"아…… 저, 현장 보존 같은 거 해야 하지 않나요? 경찰이 곧 올 텐데."

도하의 움직임이 어색하게 정지했다.

"그렇네요."

카펫을 내려놓은 그는 무심한 눈빛으로 주위를 살폈다. 그의 시선이 책장과 장식장을 거쳐서 가족사진으로 향했다.

"왜 그러세요?"

"증거가 될 만한 게 있을까 해서요."

"신경 써주셔서 고마워요. 계속 폐만 끼치네요."

한 번 더 감사를 표시하자 도하는 어색하게 몸을 돌렸다. 현관문으로 향하던 그는 무언가를 깨닫고 멈칫거렸다. 그제야 이채도 그가 베란다를 통해 넘어왔다는 사실을 떠올렸다.

"잠시만요. 슬리퍼가 있을 거예요."

이채는 절뚝이며 현관 앞으로 가서 신발장을 열었다. 하지만 여성용 구두 몇 켤레만이 자리를 잡고 있었다. 그 사이에서 삼디다스 슬리퍼를 찾아냈지만, 공교롭게도 핑크색이었다. 게다가 그가 신기에는 턱없이 작아 보였다. 곤란해하는 그녀의 모습을 지켜보던 도하가 높낮이 없는 어조로 말했다.

"경찰이 올 때까지는 있겠습니다. 진술도 해야 할 것 같으니까요."

○○○

"비밀번호를 누르고 들어왔다는 말입니까?"

두 명의 경찰은 신고한 지 20분이 지나서야 도착했다. 그중 한 명은 주변을 돌아보겠다며 나갔고, 다른 한 명이 현관 앞에 선 채 사건에 대해 물었다.

"네. 맞아요. 정확하게 눌렀어요."

이채는 고개까지 끄덕이며 대답했다. 침입자는 분명 비밀번호를 알고 있었다.

"면식범일 수 있겠군요. 비밀번호는 또 누가 알고 있습니까?"

"여기가 언니 집이라서요. 몇 명이 알고 있는지는 모르겠어요."

"언니분은 어디에 계십니까?"

"그게, 여행을 갔어요. 외국에요. 간 지 일주일쯤 됐어요. 집은 계속 비어 있었고, 전 오늘 온 거고요."

경찰은 무표정한 얼굴로 수첩에 이런저런 것들을 끄적였다.

"연락 한번 해보시죠."

이채는 주변을 둘러보다가 휴대폰을 찾아들었다. 바로 전화를 걸었지만, 다채는 받지 않았다. 벨이 몇 번 울리기도 전에 ARS로 넘어가는 걸 보니 휴대폰이 꺼져 있는 모양이었다.

"휴대폰이 꺼져 있는 것 같아요. 언니가 원래 연락을 잘 안 받긴 해요."

"흠, 비밀번호는 다시 바꾸셨습니까?"

"네. 바꿨어요."

정신을 추스르고 제일 먼저 한 일이었다. 갑자기 생각나는 번호가 없어서 일단 오늘 날짜로 했다. 5월 1일.

"잘하셨습니다. 범인이 가죽 장갑을 꼈다고 했죠?"

네, 라고 대답한 이채는 고개를 돌려 도하를 응시했다. 자신보다는 직접 상대했던 그가 더 잘 알 것 같았다.

모두의 시선이 집중되자 벽에 기댄 채 팔짱을 끼고 있던 도하가 입을 열었다.

"검은색 가죽 장갑입니다. 그리고 검은색 모자에 마스크를 썼습니다. 나이프를 들고 있었는데, 찌를 생각은 없어 보였습니다. 칼도 바로 집어넣더군요. 제가 나타나자 범인은 도망칠 생각만 했습니다."

경찰은 어지러워진 집 안을 펜으로 가리켰다.

"그럼 이 상황은……?"

"제가 잡으려다 보니까 몸싸움이 생겼습니다."

경찰의 미간이 찌푸려졌다.

"의자를 휘두른 게 그럼……."

"접니다."

의아함을 느낀 이채의 눈썹이 치켜 올라갔다. 어쩐지 도하가 강도의 역성을 들어주는 것 같은 느낌이 들었다. 당연히 착각이겠지만.

"흠, 장갑을 꼈으니 지문은 없을 테고."

경찰은 열려 있는 현관문을 이리저리 살피다가 집 안으로 들어왔다. 그가 바닥에 묻은 피를 주시하자, 이채가 말했다.

"제 피예요. 발을 좀 다쳐서요."

"병원부터 가보셔야겠네요. 뭐가 깨진 겁니까?"

"저금통이요."

"어떻게 깨진 거죠?"

"아, 그게……."

이채는 상황을 확인하지 못했다. 어둡기도 했고, 건너편 베란다에서 보이는 시야 범위를 벗어나 있었다. 이채가 말끝을 흐리자, 도하가 대답을 이어갔다.

"제가 집어 던졌습니다. 침입자 등에 맞고, 바닥에 떨어지면서 깨졌습니다."

부서진 의자와 깨진 도자기 저금통 조각을 대강 훑어본 경찰은 다시 신발을 신었다. 그사이 주변을 살펴보기 위해 내려갔던 경찰도 돌아왔다.

"입구 CCTV에 찍힌 건 없어."

"블랙박스는?"

"오늘따라 건물 근처에 주차된 차량이 없네."

둘이 주고받는 이야기를 듣다 보니 강도 사건은 점점 미궁 속으로 빠져드는 것 같았다. 조금 초조해진 이채가 조심스레 물었다.

"그럼 못 잡아요?"

"노력해보겠습니다."

경찰은 그렇게만 답했다. 이채가 생각하기에도 드러난 단서만으로는 잡을 수 없을 것 같았다.

게다가 경찰은 큰 사건으로 여기지도 않는 눈치였다. 강도를 잡을 수 없는 이유를 늘어놓고만 있었다. 이채도 당장 강도를 잡아줄 거라는 순진한 생각을 한 것은 아니었다. 훔쳐간 것도 없고, 크게 다친 사람도 없긴 했다. 하지만 강도가 아닌가. 좀 더 열정적으로 수사해줬으면 했다.

그녀의 불편한 감정을 감지한 경찰 한 명이 헛기침을 했다.

"문단속 잘하십시오. 주변 순찰 강화하고, 인근 CCTV 영상 확보해서 수사 진행할 겁니다. 다시 연락드리겠습니다. 그럼 저희는 이만."

경찰이 계단을 내려가자, 이채는 고개를 내밀어 복도를 살펴보고 현관문을 닫았다. 그리고 아일랜드 식탁에 기대어 서 있는 도하를 물끄러미 바라보았다. 그녀의 시선에는 약간의 원망이 담겨 있었다. 먼저 입을 연 건 도하였다.

"범인을 잡기는 힘들 겁니다."

어쩐지 그가 뻔뻔하게 느껴졌다.

그가 거짓말을 했다고 여긴 건 아니었다. 하지만 무언가 석연치 않은 것도 사실이었다. 그래서인지 하루에 두 번이나 구해준 은인에게 보내선 안 될 불손한 눈빛이 자꾸만 비집고 나왔다.

벽에서 등을 뗀 도하가 얼굴을 불쑥 내밀었다.

"할 말 있습니까?"

"네? 아, 아니요."

얼굴이 가까워지자 당황한 이채의 눈썹이 아래로 처졌다.

가까이서 눈을 마주친 것만으로도 기분이 이상했다. 숨 쉬는 것도 잊어버릴 만큼의 몰입감을 느끼던 이채는 이대로 질식해버릴지도 모르겠다는 엉뚱한 생각을 했다. 먼저 시선을 돌린 건 도하였다.

"그럼 이만 가보겠습니다."

"네? 네에……."

이채는 뒤늦게 슬리퍼를 찾아야 한다는 걸 떠올렸다. 화장실 슬리퍼를 가져오려는데, 그가 현관이 아닌 베란다를 향해 움직였다.

"베란다로 가시게요?"

"이게 더 편합니다."

당연하다는 듯이 말해서 이채도 덩달아 고개를 끄덕여버렸다. 신발도 없이 1층까지 계단으로 내려가서 다시 5층까지 올라가는 것보다는 베란다가 나은 선택일 수 있었다.

어느새 베란다로 나간 도하는 난간을 쥐었다. 베란다 너머로 그의 거실 일부가 훤히 들여다보였다. 바람이 불어와 차르랑거리는 풍경 소리가 유난히 크게 들렸다.

도하를 따라 나온 이채는 흩날리는 머리카락을 정돈하며 그의 옆얼굴을 응시했다.

"그럼."

그는 난간을 조금 더 힘 있게 쥐고는 가뿐히 넘어갔다. 날렵한 움직임을 보니 어깨는 괜찮은 듯했다.

"정말, 고마워요."

등 뒤에서 들려온 이채의 목소리 때문인지 그가 뒤를 돌아보았다. 차르랑거리는 풍경 소리와 함께 어우러진 도하의 모습이 어쩐지 아득하게 느껴졌다.

○○○

집 안으로 들어선 도하는 베란다 문을 굳게 닫고 커튼을 쳤다. 그리고 그 자리에 쓰러지듯 주저앉았다.

"하아."

새삼스럽게 느껴진 어깨의 통증 때문에 신음이 흘러나왔다. 괜찮은 척했지만, 무시할 수 있을 만한 통증은 아니었다. 애써 평정을 유지하고 있던 그의 얼굴이 와락 일그러졌다. 눈을 감은 채 통증이 가라앉기를 기다린 도하는 바지 주머니에서 나이프를 꺼냈다.

노드크라운 헌팅나이프. 이 나이프는 도하가 류하에게 선물했던 것이다. 단지 같은 제품일 뿐이라고 생각하고 싶었지만, 손잡이에 류하의 이니셜과 선물한 날짜가 음각되어 있었다.

이채가 나이프에 대해 잘 알지 못했던 것이 다행이었다. 한정판으로 나온 나이프인 데다가 이니셜까지 음각되어 있어서 단번에 용의자가 추려졌을 것이다.

그랬다. 토마토 빌라 501호에 침입한 강도는 류하였다.

'어디서부터 잘못된 걸까.'

지금도 눈을 감으면 류하의 마지막 모습이 아른거렸다. 도하를 향한 원망을 쏟아내기만 하던 그를 지켜보는 게 힘들어서 발걸음을 끊었다.

다시 류하의 소식이 들려온 건 1년이 지나서였다. 세간을 떠들썩하게 한 '복원사 정다채 살인 사건'의 용의자로 류하가 지목된 것이다. 대대적인 수사가 이루어졌지만, 자취를 감춰버린 류하를 찾을 수는 없었다.

살인 사건이 미제로 종결되자, 도하는 본격적으로 류하를 찾아 나섰다. 그동안 몇 개의 단서도 찾아냈다. 그 단서 중 하나가 토마토 빌라 501호였다.

사라지기 직전의 류하는 501호에 집착하고 있었다. 도하는 토마토 빌라 501호가 잘 보이는 맞은편 빌라로 이사 온 뒤 베란다 확장 공사를 진행했다. 류하가 다시 나타난다면, 501호일 거라는 예감이 들었기 때문이다.

그리고 2년 반 만에 류하가 나타났다. 강도의 모습으로.

"도대체 왜."

바닥을 주먹으로 내리친 도하는 베란다 유리창에 머리를 기댔다. 커튼 뒤로 느껴지는 유리의 서늘한 기운이 조금씩 이성을 돌아오게 했다.

생사조차 불분명할 때는 살아만 있어 주길 바랐다. 하지만 강도라니.

류하는 살인 용의자의 신분으로 실종된 상태였다. 하지만 도하는 그가 살인을 저질렀다고 믿지 않았다. 애초에 범죄를 저지를 이유가 없는 아이였다. 마약 사건으로 집안에서 쫓겨났지만, 용돈까지 끊지는 않았다. 어머니에게 물려받은 유산도 상당했다. 단순 원한이라고 하기에도 이상했다.

류하와 피해자 사이에는 접점이 없었다. 단 한 번 만났을 뿐이었다.

그랬다. 도하는 류하가 '또' 누명을 쓴 거라 여겼다. 하지만 '절대로' 아니라고 믿었던 마음은 시간이 지나면서 '혹시나' 하는 마음이 되었다. 그리고 강도로 나타난 류하를 본 순간 남아 있던 믿음마저 산산이 부서져버렸다.

자리에서 일어난 도하는 소파에 아무렇게나 굴러다니던 휴대폰을 집어 들었다. 최신 통화목록에서 'LAN'이라는 이름을 찾아 누르자 전화가 연결되었다.

"한국 최고의 정보 상인! 세계로 뻗어 나가는 빠름빠름빠름 강랜입니다. 공도하 고객님 안녕하세요."

좋게 말하면 발랄하고, 나쁘게 말하면 경망스러운 목소리가 흘러나왔다.

도하는 류하를 찾기 위해 국내 최고라는 정보 상인 세 명에게 동시에 의뢰를 넣었다. 그중에서도 가장 많은 정보를 찾아낸 이가 랜이었다. 그 뒤로 그는 2년 반 동안 류하의 흔적을 따라 움직이고 있었다.

"토마토 빌라 501호에 류하가 나타났습니다."

상대가 숨을 들이켜는 소리가 휴대폰을 통해 들려왔다. 당황한 듯한 숨소리가 지나가고, 랜의 목소리가 다시 들려왔다.

"고객님, 그럴 리가요?"

"나와 마주쳤습니다. 501호에서 무언가를 찾으려는 것 같았습니다. 실종됐던 정나채의 동생도 돌아왔고요."

"정이채를 말씀하시는 겁니까?"

랜의 목소리가 갑자기 낮아졌다. 그 역시 믿기 힘든 모양이었다. 감쪽같이 사라졌던 여자였다. 도하도 직접 보지 못했다면 믿기 힘들었을 것이다.

"지금 토마토 빌라 501호에 있습니다."

"그럴 리가 없습니다. 제가 누굽니까. 한국 최고 정보 상인! 세계로 뻗어 나가는 빠름빠름빠름 강랜입니다. 고객님의 특별 의뢰로 토마토 빌라 근처에 깔아놓은 눈만 열입니다. 그런데 아직 아무런 보고도 들어오지 않았습니다."

"내가 만났습니다."

"……그으럼 확인해보겠습니다. 하늘 같은 고객님이 만나셨다면, 나타난 거겠죠. 확인해보겠습니다. 네. 해야죠. 공류하와 정이채를 만난 게 몇 시경입니까?"

"류하는 30분, 아니 40분 전에 저와 마주치고 도망갔습니다. 검은색 모자에 마스크, 장갑까지 끼고 있었어요. 가리고 있으니 얼굴로는 찾을 수 없을 겁니다. 그리고 정이채 씨는 11시경에 처음 마주쳤습니다. 그전에 집에 들어와 있었던 것 같습니다. 자다가 일어난 것 같은 모습이었으니까요."

"걱정하지 마십시오. 고객님. 이럴 때를 위해 CCTV가 있는 겁니다. CCTV 영상 분석한 다음 다시 연락드리겠습니다."

"정이채 씨가 오늘 자로 경찰에 신고한 내역도 있을 겁니다. 강도가 들었다는 내용인데, 수사 진행이 어떻게 되는지 살펴봐 주세요. 강도가 류하였습니다. 랜 씨의 말이 맞아요. 류하는 그 집에서 무언갈 찾고 있었습니다."

"그으렇군요. 네. 제가 그것도 확인해보겠습니다. 어차피 경찰은 못 찾습니다. 이제 걱정은 딱! 붙들어 매세요. 공류하가 움직이기 시작했다면 찾는 건 시간문제입니다. 인원을 보강해야 할 것 같은데요. 고객님. 관련 세금계산서는 이메일로 보내드리면 될까요?"

"그렇게 해주세요."

"네! 저 빠름빠름빠름 강랜이 언제나 고객님과 함께하겠습니다. 그럼!"

전화를 끊자 허탈해졌다. 가벼워 보이는 남자지만 실력은 좋았다. 도하는 다시 베란다 창에 기대어 눈을 감았다.

오늘 밤은, 아무것도 할 수 없을 것 같았다.

○○○

휴게실 겸 공용사무공간으로 사용되는 곳에서 업무일지를 작성하던 이채는 창밖으로 눈길을 돌렸다. 창밖으로 보이는 것은 박물관 풍경이었고, 유리창에 비친 것은 이채의 모습이었다. 그런데 이상하게도 도하의 얼굴이 눈앞에 아른거렸다.

"공도하."

이채는 자신도 모르게 그의 이름을 중얼거렸다. 알 수 없는 감정이 조금씩 그녀의 심장을 두드렸다.

"정신 차리자. 정신."

자신의 볼을 양손으로 짝, 소리가 나도록 때렸다. 정신을 가다듬고 다시 업무일지를 써 내려가던 그녀는 다음 줄에 '공도하'라는 이름을 써버리고 말았다.

"미쳤네. 미쳤어."

이름을 펜으로 죽죽 그어 지우고 있는데, 누군가 고개를 불쑥 들이밀었다.

"뭘 그렇게 중얼거려?"

박물관 큐레이터이자 입사 동기인 주아였다. 머그잔을 들고 나타난 그녀는 맞은편 의자에 앉았다. 이채도 업무일지를 멀찍이 밀어버리고 머그잔을 들었다.

"나도 모르겠다. 내가 뭘 하고 있는지."

"짐은 잘 옮겼어?"

"잘 옮겼지. 생과 사를 오가기는 했지만."

말해놓고 보니, 정말 그랬다. 생과 사를 오간 셈이었다.

"생과 사?"

"그게……."

이채는 호텔에서부터 베란다로 이어지는 이야기를 주아에게 들려주었다. 각종 의성어를 뱉어내며 경청하던 주아는 얘기가 끝나자마자 질문을 쏟아냈다.

"실물은 어때? 정말 그렇게 섹시해?"

"자비 없이 섹시해. 비율도 미쳤고."

"그래서 어떻게 됐어?"

"그게 다인데?"

"넌 센스를 밥 말아 먹었냐? 그냥 보내면 어떻게 해."

"그냥 안 보내면, 자빠뜨리기라도 하라고?"

이채가 픽 웃었다.

"자연스럽게 번호라도 땄어야 했다 이거지."

"번호는 알아. 메일 주고받을 때 교환했거든."

직접은 아니지만, 통화도 했었다.

"그럼 카톡, 카톡창 봐봐. 카톡창을 보면 어떤 사람인지 대충 감이 온다니까."

주아가 눈을 빛내며 두 손을 내밀었다. 이채는 휴대폰을 건네는 대신 커피를 한 모금 마셨다.

"카톡 안 하던데?"

"왜 안 해! 그럼 전화는 언제 걸 거야?"

"전화는 걸어서 뭐 해."

이채는 비어버린 자신의 머그잔을 채우기 위해 일어섰다. 주아의 시선이 이채의 동선을 따라 움직였다.

"핑계는 많잖아. 고마우니까 밥 사겠다거나? 술 사겠다거나?"

"됐어. 그러는 거 오히려 싫어할 것 같아."

이채도 무언가 사례를 해야겠다고 생각했었다. 생명의 은인이라고 해도 과하지 않으니까. 보답하고 싶어서 이런저런 것들을 떠올려봤지만 마땅한 게 없었다. 그래서 그냥 감수나 꼼꼼하게 봐주자는 결론을 내린 상태였다.

"그래서 이대로 이 로맨스를 끝내겠다고?"

"로맨스는 무슨. 그런 남자는 관상용이야. 연애용이 되면 감당 안 돼. 나한테 관심도 없는 것 같고."

"아니야. 내가 보기에는 관심 있어. 그것도 많아. 포기하지 마. 넌 할 수 있어. 힘을 내."

"됐어. 누울 자리를 보고 다리를 뻗어야 편해."

그가 마음을 흔들지 않은 것은 아니다. 하지만 숨만 쉬어도 여자가 줄줄이 따라붙을 것 같은 남자는 부담스럽다. 베란다에서 키우는 화초쯤으로 여기는 게 정신건강에 이로울 듯싶었다.

커피메이커에 내려져 있던 커피를 모두 따른 이채는 다시 자리에 앉았다. 동시에 뒤에서 성수의 목소리가 들려왔다.

"커피! 누가 내 커피 다 마셨어!"

성수는 텅 빈 커피메이커를 발견하고 소리쳤다. 커피전문점 텀블러를 들고 나타난 그는 비적거리며 이채의 옆에 앉았다. 그리고 텀블러 뚜껑을 열더니 쓱 내밀었다.

"마셔라. 마셔."

이채는 성수의 텀블러에 자신의 커피를 나눠주었다.

"무슨 얘기 중이었어?"

"이채의 로맨스에 대한 이야기?"

답을 한 건 주아였다.

"뜬금없이 무슨 로맨스? 애한테 싹틀 로맨스가 어디 있어?"

커피를 한 모금 마신 성수는 기가 차다는 듯이 웃으며 반문했다.

"어제 이채를 길바닥에서 주워준 공도하 작가 말이야. 다채 언니 앞집에 살고 있었대. 거기서 끝이 아니야. 어젯밤 강도가 들었는데, 그 남자가 베란다를 넘어와서 구해줬다는 거지."

강도라는 말에 흐리멍덩하던 성수의 눈에 초점이 돌아왔다.

"강도? 다친 데는 없고?"

"발을 좀 다친 것 말고는 괜찮아. 그 사람 아니었으면 나 큰일 날 뻔했어."

성수가 사뭇 진지해진 얼굴로 이채를 응시했다.

"그래서 그거 가지고 오해하고 막 그러고 있는 거야? 너한테 관심 있어서 도와준 게 아닌가 하고?"

이번에도 답을 한 건 주아였다.

"그렇지 않을까? 요즘 세상에 강도 잡겠다고 뛰어드는 게 말이 돼?"

"의협심이 뛰어난가 보지."

"경찰이 올 때까지 같이 있어줬대. 발에 난 상처도 치료해주고."

"박애 정신도 투철한가 보지."

주아와 성수가 주고받는 얘기를 듣다 보니 이채는 슬슬 기분이 상했다. 당사자는 가만히 있는데 둘이 난리였다.

이채가 나서려는데, 주아가 손을 번쩍 들며 외쳤다.

"난 로맨스에 한 표 던지겠어!"

"불쌍한 영혼들이여, 정신 차리게. 막 첫눈에 반해서 목숨을 걸고 강도와 대치할 만큼 우리 이채가 그렇게 막 매력 있고 그렇지는 않아. 객관적으로 생각해보자. 그 사람이 쓴 영화 시나리오의 주연이 누구야. 나예희잖아. 나예희가 얼마나 쭉쭉빵빵한지 알지?"

결국, 이채가 폭발했다.

"왜? 내가 어때서! 이만하면 쭉쭉빵빵하지!"

소리를 빽 지른 이채를 보며, 성수가 가소롭다는 듯이 웃었다.

"넌 쭉쭉은 맞는데, 빵빵은 아니야."

구구절절 맞는 말이라 대응할 수가 없었다. 이럴 땐.

"커피 도로 내놔."

이채가 손을 뻗자, 성수는 텀블러를 높이 들어 올리며 고개를 저었다. 두 사람의 실랑이를 지켜보던 주아가 말했다.

"그래도 다행이다. 축 처져 있을 줄 알았는데 쌩쌩하네."

"왜 축 처져?"

그녀의 반응을 본 주아가 작게 한숨을 쉬었다.

"너 아직 못 들었구나?"

이채는 눈을 한번 깜박였다. 자신이 들어야 할 소식이 있었던 모양이다.

"고 팀장, 왜 새로 들어온 인턴이랑 썸 탄다고 했잖아."

그건 이채도 알고 있는 사실이었다. 그렇지 않아도 함께 있는 모습을 목격하고, 술 마셨다가 제대로 망신살이 뻗친 게 어제의 일이었다.

"썸을 타든, 쌈을 싸 먹든 내 알 바 아니야."

이채의 대답이 끝나기가 무섭게 주아가 말을 이었다.

"결혼한대."

말도 안 돼.

"……인턴들 입사한 지 석 달도 안 됐잖아."

"내 말이. 그래서 지금 너에 대한 동정 여론이 우리 박물관을 슬픔 속에 몰아넣고 있다니까."

옆에서 듣고 있던 성수가 끼어들었다.

"그 인턴이 누구야?"

"업무지원팀에 그 보송보송한 레이스 리본."

주아가 준 단서를 조합해보던 성수의 입에서 한 여자의 이름이 흘러나왔다.

"효린 씨?"

"아, 그렇다. 그런 이름이었다."

"석 달 만에 결혼? 속도위반이라도 했대?"

"아니. 그건 아니고. 환영회 때 효린 씨가 취해서 고 팀장이 데려다줬잖아. 그때 한방에 자빠뜨렸대."

"고 팀장이?"

"아니, 효린 씨가."

"어리고 예쁜데, 패기까지 있네."

"그렇지? 거기에 반했대."

"그래도 석 달은 너무하다."

이채는 주아와 성수가 불난 집에 부채질하듯 주고받는 말이 아득하게 느껴졌다.

3년을 만났지만, 결혼의 기역 자도 꺼내지 않았던 사람이었다. 그런데 어떤 여자와는 만난 지 석 달 만에 결혼을 약속했다.

침묵하고 있는 이채를 힐끔거린 주아가 성수에게 넌지시 제안했다.

"이채도 썸 타는 남자 있다고 소문내자."

"얘한테 남자가 어디 있어."

"까짓것 그냥 하나 만들자. 공도하 작가랑 썸 탄다고 하면 되겠네. 물놀이도 하고, 약간의 스킨십도 했다고 하면 되잖아. MSG가 좀 들어가서 그렇지 거짓말은 아니잖아."

"물놀이는 알겠는데, 스킨십은 뭐야?"

"치료하느라 발 만졌잖아."

성수는 바로 수긍했다.

"그렇지. 발 텄으면 끝이지. 그럼 이 몸이 슬픔에 잠긴 박물관을 구하러 가야겠군."

성수가 기세 좋게 일어나자, 주아는 얘를 믿어도 되는 걸까 하는 표정으로 올려다보았다.

"걱정하지 마. MSG 팍팍 칠게."

어째 조금 더 불안해진 주아였다.

ㅇㅇㅇ

한때, 이채는 그를 '윤우야'라고 불렀다. 가끔은 '자기야'라고도 불렀다. 그리고 이제는 '고 팀장님'이라고 불러야 할 관계가 되었다.

"고 팀장님, 지금 길 막고 뭐 하시는 거예요?"

이채는 박물관 사무동 입구를 막고 서 있는 윤우를 보며 날을 세웠다. 박물관에는 이미 어둠이 내렸고, 그 공간에는 둘뿐이었다.

"보자마자 인상부터 쓰는 거야?"

윤우의 말에 이채는 얼굴을 곱게 폈다. 그 앞에서 인상을 쓰는 것조차 자존심 상하는 일이었다. 그녀는 어렵지 않게 사르르 웃을 수 있었다.

"청첩장 주시려고요? 설마 나보고 오라는 건 아니죠?"

"남자 생겼어?"

순간적으로 한 대 얻어맞은 것 같았다. 덕분에 걸러지지 않은 속마음이 흘러나왔다.

"미친놈."

"이채야."

애달파 보이는 윤우의 목소리가 그녀의 집 나간 정신을 다시 불러들였다.

"고 팀장님, 이제 우리가 이름으로 부를 사이는 아닌 것 같네요."

"결혼하는 건 사실이야. 하지만 널 잊은 건 아니야."

이채는 다시 정신이 아득해짐을 느꼈다. 이건 또, 무슨 신종 지랄이란 말인가.

"우리 박물관 대한기업 재단이잖아."

어쩐지 뒤에 이어질 말을 짐작할 수 있을 것 같았다.

"효린이 대한기업 셋째 딸이야."

역시, 생각했던 대로다. 예상을 벗어나지 않은 결말에 오히려 허탈해졌다.

"축하해. 소원 이뤘네. 어머님도 좋아하시겠다."

이채의 얼굴에 불편한 심기가 고스란히 드러났다.

"이채야."

의식을 파고드는 윤우의 부름에 이채는 미련을 털어버렸다. 그리고 기꺼이 그를 마주했다. 그와 헤어진 이후에도 저 눈빛에 흔들려왔다. 박물관에서 마주칠 때마다 보이는 그의 눈빛이 애절해서, 아직도 사랑한다고 속삭이는 것 같아서, 그래서 다른 여자와 함께 있는 모습에 충격을 받았던 것 같다.

"왜 그렇게 질척거리는 눈으로 보는 거야? 결혼할 여자 구했으니까 바람피울 여자도 구하려고?"

"응."

이채는 물에 빠지지 않고도, 숨이 막혀 죽을 수 있다는 사실을 알게 되었다. 그녀는 질식감을 견디며 눈앞의 남자를 똑바로 응시했다. 이런 빌어먹을 제안을 해놓고도 그는 눈 하나 깜짝하지 않았다.

"돌았구나?"

"멀쩡해. 지극히 정상이야. 네가 좋아할 만한 집도 알아봐놨어."

이채가 3년을 만난 남자는 이런 사람이었다. 그는 정말 그런 삶을 꿈꾼 것이다. 집안의 기대에 부합하는 여자와 결혼해서 이채와 바람을 피우는 그런 더러운 꿈을 말이다.

"결혼식은 못 하겠지만, 해줄 수 있는 건 다 해줄게. 최대한 시간을 내서 너에게 갈 거고. 애가 생기면 낳아도 돼."

이채는 몇 가지 선택지 앞에서 고민했다. 눈앞에 있는 남자를 후려치고 욕을 해줄 수도 있었고, 울면서 원망하는 비련의 여주인공 역할을 맡을 수도 있었다.

하지만 둘 다 마음에 들지 않았다. 이제는 그가 자신을 흔들지 못한다는 걸 보여주고 싶었다. 이채는 눈앞의 남자를 똑바로 바라보며 최대한 예쁜 미소를 지어 보이려고 애썼다.

"죄송하지만 나도 연애라는 걸 새로 시작해서요. 그 조건을 받아들일 다른 여자분을 찾아보세요. 고 팀장님."

윤우는 손가락으로 이마를 꾹꾹 누르더니 눈을 치켜떴다.

"공도하, 말하는 거야?"

왜 그 사람 얘기가 튀어나오는 건지 살짝 고민하던 이채는 주아와 성수가 MSG 운운한 걸 떠올렸다. 기특한 것들. 두 사람이 박물관 곳곳에 뿌려놓았을 MSG를 떠올린 이채는 조금 더 편하게 웃어 보일 수 있었다.

"알면 이러지 말아야죠. 아직 나한테 관심이 많은 것 같은데, 끊어줬으면 좋겠어요. 불편하고 또 불쾌하니까."

"넌 나 못 잊어."

이채의 눈가에 힘이 들어갔다. 하지만 곧 부드럽게 풀어내고 말을 이었다.

"이미 잊었는데요? 왜 그런 생각을 하시는지 모르겠네요."

"내가 널 못 잊었으니까. 지금은 당연히 거절하겠지. 하지만 넌 오늘 밤, 내일 밤, 그다음 날 밤에도 내 생각을 하게 될 거야. 그러다가 나에게 전화할 날이 올 거야."

"꺼지세요."

상큼하게 웃어 보인 이채는 더는 상대하기 싫다는 듯이 그를 지나쳤다.

그의 말이 맞다. 오늘 밤, 내일 밤, 그다음 날 밤에도 그를 생각할 것이다. 하지만 전화할 일은 없을 것이다. 절대로.

'엄마 보고 싶다.'

아직 엄마의 분식점인 '참치 천국'이 영업 중일 시간이었다. 참치 라면에 참치 김밥을 먹고, 참치 비빔밥도 먹을까. 아니다. 그렇게 많이 먹으면 무슨 일이 있었느냐며 걱정할 것이다. 참치 김밥까지만 먹자.

이채는 어둠이 내린 버스정류장을 향해 걸음을 옮겼다.

정류장 전광판을 올려다보니, 이채가 타야 할 29번 버스는 한 정거장 전에 도착해 있었다. 전광판의 숫자가 바뀌는 걸 멍하니 바라보던 이채의 눈가가 점점 빨개졌다.

29번 버스가 도착해 문이 열린 순간, 눈물이 왈칵 쏟아져 나왔다.

○○○

스탠드 조명을 받은 날씬한 유리컵이 이채의 손끝에서 반짝였다. 찰랑거리는 소주를 입안에 털어 넣은 그녀는 테이블 위에 놓여 있던 술병을 손에 쥐었다. 술병에 찬 기운이 남아 있었는지 표면에 맺혀 있던 물방울이 또르르 흘러내렸다.

그래서 눈물이 날 뻔했다. 가까스로 눈물을 밀어 넣고 남은 술을 따랐지만 나오는 건 몇 방울 정도였다.

"내 술 누가 다 마셨어!"

테이블 언저리에 굴러다니는 서너 병의 술병 모두 텅 비어 있었다.

"답답해."

블라우스의 단추를 한 개 풀고, 조금 전까지 노려보고 있던 휴대폰 속 사진을 지웠다. 그리고 한때 '사랑'이었던 남자도 인생에서 지워버렸다.

잃으면 살아갈 수 없다고 여길 만큼, 그로 가득 차 있던 시절이 있었다. 하지만 그때에도 알고는 있었다. 설사 잃는다고 해도 살아갈 수 있다는 것을 말이다.

이채는 자리에서 벌떡 일어나 커튼을 젖혔다. 베란다로 나간 그녀는 맞은편 베란다에 앉아 있는 남자를 향해 외쳤다.

"사장님, 참이슬 한 병 더요!"

도하는 순간 말문이 막혔다. 만취한 상태처럼 보이는 이채는 몸을 제대로 가누지 못해 난간을 붙잡고 비틀거렸다.

"취했습니다."

"그래서 술 안 판다고요? 딱 한 병만 더 마시고 갈게요. 아, 술, 술 좀 줘요. 한 병마안."

그녀는 여러모로 강렬한 여자였다.

"술 줘요오. 술!"

'술'을 외치는 이채의 목소리는 결코, 작지 않았다.

그녀가 있는 한 베란다에서 작업을 계속하는 건 힘들 것 같았다. 류하가 제아무리 강심장이라고 해도 이틀 연속 같은 집에 침입하지는 않을 것이다. 그러니 오늘은 오지 않을 확률이 높았다.

계산을 마친 도하는 노트북을 덮고 전원선을 뽑았다. 그가 자리를 정리하자, 이채가 다급하게 덧붙였다.

"알았어요. 사장님 내가 술만 마셔서 삐쳤구나? 안주도 하나 시킬 테니까 술 좀 줘요. 나 오늘 정말 술 마시고 싶단 말이에요. 제정신으로 버틸 수가 없어서 그래요."

"술 마시는 게 취미입니까. 지금이 몇 시인 줄 압니까."

도하가 딱딱한 어조로 말했다.

물론 이런 말을 듣고 '아, 늦었네요. 죄송합니다'라고 공손하게 인사한 다음 집 안으로 들어간다면 그건 취한 게 아닐 것이다.

예상대로 이채는 얌전히 집 안으로 들어가는 대신 베란다 난간에 팔을 걸치고 섰다.

"사장님, 나 아까 그 개자식을 마주쳤어요. 새로 만나는 여자가 대한 그룹 셋째 딸이래요. 곧 결혼한다면서 질척거리는 거 있죠."

도하는 노트북을 들고 일어섰다. 남의 연애사는 관심이 없었다. 집 안으로 들어가려고 베란다 문을 여는데, 이어지는 이채의 목소리가 발목을 붙잡았다.

"결혼은 그 여자랑 하고 나랑은 바람피우고 싶대요. 집도 사준다는 거 있죠. 애도 낳고 싶으면 낳으래. 사생아를 낳아서 어쩌라고. 개새끼가 정말."

도하의 얼굴이 서늘해졌다.

"재활용도 하지 못할 쓰레기를 사랑했더라고요. 내가."

그녀의 푸념을 뒤로한 채 거실 소파에 앉았지만, 신경을 끌 수가 없었다. 이채는 동네가 떠나가도록 "사장님, 술!"을 외치고 있었다.

시계를 보니 새벽 3시였다.

'변한 게 없네.'

도하는 자연히 그녀와의 첫 만남을 떠올릴 수밖에 없었다. 편의점 앞에서 술 취한 채 엎드려 있던 그녀와 베란다에서 주정 부리는 그녀 사이에 차이가 느껴지지 않았다.

'왜, 갑자기 나타난 거지? 그동안은 도대체 어디에 있었던 거야.'

갑자기 나타난 그녀로 인해 정체되어 있던 도하의 삶이 움직이기 시작했다. 소파에서 일어난 도하는 와인 셀러 앞으로 향했다. 레드 와인을 무심코 들었다가 내려놓은 그는 도수가 비교적 낮은 화이트 와인과 스파클링 와인의 라벨지를 하나하나 확인하기 시작했다.

잠시 후 베란다로 나온 그의 손에는 알코올 2.9%의 화이트 와인이 반 정도 담긴 잔이 들려 있었다.

"받아요. 술이 이것뿐이라서."

이채는 팔을 뻗어 도하가 내민 잔을 받아 들고 배시시 웃었다.

"와인 안 시켰는데. 사장님! 나 취했다고 바가지 씌우려고! 에이, 나 단골인데."

"서비스라고 해둡시다."

"오! 서비스! 그런데 사장님 그동안 좀 잘생겨지신 것 같아요. 키도 좀 커진 것 같고? 비결이 뭐예요?"

"내일 아침이면 알게 될 겁니다."

술에서 깨어나고 이 순간을 떠올린다면 그녀는 어떤 얼굴을 하게 될까.

“내일 꼭 알려주기예요!”

도하의 입꼬리가 삐뚜름하게 올라갔다.

이채는 와인 잔을 빙글빙글 돌리며, 향을 맡았다.

“향 좋다.”

그녀는 한 번에 쭉 마시고는 다시 잔을 내밀었다.

“한 잔만 더 주세요.”

도하는 어쩔 수 없다는 듯이 안으로 들어가서 병을 가지고 나왔다. 그리고 이채가 내민 잔을 받아 다시 와인을 따라 건넸다. 이 새벽에 뭐 하는 짓인지는 알 수 없었다.

“어제 놀랐을 텐데, 오늘도 거기서 자는 겁니까?”

와인 잔을 받아 든 이채는 바닥에 양반다리를 하고 앉았다.

“엄마한테 가려고 했어요. 근데 엄마를 보면 울 것 같아서 못 갔어요. 내가 울면 엄마도 같이 우니까…….”

중얼거리는 이채의 말을 들은 도하의 눈빛이 날카로워졌다.

‘집에는 연락하고 있었어?’

도하는 베란다 난간을 손에 쥐었다. 물어봐야 할 것들이 아직 많았다.

“그동안은 왜 숨어 지낸 겁니까. 혹시, 누군가를 피해 다닌 겁니까?”

떠보듯 물었지만, 답이 없었다. 이채의 몸이 옆으로 스르륵 넘어갔다. 그녀는 그대로 베란다에 누워버렸다.

"……정이채 씨?"

오르락내리락하는 어깨를 보니 그대로 잠이 든 모양이었다. 도하는 괜히 허탈해졌다.

봄에서 여름으로 넘어가는 계절, 베란다에서 잔다고 해서 얼어 죽을 일은 없었다. 그렇다고 외면할 수도 없는 노릇이다.

"일어나요. 정이채 씨. 거기서 잠들면 안 됩니다."

큰 소리로 외쳐봤지만, 이채는 취객답게 반응하지 않았다.

"정이채 씨?"

계속해서 이름을 불렀지만 소용없었다. 이 시간에 더 큰 소리를 내는 건 민폐였다. 큰 소리로 부른다고 깨어날 상태가 아니기도 했다. 도하는 작게 한숨을 쉬고 쿠션과 무릎담요를 가져와 베란다를 넘었다. 그는 이채의 머릿밑에 쿠션을 대주고, 담요도 덮어주었다.

"잡아가도 모르겠네."

이채는 본능적으로 담요를 끌어다가 목까지 덮었다. 짧은 담요를 올려 덮은 탓에 그녀의 다친 발이 드러났다. 상처에 아무것도 붙이지 않고 있었다. 병원에도 다녀온 것 같지 않았다.

괜히 신경 쓰여 발바닥을 주시하던 도하는 몸을 일으켰다.

"잘 자요."

베란다에서 잘 잘 수 있을지는 모르겠지만.

물론 그녀를 안아다가 침대 위로 옮겨주는 일은 어렵지 않았다.

하지만 집 안까지 들어가는 건 좀 꺼려졌다.

도하는 다시 베란다를 넘어서 자신의 집으로 돌아왔다. 거실에서 작업을 이어갈 셈이었는데, 도무지 집중되질 않았다. 결국, 도하는 베란다로 다시 나갔다. 술을 마시고 만취 상태로 잠들었을 때 일어날 수 있는 위급상황 몇 가지가 도하의 머릿속을 떠돌아다니며 괴롭힌 탓이었다.

아니, 그건 핑계에 불과했다. 도하는 이채가 신경 쓰였다. 그리고 류하. 류하는 왜 토마토 빌라 501호에 다시 나타났을까. 그녀가 돌아온 것과 관련이 있을까.

그는 다시 노트북 전원을 연결하고 곤히 잠들어 있는 이채를 응시했다. 눈가에 맺힌 그녀의 눈물이 도하의 시선을 잡아끌며 놓아주질 않았다. 도하는 그녀에게 묻고 싶었던 말들을 입안에서 굴리다가 노트북으로 시선을 돌렸다.

○○○

베란다 난간을 넘어온 햇살이 이채의 얼굴에 담뿍 묻어 있었다. 뻐근함에 뒤척이자, 몸을 덮고 있던 푸른색 담요가 스르륵 흘러내렸다.

'추워.'

어쩐지 손끝이 차가웠다. 손끝에 닿은 딱딱하고 차가운 무언가가 체온을 빼앗아가고 있었다. 손끝뿐만이 아니었다. 등도 서늘했다.

이채는 눈을 게슴츠레하게 떴다. 포근포근한 담요를 벗어난 손이 베란다 타일 위에 얹혀 있었다. 쌀쌀하다는 생각에 몸을 움츠리며 담요를 끌어다 덮었다. 하지만 짧은 담요는 만족스럽게 이채의 몸을 감싸주지 못했다.

짜증을 내려는데 뭔가 이상했다. 타일? 게다가 눈앞에 아른거리는 것이 있었다.

'와인 잔?'

시야가 조금씩 밝아지자 자기가 누워 있는 곳이 베란다라는 데까지 생각이 미쳤다.

이채는 덮고 있던 담요에 집중했다. 다채의 집에 있던 것이 아니었다. 담요를 손에 쥐고 이리저리 살펴보는데 크게 재채기가 나왔다.

"에취."

그 순간, 베란다 너머의 남자와 눈이 마주쳐버렸다.

"깼습니까?"

낮은 목소리에 몽롱했던 정신이 깨어났다. 순식간에 선명해진 그녀의 시야에 도하의 모습이 또렷이 담겼다.

이채의 얼굴이 와락 구겨졌다. 술이 덜 깨서 어지러운 가운데 도하에게 술 달라고 추태를 부리던 자신의 모습이 떠오른 것이다.

어젯밤, 이채는 이 구역의 미친년이었다.

'미, 미쳤어. 미쳐도 곱게 미쳐야 하는데.'

이채의 당황을 눈치챈 도하가 일부러 장난스레 말을 건넸다.

"술집 사장님의 얼굴이 달라진 이유를 깨달았나 봅니다."

"아, 저, 그게."

그녀가 당황해서 얼굴을 붉히자, 도하의 한쪽 입꼬리가 올라갔다.

"죄송해요오오."

이채는 비명을 지르듯이 사과하고 집 안으로 도망쳤다. 베란다 문을 닫고 나니 창피함이 쓰나미처럼 밀려왔다. 가능하다면 지구 밖으로 도망치고 싶은 아침이었다.

○○○

복원 2팀이 사용하는 복원실은 사무동의 맨 끝자락에 자리하고 있었다. 팀장 자리가 공석인 관계로 지금은 성수와 이채 둘이 사용하고 있었다. 단출한 구성원이었지만, 이채와 성수의 성격이 유쾌한 탓에 복원실의 분위기는 대부분 화기애애했다.

대부분은 그랬다.

"으아아!"

성수는 돌 부스러기 10만 개 앞에서 비명을 질렀다. 부스러기는

1센티미터도 되지 않았다. 얼핏 보기에도 한데 모은다고 해서 석불상이 될 것 같은 모습은 아니었다.

돌 조각 옆에는 원래의 모습으로 추정되는 석불상의 모습이 A4용지에 프린트되어 있었다. 예전에는 복원 예상도를 복원사가 직접 그렸다. 요즘은 컴퓨터가 알아서 해준다. 그것도 3D로.

성수의 옆 테이블에서는 이채가 현미경에 눈을 대고 있었다. 그녀는 향나무로 만들어진 14면체 주사위인 주령구를 노려보다가 한숨을 내쉬었다.

신라인들의 음주 풍습을 보여주는 주령구에는 음주 벌칙이 새겨져 있었다. 가뜩이나 숙취에 시달리고 있는데, 음주 벌칙을 들여다보고 있으려니 속이 울렁거렸다.

최초로 발굴된 주령구는 1975년에 경주 안압지(월지) 인근에서 출토되었다. 하지만 유물 보존처리 도중 불타버렸고, 복제품만 남아 있었다. 지금 이채가 복원작업을 진행 중인 주령구는 최근에 발굴된 것이었다. 재미있는 점은 최초로 발견된 주령구와 같은 벌칙이 새겨져 있다는 것이었다.

그중에서도 금성작무(禁聲作舞 : 무반주 댄스)나 곡비즉진(曲臂則盡 : 러브샷), 삼잔일거(三盞一去 : 석 잔 연속 원샷)와 같은 벌칙은 마치 현대에 만들어진 것 같은 느낌이었다.

석 잔 연속 원샷이라니 상상만 해도 또 울렁거렸다. 이채는 한 번 더 크게 한숨을 쉬었다.

"그래서 박물관이 무너지겠어? 한숨 좀 그만 쉬어."

성수가 핀잔을 주었다. 이채의 한숨 때문에 자꾸만 집중력이 흐트러졌다.

"내가 그랬어?"

"땅이라도 꺼트리려는 줄 알았다."

"꺼졌으면 좋겠다."

"왜? 땅 파고 들어가게?"

"그럴 수 있으면 더 좋고."

성수는 들고 있던 돌 부스러기를 가지런히 내려놓았다. 그리고 의자를 끌며 이채의 옆으로 움직였다.

"무슨 일인데?"

한숨을 한 번 더 쉰 이채가 성수를 향해 돌아앉았다.

"어제 박물관 입구에서 고 팀장이 기다리고 있더라."

"청첩장 주디?"

"아니. 결혼은 할 건데, 나랑도 살고 싶대. 본격 첩살이 권유를 하더라고."

장난스럽던 성수의 얼굴이 구겨졌다. 차마 입 밖으로 욕을 꺼내지는 못하고, 입 모양으로 오만 가지 욕을 퍼부었다.

"그래. 한숨 쉬어. 열 번 쉬어. 백 번 쉬어."

이채가 대꾸하지 않자, 성수가 다시 입을 열었다.

"칼퇴근하고 술 마실래?"

"어제도 술 마시고 개가 됐어. 오늘도 마시면 너 물어버릴지도 몰라."

이채는 성수의 팔을 붙잡고 무는 시늉을 했다.

"물어도 돼. 형부라고만 불러."

"됐어. 다 필요 없어."

그녀는 다시 돌아앉아 책상 위에 엎드렸다.

모든 게 무가치하게 느껴졌다. 정말 땅이 꺼졌으면 좋겠다. 이대로 모두 묻힌 다음 천 년쯤 뒤에 발굴되는 것이다. 그럼 고고학적 가치라도 생기지 않을까.

성수가 이채의 뒤통수에 대고 말했다.

"음. 이 타이밍에 할 말은 아니지만, 지금 3시 40분. 회의시간 20분 전이다. 일지 다 썼냐?"

엎드려 있던 이채가 몸을 벌떡 일으켰다. 일지를 펼쳐 든 그녀는 맹렬한 속도로 무언가를 적어 내려가기 시작했다.

○○○

'피곤해.'

이채는 물먹은 솜처럼 늘어진 몸을 이끌고 집으로 향했다. 계단을 오르자 이제는 보금자리가 된 501호 팻말이 보였다.

그녀는 식료품이 담긴 비닐봉지를 복도에 내려놓고 현관문 비밀번호를 눌렀다. 도어락 해제음을 들으며 비닐봉지를 다시 집어 들었지만, 선뜻 안으로 들어설 수가 없었다.

'혹시 누가 들어와 있는 건 아니겠지?'

형형하던 강도의 눈빛과 은색 나이프가 눈앞에 아른거렸다. 어젯밤엔 제정신이 아니라 생각 없이 들어갈 수 있었던 모양이다.

그렇다고 언제까지 현관문만을 붙잡고 서 있을 수도 없는 일. 이채는 안으로 들어서며 팔을 휘둘러 현관 센서등을 켰다. 그나마 밝은 불빛이 집 안을 밝히자 마음이 조금 놓였다.

이채는 화장실 안쪽과 싱크대, 옷장 안까지 확인하고 나서야 침대 위에 누울 수 있었다.

'피곤하다.'

피로와 숙취가 한꺼번에 몰려와 몸을 짓눌렀다. 이불 속으로 파고들다 베란다 앞에 놓인 빨래건조대를 힐긋거렸다. 출근하기 전에 빨아놓은 담요와 쿠션 커버가 뽀송뽀송하게 말라 있었다. 화장대 위에는 와인 잔도 하나 덩그러니 놓여 있었다.

'돌려줘야 하는데.'

베란다 문을 열 용기가 나질 않았다.

'나중에 베란다를 넘어가서 슬쩍 놓고 올까? 그게 더 웃긴가?'

이불에 얼굴을 비비적거리다 일어선 이채는 쇼핑백을 꺼내 와인 잔을 담은 뒤 빨래건조대 앞에 섰다. 섬유유연제를 듬뿍 넣고 빤 담요에서는 장미향이 폴폴 났다.

쇼핑백에 담요와 쿠션을 담아서 베란다 문을 슬쩍 열었다. 매도 먼저 맞는 게 나은 법이니까.

오늘도 그는 베란다에서 작업 중이었다. 넓은 집을 놔두고 왜 베란다에서 일하는 걸까. 이채가 헛기침을 한 번 하자, 도하가 고개를 들었다.

이채는 공손하게 쇼핑백을 내밀었다. 자꾸만 그 앞에서 공손해지는 것 같았다.

"어젠 소란 피워서 죄송했습니다. 제가 살짝 맛이 가서요, 그게. 그래도 죄송합니다."

쇼핑백을 받아 든 도하는 입꼬리를 올려 웃었다. 마침 그녀가 필요하던 참이었다.

"속은 괜찮습니까?"

답지 않게 다정한 목소리였다.

"네……."

덕분에 이채의 목소리는 더 기어 들어갔다.

"갑자기 정전됐는데, 노트북을 써야 해서요. 이것 좀 부탁합니다."

도하는 그렇게 말하며 멀티탭을 들어 보였다.

"정전이요?"

이채는 그제야 맞은편 건물의 전기가 나가 있음을 알아차렸다.

그나마 가로등 불빛이 밝게 비추고 있어 서로의 얼굴은 잘 보이는 편이었다. 그녀는 멀티탭 코드를 받아다가 침대 옆에 있는 콘센트에 꽂아주었다. 그리고 베란다의 불도 켜주었다.

"편히 쓰세요. 오늘은 방해 안 할게요."

말을 마친 이채는 베란다 문을 슬쩍 닫았다. 하지만 멀티탭 전선 때문에 완전히 닫히지는 않았다. 문을 적당히 열어놓은 그녀는 집 안쪽으로 도망치듯 사라졌다.

'다행이다.'

자연스럽게 담요와 와인 잔을 전달했고, 전기도 빌려주며 약간의 보은을 했다.

이제 남은 건 청소였다. 강도가 어지럽히고 간 건 이미 치웠다. 지금 눈앞의 아수라장은 이채가 간밤에 벌여놓은 짓이었다.

'술 끊어야지.'

이틀 연속 술을 마셨더니 속이 쓰린 것 같았다.

그녀는 재활용 바구니에 빈 병을 밀어 넣고, 청소기를 밀었다. 다 치웠다고 생각했는데, 아직도 구석구석에서 500원짜리 동전이 나왔다. 동전을 협탁 위에 탑처럼 쌓아 두기는 했는데, 툭 치면 와르르 무너질 것 같았다. 내일은 잊지 말고 저금통을 사와야 할 듯싶었다.

미뤄두었던 냉장고 정리까지 마치자 기분이 상쾌해졌다.

이채는 냄비를 꺼내 물을 올렸다. 점심에 성수를 끌고 나가 해장국을 먹었지만, 아직도 속이 편하지 않았다. 참치 하나와 라면 한

개를 준비해놓고, 물이 끓기를 기다리던 그녀는 무언가를 고민하더니 슬쩍 베란다로 나갔다.

"저 라면 먹을 건데, 혹시 같이 드실래요? 맛은 장담해요."

노트북에서 시선을 뗀 도하는 아무런 표정이 없었다. 괜히 물어봤나 하는 생각에 어색하게 몸을 돌리려는데 낮은 목소리가 들려왔다.

"좋습니다."

"잠시만요."

쪼르르 전기레인지 앞으로 돌아온 이채는 물을 조금 더 넣었다. 찬장을 열어 라면을 하나 더 꺼내고 습관적으로 참치 통조림을 땄다. 물은 금세 끓기 시작했다. 끓는 물에 수프와 함께 참치를 반 덩어리 정도 집어넣었다.

끓어오르는 냄비를 보고 있다 보니, 라면 먹으라는 말에 오해의 소지가 있을 수 있다는 데 생각이 미쳤다.

'설마, 오해하고 짐승으로 돌변하지는…… 않겠구나.'

치명적인 저 남자는 호텔 방에 단둘이 있을 때도 담백했다. 그때는 술김이라 자각이 없었지만, 이채는 샤워를 마친 상태라 머리까지 촉촉하게 젖어 있었다. 원피스도 타이트하고 짧았다. 그럼에도 그는 이채에게 한 줌의 관심도 주질 않았다. 복원에 관해 궁금한 것만 묻고는 바람처럼 사라졌을 뿐이다.

나른하게 깔린 특유의 분위기와 귀찮다는 듯이 툭툭 뱉어내던 목소리가 떠오르자 기분이 묘해졌다. 호텔의 도하와 베란다 너머의 도하는 분명 다른 느낌이었다. 호텔이라는 장소 때문에 그런 느낌이 들었던 걸까.

이채는 라면 국물에 둥둥 떠오른 참치 기름을 보고 나서야 아차 싶었다. 참치 라면은 호불호가 갈리는 메뉴였다.

'입맛에 안 맞으면 어쩌지? 맛은 장담한다고 큰소리 땅땅 쳤는데.'

고심하던 이채는 간단하게 결론을 내렸다. 맛없다고 하면 다시 끓이지 뭐.

뭉쳐 있던 면을 풀자, 보글거리는 소리와 함께 집 안에 먹음직스러운 냄새가 퍼져나갔다. 그녀는 면발을 꼬들꼬들할 정도로 설익힌 뒤 도자기 그릇에 나눠 담았다.

그릇과 젓가락을 쟁반 위에 올려 베란다로 향했다. 한 그릇을 자신의 티 테이블에 내려놓은 이채는 베란다 너머를 응시했다. 아무 생각 없이 쟁반에 담아 오기는 했는데, 베란다 너머로 넘겨줄 방법이 없었다. 라면 그릇은 멀티탭처럼 가벼운 물건이 아니었다.

이채가 멍하니 쟁반을 내려다보고 있으니 도하가 자리에서 일어났다. 그리고 베란다 난간을 손에 쥐고 단숨에 넘어왔다.

타인의 집을 방문하는 정석적인 방법은 문 앞에서 벨을 누르는 것이다. 하지만 도하는 다른 방법을 택했다. 이채가 조금 놀란 것 같기는 하지만, 도하의 입장에서는 나은 선택이었다. 이채의 집을 드나드는 걸 '류하'가 본다면 다시 나타나지 않을 것 같았다.

엉겁결에 한 걸음 물러난 이채는 당황스러움을 감추지 못한 채 입을 열었다.

"아, 음. 이렇게 오실 줄은."

"라면이 불 것 같아서."

도하는 대수롭지 않게 넘겼다. 그리고 불은 라면은 맛이 없다는 진리는 이채를 수긍하게 했다. 그녀는 라면 그릇을 티 테이블 위에 올려놓고 도하의 맞은편에 앉았다.

"혹시 별로면 말씀하세요. 라면 많아요."

"냄새 좋은데요. 잘 먹겠습니다."

이채는 라면을 입으로 가져가는 그를 바라보며 침을 꼴깍 삼켰다. 도하는 이채의 시선을 받으며 표정 변화 없이 한 젓가락을 더 먹었다.

'입맛에 안 맞나? 그냥 다시 끓일까?'

생명의 은인에게 대접하는 식사라고 하기엔 초라한데 맛까지 없으면 곤란했다. 이채가 일어나려고 슬그머니 의자를 민 순간이었다. 고개를 든 도하가 눈을 휘며 미소 지었다. 그 극적인 표정 변화는 설렘을 안겨 주기에 충분했다.

확실히 심장에 좋지 않은 남자였다.

"맛있네요. 왜 안 먹습니까?"

"머, 먹어야죠."

이채는 황급히 라면 그릇에 얼굴을 묻었다.

"참치를 넣고 끓인 겁니까?"

"네. 이게 우리 집 히트 메뉴거든요."

"히트 메뉴?"

"아, 엄마가 '참치 천국'이라고 분식점을 하세요. 참치 라면, 참치 김밥, 참치 주먹밥, 참치 볶음밥, 참치 비빔밥 뭐 이런 식이죠. 그중에서 참치 라면이 제일 잘나가요."

그건 도하도 알고 있는 사실이었다. 정다채에 대한 보고서에 적혀 있던 내용 중 하나였다. 이런 맛인 줄은 몰랐지만.

"모든 메뉴에 참치가 들어가는 이유가 있습니까?"

"돌아가신 아버지가 좋아하셨어요. 참치를."

도하는 이채의 미소를 비집고 나온 외로움을 발견했다. 그는 잠시 그녀가 마음을 추스를 시간을 주기 위해 라면에 집중했다.

의도치 않게 분위기를 다운시켜버린 이채는 그를 따라서 면발만 입안에 밀어 넣었다. 침울해진 기분과는 상관없이 참치와 어우러진 라면의 풍미는 미각을 자극했다.

말없이 라면을 먹던 이채는 시선을 느끼고 고개를 들었다. 담담한 그의 눈빛을 마주하고 있으니 침묵이 어색하게 느껴졌다. 뜬금없이 개그를 칠 수도 없으니, 가볍게 화제를 넘기는 게 나을 듯했다.

"작가님은, 스릴러만 쓰세요?"

"네."

단호한 대답이었다. 말을 이어가기 난해한 상황이었지만, 이채는 굴하지 않고 대화를 끌고 나갔다.

"전 스릴러는 안 읽어서요. 조마조마한 게 싫어요. 주인공이랑 주변 인물한테 나쁜 일이 일어나는 것도 싫고요."

"그럼, 어떤 장르를 좋아합니까?"

"장르라기보다는 따뜻한 얘기가 좋아요. 자극 없이 잔잔하고 따뜻한 사람들의 이야기요."

"그런 얘기는 보통 인기가 없잖아요."

"맞아요. 제가 좋아하면 다 망하더라고요."

이채는 배시시 웃었다.

"하지만 그런 이야기도 필요하죠."

도하의 낮은 목소리가 밤공기를 가르며 듣기 좋게 울려 퍼졌다.

사실 도하는 라면을 먹기 위해 건너온 것이 아니었다. 라면은 허울 좋은 핑계일 뿐이고, 물어야만 하는 게 있었다. 그래서 어울리지 않게 그녀의 이야기에도 맞장구쳐주었다. 하지만 말을 꺼낼 타이밍을 찾기가 쉽지 않았다. 인터뷰 덕분에 그녀가 얼마나 언니를 사랑했는지 기억하고 있었다.

도하는 묵묵하게 그릇을 비웠다. 그리고 그 행동은 이채를 기쁘게 했다. 그가 젓가락을 내려놓자, 이채가 기다렸다는 듯이 물었다.

"후식은 커피? 정전이라고 해서 특별히 서비스해 드리는 거예요. 믹스 커피지만요."

"믹스도 좋아합니다."

"잠깐만 기다려요."

이채가 집 안으로 들어가고, 도하는 그녀의 베란다에 남았다.

빈집일 때는 한 번도 나타나지 않았던 류하가, 이채가 돌아온 날 바로 나타났다는 건 지켜보고 있었다는 뜻일 것이다. 그러니 신중을 기해야 했다. 불안을 느낀 그녀가 다시 사라진다면 곤란했다. 그녀를 통해 알아내야 할 게 많았다.

차르랑거리는 풍경 소리에 돌아보니 이채가 머그잔 두 개를 들고 서 있었다. 그녀는 왼손에 들려 있던 머그잔을 건네주었다.

머그잔을 받아 들다가 손끝이 스쳤다. 살짝 닿은 피부가 간질간질했다.

"고맙습니다."

커피 향이 코끝에 아른거렸다. 도하는 커피를 한 모금 마셨다. 조금 마셨을 뿐인데도 입안 가득 달콤하면서 씁쓸한 맛이 퍼져나갔다. 별다를 것 없는 믹스 커피였지만, 도하가 즐겨 마시는 자메이카 블루마운틴보다 향긋하게 느껴질 정도였다.

그가 커피를 마시는 걸 지켜보며, 이채도 머그잔을 입으로 가져갔다. 커피 향기가 묻어나 향기로워진 바람을 느끼며 밤하늘을 올려다보았다.

향기로운 시간이었다. 잠시 밤하늘을 감상하던 이채가 도하를 향해 시선을 돌렸다.

"어깨는 괜찮아요?"

그가 어깨를 으쓱였다.

"다친 것도 잊고 있었습니다."

도하가 말을 마친 순간, 이채의 휴대폰 알림이 울렸다. 다채에게서 온 메시지였다. 강도가 들었다고 보내놓은 메시지에 답이 와 있었다.

- 괜찮니? 다친 데는 없어?

이채는 눈짓으로 도하에게 양해를 구하고, 재빨리 메시지를 입력했다. 발을 조금 다치긴 했지만, 앞집 남자가 도와줘서 괜찮았다고 답했다.

- 없어진 건 없고?

- 언니가 챙겨놓으라던 상자를 뒤지긴 했는데, 가져간 건 없어. 부엌 앞의 카펫은 더러워져서 버렸고, 의자 하나 부러진 것 말고는 피해 없음!

괜한 걱정을 끼치고 싶지 않아서, 일부러 발랄한 느낌의 이모티콘까지 섞어서 보냈다.

- 다행이다. 큰일 날 뻔했네.

- 언제 돌아와? 오래 걸릴 것 같아?

- 찾는 게 있어. 찾으면 돌아갈게.

- 알았어. 그래도 박 여사한테는 전화 한번 해줘.

- 박 여사라니?

- 더위 먹었어? 엄마한테 전화하라고. 걱정 많이 해.

– 아, 나 이만 나가봐야 해. 다음에 또 연락할게.

다채와의 대화를 끝내고 나니 기분이 이상했다. 무언가 단단히 틀어진 것 같은 느낌인데, 뭐가 문제인지 딱히 꼬집어 말할 수가 없었다. 괜히 휴대폰을 이리저리 건드리고 있는데, 초인종이 울렸다.

"올 사람이 없는데."

이채가 고개를 갸웃거리며 현관문을 향해 가자, 도하의 얼굴이 딱딱하게 굳었다. 설마 류하가 다시 온 것은 아닌지 걱정스러웠다. 그는 베란다 문틈을 살짝 열고, 누군가와 실랑이하는 듯한 이채의 목소리에 귀를 기울였다.

잠시 후, 사색이 된 이채가 나타났다. 하지만 그녀의 입에서 쏟아져 나온 말은 도하의 예상 범주에서 한참이나 벗어나 있었다.

"한 시간만, 아니 30분만 내 남자 해줘요!"

○○○

윤우는 501호 현관문을 보며 픽 웃었다. 다른 남자와 함께 있으니 돌아가라는 이채의 말을 믿지 않았다. 자신을 밀어내기 위해 둘러댄 말이라고 여긴 것이다.

기다리라는 말에 선선히 고개를 끄덕인 건 그래서였다. 그녀가 어떻게 나올지 궁금하기도 했다. 지금은 미친놈 취급을 하며 밀어내고 있지만, 곧 제 뜻에 따라줄 거라고 믿었다. 그렇게 만들 자신도 있었다.

그런데 그녀의 집 안에서 남자가 모습을 드러냈다. 그것도 '공도하'라니. 흔들리는 윤우의 눈동자에는 '정말이었어?' 내지는 '말도 안 돼.' 정도의 감정이 담겨 있었다.

이 늦은 시간에 남자를 집에 초대했다는 것은, 두 사람의 관계가 그저 오가다 만난 사이는 아니라는 뜻이었다. 박물관에 돌고 있는 소문이 사실이라는 걸 깨달은 윤우의 얼굴이 일그러졌다.

"너 뭐야? 둘이 뭐 하는 거야?"

이채는 화사하게 웃어 보이며 고운 목소리로 말했다.

"뭐 하는 것 같은데요? 이 밤에 쎄쎄쎄를 하고 있었겠어요? 고 팀장님도 도하 씨 알잖아요. 좋아했잖아요. 도하 씨 책."

"이렇게 나오겠다 이거지. 좋아. 고윤우입니다. 실례 좀 해야 할 것 같습니다."

이채의 뒤에 서 있던 도하는 어디 한번 실례 해보라는 듯이 고개를 살짝 까닥여 화답했다. 거만한 시선이었다.

노골적으로 도하와 눈싸움을 하던 윤우는 무언가 진 것 같은 기분을 맛볼 수밖에 없었다. 다시 눈을 부릅떠보려는데 이채가 앞을 가로막았다.

"실례 끝! 충분히 실례했으니까, 이제 좀 가요."

윤우의 심기가 더욱 불편해진 건 이채의 이런 태도 때문이었다. 그녀는 현관문 앞에 버티고 서서 윤우가 집 안으로 들어오는 걸 막고 있었다. 농도 짙은 패배감이 윤우를 사로잡았다.

"너, 나한테 이럴 수 있어?"

이채는 그의 반응을 보며 픽 웃었다.

"네. 이럴 수 있어요. 그러니까 확인 끝났으면 이만 돌아가줬으면 좋겠네요."

문을 열어준 것은 그가 막무가내로 버텼기 때문이었다. 소란 피우게 됐다간 옆집에서 경찰이라도 부를 것 같아서 열었을 뿐, 집 안으로 한 발자국도 들이고 싶지 않았다.

"저 남자 보내. 얘기 좀 하자."

"지금, 나가야 할 사람은 고 팀장님이시고요. 존댓말을 써주셨으면 하는 소박한 바람이 있네요."

"내가, 할 얘기가 있다잖아!"

도하는 팔짱을 낀 채 눈앞에서 벌어지는 상황을 주시했다. 이채의 주정 속에 등장했던 '개자식'을 눈앞에서 보는 건 꽤나 흥미로웠다. 이 정도면 놀라울 정도의 개자식이 아닌가. 소설 속 캐릭터로 등장시켜도 되겠다.

'재밌네.'

방관하던 도하는 팔짱을 풀었다. 그리고 왼손을 들어 이채의 허리를 감았다. 그러자 그녀가 당황으로 숨을 멈추는 게 느껴졌다.

이채는 눈동자를 움직여 도하를 응시했다. 입도 살짝 벌어진 상태였다. 하지만 그는 무표정했다. 이채는 얼굴을 붉히며 시선을 다시 바로 했다.

이채도 놀랐지만, 윤우는 더 많이 놀란 듯했다. 하얗게 질린 윤우를 보니 도하의 품에 안기다시피 서 있다는 게 실감 났다. 30분만 남자 친구가 되어달라는 이채의 어이없는 부탁에 그는 '10분'이라는 답을 돌려주었다. 곁에 서 있어만 주면 된다고 사정했기 때문에 그가 이렇게 적극적으로 나서줄 줄은 몰랐다.

"아무리."

도하는 입을 열면서 그녀를 더 바짝 끌어당겼다. 이채가 한 번 더 호흡곤란을 일으키는 걸 느끼며 말을 이었다.

"중요하게 할 말이 있어도. 이 시간에 집으로 찾아오는 건 실례가 아니라 무례 아닌가?"

도하의 얼굴에는 명백한 비웃음이 떠올라 있었다.

윤우의 얼굴이 구겨지는 걸 보니 카타르시스가 느껴졌다. 다시 숨을 쉬기 시작한 이채도 기회를 놓치지 않았다. 그녀는 사르르 웃으며 도하의 가슴팍에 살짝 얼굴을 기댔다.

"원래 이분이 경우가 없으세요."

"특별한 용건이 없으면, 그만 돌아가줬으면 하는데. 유익한 시간을 보내던 중이라서."

그 순간 윤우의 눈동자에 잔혹한 빛이 스치고 지나갔다. 그는 한 걸음 물러서며 자신이 지어낼 수 있는 가장 아련한 표정을 얼굴에 덧씌웠다.

"이만 갈게. 집안의 반대만 아니었으면, 난 너랑 결혼했을 거다. 그 말이 하고 싶었어."

이채는 말문이 막혔다. 윤우는 굳어버린 이채를 응시하며 한마디를 더 보탰다.

"얘 데리고 놀지 마요. 불쌍한 애니까."

마무리까지.

이채가 도하와 진짜 연인관계였다면, 하다못해 썸이라도 타는 사이였다면 그가 던진 말은 최고의 복수가 될 수도 있었다. 그가 돌아간 다음 두 사람은 결국, 싸울 수밖에 없을 테니까.

이채는 윤우를 보며 쓰게 웃었다. 그는 이겼다는 듯한 얼굴을 하고 있었다. 안됐지만 그가 졌다. 도하와는 아무런 사이가 아니니 이채에게 유효한 공격이 아니었다.

'한심해.'

이 정도로 형편없는 사람이었다니.

이채는 그를 사랑했다는 사실이 부끄러웠다. 부끄러움으로 발가락이 오그라들었을 때, 도하가 다시 입을 열었다.

"당신을 만날 때는 그랬겠지. 날 만날 때는 아니야."

그는 충실하게 남자 친구 역할을 마무리해 주었다.

"두고 보면 알겠지."

윤우는 그대로 등을 돌려 계단을 내려갔다. 이채는 아름답지 못한 그의 뒷모습을 지켜보았다.

"남자 보는 눈이 너무 없는데."

도하의 목소리에 이채의 정신이 돌아왔다. 쓰나미처럼 몰려오는 부끄러움에 이채는 손가락을 꼼지락거려야 했다.

"나도 알아요. 눈이 발가락에 달렸나 봐요."

"제자리에 멀쩡히 달리긴 했는데."

도하는 이채의 눈을 응시하며 미소 지어 보였다. 괜히 민망해진 그녀가 먼저 시선을 피했다.

"원래 헤어져 봐야 어떤 남자인지 안대요."

"그럴지도 모르겠네."

어울리지 않게 농담까지 던졌지만, 도하의 속은 편하지 않았다. 사실은 오버했다고 느끼고 있었다. 그녀에게 두 집 살림을 제안했다는 말을 들었기 때문일 것이다.

"아, 음, 저, 이것 좀."

귓가에 이채의 어눌한 목소리가 들려왔다. 그제야 도하는 자신의 손이 아직도 그녀의 허리를 감싸고 있다는 걸 깨달았다. 손을 뗀 그는 민망함을 감추려는 듯 베란다를 향해 빠르게 걸음을 옮겼다.

"감사합니다. 오늘도 방해해버렸네요."

인사를 하고 보니 도하는 이미 저만치 멀어져 있었다. 그는 한번 뒤돌아보지도 않고 베란다를 넘어 자신의 공간으로 돌아가 버렸다. 그의 손이 닿았던 허리춤이 간질간질했다.

"또 쌩하니 가버렸네."

이렇게 가버릴 거면서 왜 자꾸 열성적으로 도와주는 걸까.

"괜히 떨리게."

그녀는 멀티탭 때문에 닫히지 않는 베란다 문을 노려보았다. 그러다 타로를 향해 손을 뻗었다.

'또 물이야?'

조심해야 할 것은 물, 도움을 받는 것도 물, 애정운조차 물로 가득했다. 대홍수라도 날 것 같은 결과였다. 타로를 정리하는데 자신의 이름이 들리는 것 같았다.

혹시나 하는 마음에 베란다 문을 열어보니 그가 나와 있었다.

"부르셨어요?"

"받아요."

도하는 투명한 플라스틱 저금통 하나를 내밀었다. 도서 이벤트 상품으로 제작된 저금통이었다.

"뭐예요?"

"아직 동전이 굴러다니길래요. 저금통, 내가 깼으니까. 남는 게 있어서."

두 손으로 공손하게 받아 들자, 그는 다시 집 안으로 들어가버렸다. 베란다에 남겨진 이채는 손에 들린 저금통을 내려다보았다. 곰 같기도 하고, 수달 같기도 하고, 개 같기도 한 동물 모양이었다. 한동안 들여다봤지만, 정체를 알 수가 없었다.

"넌 정체가 뭐니."

집 안으로 들어온 이채는 저금통을 협탁 위에 내려놓았다. 그리고 어지럽게 쌓여 있던 동전을 하나하나 집어넣었다. 동전끼리 부딪치는 소리가 기분 좋게 짤랑거렸다. 저금통 안에 동전이 쌓여갈수록 이채의 마음에도 어떤 감정이 조금씩 차올랐다.

○○○

자동차 경적 소리가 새벽녘 골목길을 갈랐다. 핸들에 머리를 박은 윤우는 연달아 경적을 울려댔다. 누군가 시끄럽다고 고함을 질렀지만, 경적 소리에 묻혀 잘 들리지 않았다.

'이럴 순 없어.'

이채의 곁에 다른 남자가 서 있는 상상은 해본 적이 없었다. 집안의 반대에 부딪혀 그녀에게 이별을 통보했을 때에도, 다른 여자와의 결혼을 진행하는 동안에도 그랬다.

그런데 공도하라니.

그가 이채의 손을 잡고, 입을 맞추고, 품에 안는 상상을 하는 것만으로도 미칠 것 같았다. 항상 먼저 내밀어주던 보드라운 손과 익숙한 향기, 맑은 미소가 떠오르자 마음이 더 요동쳤다.

윤우는 자동차 시트에 머리를 기댔다. 그제야 시끄럽던 경적 소리도 멈췄다.

'되찾아야겠어.'

그는 도하가 내려오기를 기다렸다.

이채와 자신이 아직 끝나지 않았다는 걸 주지시킬 필요가 있었다. 만난 지 얼마 되지 않는 남녀 사이를 깨트릴 방법이라면 많았다.

차에서 내린 윤우는 토마토 빌라를 올려다보았다. 새벽바람이 서늘했다. 501호를 밝히던 불이 꺼진 건 꽤 오래전의 일이었다. 하지만 도하는 아직 내려오지 않았다.

그가 내려오길 기다리던 윤우는 아침 해가 뜬 다음에야 그곳을 벗어났다.

○○○

박물관에서 10분쯤 걸어가면 홍익서점이라는 대형 서점이 나온다. 퇴근한 이채의 발걸음은 홍익서점을 향하고 있었다. 스릴러는 읽지 않는다고 말했지만, 그의 소설이 어떤 내용인지 궁금했다. 서점에서 도하의 소설을 찾는 건 어렵지 않았다. 그의 소설만을 모아 만든 매대가 입구 쪽에 자리하고 있었다.

이채는 그중에서 '데뷔작'이라는 띠지가 붙은 책을 집어 들었다.

'우리 집.'

어린아이가 크레파스로 대충 그린 듯한 그림 위에 '우리 집'이라는 제목이 인쇄되어 있었다. 스릴러라기보다 동화책 같은 표지였다. 책을 펼치자 표지 안쪽에 작가의 사진이 인쇄되어 있었다.

“실물이 낫네.”

이채는 책을 계산하고 서점을 나섰다. 퇴근이 늦어진 탓에 거리가 제법 한산했다. 골목길에 들어서자 인적은 더 드물어졌다.

즐겨보는 드라마 OST를 흥얼거리며 걸음을 옮기던 그녀는 이상한 시선을 느끼고는 고개를 슬쩍 돌렸다. 어떤 남자가 적당한 거리를 두고 따라오고 있었다. 검은색 스냅백을 눌러쓰고, 검은색 항공 점퍼에 청바지를 입은 남자였다.

얼핏 보기에도 이목구비가 뚜렷하고 곱상한 외모였다. 나이는 이채와 비슷하거나 어릴 것 같았다. 게다가 스냅백과 항공점퍼, 청바지, 운동화까지 모두 명품이었다. 이런 남자가 따라오는데도 ‘나한테 첫눈에 반했나?’ 내지는 ‘번호를 따려나?’라는 기대를 하지 않은 건 그의 눈빛 때문이었다. 그의 눈에는 어떤 광기가 담겨 있었다.

차라리 걸음을 늦춰서 검은 스냅백을 먼저 보내는 게 마음이 편할 것 같았다. 이채는 천천히 걷기 시작했다. 그러자 남자도 덩달아 걸음을 늦췄다.

찜찜한 기분에 힐긋 돌아보다가 검은 스냅백의 눈과 마주쳤다. 두 눈 가득한 열망과 광기가 이채에게 몰려들었다. 그녀는 소름이 끼친 팔을 손으로 쓸며 다시 걸음을 빨리했다.

거리가 조금 벌어졌지만, 검은색 스냅백은 느긋했다. 마치 사냥감을 구석으로 몰듯이 천천히 움직이고 있었다.

‘어디까지 따라오려는 거지?’

이채는 일단 눈앞에 보이는 편의점으로 피신했다. 과자를 고르는 척하며 힐긋거렸지만, 그는 여전히 밖에서 서성이고 있었다.

'뭐야, 진짜.'

낯선 남자가 서성인다고 신고할 수도 없는 노릇이었다. 그는 아직 아무런 짓도 하지 않았다.

고민하던 이채는 휴대폰을 꺼내 들었다. 가장 가까운 거리에 있는 사람은 도하였다. 하지만 전화가 꺼져 있다는 메시지만이 반복해서 들려왔다. 이채는 이어서 성수의 번호를 눌렀다.

"처제, 무슨 일이야아?"

다행히 성수의 장난 섞인 목소리가 바로 들려왔다.

"아직 박물관이야?"

"이제 겨우겨우 엉덩이 부분을 맞췄다. 오늘은 허벅지까지 맞춰야지."

"지금 와줄 수 있어?"

"왜? 무슨 일 있어?"

장난기 가득했던 성수의 목소리가 이상함을 감지하고 낮아졌다.

"무슨 일이 생길 것 같아서. 이상한 남자가 따라오고 있어."

"지금 어딘데?"

"편의점. 언덕 입구에 있는 편의점 알지?"

"거기서 나가지 말고 기다려. 지금 갈게."

분주하게 바스락거리는 소리와 함께 전화가 끊어졌다. 그제야 마음이 조금 놓였다. 차를 타고 오면 10분도 걸리지 않을 거리였다.

이채는 물건을 고르는 척하며 편의점 밖에 서 있는 스냅백의 눈치를 살폈다. 그는 여전히 편의점 앞을 서성이고 있었다. 딱히 이채를 응시하고 있는 건 아니었지만, 그가 밖에 서 있다는 것만으로도 두려웠다.

이채는 진열되어 있던 감자 칩을 손에 들었다. 느릿느릿 움직이며 물건을 고르다 보니 낯익은 파란색 차가 편의점 앞에 정차했다. 성수의 차였다. 차에서 내린 성수는 편의점 안에 있는 이채를 향해 달려갔다.

"어떤 새끼야?"

편의점 안으로 들어선 성수를 발견한 이채는 가슴을 쓸어내렸다. 10여 년 동안 봐왔지만, 오늘만큼 성수가 반가웠던 적이 없었다.

"저기 밖에 검은색 스냅백."

이채가 슬쩍 가리키자, 성수가 검은 스냅백을 노려보았다.

"그렇게 대놓고 보면 어떡해."

그의 팔을 잡아끌며 만류했지만, 성수는 시선을 돌리지 않았다. 스냅백을 노려보던 성수는 상대가 시선을 피하자 이채를 향해 고개를 기울였다.

"나가자."

"어? 어."

"내가 있잖아. 괜찮아. 나가."

이채는 품에 안고 있던 물건을 황급히 계산하고, 비닐봉지를 받아 들었다. 성수의 뒤를 따라 편의점을 나서면서도 불안함은 여전했다.

차의 보조석 문을 열어준 성수는 이채가 올라탄 걸 확인하고 문을 닫았다. 그리고 보란 듯이 검은 스냅백을 노려보며 운전석에 앉았다.

성수가 시동을 걸고 출발할 때까지 검은 스냅백은 이채에게서 시선을 떼지 않았다.

"밤늦게 걸어 다니지 마. 이참에 차 사. 차."

멀어지는 스냅백의 모습을 백미러로 확인한 성수가 말했다.

"내가 돈이 어디 있어. 차가 뉘 집 애 이름인 줄 알아?"

"월급 거의 다 모으잖아. 이 구두쇠야."

이채는 괜히 입을 삐죽거리다가 말했다.

"3200만 원 만들어서 박 여사 줄 거야."

"왜 3200이야?"

"박 여사 가게 담보 대출 3200이 남아 있거든."

성수는 작게 한숨을 쉬었다.

"나 차 한 대 더 있잖아."

이채는 이어질 성수의 말을 짐작할 수 있었다. 허우대 멀쩡해 보이는 성수에게는 치명적인 문제점이 하나 있었다. 바로 호구라는 것이다. 그나마 다행스러운 건 고등학교, 대학교 동창인 자신과 짝 사랑 상대인 다채 한정 호구라는 것이었다.

"됐어."

"누가 준대? 빌려준다고. 처제한테 차 못 빌려주겠냐."

이채는 성수의 옆모습을 응시했다.

이 호구가 정말 형부가 되려나. 하긴 그렇게 오랜 시간 동안 언니만을 바라봤는데, 이 정도면 하늘도 감동할 만했다. 언니 주위에 다른 남자가 있는 것도 아니니까 가능성이 전혀 없는 얘기도 아니다. 이번 탐사에서 뜬금없이 파란 눈의 남자를 물어오지만 않는다면.

이채는 자세를 바로 하고 또박또박 말했다.

"됐어. 장롱 면허라서 더 위험해."

"그럼 야근할 때만 데려다줄게. 내 처제는 내가 지킨다! 나만 믿어."

"됐어. 뭘 그렇게까지 해."

"손 떨고 있으면서 괜찮은 척은 왜 해?"

이채는 자신의 손을 내려다보았다. 편의점 로고가 박힌 비닐봉지를 꽉 쥔 손이 바르르 떨리고 있었다. 하지만 왜 이렇게 두려움을 느끼는 건지 이해할 수 없었다. 검은 스냅백이 따라오긴 했지만, 이 정도의 공포를 느끼게 할 만한 행동은 하지 않았다. 그런데도 모든 감각이 계속해서 속삭였다.

도망치라고. 그 남자의 시선 밖으로 나가라고.

토마토 빌라 주차장에 차를 댄 성수는 운전석에서 내려 한곳을 노려보았다. 검은 스냅백이 토마토 빌라로 향하는 오르막길을 따라 올라오고 있었다.

성수는 차에서 막 내린 이채의 어깨에 손을 올렸다.

"뭐야?"

이채가 질색했지만, 성수는 어깨를 감싼 손에 힘을 주었다.

"조용히 해. 그 시커먼 놈이 저 아래서 보고 있으니까."

순식간에 이채의 몸이 굳었다.

"계속 우릴 따라온 거야?"

"그럴 수도 있고, 원래 네 집을 알고 있었을 수도 있지. 이쯤 되면 우연은 아닌 것 같고."

두 사람은 태연함을 가장해서 빌라 안으로 들어섰다. 유리문이 닫히자마자 둘은 누가 먼저랄 것도 없이 벽에 기대어 몸을 숨겼다. 그리고 유리문을 사이에 두고 고개를 내밀어 밖을 살폈다. 이채와 성수가 빌라 안으로 들어선 것을 확인한 검은 스냅백은 그 자리에 멈춰 서 있다가 뒤돌아 내려갔다.

역시 이채를 따라온 듯했다. 입술을 오물거리던 그녀는 슬쩍 말을 흘렸다.

"사양하지 않을게. 네 차."

"운전한다고?"

"아니. 야근하면 데려다달라고. 대신 언니랑 술 마실 때마다 불러줄게."

"내가 이래서 처제를 좋아하지."

둘은 나란히 계단을 올라갔다. 501호 안으로 들어선 이채는 식탁 의자에 털썩 앉았다. 손에 들고 있던 비닐봉지가 바닥에 떨어지며 바스락거리는 소리를 냈다. 다행히 깨질 만한 것은 사지 않았다. 다시 일어나려고 했지만, 다리에 힘이 들어가지 않았다.

뒤따라 들어온 성수가 고개를 숙이며 물었다.

"어디 아파?"

"괜찮아. 긴장이 풀렸나 봐."

성수는 혀를 쯧쯧 차며 냉장고 문을 열고 생수를 꺼냈다.

"맨날 괜찮대. 이거나 마셔."

이채는 성수가 내민 생수병을 받아 벌컥벌컥 마셨다. 그러자 정신이 좀 들었다.

"안 괜찮으면 어쩔 거야. 괜찮다, 괜찮다 하면서 사는 거지."

순식간에 생수 한 병을 비운 이채는 성수가 내민 손을 붙잡고 일어났다. 그때였다. 베란다 밖에서 낯익은 목소리가 들렸다.

"집에 왔으면 베란다로 좀 나와봐요."

갑자기 들려온 남자 목소리에 성수의 눈이 휘둥그레졌다.

"집에 남자 숨겨놨어?"

그는 이채가 말릴 새도 없이 베란다로 움직였다. 성수가 커튼을 치고 베란다 문을 열자, 반대편 베란다 너머에 서 있던 남자가 보였다.

이채가 나오길 기다렸던 도하는 예고 없이 등장한 성수를 보고 미간을 좁혔다.

두 베란다 사이의 거리감을 보고 인상을 쓴 건 성수도 마찬가지였다. 베란다를 넘어와서 구해줬다더니.

“진짜 가깝네.”

성수를 따라서 움직였던 이채가 그의 뒤에 바짝 섰다. 덕분에 어색한 자기소개 시간이 찾아왔다.

“김성수라고 합니다. 이채 박물관 동료예요.”

성수가 도전적인 눈으로 고개를 까닥이며 인사했다. 도하는 입을 다문 채 아무 말도 하지 않았다. 어색한 분위기를 타개하기 위해서 이채가 나섰다.

“이쪽은 앞집 사는 공도하 작가님.”

도하도 고개를 까닥여 성수에게 인사했다. 성수의 시선이 도하를 탐색하듯 움직였다. 탐색을 마친 성수는 일부러 베란다 티 테이블에 앉으며 이채를 힐긋 보았다.

“야근하다가 여기까지 달려왔는데, 커피는 한잔 줘라.”

“아, 그래. 작가님도 드실래요?”

“전 됐습니다.”

이채가 커피를 타러 주방으로 움직이자, 도하와 성수만이 베란다에 남겨졌다.

성수는 또다시 도하를 노골적으로 훑었다. 지금은 이채가 살고 있지만, 원래는 다채의 집이었다. 다채의 앞집에 이렇게 잘생기고 키 큰 남자가 살고 있다는 걸 몰랐다니 크나큰 실수였다. 이채와 엮인 것이 그나마 다행이었다.

"나이가 어떻게 되시죠?"

성수는 서열 정리를 시도했다. 만약 눈앞의 남자와 이채가 잘되고 자신과 다채가 잘된다면 형님 동서 관계가 될지도 모른다고 김칫국을 사발로 마시는 중이었다.

"서른입니다."

"형님이시네요. 전 이채랑 동갑입니다. 대학도 같이 나온 동기죠. 이 집주인인 다채 누나랑도 잘 아는 사이고요."

형님이라고 불렀지만, 성수는 여유로웠다. 나이가 어찌 되었든 결국 형님이 될 사람은 자신이었다. 눈앞에 있는 잘난 남자에게 동서라고 부르며 하대하는 상상을 하니 기분이 절로 좋아졌다.

그런데 상대의 반응이 이상했다.

"그랬죠."

도하는 마치 알고 있었다는 듯한 말투로 대꾸했다. 게다가 처음 봤으니 원한 관계가 있을 리도 없는데, 뒷골이 서늘해질 만큼 차가운 눈빛을 보이고 있었다.

이것은 설마.

'질투?'

질투라는 가설을 세운 성수는 조금 더 불을 지펴보기로 했다.

"집이 굉장히 가깝네요. 그래도 아직 이채랑은 그렇게 편한 사이가 아니신가 봐요."

도하가 무슨 뜻인지 묻기도 전에 성수의 설명이 이어졌다.

"야근하고 있었는데, 이채에게 전화가 온 거죠. 어떤 남자가 따라온다고요. 불안에 떠는 이채를 내가 딱! 구해 왔죠. 형님이 위치상으로는 훨씬 가까울 텐데 말이에요. 굳이굳이 나에게 연락을 해서 여기까지 달려왔다는 거죠. 그래서 지금! 내가 이 자리에 있는 겁니다."

도하의 얼굴에 장착되어 있던 평온함에 금이 갔다.

"어떤, 남자입니까?"

성수는 그가 반쯤 넘어왔다고 여겼다. 연애 감정에 불을 지피는 건 자고로 질투심 유발 작전이 최고니까.

"멀쩡하게 생겨서 스토커 같은 짓을 하더라고요. 이채가 얼마나 덜덜 떨던지, 휴. 내가 달려왔기에 망정이지 위험할 뻔했어요."

도하의 눈빛이 베일 듯이 날카로워졌다가 가라앉았다.

"앞으로는 좀 더 신경 쓰겠습니다."

성수는 도하의 반응이 마음에 들었다. 무언가 해냈다는 성취감을 만끽하고 있을 때 이채가 커피를 들고 베란다로 나왔다.

"뭘 신경 써요?"

"아무것도 아니야. 남자들끼리 얘기."

성수는 커피를 받아 마시며 이채를 바라보았다. 남자의 직감을 따르면, 도하는 이채에게 관심이 있는 듯했다. 살짝 긁었는데도 화르륵 불이 붙지 않던가.

"어젠 고마웠어요. 계속 고마운 일뿐이네요."

이채는 성수가 아닌 도하에게 감사를 전했다. 평소 성수에게 말할 때와는 다른 곱고 바른 말투에 배신감마저 느껴졌다.

"헐."

"왜?"

"아니야. 난 이만 간다."

성수는 남은 커피를 단번에 마시고 일어섰다. 커피가 아직 뜨거운 상태였기 때문에 혓바닥이 아렸지만 내색하지 않으려고 애썼다. 지금은 빠져줘야 할 타이밍이었다. 그가 가려는 듯한 자세를 취하자, 베란다 문 앞에 서 있던 이채가 한발 물러났다.

"벌써 가게?"

"가야지."

"오늘 고마웠어."

"문단속 잘해라."

성수는 현관문 앞까지 배웅해준 이채를 향해 개구진 웃음을 보이고는 밖으로 나갔다. 이채는 현관문을 닫고 다시 베란다를 향해 움직였다.

도하는 여전히 베란다에 서 있었다.

"오다가 이상한 남자가 따라왔다면서요."

이채는 눈을 한 번 깜박였다. 성수가 그새 말하고 간 모양이었다.

“별일 아니었어요.”

“다음부터는 날 불러요.”

자신을 부르라는 말에 이채의 심장이 요란하게 뛰기 시작했다. 관상용으로 두려고 했는데, 그가 자꾸만 이채를 건드리고 있었다.

괜히 부끄러워진 이채는 커피를 홀짝이며 툴툴거리듯 말했다.

“뭘 불러요.”

“박물관에 있는 사람을 부르는 것보다 내가 가깝지 않습니까.”

조금 더 부끄러워졌다. 이채의 목소리가 점점 더 기어 들어갔다.

“……전화했어요. 휴대폰이 꺼져 있던데요.”

도하는 어디 뒀는지 생각나지 않은 휴대폰을 향해 고개를 돌렸다. 배터리가 다 된 듯했다.

“놀라진 않았습니까?”

“괜찮아요.”

이채는 정말 괜찮다는 듯이 웃어 보였다. 그가 걱정해주는 말이 듣기 좋았다.

“남자 얼굴은, 봤습니까?”

“모자를 눌러써서 잘 보이진 않았는데, 또래처럼 보였어요. 그 눈빛이 아니었다면 스릴러가 아니라 로맨스 같았을지도요. 조각같이 생겼거든요.”

“눈빛?”

"그런 거 있잖아요. 무언가에 미쳐 있는 것 같은, 그런 눈빛이요. 아무튼, 별일은 아니었어요."

"전에도 그 남자를 본 적이 있습니까?"

"아뇨. 처음 보는 남자였어요. 아, 그런데 왜 부르셨어요?"

골똘히 무언가를 생각하던 도하는 얼굴을 굳혔다. 류하가 또다시 이채를 노린 듯했다. 자매에게 있는 공통점은 문화재 복원사라는 것과 토마토 빌라 501호.

어쩌면 이채 역시 위험해질 수 있었다. 그러니 단순히 질문만을 하는 게 아니라 류하가 그녀를 노리고 있음을 알려줘야 했다.

떨어지지 않는 입을 달싹거리는데, 이채가 다시 말했다.

"중요한 일 아니면 나중에 말하면 안 돼요? 긴장했나 봐요. 뜨거운 물에라도 들어갔다 나와야겠어요."

이채의 말을 듣고도 도하는 계속 주저하는 기색이었다.

'무언가 어려운 부탁을 하려나?'

부탁이라면 들어줄 준비가 되어 있었다. 생명의 은인에다가 그동안 끼친 민폐만 해도 얼마란 말인가. 한동안 주저하던 도하는 결심한 듯한 얼굴로 이채를 응시했다.

"쉬는 날 시간을 좀 내주셨으면 합니다."

2
심장에 나쁜 남자

'데이트 신청……은 아닌 것 같고.'

베일 듯한 눈빛으로 데이트 신청을 하는 남자는 없다. 문화재 복원에 대한 추가 인터뷰라고 하기에도 분위기가 이상했다. 이채는 도하와의 약속을 떠올리며 복원실을 향해 움직였다.

복도에는 어린이날 노래가 흘러나오고 있었다. 살짝 열어놓은 창문 사이로 아이들의 목소리가 비집고 들어왔다. 어린이날이라 그런지 관람 시간이 지났는데도 시끌벅적했다.

이번 주에 끝낼 계획이었던 주령구 복원은 마무리해 놓았고, 업무일지와 복원일지도 작성해놓았다. 퇴근 시간까지는 앞으로 30분. 남은 건 퇴근 후 즐거운 주말을 맞이하는 것뿐이다.

'만나보면 알겠지.'

무심코 고개를 들어보니 복원실 문 앞에 마주치고 싶지 않은 상대가 서 있었다.

"남자 보는 눈이 그렇게 없어?"

이채는 자신의 앞을 가로막고 선 윤우를 멍하니 바라보았다. 그의 말이 맞다. 남자 보는 눈이 없었다는 걸 인정할 수밖에 없었다.

그런데 이상한 점이 있었다.

'왜 셀프 디스를 하는 거지?'

이채가 뚱한 얼굴로 바라보자, 그가 픽 웃으며 한 발 뒤로 물러섰다.

"역시 나밖에 없지? 전화해. 오늘 밤도 좋고, 내일 밤도 좋으니까."

"드디어 미친 거야?"

반사적으로 반말이 나와버렸다.

"뭐라 해도 좋아. 욕해도 좋으니까 전화해. 너 새벽에 통화하는 거 좋아했잖아."

그대로 돌아선 윤우는 복도 반대편으로 멀어져갔다.

여전히 저 남자의 뒷모습은 아름답지 못하다. 남자 보는 눈을 길러야겠다고 다짐하며 사무실 문을 열어보니 성수와 주아가 컴퓨터를 들여다보며 수군거리고 있었다.

이채는 두 사람 뒤에 가서 섰다.

"뭘 그렇게 봐?"

그녀의 목소리에 놀란 성수가 인터넷 창을 온몸으로 가리며 소리쳤다.

“아, 놀래라. 기척 좀 하지. 애 떨어질 뻔했잖아.”

“뭐래. 뭘 보고 있었는데 그래?”

이채가 다가가려고 했지만, 주아까지 나서서 필사적으로 모니터를 가로막았다.

“아하하, 그게.”

주아가 무언가 말을 하려고 했지만, 이미 이채의 눈은 두 사람이 보고 있던 기사의 헤드라인을 읽어버렸다.

‘영화배우 나예희, 소설가 공도하와 열애 중.’

“이게 뭐야?”

당황한 이채의 눈빛을 본 주아가 슬쩍 몸을 비켰다. 기사는 나예희와 공도하가 핑크빛 만남을 이어가고 있다는 내용이었다.

“말도 안 돼.”

윤우의 반응이 이제야 이해가 갔다. 이 기사를 본 것이다. 도하를 앞세워 윤우를 쫓아내고 얼마 지나지도 않았는데 왜! 하필! 나예희와 열애설 기사가 나온단 말인가.

‘10분 남친’을 부탁한 건 이채였다. 그러니 배은망덕하게 그를 원망할 수는 없었다. 그건 알고 있었다. 그런데 왜 이런 기분이 드는 걸까.

이채는 책상에 앉아 본격적으로 연관 기사를 하나씩 확인했다.

‘영화가 맺어준 인연(feat. 섹시)’

'원작자와 여배우의 만남이라 쓰고, 비주얼 커플이라 읽는다.'

'스타 작가 공도하의 여자 나예희, 터질 듯한 볼륨감'

'바비인형 나예희와 뇌섹남 공도하의 만남'

자극적인 제목을 달고 있는 기사들 모두 두 사람이 열애 중임을 말해주고 있었다. 실시간 검색어에는 나예희와 공도하의 이름이 나란히 올라가 있었다. 공도하가 아깝다느니, 나예희가 아깝다느니 하는 쓸데없는 설전도 이어지고 있었다.

마우스를 달칵거리는 소리가 연달아 들리자, 크게 관심을 두지 않았던 여배우의 프로필이 이채의 눈앞에 나타났다.

'키 170센티미터 몸무게 45킬로그램.'

이런 몸매가 가능할 리 없다. 뼈와 가죽만 남아야 가능한데 나예희의 경우는 들어갈 곳과 나올 곳이 확실한 몸매였다. 물론 이채 역시 어디 가서 빠지는 몸매는 아니었다. 국민 바비인형과 견주기에 무리가 있을 뿐이다. 성수의 말대로 쭉쭉은 맞지만, 빵빵은 아니다.

도하가 한 줌의 관심도 주지 않은 건 그래서였나보다. 나예희와 만나고 있으면 다른 '여자 사람'은 그냥 '사람'으로 보일 게 아닌가.

"꿈이라고 말해줘. 이거 꿈이지? 그렇지?"

이채가 대답을 종용했지만, 성수와 주아는 꿀 먹은 벙어리처럼 입을 다물었다. 없던 편두통이 생길 것 같은 느낌이었다. 박물관 곳곳에서 흘러나올 '나예희와 정이채'에 대한 이야기가 귓가에서 맴도는 것 같았다.

이채의 날카로운 시선이 성수를 향했다.

"소문, 얼마나 냈어?"

"아, 음. 그게 보안팀 경비 아저씨들도 아실걸."

성수는 쪼그라드는 목소리로 대꾸한 다음 주아와 함께 슬슬 뒷걸음질 쳤다. 이채가 두 사람을 노려보자 성수가 더듬거리며 말을 이었다.

"술 마시러 갈래? 우리가 살게."

잔뜩 주눅이 든 두 사람은 이채의 '버럭'을 감당할 준비를 했다. 그런 둘을 보며 이채는 한숨을 쉴 수밖에 없었다. 두 사람에게 무슨 잘못이 있겠는가.

"불닭발 먹을래. '술술' 가자."

"치즈 추가도 해. 날치알 주먹밥도 먹고. 다 먹어. 너 좋아하는 골뱅이 소면도 시켜줄게."

주아가 주문 목록을 나열하자, 성수 역시 고개를 주억거리며 외쳤다.

"그래 다 먹어! 먹고 죽자!"

이렇게 한 주의 마무리는 또, 술이었다.

○○○

어두운 골목길을 자동차 헤드라이트가 밝혔다. 차는 토마토 빌라 앞에 멈춰 섰다. 자동차 뒷좌석에서 내린 이채는 비틀거리며 차 문을 닫았다. 곧이어 반대쪽 문이 열리며, 성수가 고개를 내밀었다. 그는 차체에 몸을 기댄 채 이채를 향해 손을 흔들었다.

"처제 들어가."

손을 팔랑팔랑 흔드는 모양새가 제법 취한 듯했다.

"너도 조심해서 들어가."

화답하듯 손을 훠이훠이 흔드는 이채 역시 만취 상태였다.

"너희 집에 불 켜지는 거 보고 갈게."

"안 어울리게 남자 짓은! 됐으니까 가. 대리기사님도 기다리시잖아."

"그럼 간다. 무슨 일 있으면 전화하고."

성수의 차가 출발하자, 이채는 비틀거리며 계단을 올랐다.

"오늘은 어린이날 우리드을~ 세에상~."

어린이날 노래를 흥얼거리며 올라가다 보니 체력이 떨어져서 3층 계단에 앉았다. 역시 토마토 빌라의 최대 단점은 엘리베이터가 없다는 것이다. 잠시 숨을 고른 이채는 기듯이 계단을 올라 집으로 들어갔다. 신발을 벗다가 무심코 돌아보니 현관문이 빙글빙글 돌아가고 있었다.

"어머! 나 취했나 봐. 얘가 돌아가네."

이채는 양말과 바지, 카디건을 아무렇게나 벗어놓고 침대 위로 기어 올라갔다. 화장을 지워야 했지만, 사고력을 상실해버린 지 오래였다. 눈이 부셔서 불을 끄고 싶었지만, 그 역시 할 수 없었다. 누운 채로 이불을 끌어다가 덮고 나니 취기와 함께 억울함이 몰려왔다.

운도 나쁘지. 하필이면 그의 열애설 상대가 나예희였다니. 한동안 나예희와 보기 좋게 비교당할 것이다. 게다가 윤우의 비웃음까지 감당해야 했다.

"나쁘다."

미리 말이라도 해주지. 조금이지만 기대했던 것 같다. 새로운 사랑이 시작될지도 모른다고 말이다. 그런데 성수의 말이 맞았다. 도하는 단지 의협심과 박애 정신이 투철한 사람이었다.

손에 잡힌 이불을 구기던 이채는 자리에서 벌떡 일어났다. 술기운이 증폭시킨 감정을 참지 못한 이채는 구깃해진 이불을 내려놓고 베란다 문을 열었다.

도하는 오늘도 베란다에서 작업 중이었다.

"너무해요!!"

베란다 난간을 부여잡고 대뜸 소리친 이채 때문에 도하의 미간이 살짝 찌푸려졌다. 제법 길다고는 해도 남방 하나만 걸치고 나온 걸 보니 제정신은 아닌 듯했다.

"또 술 마셨습니까?"

"내가 누구 때문에 마셨는데!!"

발음까지 뭉개진 걸 보니 상당히 취한 듯했다.

"난 술집 사장이 아닙니다만."

"알아요! 내가 그것도 구분 못 할까 봐요? '술술' 사장님이랑은 눈 두 개, 코 하나, 입 하나 있는 것 말고는 비슷한 점이 하나도 없잖아요!"

"그럼 뭡니까."

그의 질문에 이채가 과장된 한숨을 쉬었다.

"열애설이요! 왜 하필이면 오늘이에요?"

도하는 이해할 수 없다는 얼굴을 했다. 뜬금없이 무슨 열애설이란 말인가.

"열애설?"

"그래요. 배은망덕하게 느껴지겠죠. 아니 연애를 하지 말라는 게 아니라 언질만 줬어도 좋았잖아요! 내가 나예희랑 만난다! 나예희가 내 여자다! 왜 이렇게 말을 못해요."

예희의 이름이 튀어나오자, 도하의 얼굴이 차갑게 굳었다. 그녀가 또 무슨 수작을 부린 모양이었다. 도하는 딱딱한 어조로 대꾸했다.

"안 만납니다."

"그럼 오보라고요?"

"무슨 기사가 났는지 모르겠지만, 틀렸습니다."

"거어지잇마아아알."

이채는 상체를 앞으로 내밀며 큰소리로 외쳤다.

난간이 높아 떨어지지는 않겠지만, 중심을 잡지 못하고 흔들리는 모습이 불안해 보였다. 도하는 답답한 마음에 마른세수를 했다. 취객을 상대로 구구절절 해명하는 것도 우스웠다. 들어가서 잠이나 자라고 말하려는데 이채가 대뜸 외쳤다.

"미워요!!"

그대로 집으로 뛰쳐 들어간 그녀는 베란다 문을 쾅 소리가 나도록 닫았다.

도하는 어이가 없어 잠시 멍해졌다. 그리고는 무슨 기사가 떴는지 검색해 보았다. 하지만 별다른 기사를 찾을 수 없었다.

그는 건너편 베란다를 응시했다. 정말이지 종잡을 수 없는 여자였다.

○○○

갈증에 눈을 떠보니 아침 7시였다. 평소 이채가 출근을 위해 일어나는 시간이었다. 휴일이니 조금 더 잠을 청해도 되는 상황이었지만, 무시하고 잘 수 있는 수준의 갈증이 아니었다.

데구루루 굴러서 일어난 이채는 좀비처럼 걸어서 냉장고 앞에 도착했다. 냉장고를 열고 생수병을 꺼내 단숨에 들이켰다.

'진짜 술 끊어야지.'

사람은 항상 같은 실수를 반복한다더니, 며칠 전에 했던 결심을 반복하고 있었다. 이채는 생수를 꿀꺽꿀꺽 마시며 침대를 향해 움직였다. 호흡하는 숨결에서 술 냄새가 진득하게 묻어났다.

공기가 답답해서 베란다 문을 활짝 열었다. 그리고 베란다 너머에 앉아 있는 남자와 눈이 마주쳤다.

"술은 좀 깼습니까?"

"네?"

"필름 나갔습니까?"

설마.

"저 어제, 술주정 부렸어요?"

"지금도 부리고 있습니다만."

"네?"

도하가 이체의 몸을 위에서 아래로 훑었다.

"상당히 도발적이네요."

뒤늦게 자신의 모습을 인지한 이채는 그대로 생수병을 떨어트렸다. 물이 사방으로 튀며 바닥이 축축하게 젖었다. 그녀는 반사적으로 커튼을 휘감아 자신의 모습을 가렸다.

불안한 그녀의 시선이 제 모습을 훑었다. 남방 아래로 수줍게 고개를 내민 팬티가 눈에 들어왔다. 하필이면 양 볼이 발그레한 곰돌이가 그려진 팬티였다.

'나, 어제 이 꼴로 무슨 짓을 한 거야?'

커튼 속에 숨어 팔을 뻗은 이채는 베란다 문을 닫은 다음 커튼을 쳤다. 그리고 이불 속으로 기어 들어갔다. 아무것도 기억나지 않았다. 눈동자를 굴려보니 현관 앞에 허물처럼 벗어둔 바지와 그 앞에 떨어진 양말 그리고 카디건이 보였다.

"그, 그래도 남방이 길잖아. 짧은 원피스인 줄 알았을 ……리가 없잖아."

꿈이었으면 좋겠다. 하지만 눈을 감았다가 떠봐도 상황은 달라지지 않았다.

이채는 애꿎은 이불만 발로 연신 차댔다.

"아아아, 나 무슨 짓을 한 거지."

주량이 제법 센 이채는 지금까지 필름이 끊겨본 적이 없었다. 아니, 있었구나. 두 번. 이불을 박차고 일어난 이채는 휴대폰을 찾아서 성수에게 전화를 걸었다.

"어, 왜."

성수는 잠이 덜 깬 목소리였다.

"나 설마 필름 나가면 진상 부리니?"

"……집에는 잘 기어 들어갔냐."

"대답해. 나 얌전하지? 바로 쓰러져 잔다거나? 나 진지하니까 장난치지 말고 말해 봐."

"집에 들어갔으면 됐어. 집에서 혼자 진상 부려봐야. ……너 설마 공도하한테 진상 부렸냐?"

"……그런 것 같아. 별짓은 안 했겠지?"

"했을걸. 너 필름 나갈 때마다 진상진상 개진상이야."

"어떻게 되는데?"

"처음은 너 복원 잘못해서 다채 누나한테 대박 깨진 날이었어. 애교를 좀 부렸지."

"애교? 내가?"

"응. 네가. 그러다가 날 때리기 시작했어. 그리고 울더라? 맞은 건 난데? 그래서 네가 다채 누나한테 깨진 날은 술 마시자고 안 하잖아."

"그리고?"

"두 번째는 재작년 다채 누나 생일 때."

"언니는 별말 안 했는데?"

"당연하지. 누나도 같이 취했으니까. 집 근처에 올 때까지 멀쩡한 것처럼 보이다가 갑자기 나 잡아봐라, 하면서 달렸잖아. 누나도 덩달아서 뛰고. 나 그날 진짜 죽는 줄 알았다. 그래도 누나는 저질 체력이라서 금방 지쳤는데, 넌 진짜 달려라 하니 빙의해서 세상 끝까지 달릴 기세였어. 창피함은 모두 나의 몫이었지."

이채의 얼굴에서 점점 핏기가 사라졌다. 어제 베란다 너머 남자에게 무슨 짓을 했을지 종잡을 수가 없었다. 그에게 '나 잡아봐라'라고 외친 다음 집 안과 베란다를 미치듯이 뛰어다니는 상상을 해버렸다. 상상이지만 너무 끔찍했다. 그래. 그건 아닐 것이다. 그렇다면 애교와 폭력, 마무리 눈물로 이어지는 삼단 콤보? 그건 더 끔찍했다.

"왜, 말 안 했어?"

"말했어. 몇 번이나 말했어. 그럴 리 없다며 귓등으로도 안 들은 건 너야. 그보다 언제부터 필름 나간 거냐? 집에 들어갈 땐 그 정도는 아닌 것 같았는데."

"대리 불러서 주아 내려주고, 우리 집 앞에 온 것까지는 기억나. 딱 거기까지야. 현관문을 잠근 이후로는 기억이 없어."

"잘했네. 잘했어. 계속 괴로워해라. 난 더 잘란다."

성수는 매정하게 전화를 끊어버렸다.

"야!"

치사하다. 같이 괴로워해주지. 이채는 투덜거리며 주아에게 전화를 걸었다. 하지만 그녀는 전화조차 받지 않았다. 다음은 다채였다. 메시지를 보냈지만, 그녀는 확인조차 하지 않았다.

덕분에 더 외로워졌다.

'진짜 무슨 짓을 한 거지.'

양 볼이 발그레한 곰돌이를 떠올리자 창피함이 몰려왔다. 입에서는 큼지막한 한숨이 흘러나왔다.

도하에게 사과해야 할 만한 짓을 한 건 아닐까. 그녀는 조금 전 베란다에서 마주쳤던 그의 얼굴을 떠올렸다. 기억을 더듬어보니 화난 얼굴은 아니었다. 어이없어 하는 것 같기는 했지만.

무기력하게 고개를 돌린 그녀는 시간을 확인했다. 이대로 숨어

버리고 싶었지만, 공교롭게도 오후 2시에 그와의 약속이 잡혀 있었다.

"괴롭다."

약속 무를 수 없을까.

○○○

풀 메이크업을 하고, 하늘하늘한 원피스에 몸을 끼워 넣었다. 거울을 보며 잠시 고민하던 이채는 과한 차림새가 아니라는 결론에 도달했다. 그를 처음 만난 날이 5월 1일이었다. 오늘이 6일인데 그동안 세 번이나 만취한 모습을 보여줬다. 이미지 쇄신이 필요한 때였다.

'쇄신할 이미지가 남아 있기는 한 건가.'

없다는 결론에 도달한 이채는 한숨을 폭 쉬었다.

옷차림에 어울리는 가방을 고르는데 다채에게서 문자가 왔다. 아침에 보낸 메시지의 답이 이제야 도착한 것이다.

- 메시지를 이제 봤네. 미안. 주말인데 뭐 해?

이채는 눈을 의심했다. 고작 몇 시간 답을 하지 않았다고 미안해하다니. 다채가 집에 틀어박혔을 때는 답장 한 번 받는 데 며칠씩 걸렸다. 일주일 이상 연락 두절 되는 일도 다반사였다. 사람이 갑자기 변하면 죽는다던데…….

- 외출 준비 중. 앞집 남자 만나기로 했어.

- 너무 가깝게 지내는 것 같아. 거리를 좀 두는 게 낫지 않겠어?

- 물어볼 게 있대. 신세 진 게 있으니까 갚아야지.

- 뭘 물어봐?

- 몰라. 만나보면 알겠지.

- 어디서 만나는데?

- 박물관 앞에 있는 카페. 거기 커피 맛있는 집 있잖아. 옷은 입었는데 액세서리를 뭘 해야 할지 모르겠어. 언니가 준 목걸이 할까? 그 치렁치렁한 거.

답변을 기다리던 이채는 다채가 생일 선물로 주었던 치렁치렁한 목걸이를 착용했다. 남은 건 구두였다. 원피스 색에 맞춰 구두를 골랐을 때 다채에게서 답장이 왔다.

- 그렇게 해. 언제 만나?

- 이제 나가야 해. 언니, 성수 말이야. 이제 좀 거둬주는 건 어때? 솔직히 그만하면 괜찮잖아.

다채에게서는 다시 답장이 오지 않았다.

"아직도 동생으로만 보이나."

준비를 마친 이채는 신발을 신었다. 지금 나가면 조금 기다려야 할 것 같지만, 준비도 끝마친 마당에 집 안에만 있기에는 날씨가 좋았다.

토마토 빌라 밖으로 나와 내리막길을 걸어가던 이채는 따뜻한 햇볕에 입고 있던 카디건을 벗어서 손에 들었다. 그리고 옷가게의 쇼윈도에 비친 모습을 살폈다.

"누군지 예쁘네."

그런데 좀 과한 느낌이긴 했다. 이채는 치렁치렁한 목걸이를 빼서 가방에 집어넣었다.

느긋하게 걷다 보니 길가에 자목련이 흐드러지게 피어 있었다. 자목련은 다채가 가장 좋아하는 꽃이었다. 이채는 자목련을 배경으로 셀카를 찍어서 다채에게 전송했다.

- 날씨 좋다. 셀카 빨 좀 받는데?

자목련이 곱게 피었다는 답이 돌아올 줄 알았는데, 다채는 다른 것을 언급했다.

- 목걸이는?

- 치렁치렁해서 가방에 넣었어. 언니는 뭐 해?

- 인터넷 카페야. 또 연락할게.

이채는 고개를 갸웃거리며 휴대폰을 덮었다. 요즘 들어 다채가 조금 이상했다. 잠시 멍하니 있던 그녀는 다시 걸음을 옮겼다. 괜히 박물관 앞에서 만나기로 한 것 같았다. 휴일인데도 어쩐지 출근하는 기분이었다.

출퇴근하면서 매일 지나치던 시계탑 공원이 오늘따라 소란했다. 주말이라 그런지 돗자리를 들고나온 사람들이 유독 많았다. 아이들의 자지러지는 웃음소리와 연인들이 사랑을 속삭이는 소리, 자전거나 인라인스케이트를 타는 사람들이 내는 소리가 공원에 가득했다. 그런데 바퀴 굴러가는 소리가 점점 가까워졌다.

소리에 더해진 이상한 기척에 고개를 들어보니 인라인스케이트를 탄 사내가 이채를 향해 돌진하고 있었다. 이대로라면 부딪칠 것 같다는 생각이 들자 몸이 경직되었다.

눈을 질끈 감았다가 뜨니 인라인스케이트가 아슬아슬하게 이채를 비켜 간 상태였다. 그런데 손에 들고 있던 가방이 보이질 않았다.

반사적으로 고개를 돌려보니 인라인스케이트를 탄 사내의 옆구리에 가방이 끼워져 있었다.

"도, 도둑이야!"

뒤늦게 따라가려고 했지만 이미 남자의 모습은 사라진 뒤였다. 하이힐을 신은 채 몇 걸음 뛰어가던 이채는 잡을 수 없음을 느끼고 그 자리에 주저앉았다.

"강도 다음에는 소매치기냐!"

소매치기에 놀랐는지 심장이 계속 뛰었다. 가방 속에 현금은 얼마 들어 있지 않았다. 하지만 가방 자체가 고가였다. 큰마음 먹고 할부로 구입한 고가의 브랜드 가방.

비적거리며 일어선 이채는 통증을 느끼고 발을 살폈다. 잠깐 뛰었을 뿐인데, 발뒤꿈치가 다 까져 있었다. 요새 발이 수난이었다. 그녀는 하이힐을 벗어 양손에 들고, 공원 옆에 있는 지구대로 향했다.

'로또를 사야 하나?'

이만큼 불운이 닥쳤으면 행운도 와야 하는 것 아닌가.

지구대에 도착한 이채는 사건 경위서를 작성하고 신용카드와 휴대폰을 정지시켰다. 그리고 집으로 터덜터덜 되돌아갔다. 베란다를 기웃거려 봤지만, 도하는 이미 집을 나선 듯했다. 이채는 대역죄인 스타일이 되어버린 머리를 정돈하고, 단화로 갈아 신었다. 어제 들고 나갔던 가방에 대충 지갑만을 꾸겨 넣고 다시 집을 나섰다.

'잘못하면 늦겠는데.'

이채는 택시를 잡아타고 약속 시각에 아슬아슬하게 도착했다. 카페 안을 둘러봤지만, 그는 아직 오지 않은 듯했다. 자리를 잡고 앉았지만, 시간이 흘러도 도하는 오지 않았다. 옆 테이블에 앉아 있던 사람들이 하나둘씩 바뀌자, 슬슬 화가 나기 시작했다.

'왜 안 오는 거야.'

무슨 사정이 있거나 엇갈린 걸까. 천재지변과도 같이 피치 못할 상황이 생겨서 오지 못했을 확률은 얼마나 될까.

전화를 걸어보고 싶었지만, 소매치기를 당한 탓에 휴대폰이 없었다. 그가 일방적으로 약속을 취소하거나 변경했을 수도 있으니 계속 앉아 있는 건 효율적이지 못했다.

투덜거리며 카페를 나선 뒤 휴대폰을 새로 사고 나니, 해가 저물어가고 있었다. 토요일 하루를 보기 좋게 망쳐버린 셈이다.

집에 들어와서 불을 켜자 베란다에서 인기척이 느껴졌다.

"이채 씨, 집에 들어왔습니까?"

멀쩡한 목소리였다.

'사고가 난건 아니네.'

이채는 뭐라고 하는지 들어는 봐야겠다는 생각에 베란다 문을 활짝 열었다. 반대편 베란다에 복잡한 표정의 도하가 서 있었다. 그는 이채를 보자마자 질문을 쏟아냈다.

"어떻게 된 겁니까? 전화도 안 되고. 무슨 일이라도 생긴 줄 알고 걱정했습니다."

말을 쏟아내는 도하를 보며 이채는 멍해졌다. 지금까지 그가 보여주었던 반응 중에서 가장 격렬했다. 화를 내려던 이채는 자신이 무언가 잘못한 것 같다는 기분에 한발 물러섰다.

"소매치기당했어요. 휴대폰도 같이 잃어버렸고요."

그의 눈이 극적으로 커졌다.

"뭐가 없어졌습니까?"

보통은 다친 곳은 없는지를 먼저 물어보지 않나.

"지갑이랑 휴대폰 말고는 뭐 화장품. 아, 언니가 준 목걸이."

목걸이라는 말에 도하의 얼굴을 덮고 있던 평온이 깨졌다.

"어떤 목걸이죠?"

"생일 선물로 받은 건데, 괜찮아요. 할 수 없죠."

"소매치기 얼굴은 봤습니까?"

"아니요. 인라인을 타고 있었는데, 너무 순식간이라서요."

"다친 데는 없습니까."

"괜찮아요. 카페에는 안 오셨던데, 약속은 옮길 생각이었던 거죠?"

"무슨 말입니까. 카페에 갔습니다."

"에?"

"갔습니다. 카페에 오셨던 겁니까?"

그는 이채가 약속 장소에 오지 않았다고 여기는 것 같았다. 화장실 갔던 사이에 엇갈린 걸까. 이채는 괜스레 민망해져 목을 긁적였다.

"엇갈렸나 봐요. 물어보려던 거 그냥 지금 물어보세요. 여기가 좀 그러면 빌라로 올라오는 골목 입구에 카페 있는 거 아시죠? 거기도 커피 괜찮아요."

도하는 굳은 얼굴로 고개를 끄덕였다. 류하를 위해서든, 그녀를 위해서든 빨리 말을 해주는 게 나을 것 같았다.

"그럼 30분 후에 거기서 뵙죠."

"좋아요."

베란다 문을 닫고, 이채는 봉인해두었던 운전면허증을 꺼내 들었다. 월요일에 신분증을 재발급 받아야 했다. 가방 안에 넣고 다니던 화장품도 다시 사야 하는구나. 이달은 확실히 적자다.

작게 한숨을 쉬는데 노트북의 메신저 창이 깜박거렸다. 확인해

보니 성수였다.

- 왜 전화를 안 받아.

- 휴대폰 잃어버렸어. 주말이라 개통하는데 시간이 좀 걸린다고 해서. 한두 시간 있으면 통화될 거야.

걱정할 것 같아서 소매치기당한 건 말하지 않았다. 정말 다사다난한 한 주였다. 진짜 로또나 사볼까.

- 잘하는 짓이다. 정신을 어디에 두고 다니는 거냐?

- 왜 전화했어?

- 공도하도 물 건너간 것 같은데 소개팅이나 시켜줄까 했지.

- 됐어. 무슨 소개팅이야.

- 지금 인터넷에 기사 올라왔잖아. 나예희랑 공도하 일본 데이트. 너도 보란 듯이 다른 남자 만나자!

이채는 성수가 친절하게 덧붙여준 기사의 주소를 클릭했다.

- [댓패치 단독] 바비인형 나예희와 뇌섹남 공도하의 오사카 밤거리 데이트 포착, 소속사에서 본인 확인 중

두 사람의 자세한 행적은 물론이고 사진도 함께 올라와 있었다.

지난 1일 자정에 일본으로 출국하는 도하의 김포공항 사진과 2일 오전에 출국하는 나예희의 공항패션 사진 그리고 2일 저녁 오사카에서 길거리 데이트를 즐기는 나예희와 공도하가 찍힌 사진. 첨부된 사진은 이렇게 세 장이었다.

기사를 확인한 이채의 눈썹이 아래로 처졌다.

'오보인가?'

도하가 출국했다는 1일은, 강도가 들었던 날이다. 그날 도하는 저녁부터 새벽까지 이채와 함께 있었다. 날짜가 잘못 나온 모양이라고 생각하며 창을 닫으려는데 아래 댓글이 줄을 이어 달리고 있었다. 일본 목격담이 대부분이었는데, 그중 몇 명은 1일에 도하와 같은 비행기를 탔다거나 공항에서 목격했다는 내용을 담고 있었다.

'뭐지? 단체로 날짜를 착각할 수도 있나?'

이채는 기이하게 여기며 인터넷 창을 닫았다. 나가봐야 할 시간이었다.

ㅇㅇㅇ

카페의 출입문이 열리자, 금속성의 풍경 소리가 들렸다. 열 평 남짓한 카페는 아늑한 모양새를 하고 있었다. 사장으로 보이는 젊은 남자가 웃는 낯으로 인사를 건넸다.

"어서 오세요."

공기에 스며든 커피 향이 기분을 차분하게 가라앉혀 주었다. 이사 온 지 일 년이 조금 넘었지만, 도하가 이 카페에 들어온 것은 처음이었다. 아이스 아메리카노를 주문한 도하는, 구석진 자리에 앉아 창밖을 응시했다.

'소매치기.'

아마도 소매치기 역시 류하와 관련 있을 것이다. 도대체 어디까지 일을 벌일 셈인 걸까.

'어디까지 말해야 할지를 정해야 해.'

모든 걸 말하면 자신을 경계할 것이다. 일단은 용의자의 가족이 아닌가. 그녀에게 도움을 구하려면 적절한 거짓말이 필요해 보였다. 도하는 어느 정도 마음을 정하고 시간을 확인했다. 약속한 시각이 한참이나 지났지만, 이채는 오지 않았다. 주변을 둘러보던 도하는 테이블 위에 놓여 있던 책을 집어 들었다.

표지에 그려진 곰돌이를 발견한 도하가 픽 웃었다. 자연스럽게 어젯밤의 이채가 연상된 탓이었다.

"곰돌이가 섹시해 보이기는 처음이네."

작게 중얼거린 도하는 페이지를 넘겼다. 책이라고 생각했던 것은 방명록이었다. 그 속에는 이 자리를 거쳐 간 이들의 흔적이 고스란히 남아 있었다.

누군가는 그림을 그렸고, 누군가는 간단한 메시지를 남겼다. 그리고 누군가는 자신의 이름을 기록했다. 방명록을 훑어보던 도하는 눈길을 끄는 메시지를 발견했다.

'이 남자는 왜 또 안 오는 걸까?'

동글동글하고 귀여운 글씨였다. 메시지 끝에는 날짜도 적혀 있었다. 3년 전 오늘, 어떤 여자는 이 자리에서 오지 않는 남자를 하염

없이 기다렸던 모양이다.

다음 페이지를 넘기자 '공도하'라는 이름이 적혀 있었다. 그 아래에는 '죽여버려! 왜 안 와!'라는 다소 과격한 글귀도 적혀 있었다.

도하는 앞 페이지로 다시 넘어왔다. 글씨체가 같은 걸 보니 동일인이 남긴 것이었다. 그는 노트에 적힌 자신의 이름을 주시했다. 동명이인이라고 넘겨버리기에 '공도하'는 흔한 이름이 아니었다. 기분이 이상해진 도하는 방명록을 덮었다. 휴대폰을 확인해보니 약속 시간에서 한 시간이나 지나 있었다.

'휴대폰은 소매치기당했다고 했지.'

슬슬 이채가 걱정되기 시작했다. 도하는 손가락으로 원목 테이블을 톡톡 두드렸다. 한참을 더 기다렸지만, 이채는 나타나지 않았다.

'무슨 일이 생긴 건 아니겠지?'

류하가 그녀를 다시 노린 건 아닐까. 아니면 다쳤다거나, 위험한 상황에 놓였을 수도 있었다. 이런저런 상황을 떠올리던 도하는 이내 그럴 리가 없다는 사실을 깨달았다.

토마토 빌라 주변에 깔아놓은 눈이 있으니 무슨 일이 있었다면 연락이 왔을 것이다. 그가 류하를 찾기 위해 지출하는 금액은 상당했다. 그만큼 많은 인력이 토마토 빌라 인근을 지켜보고 있다는 뜻이었다.

그렇다면 왜?

도하는 혹시나 하는 마음으로 랜에게 전화를 걸었다. 휴대폰 너머로 발랄함과 경망스러움의 경계에 있는 목소리가 들려왔다.

"한국 최고 정보 상인! 세계로 뻗어 나가는 빠름빠름빠름 강랜입니다. 고객님. 그렇지 않아도 연락드리려고 했습니다."

"무슨 일이 있습니까?"

도하의 목소리에 긴장이 어렸다.

"확인할 게 있습니다. 고객님. 정이채를 토마토 빌라 501호에서 보신 게 맞습니까? 정이채를 목격한 사람이 고객님뿐이라서요. 토마토 빌라 인근 CCTV에도 잡히지 않았고요. 그래서 저! 빠름빠름빠름 강랜은 추적 범위를 토마토 빌라 반경 10킬로미터로 넓혀 보았습니다. 그래도 잡히는 게 없었습니다. 제가 확보한 모든 CCTV의 사각으로 움직이는 건 불가능합니다."

그럴 리가 없었다. 그렇다면 밤마다 마주했던 그녀는 누구란 말인가.

"정이채 씨는 출근하는 것처럼 나가서 밤마다 집에 들어왔습니다. 친구인 김성수 씨도 한 번 같이 왔고요."

"김성수는 정다채와도 관계가 깊습니다. 안 그래도 걸리는 게 있어서 계속 주시하고 있었습니다. 김성수의 최근 행적을 보면, 으음 보자. 최근 한 달간 토마토 빌라 쪽으로는 움직이지 않았습니다."

무언가 이상했다.

그동안 도하가 지켜본 정보 상인 랜은 유능한 사람이었다. 오랫동안 고용을 유지해온 것은 그의 능력을 높이 샀기 때문이었다. 실제로 그는 경찰이 밝히지 못했던 류하의 마약 사건에 대한 진실을 알려주기도 했었다.

'유능하다고 해도 실수는 할 수 있으니까.'

도하는 못을 박듯이 말했다.

"내가 만났습니다."

"그게 가장 이상합니다. 고객님. 토마토 빌라 501호는 여전히 비어 있습니다. 방문한 사람도 없고요. 얼마 전에 주인이 집을 내놓긴 했는데 아직 집을 보고 간 사람은 없습니다. 게다가 말씀하셨던 강도 신고 내역도 없었습니다. 그 집에 강도가 든 적은 있지만, 3년 전의 일입니다."

"경찰이 집에까지 왔는데, 기록이 누락될 수도 있습니까?"

"없습니다. 누군가 고의로 지웠다면 모를까요. 그 부분은 더 알아보겠습니다. 추가 비용은 받지 않겠습니다. VIP 특전이라고 생각하시면 됩니다. 그런데 무슨 일로 전화하셨습니까?"

"아닙니다. 계속 수고해 주세요."

"네! 저 빠름빠름빠름 강랜이 언제나 고객님과 함께하겠습니다. 그럼! 뿅!"

랜과의 통화를 끝낸 도하의 시선은 조금 전까지 들여다보던 방명록에 닿았다. 그곳에 적힌 자신의 이름과 날짜를 한 번 더 확인한 그는 바로 카페를 나섰다.

이채를 찾아야겠다는 생각뿐이었다. 토마토 빌라 501호 앞에 서니 기분이 이상했다. 초인종을 누르자 경쾌한 멜로디가 복도를 울렸다.

생각해보니 밤마다 만났으면서 초인종을 누르는 건 처음이었다. 잠시 기다렸지만, 기척은 느껴지지 않았다. 도하는 한 번 더 초인종을 눌렀다. 엇갈렸을 리는 없었다. 집에서 카페로 향하는 길은 하나뿐이었다.

"정이채 씨, 나와봐요. 안에 있습니까?"

현관문을 두드려봐도 소용이 없었다.

다시 벨을 누르려는데 옆집 현관문이 한 뼘 정도 열렸다. 눈가에 주름이 잡힌 여자가 문틈으로 얼굴을 내밀며 말했다.

"거기 아무도 안 살아요. 빈집이에요."

도하의 동공이 흔들렸다.

"……아무도 안 살다니요?"

"집주인 죽고, 한참 비어 있었어요."

"그럴 리가 없습니다."

"주소를 다시 확인해 봐요. 그 집은 빈집이니까."

"정말 빈집이 맞습니까? 여동생이 있을 텐데요. 비어 있던 건 맞지만, 지금은 여동생이 머물고 있습니다."

여자의 눈가 주름이 더욱 짙어졌다.

"그 집 아가씨는 죽고, 동생은 실종됐어요. 그 뒤로 지금까지 쭉 비어 있어요. 동네에 소문나서 여기 5층은 집도 안 팔려요. 나도 작년에 모르고 이사 온 거예요. 알았으면 안 왔지. 안 그래도 으스스해서 죽겠는데, 소란 피우지 말고 돌아가요."

말을 마친 여자는 그대로 문을 닫고 들어갔다. 혼자 남겨진 도하는 멍해졌다. 상황이 정리되지 않았다. 옆집 여자의 말을 믿을 수 없었다. 그렇다고 이채가 돌아온 걸 옆집에서 감지하지 못했다고 여기기엔 걸리는 게 많았다.

'랜의 말이 사실이라면?'

도하는 빌라 밖으로 나와서 이채의 집을 올려다보았다. 층수를 확인하기 위해서였다. 이채의 집은 5층 501호가 맞았다. 그리고 그녀의 집은 불이 꺼져 있었다.

'집을 내놨다고 했지.'

도하는 가까운 공인중개소로 발걸음을 옮겼다. 영업을 끝내고 막 셔터를 내리는 중년 여성이 보였다.

"잠시만요!"

셔터를 내리던 중년 여성이 도하를 발견하고 뿔테 안경을 올려 썼다.

"어서 와요. 집 보려고요? 어떤 집을 찾아요? 전세? 월세?"

그녀는 사람 좋아 보이는 얼굴로 도하를 맞이했다.

"혹시 토마토 빌라 501호가 매물로 나와 있습니까?"

그의 질문에 뿔테 안경이 반색했다.

"인터넷 보고 왔어요? 아휴, 잘 왔어. 집이 아주 싸게 나왔거든요. 아가씨가 혼자 살던 집이라 깔끔해요. 사정이 있어서 좀 오래 비어 있긴 했는데, 아주 괜찮은 집이에요."

"집, 바로 볼 수 있습니까?"

"그래. 그래요. 바로 갑시다. 여기서 가까워. 걸어갈 수 있어요."

뿔테 안경을 쓴 여자는 셔터를 마저 내리고 앞장섰다. 토마토 빌라를 향해 걷는 내내 집에 관해 설명하는 것도 잊지 않았다.

"절대로 이런 가격에 나올 수 없는 매물이에요. 사정이 있어서 싸게 내놓은 거지. 원룸형이긴 한데 기역 자 구조라 투룸 같은 원룸이야. 평수도 넓게 빠졌어요. 중간에 미닫이문을 따로 설치해도 되고. 하지만 보통은 그냥 터놓고 써요. 그게 더 넓어 보이거든."

계단에 올라선 뿔테 안경은 501호의 문을 열었다. 온기라고는 찾아볼 수 없는 눅눅한 공기가 도하의 얼굴에 닿았다. 빈집 특유의 냄새마저 나고 있었다.

"공기가 좀 답답하긴 한데, 그건 하루만 환기하면 되고요. 바로 입주할 수 있어요."

도하는 뿔테 안경의 설명을 뒤로하고, 집 안을 천천히 살폈다.

강도가 들었던 날, 눈여겨보았던 구조 그대로였다. 가구와 소품도 마찬가지였다. 며칠 전 도하에게 라면을 끓여주었던 냄비와 그릇까지 같았다. 그때만 해도 이 집엔 생활의 흔적이 가득했다.

하지만 지금은 빈집일 뿐이다.

냉장고를 열어보니 텅 비어 있었다. 전원조차 연결되지 않은 듯했다. 걸음을 옮기던 도하는 벽에 걸려 있는 사진 앞에서 멈춰 섰다. 4인 가족 사이에 선 이채가 환하게 웃고 있었다. 그 옆에는 다채도 있었다.

"전에 살던 분들입니까?"

"그렇죠. 아직 물건이 좀 남아 있기는 한데, 계약하면 바로 정리해줄 거예요. 가구는 필요한 게 있으면 그대로 써도 되고요."

도하는 무심한 손길로 장롱을 열었다. 장롱 안에는 옷이 빼곡하게 들어차 있었다. 도하는 그중에서 자신이 호텔 지하 드레스숍에서 구매한 44사이즈 원피스를 발견했다. 점원이 사이즈를 묻길래 아무 생각 없이 가볍다고 답했다. 하지만 그녀에게 상당히 작았던 것으로 기억한다.

옆에 걸린 잠옷은 며칠 전 류하가 강도로 침입했을 때, 그녀가 입고 있던 것이었다. 술을 달라며 주정을 부렸을 때 입고 있던 옷과 남자 친구 대역을 해주었을 때 입고 있던 옷까지 눈에 띄자 더욱 혼란스러웠다.

이채는 분명 선명한 기억으로 남아 있었다. 착각이 아니다. 도하는 무언가에 홀린 듯한 기분으로 옷장 문을 닫았다. 모든 정황이 501호가 현재 빈집임을 말해주고 있었다. 이쯤 되니 자신의 정신에 문제가 있는 건 아닌지 의심될 정도였다.

발걸음이 자연스레 베란다로 향했다. 익숙한 커튼을 걷어내고 베란다 문을 열자 자신의 집이 보였다. 도하의 마음이 크게 요동쳤다.

"베란다가 좀 가깝죠. 그래도 넘지는 못해요. 5층이잖아요."

뿔테 안경이 도하의 곁에 다가와 설명했다.

"5층이니까……."

"그럼요. 5층인데요."

도하는 이 베란다를 몇 번이나 넘었다. 며칠간 긴 꿈이라도 꾼 걸까. 아니면 지금 이 순간이 꿈인 걸까.

맞은편에 있는 자신의 집이 마치 환상처럼 보였다. 이 집이 비어 있다면, 지금까지 자신이 만났던 이채는 무엇이란 말인가. 도하는 생각을 정리하기 위해 몸을 돌렸다.

그의 움직임을 거절로 이해한 뿔테 안경이 속도를 높여 말했다.

"혹시 소문 들어서 그래요? 요즘 사람 죽어 나가지 않은 자리가 어디 있어. 그런 거 신경 쓰면 집 못 찾아요."

"……동생은 어떻게 됐습니까?"

"어머, 다 알고 왔나 보네. 아직 못 찾았지. 찝찝하면 내가 주인이랑 다시 말해볼게요. 조금은 빼줄 수 있을 거야. 그래도 너무 깎지는 말고요. 이 집 엄마가 한동안 제정신이 아니었어요. 이 집도 안 판다고 하다가 최근에야 내놓은 거예요. 안됐잖아요."

그건 도하도 알고 있는 사실이었다. 이 집을 사려고 할 때마다 거절당했으니까. 그는 높낮이 없는 목소리로 말했다.

"살게요."

"그러지 말고 잘 생각해 봐요. 이만한 집이 없다니까."

"사겠습니다."

"에? 산다고요?"

뿔테 안경의 얼굴이 환해졌다.

"바로 계약하겠습니다."

"그럼 나야 좋지. 젊은 사람이 시원시원해서 좋네. 매매 가격 조율할 건 아니죠?"

"그대로 계약하겠습니다."

"잘 생각했어요. 계약금은 얼마나?"

"계약금 없이 전액 이체하겠습니다."

"그래요. 그래. 여유 자금이 있으면 시간 끌 거 없죠. 잠깐만 기다려 봐요."

그녀는 바로 전화를 걸었다. 하지만 집주인이 전화를 받지 않았다. 몇 번이나 전화를 걸던 뿔테 안경이 곤란한 얼굴로 입을 열었다.

"통화가 안 되는데, 금방 연결될 거예요. 집주인이 가게를 하거든. 바쁜가 보네요."

"오늘이 아니어도 괜찮습니다. 통화되면 계약 날짜 잡아주세요."

"그래요. 그래."

"다른 사람에게 팔지 마세요. 중개비 두 배로 드리겠습니다."

"어머머, 그렇게까지는 안 해도 되는데. 아휴. 불법인데."

입이 헤벌쭉 벌어진 뽈테 안경에게 명함을 준 도하는 그대로 자신의 집으로 돌아왔다. 거실을 가로질러 가서 베란다 문을 열자, 건너편 베란다 커튼 사이로 이채의 집이 들여다보였다. 분명 뽈테 안경과 함께 불을 끄고 나왔는데, 환하게 밝혀져 있었다.

그는 이채의 베란다를 노려보았다. 때마침 불어온 바람에 그녀의 베란다 구석에 걸려 있던 풍경이 차르랑거리는 소리를 내며 핑그르르 돌았다.

'대체 뭐지?'

도하는 마른세수를 연거푸 했다. 그래도 눈앞의 불 켜진 집은 사라지지 않았다.

'베란다를 통해 볼 때와 현관문을 통해 들어갈 때의 공간이 다르다?'

상황만을 놓고 보면 그랬다. 하지만 어떻게 이런 일이 가능하단 말인가.

아무리 생각해도 답이 나오질 않았다. 도하는 메모지를 꺼내 의문스러운 점을 적어 내려갔다. 그다음 여러 가지 가설을 적었다가 지우기를 반복했다. 그 어떤 가설도 현 상황을 논리적으로 설명할 수가 없었다.

메모지 몇 장을 가득 채운 다음에야 깨달았다. 정답은 아직 꺼내지 않은 가설 중에 있었다. 문제는 그가 이 가설을 받아들일 수 없다는 것이었다.

도하는 베란다 너머를 응시했다.

'그녀는, 무엇일까?'

○○○

이채는 카페 테이블 위에 있던 방명록을 집어 들었다. 방명록 페이지마다 가득한 사연을 읽어 내려가던 그녀는 가방에서 펜을 꺼냈다.

'이 남자는 왜 또 안 오는 걸까?'

아래에 오늘 날짜를 적어 넣고는 다음 페이지에 도하의 이름을 크게 썼다. 그의 이름을 노려보다 보니 신경질이 나서 한 줄을 더 추가했다.

'죽여버려! 왜 안 와!'

휴대폰 개통이 절실했다. 한숨을 쉰 이채는 읽다 만 책, '우리 집'을 가방에서 꺼내 들었다. 페이지 사이에 책갈피처럼 끼워두었던 엽서를 빼놓고, 페이지를 넘기기 시작했다. 얼마쯤 읽었을까. 고개를 들어보니 30분이나 지나 있었다.

'전화번호라도 적어 올걸.'

커피를 한 모금 마시는데 아무렇게나 꺼내놓은 엽서가 시야에 들어왔다. 그 엽서에는 '공도하 저자 강연회'에 대한 안내가 적혀 있었다. 날짜는 5월 6일.

'오늘?'

일정을 확인해보니, 그는 지금 저자 강연회를 진행하고 있어야 했다. 그런데 이채는 조금 전 그를 베란다에서 만났다.

'행사가 취소된 건가?'

이채는 생각을 지우고, 언젠가 오겠지라는 마음으로 책을 다시 펼쳤다. 하지만 책의 마지막 페이지를 읽을 때까지 그는 모습을 드러내지 않았다. 약속 시각에서 한 시간 반이나 지나 있었다.

은인이고 뭐고 슬슬 화가 나기 시작했다. 화창한 봄날의 토요일, 한 남자에게 두 번이나 바람맞은 셈이다.

이채는 카페를 나와 언덕길을 올랐다. 그리고 리버빌 5층을 올려다보았다. 그의 집은 불이 꺼져 있었다.

'집에 없는 것 같은데.'

카페까지는 길이 하나뿐이라 엇갈릴 일도 없었다. 이채는 리버빌 5층으로 올라갔다. 엘리베이터가 열리자 프로방스풍 화분이 가득 보였다. 엘리베이터부터 현관문까지 마치 작은 화원처럼 꾸며져 있었다. 층마다 주인이 다르니 이런 것도 가능한 모양이었다.

이상한 점이 있다면 공간이 여성 취향이라는 것이었다. 파스텔 색조의 화분과 아기자기한 소품은 도하와는 백만 광년만큼이나 멀어 보였다. 그가 화초를 정성껏 가꾸는 모습은 쉽게 상상이 가지 않았다.

이채는 현관문 앞에 서서 벨을 눌렀다. 하지만 안에서 기척이 느껴지지 않았다.

'어딜 간 거야.'

골을 내며 돌아선 이채는 엘리베이터 버튼을 눌렀다. 그리고 엘리베이터에서 막 내린 낯선 여자와 마주쳤다. 프로방스풍의 입구와 어울리는 여자였다.

"어떻게 오셨어요?"

여자의 눈빛에 경계심이 묻어났다.

"아, 저 공도하 작가님을 만나려고요."

"그런 사람 없는데요."

"여기가 공도하 작가님 집이 아닌가요? 5층 맞는데."

"잘못 아셨나 봐요. 제가 여기서 5년 넘게 살았거든요. 그럼."

여자는 이채를 지나쳐 현관문 앞에 섰다. 그리고 아직 멍하니 서 있는 이채를 돌아보았다.

"안 가실 건가요?"

"아, 죄송합니다."

이채는 몇 걸음 물러나 엘리베이터 버튼을 눌렀다. 그사이 스마트키를 찍은 여자는 집 안으로 쏙 들어가버렸다.

멍해진 이채는 엘리베이터에 올랐다.

'5층이 아닌가.'

다시 아래로 내려간 이채는 도하의 집을 올려다보았다. 자신의 집과 마주 보는 층은 5층이 맞았다. 그러다 이상한 점을 발견했다. 자신의 집 반대편에 돌출형 베란다가 보이질 않았다.

'베란다가 없어?'

눈을 비비고 다시 봐도 마찬가지였다.

이채는 귀신에 홀린 것 같은 기분을 안고 집으로 향했다. 베란다 문을 열고 커튼을 젖히자, 맞은편 베란다에 나와 있던 도하가 보였다.

그를 보자마자 울컥하는 마음에 냅다 소리부터 쳤다.

"두 시간이나 기다렸잖아요!"

하지만 도하는 변명을 늘어놓지 않았다. 그저 기묘한 표정을 짓고 있을 뿐이었다. 그러더니 갑자기 베란다를 넘어왔다.

"왜, 왜요."

그의 기세에 놀란 이채가 주춤 물러섰다.

"당신, 뭐야?"

뭐냐고 대뜸 묻는 도하에게 이채가 퉁명스럽게 대꾸했다.

"뭐긴요. 내 이름 몰라요? 약속 장소에 안 나온 건 그쪽이면서 왜 나한테 화를 내요."

도하는 손을 뻗어 이채의 어깨를 거칠게 붙잡았다. 악력 때문에 이채의 미간이 찌푸려졌다. 그는 이채의 어깨를 뒤로 밀었다. 덕분에 뭐라 대꾸할 틈도 없이 뒤로 밀려나야 했다.

등 뒤로 베란다 창의 서늘한 기운이 느껴졌다.

"대답해. 너, 정체가 뭐야."

"놔요!"

이채가 고개를 쳐들며 외쳤지만, 도하는 놓아줄 생각이 없어 보였다. 이채를 더 밀어붙인 그가 낮은 목소리로 물었다.

"귀신?"

귀가 의심스러웠다. 이 남자 설마, 귀신이냐고 물어본 건가? 황당해서 말이 나오지 않았다.

"꿈? 아니면 환상?"

"무슨 말을 하는 거예요!"

화가 나자 이채의 눈썹이 치켜 올라갔다. 약속 장소에 나오지 않은 것도 신경질 나는데, 그는 이해할 수 없는 말만 늘어놓고 있었다.

"당신, 정체가 뭐냐고."

"미안하지만 다 틀렸어요. 난 귀신도 아니고 꿈도 아니고 환상도 아니라서요."

이번엔 도하의 미간이 찌푸려졌다.

"나는 정이채예요. 복원사죠. 그리고 오늘 그쪽한테 두 번이나 바람맞았고요."

그녀의 어깨를 붙잡고 있던 도하의 손이 힘없이 늘어졌다. 그는 복잡한 얼굴을 하고 있었다. 한걸음 물러선 그는 버릇처럼 마른세수를 했다.

"카페에 왔어?"

"당연하죠. 한참이나 기다렸다고요!"

"이 남자는 왜 또 안 오는 걸까, 라는 메모를 남기고? 다음 장에는 내 이름을 썼고. 죽여버려. 왜 안 와, 라고 썼고? 맞아?"

"그건 어떻게 알아요?"

날 선 질문에 질문으로 답을 한 이채는 상대가 반말을 하고 있다는 걸 뒤늦게 깨달았다. 발끈하려는데 도하가 먼저 입을 열었다.

"메모를 봤으니까. 그 메모를, 카페에서 봤으니까."

"엇갈렸다고요? 뭐, 그렇다고 치고 늦은 이유는 뭐예요? 생명의 은인이면 뭐 이렇게 막 늦고 그래도 돼요?"

도하는 거칠게 고개를 저었다.

"아니. 난 제시간에 나가서 조금 전까지 카페에 혼자 앉아 있었어."

이채는 한 걸음 뒤로 물러서서 도하를 노려보았다.

"그 말을 믿으라고요?"

"믿어봐. 나도 믿으려고 노력하는 중이니까."

또다시 뭐라고 대꾸하려고 했지만, 도하의 진지한 눈빛에 가로막혔다.

복원에서 가장 중요한 것은 상상력이다. 얼마나 상상할 수 있는지에 따라 복원된 유물의 모습이 달라진다. 원래의 색, 형태, 향기, 쓰임 그리고 유물이 가진 이야기까지 그 모든 걸 상상한 다음 조각

맞추기를 하는 것이다.

복원은 그렇게 작은 조각을 이어서 하나의 큰 그림을 그려나가는 과정이었다. 이채의 머릿속에서 여러 '기억의 조각'이 움직여 제자리를 찾아가기 시작했다.

혼란스러워 보이는 이채를 바라보던 도하도 마음을 가라앉히고 차분하게 입을 열었다.

"카페에 갔어. 당신은 오지 않았고. 기다리다가 그 메모를 봤지. 그리고 당신 집으로 가서 벨을 눌렀는데, 옆집 여자가 나와서 빈집이라고 말했어. 몇 년간 비어 있던 집이라고. 바로 공인중개소에 갔더니 집도 볼 수 있었어. 그곳에 당신은 없었고. 다시 물을게. 당신은, 누구지?"

"꿈꿨어요? 무슨 말도 안 되는 소릴 그렇게 진지한 얼굴로 해요."

이채와 도하 사이에 짧은 침묵이 흘렀다. 약간의 시간이 흐르고 이채 역시 이상하게 생각했던 일을 물었다.

"저기, 오늘 저자 강연회 취소됐어요? 박물관 근처에 홍익서점이요. 강연회가 오늘 6시였잖아요."

"그런 일정 없어. 그곳에서 했던 저자 강연회는……."

도하는 상식을 내려놓자고 생각했다. 상식을 내려놓고 눈에 보이는 모든 걸 믿어보자고 말이다.

3년간 비어 있던 집, 강도에 관한 신고도 3년 전. 현관문으로 갔을 때는 없고, 베란다로 넘어갔을 때에만 존재하는 여자. 홍익서점에서 마지막으로 한 강연회는 3년 전. 나예희와 열애설이 났던 건 3년 전 이맘때. 방명록에 적혀 있던 날짜는 3년 전 오늘.

무엇보다도 3년 전 실종된 여자가 눈앞에 서 있었다.

도하의 눈빛이 싸늘하게 가라앉았다. 그녀가 다른 시간을 사는 존재라면 모든 걸 설명할 수 있었다.

'이게…… 말이 되나?'

그는 이채의 티 테이블 의자를 끌어다 앉았다. 생각이 복잡하게 엉켰다. 테이블을 손가락으로 툭툭 건드리며 생각을 정리했다. 모든 걸 설명할 수 있는 가설은 하나뿐이었다.

'다른 시간.'

처음부터 상황을 맞춰봐도 마찬가지였다. 이제는 '다른 시간'이라는 가설을 확인하는 일만이 남았다. 고개를 든 도하가 무언가 말하려고 했을 때, 이채가 손바닥을 펼치며 외쳤다.

"잠깐, 잠깐만요!"

그녀는 방으로 뛰어 들어가서 노트북을 켜고 '공도하 저자 강연회'를 검색했다. 그러자 얼마 전에 올라온 사진과 후기 몇 개가 보였다. 게시글대로라면 도하는 오늘 귀국해서 바로 강연회장으로 간 것이다. 하지만 그는 지금 눈앞에 있었다.

"말도 안 돼."

조금 더 검색해보니 5월 1일부터 5월 4일까지 공도하의 일본 일정을 정리해놓은 게시글도 있었다. 상식적으로 있을 수 없는 일이었다.

5월 1일 도하는 강도에게서 이채를 구해주었다. 그뿐이 아니다. 2일에도, 3일에도……. 이채는 어제까지 밤마다 그를 만났다.

또 하나. 사진 속의 공도하와 눈앞의 공도하는 같은 사람인 것 같으면서도 달랐다. 분위기도 그렇고, 머리 길이도 달랐다. 눈앞에 있는 도하의 머리카락이 조금 더 길었다.

홀린 것 같은 기분으로 검색창에 '공도하 자택', '공도하 주소' 등을 검색했다. 그러자 공도하 작가의 평창동 자택에서 이루어졌다는 인터뷰 기사가 나왔다. 한국대 교수 출신의 정치인 아버지와 둘이 살고 있다는 집은 리버빌이 아니라 거대해 보이는 저택이었다.

이채는 다시 눈앞의 남자를 응시했다. 도하 역시 복잡한 얼굴로 그녀를 바라보고 있었다.

몇 시간 만에 다시 만났으면서 단번에 이채를 알아보지 못했던 남자, 멀쩡한 소독약의 유통기한이 지났다고 말했던 일, 둘 다 약속 장소에 나갔지만 만나지 못했던 일, 방명록에 적어놓았던 글을 그가 읽은 것 그리고 저자 강연회 사진, 일본 입출국 날짜, 리버빌 5층에서 오랫동안 살았다던 프로방스풍 여자. 건물 아래서는 보이지 않는 베란다.

무심코 넘겼던 일들과 목에 무언가가 걸린 듯한 이 기분까지 모두 모아 조각을 맞췄다. 그렇게 나온 큰 그림이 알려준 사실을 안고 베란다로 돌아간 이채는 질문을 던졌다.

"작가님은, 몇 년도를 살아가고 있어요?"

도하의 미간이 찌푸려지는 걸 본 이채는 수습하려 했다.

"미안해요. 내가 이상한 걸 물었어요."

"아무래도 베란다를 통해서, 당신과 내 시간이 연결된 것 같아. 베란다를 넘으면 시간 여행을 하게 되는 셈인 거지. 그리고 내가 살고 있는 날짜는……."

그는 3년 후 오늘을 말했다.

대답을 들은 이채는 눈을 몇 번 깜박였다. 이해할 수 없는 일들뿐이라 한번 던져본 질문이었다. 하지만 도하는 그렇게 말했다.

그의 베란다로 넘어가면 3년 후의 미래로 연결된다고.

"말도 안 돼요."

"그럼, 말이 되도록 설명해보든지."

그의 말이 맞다. 모든 단서가 말해주고 있었다. 이채와 도하는 정말로, 다른 시간을 살고 있었다. 눈을 몇 번 더 깜박이던 이채는 도하의 베란다를 멍하니 응시했다.

'정말 3년이라고?'

베란다를 넘어가면 3년 후라니.

"이게 믿어져요?"

"믿지 않으면 내가 미쳤다는 걸 인정해야 할 텐데 별로 그렇게 하고 싶지는 않아서."

"그건 그렇네요."

자신이 미쳤다는 걸 인정하는 것보다는 베란다를 넘어 시간 여행을 할 수 있다는 걸 믿는 편이 나았다.

"그럼 지금 작가님은 과거로 온 시간 여행자인 건가요?"

"우리가 미치지 않았다면, 그런 셈이겠지."

머리가 다시 복잡해졌다. 시간 여행이라면 좀 더 낭만적이거나 판타스틱해야 하는 것 아닌가? 꿈과 모험이 가득하다거나.

너무 소박해서 더 비현실적으로 느껴지는 것 같았다. 거대한 사건에 휘말린 거라면 정신 못 차리고 휩쓸렸을 텐데, 이건 너무 생활형 판타지다.

아니면 사기이거나.

이채는 뒷걸음질 쳐서 집 안으로 들어갔다. 도하의 시선이 그녀를 따라서 움직였다. 휴대폰과 지갑을 챙겨 든 그녀가 고압적으로 말했다.

"잠깐 있어 봐요. 여기서 꼼짝하지 마요."

○○○

택시에서 내린 이채의 시선을 사로잡은 건 건물 입구에 자리한 배너광고였다. '공도하 작가를 만나다'라고 궁서체로 쓰인 배너에는 그의 얼굴과 행사시간이 인쇄되어 있었다. 광고대로라면 지금은 강연회가 끝나고 사인회가 진행 중일 것이다.

발걸음을 재촉하며 강연회장 안으로 들어선 이채의 움직임이 멈췄다. 회장 한가운데에 그가 앉아 있었다. 그 앞에는 많은 이들이 사인을 받기 위해 줄지어 서 있었다.

강연회가 취소된 게 아니라는 건 알고 있었다. 이미 인터넷에 올라온 사진도 보았다. 하지만 두 눈으로 직접 확인하고 싶었다. 그리고 지금, 이채의 눈앞에는 또 다른 '공도하'가 있었다.

'정말 있어.'

이채는 그의 모습을 꼼꼼하게 살폈다. 매일 밤 베란다에서 만나던 도하와 같은 얼굴이었다. 목소리도 같았다. 다른 점이라면 지금의 그가 더 느긋하게 말하고 있었다. 그리고 사진으로 확인했던 것처럼 머리 길이가 더 짧았다.

그는 베란다 너머의 도하보다 친절한 모습이기도 했다. 줄을 서 있는 이들에게 다정한 말을 건네기도 했고, 악수를 청해도 싫은 내색 없이 손을 내밀었다. 간혹 환하게 웃기도 했다. 베란다 너머의 도하가 저렇게 웃는 건 본 적이 없었다. 어쩐지 조금 낯설게 느껴졌다.

사인을 받던 남자가 그에게 물었다.

"작가님, 열애설은 사실이에요?"

그의 돌발적인 질문에 줄 서 있던 이들 모두 관심을 보였다. 질문한 남자를 향해 한번 웃어준 그는 어깨를 으쓱거리더니 입을 열었다.

"곧 그분 소속사에서 해명기사가 나갈 겁니다. 영화 제작 관련해서 만난 게 확대 해석된 것 같더군요."

"일본에서 찍힌 사진은요?"

"우연히 만났다고 하면 둘러대는 것처럼 들리기는 하는데요. 정말 우연히 일정이 겹쳤을 뿐입니다. 연예인은 대단하더군요. 밥 한 번 먹었다고 기사까지 날 줄은 몰랐습니다."

그는 다시 사인을 시작했다.

이채는 사인 줄이 줄어드는 걸 멍하니 지켜보다가 그와 눈이 짧게 마주쳤다. 나른한 그 시선이 느껴지자 몽롱했던 정신이 번쩍 들었다.

'돌아가자.'

천천히 몸을 돌렸다. 확인했으니 됐다. 베란다에서 기다리고 있을 도하를 만나러 가야 했다. 하지만 다리에 힘이 들어가질 않았다.

그녀는 서점 입구에 마련된 의자에 잠시 주저앉아 숨을 골랐다. 무언가 방전된 느낌이었다.

'정말 베란다 사이에 3년의 시차가 존재한다고?'

'3년'이라는 단어를 되뇌는데 인기척이 느껴졌다. 그리고 눈앞에 이온 음료가 쑥 내밀어졌다. 엉겁결에 받아 들고 보니 그였다.

"얼굴이 창백한데, 설마 오늘도 술 마신 겁니까."

삐뚜름하게 웃고 있는 그의 얼굴에는 약간의 반가움이 첨가되어 있었다. 이렇게 보니 확실히 알겠다. 둘은 같지만, 전혀 다르다.

"아니에요. 잠깐 어지러워서요."

그가 말을 걸어온 것 때문에 혼란이 배가되었다.

"그날 감기 걸린 건 아니죠?"

제법 다정한 목소리였다.

이채는 그제야 깨달았다. 베란다 너머의 도하만이 아니었다. 지금을 살아가는 도하와 베란다 너머의 도하 사이에도 3년의 세월이 존재했다. 그 간극이 만들어낸 온도 차는 상당했다.

"괜찮았어요. 그날은 정말 감사했습니다."

이채는 다시 공손해질 수밖에 없었다. 눈앞의 남자와 나눈 기억은 호텔까지였다.

강도를 쫓아준 사람도, 발을 치료해준 사람도, 남자 친구 대역을 해준 사람도, 라면을 함께 먹고, 연달아 부린 술주정을 받아준 사람도 모두 베란다 너머의 도하였다.

눈앞의 남자는 그 시간과 무관했다.

"일본에서 휴대폰을 끄고 다녔는데, 돌아와서 보니까 부재중 전화가 와 있더라고요."

전화? 이채는 검은 스냅백이 쫓아왔을 때 도하에게 전화를 걸었던 걸 기억해냈다. 눈동자를 굴리던 이채는 되는대로 대답했다.

"실수로 누른 거예요. 실수로. 손이 미끄러져서요."

"또 편의점 아주머니는 아니었고요?"

이채의 눈썹이 금세 축 처졌다.

"그날 일은 제발 잊어주세요. 팬들한테는 잘도 웃어주면서, 왜 나한테만 삐딱해요?"

"팬이 아니니까? 부재중 전화가 아니라도 연락하려고 했습니다. 복원사 관련해서 추가 인터뷰 요청을 하고 싶어서요. 원고 작업을 하다 보니 막히는 부분이 있더라고요."

"네. 신세 진 것도 있는데, 갚아야죠."

"그럼 다시 연락드리겠습니다. 뒤풀이를 가야 할 것 같아서요."

"들어가세요."

그는 한 번 더 나른하게 웃었다. 3년 후의 도하가 겨울의 혹독함을 닮았다면, 지금을 살아가는 도하는 봄날의 나른함을 닮아 있었다.

이채는 멀어지는 그의 뒷모습을 멍하니 응시했다. 그의 모습이 완전히 사라지자, 손에 들린 이온 음료가 보였다. 캔을 따서 한 모금 마시자 머리가 좀 맑아지는 것도 같았다.

'3년.'

천천히 몸을 일으켰다. 현재를 살아가는 공도하를 확인했으니, 3년 후 미래를 살아가는 공도하를 만나러 갈 차례였다.

○○○

이채는 현관문 앞에서 잠시 서성였다. 도어락 비밀번호를 누르는 데 용기가 필요할 줄은 몰랐다. 기합을 넣고 집 안으로 들어선 이채는 또 한 번 혼란을 느껴야 했다.

도하는 그녀가 시킨 대로 베란다에 얌전히 앉아 있었다.

"어딜 갔다 온 거지?"

이채는 날이 선 목소리로 묻는 도하의 얼굴을 응시했다. 여유라고는 찾아볼 수 없는 날카로운 눈빛과 까칠한 표정을 마주하고 있으니 오히려 마음은 편안해졌다.

"홍익서점이요. 강연회에 갔다 왔어요."

그의 자세가 삐딱해졌다.

"그래서 나를 본 소감은?"

"다른 사람 같아요. 그때와 지금은."

"많은 일이 있었으니까."

3년 동안 그에겐 어떤 일이 일어난 걸까. 목구멍까지 올라온 질문을 삼킨 이채는 지갑과 휴대폰을 내려놓으며 밝게 말했다.

"배고프지 않아요? 난 라면 먹을 건데, 같이 먹을래요?"

도하는 조금 어이없다는 얼굴을 했다. 갑자기 나갔다가 들어와서는 뜬금없이 라면이라니.

"안 먹어요? 전 오늘 어떤 남자한테 두 번이나 바람맞느라 한 끼도 못 먹었거든요."

일단은 그녀의 장단에 맞춰주자고 생각한 도하가 딱딱하게 대답했다.

"먹지."

"잘 생각했어요. 내가 라면은 또 끝내주게 끓이잖아요."

이채는 주방으로 가서 냄비에 물을 넣고 라면을 꺼내 반을 쪼갰다. 물 양도 정확하게 맞췄고, 손끝에서 부서지는 라면의 감각도 정상적으로 느껴졌다.

"좋아. 난 제정신이야. 멀쩡해."

냄비에서 전해지는 뜨거운 기운으로 미루어보면 꿈도 아니었다.

"아, 참치."

허둥지둥 참치를 꺼낸 이채는 캔 뚜껑을 땄다. 그리고 자연스럽게 참치 기름을 냄비 속에 부었다.

"어?"

발견했을 때는 이미 늦었다. 이채는 참치 기름이 동동 뜬 냄비 물을 개수대에 버리며 인상을 썼다.

"역시 내가 미친 거였나 봐. 미쳤어. 미친 거야."

울상을 하고 궁얼거리던 이채는 다시 물을 올렸다.

베란다에 앉아 있던 도하도 집 안으로 들어왔다. 그는 자연스럽게 식탁 앞에 앉았다. 그리고 라면을 끓이느라 부산떠는 그녀의 뒷모습을 응시했다.

잠시 후 이채는 라면을 쟁반에 담아 식탁으로 날랐다. 라면 그릇을 내밀자 도하는 잠자코 그것을 먹기 시작했다.

라면을 깨작거리며 먹던 이채가 먼저 말을 꺼냈다.

"어떻게 이런 게 가능한 거죠? 강연회에 갔는데 작가님이 있었어요. 작가님은 분명히 베란다에 있을 텐데. 그런데 작가님이 사인회장에 앉아 있는 거죠. 작가님이 말도 걸었는데요, 작가님하고……. 아, 헷갈려. 내가 뭐라는 거죠?"

혼란스러워하는 이채를 위해 도하가 상황을 정리해 주었다.

"날 이름으로 불러. 그럼 덜 헷갈리겠지."

"아, 그래요. 강연회장에 갔는데 공 작가님이 있었어요. 도하 씨는 베란다에 있었으니 나보다 먼저 도착할 수는 없었을 거예요. 물론 내가 도착하기 이전부터 강연회가 진행되고 있었고요. 도하 씨랑 공 작가님은 얼굴도 같고, 목소리도 같아요. 하지만 미묘하게 다른 부분도 있긴 했어요. 분위기라든지. 표정이라든지. 어쩌면 일란성 쌍둥이일 수도 있겠죠."

"미안하지만 쌍둥이 형제는 없어."

"알아요. 지금까지 상황으로 보면 둘은 같은 사람이 맞아요. 두 개의 시간이 베란다를 통해 연결된 거예요. 그러니까 도하 씨가 말했던 대로 베란다를 넘으면 시간 여행을 하게 되는 셈인 거죠."

말을 잇던 이채의 표정이 와락 구겨졌다.

"도하 씨는 이걸 믿는 거죠?"

"믿는 것 말고는 다른 방법이 없으니까."

"적응이 빠르네요."

이채는 어색하게 웃으며 젓가락을 내려놓았다.

라면이 조금 남았지만, 입맛이 없었다. 라면을 끓인 건 잠시라도 생각을 정리할 시간이 필요했기 때문이었다. 그녀가 젓가락을 내려놓는 걸 확인한 도하도 젓가락을 내려놓았다.

"우선 우리가 같은 시간의 흐름 안에 있는 것인지부터 확인해야 해."

"나 그거 알아요. 평행우주 뭐 그런 거죠?"

"그런 이론으로 설명될 수 있으면 다행이고. 사실은 모르겠어. 그럴 가능성이 있지 않을까 생각해본 것뿐이니까."

"좋아요. 정리해보죠. 그럼 내가 사는 세상에는 공 작가님이 있고, 그 사람은 오늘 강연회를 했어요. 그럼 3년 후의 세상에서 나는요?"

"궁금하다면 알아봐줄 수 있어."

도하는 진실을 말하지 못했다. 베란다에서 이채를 다시 만났을 때에는 그녀가 집으로 돌아온 거라고 생각했다. 하지만 그녀가 3년 전의 과거를 살아가는 존재라면 얘기는 달라진다. 랜의 말이 맞다. 도하의 시간에서 이채는 여전히 실종 상태였다. 상황으로 미루어보면 단순 실종이 아닐 것이다.

그녀에게 '당신은 실종 상태야. 아마도 죽었겠지'라고 말할 수는 없었다.

"궁금하긴 한데, 안 들을래요. 그럼 앞으로 3년이 너무 재미없을 것 같으니까요."

"좋을 대로."

어색하게 답을 한 도하는 괜히 물을 한 모금 마셨다.

그는 이미 계산을 마친 상태였다. 만약 눈앞의 이채와 자신의 시간이 연결되어 있다면, 모든 걸 바로잡을 수 있었다. 3년 전이라면 아직 그녀의 언니인 정다채는 살아 있고, 류하는 아무도 죽이지 않았다. 이것은 기회였다. 마주 앉은 이채를 응시하던 도하가 입을 열었다.

"가족을, 사랑해?"

"당연하죠. 갑자기 그건 왜 물어요. 오그라들게?"

"그냥 궁금해서."

"가족을 사랑하지 않으면, 누굴 사랑해요."

이채는 재미있는 말을 들었다는 듯이 웃었다. 너무 당연하다는 듯이 말해서 도하는 말을 이을 수가 없었다.

"실없기는요. 어쨌든 믿을 수 없는 일이 일어났네요."

"믿을 수 없지만 달리 생각할 방도도 없어."

그 부분은 이채도 동의했다. 하지만 왜 이 공간이 연결된 걸까.

"왜 베란다죠?"

그리고 왜 우리일까.

"나도 잘 모르겠어."

감흥 없이 대답하는 도하가 조금 얄밉게 느껴졌다. 그를 살짝 노려보다가 곧 생각을 고쳐먹었다. 그 역시 혼란스러울 것이다. 이채는 자리에서 일어나 그릇을 치우고 설거지를 시작했다.

그동안 도하는 천천히 이채의 집을 둘러보았다. 이젠 믿을 수밖에 없었다. 현관문을 통해서 들어간 이채의 집과는 같은 공간이면서도 달랐다. 은은한 플로럴 계열 디퓨저 향과 조금 전 끓인 라면 냄새, 적절한 온도는 이 집에 사람이 살고 있다는 걸 말해주고 있었다.

도하는 그녀의 질문에 대한 답을 계속 생각했다.

'왜 베란다일까.'

이채의 베란다 너머로 보이는 자신의 집을 살피던 도하가 고개를 돌렸다.

"정리 끝났으면 다시 앉아 봐."

고무장갑을 벗어 싱크대에 놓은 이채가 눈에 힘을 주고 물었다.

"계속 말 놓을 거예요?"

"이미 놓아버려서. 억울하면 같이 놓든지."

"됐어요."

"그럼 앉아 봐."

도하가 재차 말하자, 이채가 맞은편 의자에 엉덩이를 걸치고 앉았다. 머릿속에서 정리를 끝낸 그가 차분하게 이야기를 이끌어 갔다.

"날 처음 본 날부터 떠올려 보자고. 특별한 일은 없었어?"

특별한 일이라.

"특별한 일이야 있었죠. 호텔에서 깨어났으니까. 내가 얼마나 놀랐는지 알아요?"

"아니, 베란다에서 처음 본 날을 말하는 거야."

"같은 날이에요."

잠시 무언가를 생각하던 도하가 다시 말문을 열었다.

"그럼, 그날 당신은 날 몇 시간 만에 다시 본 셈인가?"

"그렇죠."

"난 3년 만이었어. 그날 다른 일은 없었어?"

"짐을 싸 들고 이 집에 들어왔죠."

집, 501호에 어떤 비밀이 숨겨져 있는 건 아닐까. 마법적인 어떤 것을 떠올리던 도하는 비약이 심했다는 생각에 픽 웃었다.

그의 상체가 이채를 향해 기울어졌다.

"우린 언제까지 연결되는 거지? 며칠째 이어지고 있기는 하지만, 무한정은 아닐 텐데."

"글쎄요. 당장 내일 연결이 사라질 수도 있다는 거네요. 갑자기 연결된 것처럼."

"그럴 수도 있겠지. 우선 확인부터 해보는 게 좋겠어."

"뭘요?"

"우리의 시간이 연결되어 있는지."

도하는 두 사람의 시간이 연결되어 있는지 확인해야 한다고 말했다. 이채 역시 그의 의견에 동의했다. 하지만 문제가 있었다.

"어떻게 확인하죠?"

이채의 질문에 도하의 고민이 깊어진 듯했다. 그는 테이블을 손가락으로 톡톡 건드렸다. 리드미컬한 움직임 때문인지 시선이 갔다. 커다란 손이었다. 뼈마디가 튀어나오고 힘줄이 도드라져 있는 커다란 손은 이채의 시선을 계속해서 강탈했다.

자꾸만 손을 바라보게 되어 시선을 조금 올렸다. 그러자 그의 목젓이 보였다. 조금씩 움직이는 목울대를 보다가 시선을 올리자 이번에는 입술이 보였다.

"3년 전에도, 토마토 빌라 앞에 화단이 있었나?"

그의 입술이 움직이자 잠시 나갔던 정신이 돌아왔다.

"이, 있어요."

"그럼, 지금 내려가서 같이 무언갈 묻어보는 건 어때? 그다음에 우리 집을 통해 나가서 화단을 확인해보는 거야. 만약 묻은 걸 찾을 수 있다면, 우리의 시간은 연결되어 있는 거겠지. 과거의 변화가 현재에 영향을 주는 거고."

"좋은 생각이에요."

평범하기만 했던 인생에 다가온 첫 번째 판타지였다. 이채는 모험을 떠나기로 했다. 집 안에서 머리 터지게 고민하느니 뭐라도 해보는 게 나을 것 같았다.

현관문을 향해 가던 이채가 도하를 돌아보았다.

"신발 한 켤레 가져와요."

"그러지."

도하는 베란다를 통해 자신의 세계로 넘어갔다. 잠시 후 돌아온 그는 검은색 운동화를 현관 앞에 내려놓았다.

이채의 신발 옆에 도하의 커다란 운동화가 나란히 놓였다. 어쩐지 기분이 묘했다. 이채는 주변을 두리번거리다가 바닥에 떨어져 있던 500원짜리 동전을 발견했다. 청소를 몇 번이나 했는데도 아직도 구석구석에서 나왔다.

이채는 동전을 주워서 도하에게 내밀었다.

"이거라면 3년이 지나도 썩지 않겠죠."

도하는 주변을 둘러보더니 연필꽂이에서 유성펜을 꺼내 들었다. 그는 동전 앞면에 자신의 사인을 남겼다. 그리고 그것을 이채의 손바닥 위에 올려놓았다. 도하의 사인을 들여다보던 이채는 뒷면에 자신의 사인을 남기고 지퍼백에 담아 돌돌 말았다. 이대로 묻으면 될 것 같았다. 지퍼백을 손에 쥐고 먼저 복도로 나선 이채는 그가 나오기를 기다렸다. 하지만 도하는 현관문 앞에서 허우적거릴 뿐 나올 생각을 하지 않았다.

"뭐 해요?"

"나갈 수가 없어."

그는 현관문 앞에 서서 망연히 이채를 응시할 뿐이었다. 무언가에 부딪힌 것처럼 앞으로 나아갈 수가 없었다. 투명한 막이 그를 가로막고 있었다. 도하는 막이 있을 것으로 추정되는 경계를 향해 손을 뻗었다. 그러자 손끝이 닿은 부분에서 일렁이는 투명한 막을 목격할 수 있었다.

"갑자기 판토마임을 하는 건 아닐 테고."

처음에는 장난을 치는 건가 싶었다. 하지만 그를 주시하다 보니 정말 무언가에 가로막힌 듯했다.

"그런 눈으로 보지 마. 장난치는 거 아니니까."

도하는 방법을 바꿔서 허공을 쓰다듬듯이 만졌다. 손으로 허공을 훑을 때마다 투명한 막이 있는 것처럼 공간이 일렁이는 걸 발견할 수 있었다.

"어디가 경계인지 알 것 같아요. 이 일렁이는 부분이죠?"

"그런 것 같아."

"신기하긴 한데, 그럼 시간 여행의 한계는 현관문까지라는 거예요? 되게 쓸데없네."

이채의 말이 맞다. 이대로는 류하를 찾는 데 아무런 도움이 되질 않는다. 그녀의 집 밖으로 나갈 수 없다면, 이 시간의 류하를 찾아갈 수도 없었다.

망연자실한 얼굴로 투명한 벽에 손을 대고 서 있는 도하를 지켜보던 이채가 말했다.

"일단 내가 묻고 올라올게요."

이채는 동전을 집어넣은 지퍼백을 흔들어 보이고는 계단을 뛰어 내려갔다. 조금씩 멀어지는 이채의 발소리를 듣던 도하는 머리가 터질 것 같았다.

이 집을 벗어날 수 없다면 결국 그녀의 도움을 받는 수밖에는 없었다. 아니, 그전에 시간이 연결되어 있는지조차 의문이었다.

초조한 마음으로 복도를 바라보고 있으니 다시 속도감 있게 올라오는 발소리가 들렸다. 5층에 올라온 이채는 집 안으로 들어섰다.

"이제 확인하러 가 봐요. 제일 왼쪽 화단 구석에 묻었어요."

그녀의 손에는 흙이 잔뜩 묻어 있었다. 이채는 싱크대에서 손을 씻으며 이어 말했다.

"모종삽 같은 거라도 가져가요. 밀어 넣는 것보다 파내는 게 더 힘들걸요."

"다녀올게."

딱딱하게 답한 도하는 집으로 넘어가 땅을 팔 만한 걸 찾았다. 하지만 식물을 키우지 않는 그의 집에 모종삽이 있을 리 없었다. 그는 어쩔 수 없이 숟가락을 들고 현관문을 열었다. 그리고 예리한 두통을 느끼며 비틀거렸다.

'뭐지?'

벽을 짚은 도하는 두통이 잦아들기를 기다렸다가 엘리베이터에 올랐다. 1층을 누르고 나니 혼란스러웠다. 현관문 밖으로 발을 내디딘 순간 두통과 함께 어떤 장면이 떠올랐다.

더욱 정확하게 말하자면 어떤 기억이 머릿속에 끼어 들어왔다.

3년 전, 저자 강연회에서 이채를 마주쳤던 기억이었다. 기억 속의 자신은 이채에게 추가 인터뷰를 제안하며 전화하겠다고 말했다.

없던 기억이 생긴 덕분에 1층까지 내려가는 내내 머릿속이 복잡했다.

빌라 입구를 나서자 평소에는 의식 없이 지나치던 토마토 빌라 화단이 보였다. 화단 앞에 선 도하는 이채가 말한 부분을 파기 시작했다. 숟가락을 이용해서 파다가 성이 차질 않아 손으로 흙을 파헤쳤다. 위쪽 흙은 다져져서 단단했지만, 습기를 머금은 아래쪽 흙은 수월하게 팔 수 있었다. 흙냄새를 맡으며 한참을 파헤치다 보니 지퍼백 끄트머리가 보였다. 낚아채듯 끄집어내자 흙이 사방으로 튀었다.

'있어.'

지퍼백 속에는 500원짜리 동전이 들어 있었다. 도하는 동전을 꺼내 손에 쥐었다.

'역시 연결되어 있어.'

이걸로 확실해졌다.

두 베란다를 통해 3년의 시간을 오갈 수 있었다. 그리고 과거를 바꿈으로써 현재를 바꿀 수 있다. 문제는 도하가 토마토 빌라 501호를 벗어나지 못한다는 것이다.

이대로라면 방관자의 역할밖에는 할 수 없었다. 일단 연결이 끊어지기 전에, 이채에게 미래에 벌어질 일들을 알려야 했다. 하지만 그녀가 류하를, 다가올 일들을 막을 수 있을까.

게다가 이채는 어디로 튈지 알 수 없는 여자였다.

작게 한숨을 쉰 도하는 아무도 살지 않는 토마토 빌라 501호를 올려다보았다. 생각을 다시 정리해야 했다.

잠시 후 동전을 들고 집으로 돌아온 도하는 베란다를 넘어와 있는 이채를 보고 눈살을 찌푸렸다. 그는 베란다로 나가 이채 앞에 섰다.

"왜 넘어와 있어?"

"그냥 3년 뒤라니까 시간 여행 한번 해보고 싶어서요."

"그렇게 입고?"

도하의 미간이 찌푸려졌지만, 이채는 자신의 스커트 자락을 살짝 들어 보이며 배시시 웃었다.

"뭐 어때요. 보는 사람도 없는데. 아, 아래서 보면 이 베란다는 보이질 않거든요."

"안 보인다고?"

이채와 도하의 집만이 별개의 세계로 변해버린 느낌이었다. 잠시 고민하던 도하는 끄덕였다.

"그렇겠지. 베란다 확장공사를 한 건 2년 전이니까."

"어? 그럼요. 원래의 나는 강도가 들었을 때 이 베란다로 넘어오지 못했겠네요."

"……그렇겠지."

"그럼 나 위험했을 수도?"

"그건 모르지. 누가 신고를 해줬을 수도 있고. 이 집에 누가 살고 있긴 했을 테니까."

"맞아요. 오늘 가보니까 어떤 여자가 살고 있긴 하더라고요. 동전은 있어요?"

도하는 손바닥을 펼쳐 동전을 보여주었다. 동전을 받아 든 이채는 신기하다는 듯이 앞면과 뒷면을 확인했다. 분명 두 사람의 사인이었다.

"신기하네요. 그럼 우리의 시간은."

"이어져 있는 거지."

차르랑거리는 풍경 소리와 함께 바람이 불어왔다. 이채의 머리카락이 바람결을 따라 흔들렸다. 바람에 헝클어진 머리카락을 쓸어 넘긴 그녀의 입가에 미소가 어렸다.

"이 바람은 몇 년도에서 불어온 바람일까요?"

이채의 질문은 도하마저 감성적으로 만들었다.

"글쎄."

"별의별 생각이 다 드네요. 이러다 시인이라도 될 것 같아요."

그녀는 맑게 웃었다. 이 상황이 마냥 신나는 모양이었다.

"들어와."

도하는 이채를 거실로 이끌었다. 거실에 들어온 이채는 집 안을 두리번거렸다.

"우와, 모델하우스 같아요. 집이 근사하네요."

거실 가운데에는 여섯 명 정도가 앉을 수 있을 것 같은 검은색 가죽 소파가 얼룩무늬 러그 위에 놓여 있었다. 삼면의 벽 모두 책장이 자리하고 있었는데, 책이 빼곡하게 꽂혀 있었다. 작가의 책장이라 할 만했다.

"커피?"

"좋아요."

잠시 후 검은색 머그잔 두 개를 가지고 나타난 도하가 이채를 찾았다. 그녀는 현관문 앞에서 허공을 쓰다듬고 있었다. 손끝에서 약간의 탄성이 느껴지고 있었다.

"뭐 하는 거지?"

"나도 미래로는 못 나가나 봐요."

이채는 허공을 손바닥으로 탁탁 때리며 배시시 웃었다. 손바닥에서 느껴지는 탄성이 재미있었다.

"내가 못 나가는 걸 봤잖아."

"난 특별할 수도 있잖아요."

한 걸음 물러서며 말한 이채는 도하가 들고 있던 머그잔 중 하나를 받아 들었다. 도하는 현관문을 닫다가 이상한 점을 발견했다.

"문은 어떻게 열었지?"

"힘으로 밀었죠. 내 몸만 못 나가는 거지, 안에서 있는 힘껏 밀면 문은 열려요. 손이 나가질 않아서 닫지는 못하지만요."

이채는 커피를 한 모금 마셨다. 입안 가득히 퍼지는 그윽한 향기가 놀라울 정도였다. 견과류의 고소함과 초콜릿의 달콤함도 느껴졌다.

"향이 정말 좋아요. 원두 뭐 써요?"

"자메이카 블루마운틴."

"블렌드가 이런 맛을 내요?"

"작년에 100% 자메이카 블루마운틴을 국내로 공급하는 업체가 생겼어. 고가긴 하지만."

세계 3대 커피 중 하나라는 자메이카 블루마운틴을 집에서 맛볼 수 있다니. 시간 여행 만세다. 이채는 기쁜 마음으로 커피를 한 모금 더 마셨다. 그러자 실감이 났다.

"시간 여행."

작게 중얼거린 이채는 무언가를 결심한 듯 선언했다.

"좋아요. 우리의 모든 가설이 다 진짜라고 하자고요. 그럼."

"그럼?"

"다음 회차 로또 번호 좀 알려줘요."

도하의 얼굴에 당황스러움이 떠올랐다. 그러자 이채가 또박또박 말했다.

"로또가 왜요? 1등이면 인생역전인데. 나는 왜 시간 여행을 다룬 드라마나 영화를 보면 그게 제일 이상했어요. 왜 로또 번호를 안 물어보지? 하는 거요. 나만 이득을 볼 수는 없으니까 반띵해요. 당첨금의 절반을 줄게요."

이채는 가뿐한 얼굴이었다.

배시시 웃는 걸 보니 이미 로또 1등에 당첨되기라도 한 것 같았다. 실제로 그녀는 당첨금을 받아 뭘 하면 좋을지도 결정한 상태였다. 상기된 얼굴을 한 이채를 응시하던 도하가 입을 열었다.

"좋아. 난 1등 당첨번호를 알려줄 수 있어. 매주 연속 당첨되면 이상하니까, 한 달에 하나씩 총 3회의 번호를 알려줄게. 당첨금의 절반도 필요 없어. 다 가져도 좋아. 대신 조건이 있어."

"조건이 뭔데요?"

로또 3회 당첨이라니, 이채는 뭐든 들어줄 준비가 되어 있었다.

"사람을 찾아줘."

"사람이요?"

"난 동생을 찾고 있어. 내 동생은 지금 실종 상태야. 하지만 3년 전, 당신의 시간이라면 아직 찾을 수 있을 거야."

어려운 일은 아니었다. 찾다가 안 되면 심부름센터에 의뢰해도 될 일이다. 제법 많은 돈이 들겠지만, 세 장의 1등 당첨 로또가 걸려 있는데 못 할 것도 없었다.

"찾기만 하면 돼요?"

"추측이긴 하지만 동생은 지금, 어떤 여자를 납치해서 감금하고 있을 거야. 그 여자를 구해야 해."

이게 무슨 로맨틱 판타지에서 스릴러로 장르 전환되는 소리란 말인가. 손에 들고 있던 머그잔의 온기가 모조리 날아간 느낌이었다.

"나, 납치요?"

이채는 장난치지 말라고 말하고 싶었다. 하지만 마주한 도하의 눈빛이 어느 때보다도 진지했다.

"그 여자는 6개월 뒤에 변사체로 발견돼. 정확히 말하면 당신이 그 일을 막아줬으면 해."

○○○

회색빛 컨테이너는 적막했다. 힘겹게 눈을 뜬 다채는 몸을 일으켰다. 자연스럽게 흘러내린 이불을 붙잡자, 오른쪽 손목에 걸린 수갑과 연결된 긴 줄이 쩔그럭거리는 소리를 냈다. 줄의 무게 때문에 손목이 시큰하게 아려왔다. 그나마 한쪽 손목만 묶인 것이 다행이라면 다행이었다.

"야! 미친놈!!"

크게 소리쳐 봤지만, 별다른 인기척이 느껴지지는 않았다.

다채는 다리를 모아 무릎에 고개를 묻었다. 이곳에 갇힌 지 일주일이 지났다. 아니, 어쩌면 열흘이 넘었을지도 모른다. 처음 며칠은 바짝 긴장한 채 잠을 자지 않고 버텼다. 졸음을 견디지 못하고 잠든 뒤로, 일곱 번을 더 잠들었다. 정확한 시간을 측정할 수 없으니

답답할 노릇이었다.

납치범이 원한 것은 다채가 연구하던 목걸이였다. 그는 광적으로 목걸이에 집착하고 있었다. 꼬박꼬박 누나라고 부르는 걸 보면, 나이는 어린 것 같았다. 아니 그런 호칭이 아니더라도 그는 다채보다 어려 보였다. 길 가다가 마주치면 돌아볼 만큼 잘생긴 편이기도 했다.

'여긴 어디쯤일까.'

감이 잡히질 않았다. 갇힌 이후로 컨테이너 주변에서 어떤 소음도 들려오지 않았다. 방음이 잘되어 있거나, 주변에 아무것도 없다는 뜻일 것이다. 하다못해 제대로 된 창문이라도 있다면 좋을 텐데…….

컨테이너 위쪽으로 손바닥만 한 창이 있기는 했다. 열릴 것 같지 않은 유리창 너머로 보이는 것은 그만큼 작은 하늘과 교회의 십자가뿐이었다. 교회의 이름이 모두 보인다면 좋을 텐데 보이는 건 뒤쪽 세 글자인 '정교회'뿐이었다.

금속성 문이 열리는 마찰음과 함께 바닥을 긁는 소리가 났다. 동시에 인기척이 느껴졌다. 납치범인 류하가 돌아온 것이다. 발걸음이 빠른 걸 보니 나갔던 일이 잘 안 풀린 듯했다. 다채의 팔에 소름이 오소소 돋았다. 그녀는 이불을 끌어다가 떨리는 손을 가리고, 표정을 갈무리했다.

컨테이너의 중간 문이 열리고 눈부신 빛이 쏟아져 들어왔다. 신경이 날카로워진 류하는 안으로 들어서며 목걸이를 집어 던졌다. 벽에 부딪힌 목걸이가 바닥에 떨어지며 다채의 시선을 잡아끌었다.

다채는 목걸이를 보고 숨을 들이켰다. 이채에게 생일 선물로 주었던 것이다. 뒤이어 침대 위로 날아든 것은 가방이었다. 다채는 그 가방도 알아볼 수 있었다.

이채가 몇 달 전에 샀다며 자랑하던 가방이었다.

"내 동생, 건드리지 마!"

다채는 악에 받친 채 소리쳤다.

방으로 들어가려던 류하가 발걸음을 돌려 다채의 앞에 섰다. 류하는 한쪽 발을 침대 위에 걸치고 손을 뻗어 다채의 블라우스를 움켜쥐었다. 몸이 딸려 올라가자 다채는 자신의 멱살을 쥔 류하의 손을 붙잡았다.

"그럼 어디에 숨겼는지 말하면 되잖아요. 내가 어려운 걸 바라는 것도 아닌데."

"몇 번을 말해. 그 목걸이는 방에 뒀다니까! 발이 달린 게 아니라면, 책상 위에 있어야 해."

다채의 얼굴을 말갛게 바라보던 류하가 히죽 웃었다.

"그럼 발이 달렸나?"

"뭐?"

류하가 다채를 놓아주자 수갑에 연결된 줄에서 쩔그럭거리는 소리가 났다.

"발이 달렸든, 날개가 달렸든 상관없어요. 목걸이를 나에게 가져와요. 그럼 누나는 자유라니까."

손아귀에서 벗어난 다채는 자신의 옷자락을 감아쥐었다. 그녀의 손이 파르르 떨렸다.

"놀랐어요? 놀라게 할 생각은 없었는데."

다채가 입을 다물자, 류하의 입에서 바람 빠지는 소리가 났다.

그녀는 지나치게 똑똑한 인질이었다. 두려워하는 게 뻔히 보이는데도 멀쩡한 척했다. 그리고 덤벼야 할 때와 덤비지 말아야 할 때를 명확히 구분했다. 적당히 반항해서 만만하지 않음을 보여주지만, 선을 넘어 화를 돋우지도 않았다.

류하는 침대 맡에 앉아 다채가 덮고 있던 이불을 손에 쥐었다.

"동생 봤는데, 예쁘더라고요."

다채의 눈빛이 불안으로 떨렸다.

"이채는, 건드리지 마. 그 애는 아무 상관없잖아."

"둘이 하나도 안 닮은 거 알아요? 얼굴도 그렇고, 분위기도. 자라면서 질투 안 했어요? 동생은 저렇게 예쁘게 생겼는데 왜 나는 이렇게 생겼을까라든지? 솔직히 누나가 예쁜 얼굴은 아니잖아요. 좀 평범한 편이지."

그녀가 고개를 돌려버리자, 시시해진 류하는 한마디 더 보탰다.

"요즘 자꾸 거슬려요. 정이채."

류하는 손에 쥐고 있던 이불을 들었다가 툭, 바닥에 떨어트렸다.

"이채를, 어떻게 할 생각이야?"

다채의 목소리가 떨리고 있음을 알아차린 류하는 기분이 조금 풀어졌다.

"어쩔 생각은 없는데요? 내가 바라는 건 하나뿐이니까요. 누나에게도 나쁜 조건은 아닐 거예요. 난 목걸이를 찾고, 누나는 자유를 되찾는 거죠."

"목걸이는 책상 위에 있다니까. 몇 번을 말해."

"그래요. 누나도 목숨이 소중한 사람일 텐데 이런 상황에서 거짓말을 하진 않겠죠. 사실 이미 발동된 건가 하는 의심도 하고 있긴 해요."

어쩌면 다채가 연옥을 발동시켰을 수도 있었다. 자신도 모르는 사이에 연옥이 발동되었고, 시간의 통로를 찾지 못한 채 한 달을 보냈을 수도 있다.

"그동안 연구한 내용을 말해 봐요."

"알아낸 건 별로 없어."

"협조하는 게 낫지 않겠어요? 난 인내심이 많은 편이 아닌데."

"이건 납치야. 알아? 범죄라고. 어쩌려는 거야."

다채는 오른손을 들어서 흔들었다. 그러자 사슬이 쩔그럭거리며 요란한 소리를 냈다.

"되돌리면 된다니까."

찾아낼 수 있을지 없을지에 대한 문제가 아니었다. 이미 류하는 다채를 납치했다. 이제는 되돌릴 수밖에 없었다. 선택의 여지가 없는 것이다.

"되돌릴 수 없으면? 그 목걸이에 그런 힘이 없다면?"

류하는 웃기만 했다.

다채는 한숨을 쉬었다. 정말이지 재수 없게 걸렸다. 목걸이에 대한 정보를 주겠다는 말에 시계탑 공원에서 그를 만났다. 목걸이에 대한 이야기를 나누다가 가벼운 마음으로 그가 준 음료수를 마셨다. 그리고 이 컨테이너에 갇히게 됐다.

"도대체 뭘 그렇게 되돌리고 싶은데."

"누구나 하나씩은 가지고 있지 않나요. 되돌리고 싶은 순간."

"되돌리지 않고도 해결할 수 있을지 몰라. 내가 도와줄게. 어때?"

"누나가요?"

류하는 재미있는 말을 들었다는 듯이 웃었다. 그리고는 순식간에 표정을 굳혔다. 선명한 이목구비 탓에 표정 변화가 더욱 극명하게 느껴졌다.

"됐어요. 되돌리면 돼요. 그럼 다 해결되잖아. 누나한테는 유감없어요. 시키는 것만 잘하고, 얌전히 있으면 되니까 겁먹지 마요. 그렇게 떨면 내가 정말 나쁜 사람 같잖아."

"이대로라면 넌 범죄자가 되는 거라고."

"이미 범죄자인데."

"지금 풀어주면 신고하지 않을게. 믿기 힘들면 각서를 써도 좋아. 나 바보 아니야. 이 정도 감금이면 형량 얼마 안 나와. 폭력도 없었으니까 단순 납치야. 검사가 최고로 때려도 3년 미만이거나 벌금형일 텐데 보복이 두려워서라도 신고 못 해. 안 그래?"

"그 말이 아닌데. 이미 전과 있다고요. 마, 약, 전, 과."

담담한 듯 말하는 류하의 모습에 다채는 숨을 삼켰다. 그는 또다시 히죽 웃어 보이며 말했다.

"괜찮아요. 어차피 난 목걸이를 손에 넣을 거고, 되돌릴 거니까."

류하는 이 상황을 대수롭지 않게 여기는 듯했다. 되돌릴 수 있다면 무슨 짓을 해도 된다고 믿는 것이다.

"찾지 못하면? 영원히 네 손에 들어오지 못하면? 아니, 그전에 경찰에게 잡히면?"

"우리 누나 너무 부정적이네. 찾을 수 있다니까요. 어차피 되돌릴 거니까 한 명을 납치하나 두 명을 납치하나 똑같은 거고요."

류하는 광기로 얼룩진 눈빛을 한 채 말을 이었다.

"누나한테는 유감이 없지만, 정이채 그 여자는 좀 마음에 안 들어. 언니는 여기 이렇게 묶여 있는데, 동생 혼자 너무 해맑잖아요. 안 그래요?"

가장 마음에 들지 않는 건 그녀가 자꾸 도하를 만난다는 것이었다.

"내 동생한테 손대지 마."

"그 말 오늘 되게 많이 하네? 누나한테는 손대도 되나 봐?"

다채의 눈이 불안으로 흔들렸다. 류하는 어디로 튈지 모르는 사람이었다.

"겁먹기는. 나도 취향이라는 게 있어요. 나 얼굴 보거든요. 키 큰 여자 좋아하고. 아, 외모는 정이채가 내 취향이긴 한데."

"이채는, 그 애는."

"왜요. 또 손대지 말라고요? 누나도 가식 떨 필요 없어요. 정이채가 없어지길 바라잖아요? 아닌가?"

"난 너랑 달라."

"뭐 계속 착한 언니인 척하고 싶으면 그러시든지요."

류하는 던져져 있던 이채의 가방 속에서 휴대폰을 꺼내 들었다. 통신사로 연락하라는 메시지가 뜨는 걸 보니 이미 해지한 모양이었다. 잠금 패턴이 걸려 있어서 '성수'에게서 많은 부재중 전화가 와 있다는 것 말고는 알 수 있는 게 없었다.

"성수가 누구예요?"

다채는 인상을 썼다. 류하가 계속 바라보자 마지못해 입을 열었다.

"박물관 동료야. 이채 친구고."

"남자 친구?"

"그냥 친구."

"흐응. 차가 파란색 Q3?"

다채가 움찔한 걸 본 류하는 픽 웃었다.

"휴대폰 잠금 패턴 알아요?"

"내가 어떻게 알아."

그렇게 말하면서도 다채의 시선은 휴대폰에 닿아 있었다. 미개통 휴대폰이라도 112나 119 등 긴급신고는 가능했다. 차지할 수만 있다면, 이곳을 빠져나갈 길이 생기는 것이다.

"너무 애절하게 보네요. 나 이거 줄 생각 없는데. 잠금 패턴 생각해 봐요. 내일까지."

"어떻게 하면, 날 보내줄 거야?"

"못 보내줘요. 목걸이가 주인을 바꾼 게 아닐 확률도 남아 있고, 누나를 풀어주면 내 행동에 제약을 받게 될 테니까요. 누난 날 도와서 목걸이를 함께 찾을 거예요. 혼자보다는 둘이 낫겠죠. 조사해보니까 누나 엄청 유능하더라고요."

"내가 널 도울 것 같아?"

"납치당한 주제에 말이 너무 많네. 그냥 협조하는 게 좋을걸요. 누나가 이곳을 벗어날 방법은 되돌리는 것뿐이니까."

"그걸 무슨 수로 찾아. 네 말대로면 원하는 시간과 연결해주고 사라진 목걸이는 무작위로 시간을 떠다닌다면서."

"찾아야죠. 무슨 수를 써서든지요."

"협조하지 않겠다면?"

"여기, 이곳에 한 명이 더 들어오겠죠. 정이채? 아니면 홀어머니가 계시던데. 그분은 어때요? 세 식구가 나란히 앉아 있게 되면 협조할 마음이 생기려나?"

피가 나도록 입술을 깨물던 다채가 낮게 말했다.

"미쳤어."

"그러니까요. 나 미쳤나 봐."

류하는 어느 때보다도 맑게 웃었고, 침음을 흘린 다채는 입을 열었다.

"내가, 뭘 해야 하는데."

"잠금 패턴부터 생각해 봐요."

○○○

변사체라니, 손에 들고 있던 이채의 머그잔이 떨어졌다. 안에 들어 있던 뜨거운 커피가 사방으로 튀었고, 일부는 이채의 다리를 타고 흘러내렸다. 커피가 튄 피부가 붉게 달아올랐다.

"아."

통증을 느낀 이채가 눈살을 찌푸렸다.

"조심 좀 해."

"갑자기 소설 같은 얘길 하니까 그러죠."

이채는 빈 머그잔을 테이블 위에 올리고 티슈를 몇 장 뽑았다. 다리에 묻은 커피를 슬쩍 닦더니, 바닥과 소파에 흥건한 커피를 열성적으로 닦았다.

얼굴을 굳힌 도하는 서랍을 열고 구급상자를 꺼냈다. 안에서 알코올과 소독솜을 찾아 이채에게 내밀었다.

"이걸로 식혀."

이채는 그가 내민 것을 확인하고도 계속 바닥을 닦았다.

"괜찮아요. 이 정도는."

"닦아. 화상 입은 것 같은데."

"조금 튀었어요."

"신경 쓰이니까 닦으라고. 닦으면 계속 말할 테니까."

이채는 마지못해 소독솜을 쥐고 알코올을 묻혔다. 축축한 솜을 다리에 대자 시원함이 느껴졌다. 구급상자를 뒤적이던 도하가 화상 연고도 내밀었다. 이채는 연고를 짜서 다리에 발랐다.

"뭘 그렇게 유난이에요."

"당신이 무신경한 거야. 지난번에 다친 발은 괜찮아?"

"괜찮다니까요. 아무튼, 하던 말 계속해 봐요."

도하가 입술을 뗌과 동시에 초인종 소리가 들렸다.

"3년 전의 내 동생은 한 여자와 함께 있었어. 납치 상태일 수도 있고, 동의하에 함께 있는 상태일 수도 있어. 문제는, 여자가 6개월 뒤에 변사체로 발견됐다는 거야."

그사이 눈치 없는 초인종이 한 번 더 울렸지만, 도하는 아랑곳하지 않고 말을 이었다.

"동생이 용의자로 몰렸어. 소란스러운 사건이라서 경찰에서도 철저하게 조사했고, 나도 따로 조사했어. 하지만 동생은 아직 찾지 못했어."

이어지는 도하의 이야기는 연달아 들리는 초인종에 가로막혔다. 누군가가 초인종을 계속 눌러대고 있었다. 안에서 아무런 반응을 하지 않았음에도 포기하지 않던 방문객은 급기야 문을 두드리며 소리치기 시작했다.

"공도하 문 열어! 주차장에 차 있는 거 봤어!"

낭랑한 목소리에 이채의 고개가 현관을 향해 돌아갔다.

"나가 봐요. 누가 왔잖아요."

도하는 손을 뻗어 그녀의 팔을 붙잡음으로써, 이채의 시선을 다시 돌리는 데 성공했다.

"당신이라면, 당신의 시간이라면 찾을 수 있을 거야."

도하는 비밀을 만들기로 했다. 변사체로 발견되는 여자가 다채라는 사실을 숨긴 것이다. 이채의 도움이 절실하게 필요해서 진실을 말할 수가 없었다. 피해자가 자신의 언니라는 걸 알게 된 그녀가 어떻게 나올지도 예측할 수 없었다. 그래서 안전한 방법을 택해야 했다.

다채의 소식을 듣고 흥분한 그녀가 미래를 틀어버리지 않도록.

"당신이라면 찾을 수 있어."

도하의 호소력 있는 목소리가 한 번 더 이채의 마음을 뒤흔들었다. 그녀의 눈망울도 따라서 흔들렸다.

"아, 음."

이채는 그의 눈빛과 목소리를 외면할 수가 없었다. 무언가에 홀린 듯이 고개를 끄덕이려다가 시끄러운 소리에 정신을 차렸다. 방문객이 신경질적으로 현관문을 걷어차기 시작한 것이다.

무시할 수 없을 만큼 큰 소음은 도하의 신경도 건드렸다.

"잠깐만."

도하는 인터폰 앞으로 갔다. 화면에 불이 들어오자 굽이치는 갈색 머리카락의 여자가 보였다. 도하를 따라 움직였던 이채는 그 여자의 얼굴을 보고 입을 헤 벌렸다.

타이트하게 몸을 따라 흘러내리는 블랙원피스를 입은 여자는 나예희였다. 인터폰 화면 속의 그녀는 TV 화면에서 보던 모습 그대로였다. 아니, 더 예뻤다. 예쁘다는 단어는 그녀를 위해 존재하는 것 같았다.

"왜 왔어."

차가운 도하의 목소리를 들은 예희는 기다렸다는 듯이 매혹적인 미소를 흘렸다.

"보고 싶어서."

"쇼하지 말고."

도하가 딱딱하게 말하자, 예희의 표정이 돌변했다.

"치사하게. 정말 할 얘기가 있어서 온 거야."

이채는 TV를 시청하는 것처럼 팔짱을 낀 채 몇 걸음 뒤에서 인터폰을 응시했다. 그녀에게 예희의 방문은 중요하지 않았다. 세 장의 1등 당첨 로또가 걸린 일이었다.

"집에 손님이 와 있어. 돌아가."

"거짓말. 나중에 후회하지 말고 당장 문 열어. 나 그리웠잖아."

귀찮음이 가득하던 그의 눈에 순식간에 분노가 자리했다.

"치매라도 온 건가?"

"또 못되게 말한다. 화면에 나 보이지? 오랜만에 보니까 더 예쁘지?"

그녀는 사르르 웃었다.

"할 말 없으니까 돌아가."

"나 후회 많이 했어. 반성도 많이 했고."

"됐으니까 그냥 꺼져."

다소 거친 말투에 이채는 조금 놀랐다. 하지만 예희는 되레 환하게 웃었다.

"오랜만에 듣는다. 꺼지라고 말할 때 목소리 섹시한 거 알아?"

"꺼지라고 했다."

"봐, 또 섹시해."

예희는 장난기 어린 얼굴로 살짝 웃으며 대꾸했다.

도하는 이채를 향해 고개를 끄덕여 보였다. 이채가 입 모양으로 '왜요?'라고 묻자, 그가 손가락을 까닥거렸다. 그리고는 속삭이듯 말했다.

"남자 친구 대역, 갚을 때가 온 것 같은데."

그의 의도를 알아차린 이채가 인터폰 앞에 대고 속삭이듯 말했다. 맑고 고운 목소리라고 느껴지도록 애쓰는 것도 잊지 않았다.

"밖에 누구예요?"

"아무도 아니야."

이어서 말하며 인터폰을 꺼버린 도하는 현관문에서 등을 돌렸다. 그리고 미련 없이 베란다 쪽으로 움직였다.

"어디 가요?"

"당신 집."

"네?"

"더 시끄러워질 것 같아서."

이채는 잠잠해진 현관문을 돌아보았다.

"돌아가지 않았을까요?"

"안 돌아갔어."

그의 말을 증명이라도 하듯, 다시 문이 쿵쾅거렸다.

"그 여자 누구야!"

큰 목소리에 소스라치게 놀란 이채는 서둘러 도하를 따라갔다.

'배우라 그런지 목청이 좋네.'

나예희가 매달리는 남자라니, 도하가 더 대단해 보이긴 했다.

'잘난 건 알았지만.'

그는 저자 강연회에서 열애설에 관해 묻는 누군가의 질문에 영화 일로 몇 번 만난 거라 둘러댔다. 그런데 둘의 대화를 들어보니 꼭 그런 것만은 아닌 듯했다.

지금은 문전박대를 당하고 있지만, 예희가 했던 말들은 과거의 두 사람 사이에 어떤 역사가 있다는 걸 암시하고 있었다.

'괜히 기분 이상하네.'

먼저 베란다를 넘어간 도하는 뒤따라오는 이채를 향해 손을 뻗었다.

"혼자 넘을 수 있어요."

"잡아. 여기서 떨어지면 다치는 거로는 끝나지 않아."

그건 맞는 말이었다. 이채는 잠자코 그의 손길에 의지해서 베란다를 넘었다. 지금까지 그의 도움 없이 잘도 넘어 다녔다. 필요한 도움이 아니었는데도 괜히 든든한 느낌이 들었다.

집으로 돌아온 이채는 식탁 위에 찰랑거리는 물잔 두 개를 내려놓았다. 그리고 자신의 몫을 단숨에 마셨다. 찬물을 마시자 정신이 조금 맑아지는 느낌이었다.

도하의 말을 토대로 고심해보니 몇 가지 문제가 있었다. 우선, 그의 동생을 찾는 동안 연결이 끊어진다면 이채는 로또 번호를 얻지 못하게 된다.

'선불로 받을까.'

문제는 또 있었다. 납치, 감금, 살인, 변사체로 이어지는 불안한 단어 조합이었다.

누군가의 목숨을 구해주고는 싶었지만, 자신의 목숨을 내놓고 싶지는 않다는 게 솔직한 심정이었다. 이채는 로또와 위험을 놓고 저울질했다. 그러다 무언가를 떠올리고는 중얼거렸다.

"한 달, 단 한 번."

생각해보니 도하를 처음 만난 날, 특별한 일이 하나 더 있었다. 다채가 연구하던 연옥 목걸이를 얻은 것이다.

'그게 시간 여행을 하게 해주는 목걸이라면?'

바로 웃음이 새어 나왔다. 그런 목걸이가 있을 리 없었다. 하지만 달리 생각해보면 베란다를 통해 3년 후의 미래와 연결되는 것도 있을 리 없는 일이다. 게다가 그때 그 빛.

이채는 고개를 들어 도하를 응시했다.

"특별한 일이요. 한 가지 더 있었어요."

"특별한 일?"

"도하 씨를 처음 만난 날 말이에요. 호텔에서 나와서 박물관에 들렀거든요. 그때 같이 일하던 친구한테 목걸이를 하나 받았어요."

"목걸이?"

목걸이라는 단어에 도하가 반응했다.

이채는 침대 밑에 넣어놓았던 목함을 꺼내 왔다. 그녀가 목함을 열자 연옥 목걸이가 모습을 드러냈다.

도하는 목걸이를 노려보았다. 베란다를 통해 시간 여행을 할 수 있다는 걸 알게 되었을 때보다 더 놀란 상태였다.

실종 직전의 류하는 어떤 목걸이를 찾고 있었다. 그의 아파트에서 목걸이에 관한 수많은 자료가 나왔지만, 도하는 주의 깊게 살펴보지 않았다. 전설 속에나 등장할 것 같은 목걸이였기 때문이다.

류하의 친어머니는 돌아가시기 전까지 다기나 고서를 수집했다. 그 영향으로 류하도 골동품 수집에 취미가 있었다.

그래서 도하는 가볍게 넘겼지만, 랜은 그 목걸이가 중요한 키를 가지고 있을 거라고 주장했다. 그 목걸이가 지금 눈앞에 있었다. 류하의 아파트에 붙어 있던 사진과 똑같았다.

이채는 그의 표정 변화를 감지하지 못하고 말을 이었다.

"언니가 연구하던 건데요. 목걸이 알마다 만들어진 시대가 달랐어요."

"그게 무슨 뜻이지?"

"그러니까 이 작은 알이 유리 환옥이라는 건데요. 작년에 만들어진 유리 환옥 알과 백 년 전에 만들어진 유리 환옥 알, 천 년 전에 만들어진 유리 환옥 알이 한데 엮여 목걸이가 완성된 상태라는 거예요."

"왜 그렇게 만든 거지?"

"처음에는 누군가 시대별로 유리 환옥을 모아 만든 거라고 생각했어요."

"그런데?"

"여기 보면요. 문구 보이죠?"

이채는 손가락으로 목함 안에 든 목걸이를 가리켰다. 자세히 보니 연옥에 한자가 새겨져 있었다.

"'한 달, 단 한 번'이라고 새겨져 있는 거예요."

"무슨 뜻이지?"

이채는 고개를 한 번 저었다.

"한 달간, 단 한 번의 기회를 말하는 건 아닐까요. 시간을 움직여 운명을 바꿀 기회요."

"이게 시간 여행을 하게 해주는 목걸이라는 건가?"

도하는 계속해서 반문했지만, 목걸이를 본 순간 확신할 수 있었다. 이 목걸이가 시간 여행의 매개체일 것이다.

"그럴 수도 있다는 거죠."

이채가 상자에서 목걸이를 꺼내려고 하자 도하가 팔을 붙잡았다.

"건드리지 마. 정말 이 목걸이 때문이라면, 건드리지 않는 게 좋겠어. 어떻게 하면 연결이 해제되는지 알 수 없잖아."

"아, 그렇네요."

이채는 팔을 슬쩍 빼며 말을 덧붙였다.

"이 목걸이 좀 신기한 점이 많거든요. 물론 아닐 수도 있고요."

"아니, 맞을 거야. 난 이 목걸이를 알고 있어."

도하의 목소리가 가늘게 떨렸다. 류하가 찾고 있던 목걸이를 보고 있으니, 그가 집착했던 이유를 알 것 같았다. 토마토 빌라 501호를 맴돈 이유도, 정다채를 납치했던 이유도 하나로 연결되고 있었다.

시간 여행. 그 애는 시간을 되돌리고 싶었던 거다.

마른세수를 한 도하의 눈빛은 불안과 슬픔에 잠식되어갔다. 이채는 그의 기색을 살피며 질문을 던졌다.

"알고 있어요? 이 목걸이?"

"알고, 있어."

그의 눈시울이 붉어졌다. 무언가 사연이 있음을 감지한 이채는 슬쩍 시선을 돌렸다. 찔러도 피 한 방울 안 나올 것 같더니, 갑자기 약한 모습을 보이는 건 반칙이다.

한동안 목걸이를 내려다보던 도하는 손을 들어 목함의 뚜껑을 닫았다.

"잘 보관해. 아무도 찾지 못할 곳에 둬."

이채는 그것을 다시 침대 밑에 밀어 넣고 도하의 앞에 섰다.

"이 목걸이에 대해 알고 있는 걸 말해 봐요."

"목걸이는 주인을 찾아다니다가 조건이 맞으면 발동돼. 그리고 예정된 시간이 지나면 사라진다고 했어. 다음 주인을 찾아서 시간 속을 떠도는 거지."

이채는 그의 마지막 말을 중얼거렸다.

"시간 속을 떠돈다."

"은유라고 생각했어. 하지만 사실이라면 말이야. 한 달의 기한이 지나면 이 목걸이는 사라질 거야."

이채는 머릿속으로 날짜를 계산했다. 목걸이를 받은 건 5월 1일이었다.

"목걸이를 받고, 도하 씨를 베란다에서 만난 게 1일이니까 우리에겐 24일 남은 거네요."

"가설이 맞다면."

시간 여행을 할 수 있게 해주는 목걸이라니, 허무맹랑하지만 현재로서는 가장 정답에 가까워 보였다.

"연옥 목걸이는 어떻게 알고 있어요?"

"동생이 찾던 물건이야. 난 우리가 이렇게 연결된 게 우연이 아니라고 생각해. 이건 우리 모두에게 기회야. 난 동생을 찾고, 당신은 원하는 걸 얻는 거지. 당신 역시 절대로 후회하지 않을 거야. 우리가 잡아야 할 단 한 번의 기회는 그게 아닐까 생각해. 우린 당신의 미래와 내 현재를 바꿀 수 있어."

그 역시 이것을 '기회'라고 생각하는 듯했다. 이야기를 끝낸 도하는 이채가 생각을 정리할 수 있도록 기다렸다.

한동안 방바닥을 내려다보던 이채가 무언가를 결심한 듯 고개를 들었다.

"좋아요. 경찰에 신고해주면 돼요?"

"아니, 신고는 안 돼. 경찰은 지금까지 단서 하나 잡지 못했어. 실종 신고를 한다고 해도 경찰이 해주는 건 없을 거야. 괜히 동생을 자극하면 그 여자의 죽음을 앞당기게 될 수도 있어."

"그래도……."

이채는 말끝을 흐렸다. 도하의 동생이라는 말에 말을 아끼고 있었지만, 납치, 감금, 살인을 저지른 범죄자를 어떻게 잡는단 말인가.

"찾으라고 했지. 잡으라고는 안 했어."

그녀가 다시 망설이는 듯 보이자 도하가 말을 보탰다.

"한 여자를 살리는 일이야. 어쩌면 두 명을."

"두 명이요?"

"그 여자와 내 동생 류하. 두 사람에게 새로운 인생을 선물하고, 당신은 로또 1등 당첨자가 되는 거지. 그것도 세 번이나."

이채는 침을 꼴깍 삼켰다. 세 번의 로또 당첨은 너무나 매력적인 조건이었다. 게다가 두 명의 목숨이 달려 있다면.

"괜찮은 조건 아니야? 어려운 일은 시키지 않아. 할 수 없는 일은 거절해도 돼."

"그럼 휴대폰 위치를 추적하거나 그런 걸 하는 건가요?"

"소용없어. 내가 지금까지 할 수 있는 건 다 해봤거든."

"그럼 무슨 수로 찾아요?"

"방법은 내가 생각할게. 준비도 내가 해. 그동안 당신은 목걸이에 대한 단서를 모아줘. 위험한 일은 시키지 않아."

도하의 얼굴은 몸서리쳐질 정도로 냉담했다. 잠시 시간이 정지

된 듯 보이던 이채는 도하 몫의 물까지 마셨다. 그리고 바로 항변했다.

"위험하지 않은 거 맞아요?"

"당신이 위험해지지 않을 방법을 찾아볼게."

이채는 입을 다물었다. 그녀의 미간이 점점 찌푸려졌다.

"도와줘."

간절한 목소리였다.

○○○

화창한 봄날의 일요일, 아침 일찍 일어난 이채는 포털사이트를 열어놓고 검색을 반복했다. 집 안이 조용해서인지 노트북 자판을 두드리는 리드미컬한 소리가 크게 느껴졌다.

시간 여행, 유물 목걸이, 시간 여행 목걸이, 베란다 시간 여행 등 생각나는 키워드를 총동원했다. 하지만 나오는 건 온통 소설이나 영화, 드라마 내용뿐이었다.

'한 달, 단 한 번.'

목걸이 알이 가진 다양한 제작연도가 시간 여행이 이루어진 때를 의미한다면, 이 세상에는 이채와 도하 말고도 이런 경험을 한 사람이 더 있을 것이다. 그럼, 누군가는 기록을 남기지 않았을까.

이채는 검색어를 달리했다.

'시간 여행 에세이, 한 달, 단 한 번 그림. 시간 여행 목걸이 그림.'

반나절 넘게 이어진 검색 끝에 작은 갤러리에서 전시 중인 그림 한 점을 찾을 수 있었다. 개화기 때의 작품으로 추정된다는 작자 미상의 그림에는 연옥 목걸이만이 덩그러니 그려져 있었다. 그리고 그 옆의 글귀.

'한 달은 부질없이 지나가고, 기적은 어디론가 날아가 버렸네.'

의심할 여지없이 이채가 가지고 있는 연옥 목걸이였다. 키보드를 두드리는 이채의 손길이 빨라졌다. 작자 미상의 그림이라서인지 별다른 정보는 나오지 않았다. 대신 그림을 소장하고 있는 갤러리를 찾을 수 있었다. 이채는 갤러리 주소를 메모장에 붙여넣었다.

'일단 가볼까.'

들뜬 마음을 안고 교통 안내 페이지를 클릭했다. 황 박물관 앞에서 한 번에 가는 버스가 있었다. 그런데 갤러리의 입장 제한 시간이 발목을 잡았다.

바로 출발해도 제한 시간 안에 도착하지 못할 것 같았다. 이채는 메모장에 버스 번호와 하차 역을 추가로 입력한 뒤 마우스에서 손을 뗐다.

'한 달간의 기적.'

그림을 그린 누군가는 이 시간을 '기적'이라고 표현했다. 이채는 의자 등받이에 몸을 기댔다. 자신과 도하는 한 달 동안 어떤 기적을 만들어낼 수 있을까.

도하는 살인 용의자가 되어버린 동생을 오랫동안 찾고 있다고 했다. 호텔과 저자 강연회에서 보았던 공 작가와 베란다 너머의 도하. 두 사람의 온도 차이는 동생, 류하 때문일지도 모른다.

'동생이면 이름이, 공류하인가.'

도하는 이채가 위험한 상황에 놓이지 않도록 하겠다고 재차 강조했다. 그 말은 위험할 수 있다는 뜻이었다. 그에게는 동생이지만 이채에게는 납치, 감금, 살인을 저지른 중범죄자일 뿐이다. 그런 남자를 찾아야 한다니 지뢰밭을 걸어가는 것과 다를 게 없었다.

여러 가지 상황을 종합해보면 거절하는 게 맞았다. 로또에 당첨된다고 해도, 죽고 나면 소용없는 일이다. 그렇다고 거절하자니 마음에 걸렸다. 살릴 수 있는 사람을 외면하는 셈이다. 6개월이 지나고 누군가의 사망 소식을 듣게 된다면, 죄책감이 들 것 같았다.

게다가 베란다 너머의 그 남자.

한동안 도하를 떠올리던 이채는 의자를 뒤로 밀었다. 마음의 결정을 하고 보니 뭐라도 좀 먹어야겠다는 데 생각이 미쳤다.

무심코 일어나 고개를 돌리던 이채는 베란다 창을 통해 두 개의 눈동자와 마주쳤다. 흠칫 놀랐지만, 곧 도하라는 걸 깨닫고 가슴을 쓸어내렸다.

"노, 놀랐잖아요. 왜 그렇게 서 있어요."

베란다 문을 열어주자 도하가 안으로 들어왔다.

"한참을 두드려도 모르길래."

"그래도요."

볼멘소리가 튀어나왔다. 강도와 뒤따라오던 스냅백, 소매치기까지. 최근에 범죄와 친해지다 보니 간이 작아진 듯했다.

"놀랐다면 미안해."

"아니에요. 무슨 일이에요?"

"답을 들으려고."

이채는 노골적으로 도하를 노려보았다. 역시 눈이 마주치자, 숨이 막히는 기분이었다. 자신도 모르게 참았던 숨을 푹 내쉰 그녀가 말했다.

"알았어요."

도하의 눈매가 부드럽게 풀어졌다. 안심한 듯했다.

"잘 생각했어. 우린 한 달 안에 류하와 붙잡혀 있는 여자를 찾아낼 거야. 그리고 당신은 로또 번호를 얻는 거지."

"그렇게 해요. 대신 내 안전은 도하 씨가 책임져요."

그를 돕기로 한 건 로또 때문만은 아니었다. 강도를 당했을 때 망설임 없이 도와준 그에게 고마운 마음이 컸기 때문이다. 그리고 그가, 저자 강연회에서처럼 다시 웃을 수 있기를 바랐다.

세상에는 시간 여행을 부정하는 사람이 많다. 그들은 타임 패러독스 등 여러 가지 이유를 대며 시간 여행이 불가능하다는 의견을 피력한다. 그 이유를 살펴보면 대부분 그럴싸하거나 타당하게 느껴지기도 한다. 하지만 지금 이채의 눈앞에는 도하가 서 있었다.

이채의 시간이 3년 후의 도하와 연결된 것은 우연이 아닐 것이다. 분명 무언가 이유가 있을 거란 예감이 들었다. 그래서 이 마법 같은 일에 뛰어들어 보기로 했다.

지뢰밭이 아니라 꽃길이기를 바라면서.

말을 이으려는 순간, 그녀의 휴대폰이 울렸다. 휴대폰 개통 후 처음 걸려온 전화의 주인은 '공도하 작가'였다.

이채는 액정을 도하에게 보여주고 전화를 받았다.

"여보세요."

"공도하입니다."

휴대폰을 통해 들리는 공 작가의 목소리에 이채는 숨을 삼켰다. 도하를 마주한 상태에서, 공 작가와 통화하는 말도 안 되는 일이 벌어지고 있었다.

"인터뷰 때문에 전화하셨죠?"

"네. 월요일에 시간 괜찮으신가 해서요."

"저는 괜찮아요."

"그럼, 4시 어떠세요?"

"좋아요."

"제가 박물관에는 미리 연락해놓겠습니다."

이채는 약속 장소를 정하고 전화를 끊었다. 그리고 자신을 응시하는 도하를 향해 말했다.

"내일 공 작가님이랑 만나기로 했어요."

○○○

공 작가는 책 냄새를 좋아했다. 새 책의 냄새도 오래된 책의 냄새도 모두 좋았다. 한 가지 예외가 있다면, 아버지 서재에서 나는 책 냄새였다. 아버지 서재의 책 냄새를 맡다 보면, 마치 유독물질에 코를 박은 것처럼 가슴이 답답해져 왔다.

지금도 그랬다. 오랜만에 들어온 아버지의 서재는 여전히 답답하고 숨 막혔다.

"받아라."

아버지의 목소리에 시선을 들어보니 테이블 위에 금색 카드 봉투가 놓여 있었다. 공 작가는 앞에 놓인 봉투를 한 번, 아버지를 한 번 응시했다.

"뭡니까."

"나 대신 참석해라."

못마땅한 목소리였다. 아버지에게 있어 공 작가는 항상 그런 존재였다. 못마땅한. 류하의 마약 사건이 터지고, 동생의 대체재로 살아가는 지금도 그 못마땅함은 여전했다.

사소한 일로 감정 싸움을 하고 싶지 않았던 공 작가는 순순히 봉투를 열어보았다. 안에는 레이스가 치덕치덕 붙어 있는 청첩장이 들어 있었다.

고윤우와 김효린이라, 들어본 적도 없는 이름이다.

"대한 그룹 셋째 영애의 결혼식이다. 인사 잘 하고."

"중요한 자리라면 직접 가시지 그러세요."

아버지는 공 작가의 태도에 혀를 찼다. 그리고 사진을 한 장 내밀었다. 곱게 생긴 여자의 사진이었다. 적당히 안쪽으로 말린 단발머리에 정장 투피스를 입은 여자는 사진의 콘셉트를 '참함'으로 잡은 듯했다. 뭐라고 말해도 '네'라는 대답이 돌아올 것 같은 얼굴이었다.

이어질 말을 듣지 않아도 사진의 용도가 무엇인지 알 것 같았다.

"관심 없습니다."

억눌려 있던 공 작가의 감정이 조금씩 새어 나오며 번져갔다.

"네 수준으로 만날 수 있는 영애가 아니다. 그나마 네가 재희 닮아 얼굴 반반하고, 유명 작가라는 명함 있으니 들어온 거야."

"그렇겠죠. 제 출생을 생각해야 하니까요."

"그래. 잘 알고 있구나. 그쪽이 재혼이기는 하지만 그런 건 흠도 아니다. 일단 만나 봐."

어린 시절, 공 작가가 엄마와 둘이 살던 집은 고급아파트였다. 하지만 시공이 잘못되었는지 여름만 되면 곰팡이가 번졌다. 곰팡이 제거제를 아무리 뿌려도 소용없었다. 벽 전체를 잡아먹을 듯이 번지던 곰팡이는 때로는 커튼이나 소파, 드레스룸으로 번지기도 했다.

겉은 화려하지만 매년 곰팡이가 피던 집. 때때로 공 작가는 자신이 그때의 집을 닮아 있는 것처럼 느껴졌다.

"이 여자 집에서는 알고 있습니까?"

"뭘 말이냐."

"제가 밖에서 낳아 온 아들인 걸 아는지 물었습니다."

"네가 미쳤구나."

아버지의 눈에 경멸이 서리는 건 낯설지 않았다.

곰팡이가 번진 집에서 가끔 만났던 아버지는 그래도 다정한 낯을 하고 있었다. 아마도 그건 다정함이 아니라 미안함이었을 것이다. 하지만 이 호화로운 집에 발을 디딘 날부터는 자주 저런 눈빛을 했다.

그에게 있어 공 작가는 아들이기 이전에, 언제 들킬지 모르는 치부였다.

"선은 보지 않을 겁니다. 그보다 류하는 언제까지 저렇게 두실 겁니까. 반년이나 지났습니다. 다시 집으로 불러들이세요."

류하를 언급했지만, 아버지의 표정은 조금도 변하지 않았다. 그는 류하가 마약 소지죄로 잡혀 들어갔을 때도, 공 작가를 아들로 공표해야겠다고 말할 때도 저런 얼굴이었다.

"멍청한 놈. 고용인의 아들이 사고를 친 건 문제가 되질 않아. 하지만 그 아들이 나랑 같은 집에 살고 있으면 문제가 돼. 마약사범 아니냐."

숨이 막혔다. 서재 안의 공기가 모조리 사라져버린 기분이었다.

"류하는 고용인의 아들이 아니라, 아버지 친아들입니다."

"난 그런 놈을 아들로 둔 적 없다. 내 아들은 너뿐이야. 행여 쓸데없는 일 벌여서 내 얼굴에 먹칠할 생각 마라."

그는 한때, 류하만이 당신의 아들이라고 소리쳤다.

"제가 잘나가는 작가가 아니었어도, 이러셨을까요."

"네가 무엇이든, 그 녀석보다는 낫겠지. 나에게 아들이 한 명 있다고 알려진 게 얼마나 다행인 일이냐."

그래서 공 작가는 내내 숨겨진 아들로 살아야 했다. 앞으로는 류하가 그렇게 살아야 할 것이다. 아버지는 둘 중 한 명이라도 아들로 여기고 있기는 한 것일까.

"아버지."

"됐다. 우리 집안에 그런 마약쟁이는 있을 수 없어. 일을 시끄럽게 만들지 마라. 너에게도 좋은 일 아니냐. 넌 항상 내 아들로 인정받고 싶어 했었지. 내 말이 틀린 거냐. 고집 부리는 척 그만하고 다시 집으로 돌아와."

어린 시절에는 아들로 인정받길 바랐다. 아니 류하가 쫓겨나기 전까지는 그랬던 것 같다. 집 밖에서 아버지가 '내 아들'이라고 말해주길 바랐다. 그게 가장 큰 바람이었다.

하지만 이제는 아니다. 당신에게 아들이 '액세서리' 이상의 존재가 아니라는 걸 알게 된 이상 사양하고 싶은 마음뿐이었다. 게다가 류하 대신이라면 더더욱 싫었다.

"류하, 부르세요. 그럼 저도 들어올게요."

공 작가는 검은색 가죽 소파에서 일어나 문을 열었다.

문밖에는 어머니, 재희가 서 있었다. 차마 들어오지 못하고 서 있는 모습이 안쓰러웠다. 하지만 모두 그녀가 자초한 일이다.

"벌써 가게? 밥은 먹고 가지."

사실은 어버이날이라서 찾아왔다. 하지만 지금 기분으로는 아버지와 함께 밥을 먹고 싶지 않았다.

"아버지랑 두 분이 드세요."

"네 아버진 나랑 식사 안 하시잖니."

류하가 쫓겨나고, 공 작가가 집에 들어오기를 꺼리면서 이 큰 집에는 아버지와 어머니 둘만이 남겨졌다. 그럼에도 달라진 게 하나도 없었다.

"계속 이렇게 사실 거예요?"

"도하야."

"하다못해 재혼이라도 하세요. 언제까지 류하의 유모로 이 집에서 사실 수는 없잖아요. 아니, 이제는 대외적으로 제 유모이신 건가요."

재희는 곤란하다는 듯이 공 작가의 시선을 피했다.

"괜히 구설에 오르기라도 하면 네 아버지 또 힘드시고. 요즘 당 사정이 좋지 않아. 난 지금도 괜찮아."

퍽도 괜찮겠다는 말이 목구멍까지 넘어왔지만, 간신히 삼켰다. 어머니인 재희를 사랑하지만, 이해할 수는 없었다. 그녀는 왜 이런 삶을 고집하는 걸까. 희생이 미덕인 양 숨죽이고 살아가는 그녀가 답답하고 때로는 화가 났다.

"갈게요."

곰팡이가 온몸으로 번져가는 기분이었다. 현관문을 나서자 정원이 눈에 들어왔다. 푸르른 정원 귀퉁이에서 도련님처럼 차려입은 류하가 형, 하고 외치며 달려올 것만 같았다.

류하를 처음 본 건 그 애의 친어머니가 돌아가신 다음의 일이었다. 장례식이 끝난 다음 날, 공 작가는 재희의 손을 붙잡고 이 집에 들어왔다. 대외적으로는 류하를 위해 고용된 유모와 그녀의 아들이었다. 하지만 실상은 달랐다. 두 집 살림을 하던 아버지가 살림을 합친 것에 불과했다. 연년생이었던 공 작가와 류하는 그렇게 한 집에서 자라났다. 둘은 모두가 이상하게 여길 정도로 우애 좋은 형제였다.

공 작가는 고개를 들고 하늘을 바라봤다. 지나치게 밝은 햇빛 때문에 눈이 시렸다.

○○○

'붙잡혀 있다는 그 여자는 괜찮을까.'

오후 3시, 이채는 시간을 확인하며 작업을 중단했다. 이런저런 생각이 많아서인지 좀처럼 일에 집중할 수가 없었다. 그녀는 옆 테이블에서 석불상 복원을 진행 중인 성수를 돌아보았다.

"성수야."

"어. 말해."

확대경을 쓴 그는 핀셋으로 조각을 맞추며 영혼 없이 대꾸했다. 그가 작업하는 10만 피스짜리 석불상은 어느새 허리까지 맞춰져 있었다.

"성수야."

"왜 자꾸 불러."

성수는 핀셋으로 들고 있던 돌조각을 놓쳤다. 또르르 굴러간 조각은 야속하게도 다른 조각들 사이로 모습을 감췄다.

"아아아아! 나 안 해!"

의욕을 잃은 성수는 어깨를 축 늘어뜨렸다. 이채가 그 틈을 비집고 질문을 던졌다.

"있잖아. 시간 여행을 하게 된다면 어떨 것 같아? 3년 후로 가는 거야. 한 달 동안."

"로또 번호나 알아오면 되겠네."

이채의 대답이 들려오지 않자, 성수가 고개를 돌렸다.

"왜?"

"아니 그냥, 네가 내 친구다 싶어서. 집도 부자인 애가 고작 하고 싶은 게 그거야?"

"애가 뭘 모르네. 돈은 많을수록 좋은 거거든."

“그건 그렇지.”

이채는 고개를 끄덕이며 가방을 챙겼다. 성수가 그런 그녀를 빤히 바라봤다. 마치 퇴근을 준비하는 것 같은 모습이었다.

“너 뭐 하냐?”

“퇴근 준비. 인터뷰 있거든.”

“공도하 인터뷰 오늘이냐?”

“응.”

“퇴근 전에 들어올 거지? 나도 오늘 일찍 마무리할 거야. 간단하게 한잔하자.”

“사양할게. 바로 퇴근할 거야. 갈 데가 있어.”

“어디 가게?”

“시간 여행.”

성수가 얼빠진 표정을 했지만, 이채는 살포시 웃어 보이고 복원실을 나섰다.

복도를 걷다 보니 짐을 한 아름 안고 가는 주아의 뒷모습이 보였다. 그녀에게 가까이 다가간 이채는 자연스럽게 짐을 반 정도 덜어냈다.

“이건 다 뭐야?”

“오, 감사. 다음 특별전 준비. 너희 팀에 복원 요청 들어갈 유물도 몇 점 있어. 미리 일정 조율해둬.”

여름 방학을 맞이해서 준비한다던 특별전의 주제가 정해진 모양이었다.

"주제가 뭔데?"

"고려자기. 다채 언니가 있었으면 딱인데."

"그러네."

다채에 대한 이야기가 나올 때마다 눈을 빛내던 이채의 반응치고는 뜨뜻미지근했다.

"무슨 걱정 있어?"

"아, 아냐. 마음이 좀 답답해서."

"왜? 고 팀장 그 자식이 또 깔짝거려?"

"아니."

단호하게 답하고 보니 이상했다. 요 며칠 윤우에 대해 까마득히 잊고 있었다. 이채의 기분이 처진 것처럼 보이자 주아는 발랄하게 목소리를 높였다.

"그래. 침 뱉어주고 잊어. 아, 너 오늘 생일이지? 선물 뭐 해줄까? 갖고 싶은 거 있어?"

"음, 하나 있어. 선물이라기보다는 부탁인데."

"뭔데?"

"찾고 싶은 자료가 있는데, 특별 서고에 좀 들어갈 수 있게 해줘."

"그럼 고려자기 복원 네가 맡아. 관련 열람으로 신청 넣어줄게."

주아가 흔쾌히 말했다. 이야기를 주고받다 보니 주차장에 도착해 있었다. 차 트렁크에 짐을 넣고 옷매무시를 가다듬자, 주아가 눈을 찡긋거리며 말했다.

"인터뷰하러 가는 길이지?"

"어떻게 알았어?"

"박물관에 소문이 자자해. 너 또 공도하 만난다고."

남의 일에 이렇게 관심이 많다니, 다들 한가한 모양이다. 이채는 볼멘소리로 투덜거렸다.

"마음대로 떠들라고 해. 난 이제 몰라."

"왜 몰라. 잘해 봐."

주아가 킥킥거리며 웃었다.

"뭘 잘해 봐. 나예희가 두 눈 시퍼렇게 뜨고 있는데."

"해명 기사 올라왔잖아. 영화 때문에 만난 거라고."

"됐어. 나, 간다."

이채는 손을 흔들며 걸음을 옮겼다.

천천히 걷다 보니 맞은편에 화장품 브랜드 매장이 보였다. 건물 외벽에 나예희의 사진이 덕지덕지 붙어 있어서 자신도 모르게 그쪽으로 발걸음이 움직였다.

이채는 매장 입구에 있는 나예희의 전신 패널 앞에 섰다. 보통은 실사이즈로 만드니까, 이채보다는 키가 조금 더 큰 것 같았다. 눈, 코, 입 모두 흠잡을 데 없이 예쁘게 생긴 사람이었다.

한동안 패널을 노려보던 이채는 누군가의 시선을 느끼고 고개를 돌렸다. 화장품 가게 점원의 시선이 모두 이채를 향하고 있었다.

아무래도 너무 노려본 모양이다.

이채가 어색하게 웃으며 안으로 들어서자, 핑크색 에이프런을 두른 직원 한 명이 이채에게 따라붙었다.

"찾으시는 제품 있으세요?"

"립스틱이요. 아니, 립글로스가 낫겠네요."

직원은 이채를 한쪽으로 이끌었다. 그녀는 진열대에서 립글로스 하나를 꺼내서 자신의 손등에 발라 발색을 보여주었다.

"이게 이번 시즌에 나온 러블리 시리즈예요. 이 제품이 나예희 색상인 러블리 핑크고요. 지금 제일 잘나가요."

직원이 내민 것은 핑크 톤이 강한 립글로스였다. 하지만 이채는 그것을 피해 코럴 톤의 립글로스를 집어 들었다. 실제로도 이채에게는 핑크보다 코럴이 더 잘 어울렸다.

계산을 마친 이채는 입술에 립글로스를 발라보았다. 정말 잘 어울린다는 점원의 찍어내는 듯한 칭찬을 들으며 가게를 나섰다. 입구에 세워진 전신 패널을 한 번 더 노려본 그녀는 약속 장소를 향해 다시 걸음을 옮겼다.

사거리 건널목을 건너자, 커피 잔 모양의 돌출 간판이 눈에 들어왔다. 간판이 예쁘네, 라는 여유로운 생각을 하며 커피전문점 안으로 들어섰다.

빈자리를 찾던 이채는 공 작가와 윤우를 동시에 발견했다. 둘은 거짓말처럼 나란히 같은 방향으로 앉아 있었다. 그나마 테이블의 거리가 먼 것이 다행이었다.

약속 장소를 바꿀까 고민했지만, 공 작가가 먼저 이채를 발견했기 때문에 발걸음을 뗄 수밖에 없었다.

그러다 윤우와도 시선이 마주쳤다.

반가운 기색을 내비친 공 작가와는 달리, 윤우는 이채의 시선을 바로 외면했다. 어쩌면 당연한 일이었다. 지금 그의 앞에는 결혼할 거라고 소문이 자자한 여자가 앉아 있었다.

'이름이 뭐였지.'

한때 인생의 남자 주인공이었던 그가 배역은 고사하고, 다른 여자와 함께 있는 '손님1' 정도의 비중으로 등장한 것이다.

신은 자신을 미워하는 게 분명했다. 생일에 이러는 건 반칙 아닌가. 허망했다. 쓸쓸하기도 했다. 특별하다고 생각했던 사랑이, 흔하디흔한 연애였을 뿐이라는 걸 알게 되어서일까. 이채의 몸을 감싼 쓸쓸함이 카페 안에 흘러넘쳤다.

이채 역시 그를 무시하고 공 작가에게 다가갔다. 그가 베란다 너머의 도하가 아니라는 점을 상기하며 눈인사했다.

"제가 좀 늦었나요?"

"제가 일찍 나왔습니다. 앉으세요. 뭐로 드시겠습니까."

공 작가를 마주하자 이상하게도 웃음이 나왔다. 그는 정말 느리게 말을 했다. 똑같이 생겼고, 똑같은 목소리로 말하지만 마치 다른 사람 같았다.

"카페 모카요."

주문을 위해 공 작가가 계산대로 걸어가자, 시트러스 향기가 주변을 물들였다. 카페는 굉장히 아기자기했다. 눈길을 끄는 소품도 많았고, 의자도 편안했다. 이채는 스피커에서 흘러나오는 노랫소리에 귀 기울였다. 어쿠스틱 기타와 어우러진 가수의 낮은 목소리가 달콤한 사랑을 노래하고 있었다.

소파에 등을 기대고 잠시 눈을 감아보았다. 주변 테이블의 목소리가 음악 사이로 비집고 들어왔다.

"저 남자, 공도하 작가 아니야?"

"설마."

"나 저자 강연회 갔거든. 맞는 것 같은데? 저런 슈트 빨에 미친듯한 섹시함이 흔한 건 아니지."

"공도하다. 공도하."

"어머, 실물이 더 잘생겼어. 저 여자랑 같이 온 것 같은데? 여자친구인가?"

"설마. 나예희랑 만난다잖아."

"아니라고 기사 났는데."

"그걸 믿어?"

"그럼 저 여자는 누구야?"

이채를 훑고 지나간 사람들의 시선이 계산대 앞에 서서 막 카드를 꺼내 드는 공 작가에게 닿았다. 시선을 느끼며 눈을 뜬 이채 역시 공 작가를 주시했다.

검은색 정장을 입은 그는 베스트셀러 작가라는 타이틀을 걷어내고도 모두의 시선을 강탈하기에 충분했다. 그가 이채의 카페 모카와 자신의 아이스 아메리카노, 물 두 잔이 놓인 쟁반을 들고 돌아오자 주변의 수군거림이 커졌다.

공 작가가 커피를 내려놓고 노트북을 켰을 때였다. 한 여자가 쭈뼛거리며 다가와 펜과 종이를 내밀었다.

"공도하 작가님이시죠. 저 팬이에요."

공 작가는 먼저 이채와 눈을 맞췄다.

"잠깐 실례하겠습니다."

양해를 구한 공 작가는 종이와 펜을 받아 사인했다. 그러자 몇몇 여자들이 더 다가왔다. 카페는 졸지에 미니 사인회장이 되어버렸다. 공 작가는 한 명 한 명과 시선을 맞추고, 이름을 물어본 뒤 사인을 해주었다.

'역시 팬한테는 친절하네.'

몰려들었던 여자들이 사인을 한 장씩 안고 자리로 돌아갔을 즈음이었다. 레이스 만발한 여자가 얼굴에 홍조를 띤 채 다가왔다. 윤우와 함께 앉아 있던 여자였다.

"저, 작가님 팬이에요."

그녀가 공 작가를 향해 수줍게 다이어리를 내미는 걸 본 이채는 픽 웃었다. 썩어 들어가고 있을 윤우의 표정이 눈앞에 그려지는 것 같았다.

하지만 윤우가 베란다 너머의 도하와 마주친 적이 있다는 사실이 떠올랐다. 괜히 아는 척을 하면 곤란한 상황이 연출될 수 있었다.

"성함이 어떻게 되십니까."

공 작가가 레이스 만발한 여자를 향해 물었다.

"효린이에요. 김효린."

그래, 그런 이름이었다. 이채는 삐딱한 자세로 생크림을 한 입 떠먹으며 효린에게 사인을 해주는 공 작가를 응시했다. 그녀가 마지막으로 사인을 받고 자리로 돌아가자 약간의 어색함이 남았다.

"기다리게 해서 죄송합니다. 그럼, 인터뷰를 시작하죠."

인터뷰는 한 시간 넘게 진행되었다. 메일로 주고받은 질문이 전체적인 개념을 묻는 것이었다면, 이번 인터뷰는 세부적인 질문이 주를 이뤘다.

"이건 복원에 관한 건 아닌데 말입니다. 공민왕의 업적 중에서 가장 뛰어난 게 뭐라고 생각하십니까?"

카페 모카를 한 모금 마신 이채는 바로 입을 열었다.

"대외용 답변을 원하세요? 아니면 개인적인 의견을 원하세요?"

"당연히 개인적인 의견입니다."

"그럼 고민할 것도 없죠. 공민왕의 최대 업적은 변발과 몽고풍 의상을 금지한 거예요."

공 작가는 이채의 말을 그대로 타이핑하며 물었다.

"민족정신을 지키기 위한 노력을 높이 사는 겁니까?"

"아뇨. 우리나라에 변발 문화가 있었다는 거잖아요. 공민왕 덕분에 1세기가 채 안 되는 유행이었지만요. 끔찍하지 않나요? 대머리는 차라리 나름의 매력이 있잖아요. 하지만 반만 대머리인 건 외모의 하향평준화를 가져온다고요."

뜻밖의 답변에 공 작가는 웃음을 터트렸다.

큰 소리로 웃어버린 공 작가 때문에 이채는 당황해버렸다. 그가 이렇게도 웃을 수 있는 사람이었다니…….

간신히 웃음을 갈무리한 공 작가가 소감을 말했다.

"재미있는 의견이네요."

재미있으라고 한 말이 아니라 진지하게 대답한 건데. 이채는 어느 부분이 재미있는지 묻는 대신 의견을 덧붙였다.

"여자도 세상을 아름답게 볼 자격이 있다고요. 게다가 공민왕이 금지하지 않고 계속 유행이 이어졌다면 지금의 사극 드라마 산업에도 악영향을 끼쳤을걸요."

말하다 보니 등 뒤에서 부산스러운 기척이 느껴졌다. 윤우와 효린이 카페를 나가려는 모양이었다. 툭, 하는 느낌과 함께 윤우가 먼저 이채의 의자를 치고 지나갔다.

이채는 애써 무시하며 말을 이었다.

"한류 사극 드라마는 물 건너가는 거라고요. 아무리 잘생긴 남자

배우도 변발해놓으면 하향평준화에서 벗어날 수 없다고 봐요."

그녀의 말이 길어짐에 따라 노트북에 타이핑하는 공 작가의 손도 분주해졌다. 덕분에 좋은 아이디어가 떠오른 참이었다. 메모를 마무리 짓는데 그의 손등 위로 물방울이 튀었다.

고개를 들어보니 이채의 코끝을 타고 흐른 물방울이 테이블 위로 똑 하고 떨어지는 게 보였다. 그녀의 블라우스는 축축하게 젖어 있었고, 머리카락과 턱을 타고 흐르는 물도 적지 않았다.

당황한 공 작가의 눈에 한 여자가 들어왔다.

사인을 받아 갔던 효린이라는 이름의 여자였다. 그녀는 이채의 뒤에서 쟁반을 든 채 발을 동동 구르고 있었다.

"죄송해요. 어떡해. 다 젖었어."

이채는 갑자기 쏟아진 물에 소스라치게 놀란 상태였다. 그야말로 마른하늘에 날벼락이었다. 고개를 돌리자 울먹이는 효린이 보였다. 그녀의 얼굴을 확인하자 허탈해졌다.

효린은 냅킨을 들고 어쩔 줄 몰라 하고 있었다.

"죄송해요. 제가 발이 걸려서. 어떻게 해. 정말 죄송해요."

효린의 두 번째 사과가 이어졌다. 잔뜩 당황한 그녀와 달리 물벼락을 맞은 당사자인 이채는 작게 한숨을 내쉴 뿐이었다.

또 물이다.

"됐어요. 그냥 가세요."

"제가 세탁비 드릴게요. 정말 죄송합니다."

이채는 턱에서 떨어져 내리는 물방울을 손등으로 쓸어 올리며 차갑게 대꾸했다.

"괜찮으니까 가보세요. 남자 친구가 밖에서 기다리네요."

트레이 위에 있던 냅킨을 집어 든 이채는 얼굴에 묻은 물을 눌러 닦았다. 재생지로 만들어진 냅킨은 거칠긴 해도 물기를 잘 흡수했다.

"그래도 죄송해서."

선뜻 떠나지 못한 효린이 우물쭈물하자 먼저 움직였던 윤우가 되돌아왔다. 이채는 테이블 앞에 선 그를 노려보았다. 효린의 편을 들기만 해보라며 벼르고 있는데, 그가 재킷을 벗어 이채의 어깨에 얹어 주었다.

"뭐야?"

이채는 신경질적으로 재킷을 걷어내며 윤우를 노려보았다.

"다 비쳐."

눈을 한 번 깜박인 이채는 곧 낯 뜨거운 사실을 깨달았다. 오늘 입고 나온 옷이 하필이면 흰색 블라우스였다. 그렇다고 해도 윤우의 재킷을 걸치고 싶지 않았다. 차라리 벗는 게 낫지.

"본다고 안 닳아."

재킷을 윤우에게 던지듯 넘기자, 눈치를 보던 효린이 물었다.

"아는 사이예요?"

세 사람 사이에 미묘한 공기가 흘렀다. 곤란한 얼굴을 한 윤우가 둘러대기 전에 이채가 먼저 입을 열었다.

"박물관 직원이에요. 새로 들어온 인턴이죠?"

"아, 네. 선배님이셨구나. 죄송해요."

"선배는요 무슨. 업무도 다른데."

"그래도…… 저 이 재킷 걸치세요. 사양하지 않으셔도 돼요. 저 때문이고. 또."

효린은 제 것인 양 윤우의 재킷을 다시 내밀었다.

그때였다. 자리에서 일어난 공 작가가 자신의 정장 재킷을 이채에게 걸쳐주었다. 가까이 다가선 공 작가의 움직임에 당황한 이채는 숨을 훅 들이마셨다. 그가 다시 멀어지자 싱그러운 향이 은은하게 번지며 이채의 몸을 감싸 안았다.

"이제 된 것 같습니다만."

공 작가는 상황을 간단하게 정리해버렸다.

윤우의 시선이 이채의 어깨에 걸쳐진 재킷을 지나 공 작가를 향했다. 못마땅한 기색이 역력했다.

"죄송했습니다."

재차 사과한 효린이 축 늘어진 어깨를 하고 먼저 밖으로 나가자 윤우도 그녀를 따라 발길을 돌렸다. 그러다 멈칫하더니 다시 이채를 돌아보았다.

"생일, 축하한다."

그 말을 투척한 윤우는 효린과 함께 시야에서 사라졌다.

고맙다고 말해야 하나. 덕분에 인생 최악의 생일로 기억될 것 같았다. 울컥한 마음을 가라앉히기 위해 한숨을 내쉬는데 공 작가의 시선이 느껴졌다.

"생일입니까?"

"뭐, 그렇네요."

이채는 과장되게 어깨를 으쓱였다.

"볼 때마다 옷이 젖습니다."

"그러니까요. 치명적인 매력을 자꾸 발산해서 큰일이에요."

우스갯소리로 넘기려고 했다. 하지만 공 작가는 오늘이 그녀의 생일이라는 게 신경 쓰였다.

"약속이 있으실 텐데."

"딱히 생일을 좋아하지 않아서 잘 안 챙겨요. 약속도 없으니까 신경 쓰지 마세요. 다음 질문으로 넘어가죠."

시원시원하게 말한 이채는 정말 괜찮다는 듯이 고개를 끄덕였다.

자연스럽게 인터뷰가 다시 시작되었다. 공 작가는 몇 개의 질문을 더 했고, 이채는 착실하게 대답했다.

"고맙습니다. 도움이 많이 됐습니다."

준비한 질문을 모두 마치고 노트북을 덮은 공 작가는 만족스러움을 느꼈다. 이채와 이야기를 나누는 동안 자연스럽게 막혀 있던 부분이 해결되었다.

"도움이 됐다니까 다행이네요."

이채가 어깨에 걸치고 있던 재킷을 벗으려는 듯 손에 쥐자 공 작가가 말했다.

"그냥 걸치고 있어요. 말리고 천천히 나오세요. 출판사 미팅이 있어서 저는 먼저 일어나야겠습니다."

공 작가는 살짝 고개를 숙여 인사한 다음 그대로 카페를 나섰다. 뒤도 한 번 돌아보지 않고 나가버린 공 작가 때문에 이채는 조금 멍해졌다.

"옷은?"

어쩌라고.

고개를 돌려 어깨 위에 걸쳐진 옷을 응시했다. 어쩐지 공 작가와 만날 때마다 옷이 생기는 것 같았다. 어깨를 으쓱인 이채는 몸을 일으켜 밖으로 향했다.

그의 재킷을 걸친 채로 걸음을 옮기자 함께 걷는 것 같은 기분이 들었다. 큰길로 나가 버스를 탄 이채가 향한 곳은 연옥 목걸이 그림을 소장하고 있는 갤러리였다.

한 시간쯤 걸려 도착한 곳은 오래된 화방과 인쇄소가 모여 있는 곳이었다. 안쪽 골목으로 들어가자 아담한 갤러리가 나왔다.

갤러리 안으로 들어선 이채는 곧장 목걸이 그림을 향해 걸음을 옮겼다. 전시 동선을 무시한 채 걷다 보니 커다란 그림이 시선을 사로잡았다.

'연옥 목걸이다.'

인터넷 창을 통해 보았던 그림을 향해 가던 이채의 발걸음은 나란히 걸려 있는 그림 앞에서 멈춰 섰다.

부드러운 미소를 짓고 있는 그림 속 여인의 목에 연옥 목걸이가 걸려 있었다. 그림 속에 표현된 목걸이는 작은 데다가 옷깃에 가려져 있었다. 하지만 분명 연옥 목걸이였다. 자세히 보지 않았다면, 지나쳤을 것 같았다.

그림의 작품명은 '만남'으로 제작연도가 1981년이었다. 작품 소개와 그림을 카메라로 촬영한 이채는 다시 그림을 들여다보았다.

그림에 담긴 여인의 미소는 행복을 담고 있었다. 목걸이를 걸고 있는 그녀는 어떤 한 달을 보냈을까. 그리고 어떤 기회를 잡았을까.

전시장을 나가 화가를 수소문해 봐야 했지만, 이채의 시선은 그림에서 떨어질 줄을 몰랐다. 그런 이채를 바라보는 시선이 있었다. 전시장의 관계자처럼 보이는 노신사였다. 한동안 그녀를 주시하던 노신사는 갤러리 뒤쪽으로 사라졌다.

이채는 한참 뒤에야 '만남' 옆에 나란히 걸린 개화기 때의 그림으로 시선을 옮겼다. 이 갤러리는 연옥 목걸이와 관련된 그림을 두 점이나 소장하고 있는 셈이었다.

'한 달은 부질없이 지나가고, 기적은 어디론가 날아가 버렸네.'

그녀를 이곳으로 오게 한 그림을 주시하던 이채는 고개를 갸웃거렸다.

'개화기에 그려진 그림이 아닌 것 같은데.'

확인해 봐야 정확하게 알 수 있겠지만, 안료의 색감과 화폭이 좀 더 최신의 것처럼 보였다. 유명한 그림도 아닌데 모조품일 리는 없으니, 착오가 있었던 모양이다.

이채는 안내 데스크 앞으로 다가갔다. 동양화를 연상케 하는 직원이 단아한 미소로 그녀를 맞아주었다.

"필요한 게 있으신가요?"

"저 안쪽에 목걸이와 함께 글귀가 적혀 있는 그림이요. 그 그림이 개화기 때 그림이 맞나요? 안료가 조금 색다른 것 같아서요."

"네. 맞습니다. 특별한 색감 때문에 저희 관장님께서 굉장히 아끼시는 작품입니다."

직원이 친절하면서도 단호하게 대답한 탓에 조금 머쓱해졌다. 이채는 지갑에서 명함을 꺼내며 말을 이었다.

"아, 네. 그리고요."

대형 박물관 명함을 내밀자, 직원의 얼굴에 어린 미소가 조금 더 짙어졌다.

"작품 '만남'의 화가분을 만나고 싶은데요. 작품 구매도 가능할까요?"

"아, 그 작품은 판매하지 않습니다. 게다가 정 화백님께서는 외부 노출을 꺼리시는 편이라서요. 만남을 주선해드린다거나 하는 도움은 드리지 못할 것 같습니다. 죄송합니다."

"연락이라도 해 봐주시겠어요. 꼭 여쭈어보고 싶은 게 있어요."

"그럼, 명함을 전달해드릴게요. 가끔 오시거든요."

"감사합니다."

이채는 자신이 내밀었던 명함에 메모를 한 줄 남겼다.

'3년 후의 미래를 위해 만나 뵙고 싶습니다.'

○○○

도하는 시장 입구에 서서 '참치 천국' 간판을 응시했다. 다채가 가입한 생명보험금은 상당한 액수였다. 그러니 힘들게 분식점을 운영할 필요가 없었다. 하지만 가게의 주인은 하루도 쉬지 않고 문을 열었다.

가게 안으로 들어서자, 자식 둘을 모두 잃어버린 늙고 지친 여자가 고개를 들었다.

"어서 와요. 뭐로 하실래요."

"드릴 말씀이 있어서 왔습니다."

잠시 도하를 응시하던 그녀가 주방 쪽으로 움직였다.

"앉아요."

도하는 적당한 자리를 골라 앉았다. 주문하지 않았음에도 그녀는 주방에서 달그락거리며 무언가를 만들었다. 잠시 후 그의 앞에 참치 라면과 참치 김밥이 놓여졌다.

"저는……."

"내가 주는 거니까 일단 먹어요."

그녀가 만들어 온 음식에서는 다정한 냄새가 났다.

"잘, 먹겠습니다."

같은 라면에 같은 참치라서 그렇겠지만, 이채가 끓여주던 것과 같은 맛이 났다. 덕분에 면발이 목에 걸린 것처럼 답답했다. 넘어가지 않는 건 참치 김밥도 마찬가지였다. 맛이 있고, 따뜻해서 오히려 더 먹기가 힘들었다.

도하가 젓가락을 내려놓자, 설거지하던 그녀가 돌아보았다.

"입에 안 맞아요?"

"아니요. 맛있습니다."

도하가 지갑에서 돈을 꺼내려고 하자 그녀가 손을 내저으며 말했다.

"돈 받으려고 준 거 아니에요. 할 말이 뭐예요?"

"공인중개소에서 전화를 받았습니다. 다시 집을 팔지 않겠다고 하신다고요. 토마토 빌라 501호를 사고 싶어서 왔습니다."

그녀는 천천히 고무장갑을 벗었다. 그리고 도하의 옆 테이블 의자를 끌어다 앉았다.

"미안해요. 팔면 안 되는 집인데 내가 잠깐 미쳤나 봐요."

"이사를 하려는 게 아닙니다. 물건은 그대로 둘 겁니다. 비밀번호도 바꾸지 않을 테니, 방을 보고 싶으시면 언제든 오셔도 됩니다.

제게 팔아주세요."

"……우리 애를 아는 분인 거죠? 오늘 온 걸 보면 이채겠네요."

도하는 그녀가 어떻게 알아챘는지 궁금했지만 묻지 않았다. 보통의 '엄마'라면 그 정도는 알 수도 있을 테니까.

"……네."

"그럴 줄 알았어. 우리 애는 가게에 친구들을 데려오는 걸 좋아했어요. 큰 아이는 내가 이 가게를 하는 걸 싫어했지만. ……어느 날 갑자기 다 잊고 싶다는 생각이 드는 거야. 그냥 그 집 팔아버리고 잊자고 생각했어요. 나쁜 엄마지. 엄마가 자식을 잊으려고 했다는 게 말이 되나. 정작 집을 사겠다는 사람이 나타나니까 정신이 들더라고요. 미안해요. 헛걸음하게 해서."

"전, 그 집을 꼭 사고 싶습니다."

"그 말, 내가 돌려줄게요. 물건도 그대로 둘 거고 비밀번호도 바꾸지 않을게요. 그 집 비밀번호는 이채 생일이니까 들어가고 싶으면 언제든 들어가요. 난 그 집을 가지고 있다가 이채가 돌아오면 주고 싶어요."

도하는 겨우 입을 열었다.

"돌아, 올 겁니다."

"그럼요. 우리 애가 얼마나 효녀인데. 돌아올 거야. 내가 싸준 김밥 먹고 싶어서라도 돌아올 거예요. 우리 애는 다른 집 김밥은 안 먹거든."

그녀는 그렇게 말하며 앞치마로 눈물을 훔쳤다.

"아유, 내가 주책없이. 미안해요. 어서 마저 들어요."

안쪽 주방으로 들어간 그녀는 다시 나오지 않았다. 구석에서 울고 있을 모습이 눈앞에 그려지는 듯했다. 아직도 가게를 운영하는 이유를 알 것 같았다. 그녀는 이곳에서 이채가 돌아오기를 기다리고 있었다.

그냥 일어나려던 도하는 고스란히 남아 있던 김밥과 라면을 입안에 욱여넣었다. 그리고 지갑에서 만 원짜리 한 장을 꺼내어 깨끗하게 비운 그릇 밑에 두었다. 가게를 나서자 시장의 시끄러운 소음이 귀를 공격했다.

시장 입구로 걸어 나온 그는 뒤돌아섰다.

"죄송합니다."

그녀에게 사과해야 했다. 동생인 류하가 다채를 죽게 했다. 그리고 자신은 류하를 찾기 위해 이채를 위험 속에 몰아넣고 있었다.

그는 안주머니에서 휴대폰을 꺼내 이채의 신상명세 파일을 열었다. 토마토 빌라 501호의 비밀번호를 알기 위해서였다. 3년이 흐른 지금, 침대 밑에 목걸이가 있는지 확인해보고 싶었다. 그런데 파일에 적힌 생일이 오늘을 가리키고 있었다.

'생일이었나.'

돌아서는 그의 발걸음은 어느 때보다 무거웠다. 빠르지도, 느리지도 않은 보폭으로 걷던 그의 무릎이 꺾인 건 그때였다.

새로운 기억은 그렇게, 예리한 통증과 함께 찾아왔다.

○○○

“미역국은 먹었지. 엄마도 카네이션 바구니 자랑 좀 했어? 응. 주말에 갈게. 응. 엄마! 조금만 기다려. 내가 꼭 호강시켜 줄게!!”

이채는 휴대폰 통화를 종료하고, 현관문을 활짝 열었다.

환하게 밝혀진 집이 그녀를 반겼다. 강도 사건 이후로는 불을 켜놓고 출근하곤 했다. 문을 열 때마다 불안한 것보다는 전기 요금을 조금 더 내는 게 나았다.

집 안으로 들어선 그녀는 팔에 걸쳐진 재킷을 응시했다.

‘드라이해서 돌려줘야겠지.’

재킷을 벗어 옷장에 고이 걸었다. 그리고 시간을 확인했다. 도하와 베란다에서 만나기로 한 시간보다 30분쯤 늦었다.

커튼을 젖히자 건너편 티 테이블에 앉아 있는 도하가 보였다.

“늦었어.”

그는 이채를 보자마자 불만부터 표출했다.

“오래 기다렸어요?”

“불은 왜 켜놓고 나간 거야? 있는 줄 알고 한참을 불렀잖아.”

“강도가 든 다음엔 어두우면 좀 무서워서요.”

다이어리를 찾기 위해 가방을 뒤적거리면서 말하고 나니, 그가 빤히 쳐다보는 것이 느껴졌다. 평소처럼 차가운 것도 아니고 다정한 것도 아닌 눈빛이다.

"불 끄고 다녀도 돼. 내가 있으니까."

"도하 씨도 외출은 할 거 아니에요."

"나가도 낮에 나가니까 해지기 전엔 돌아와 있을게. 적어도 앞으로 한 달간은."

"뭐야. 왜 이렇게 갑자기 다정해요. 어색하게."

"밖에서는 지켜주지 못하니까. 집 안에서만큼은 안심하고 쉴 수 있게 해줄게."

이 심장에 나쁜 남자.

"뭐, 그래요."

괜히 민망해진 이채는 말을 얼버무리며 다이어리를 한 장 찢어서 내밀었다. 종이에는 갤러리 이름과 작품명, 화가의 이름이 적혀 있었다.

"수확 없이 늦지는 않았어요. 연옥 목걸이가 그려진 그림을 두 점이나 찾았거든요. 그림을 소장 중인 갤러리에 다녀왔어요. 화가에게 메모를 전해달라고 부탁해놓고 오는 길이에요. 화가가 앞에 나서는 걸 꺼린다고 하더라고요. 연락이 오지 않을 수도 있으니까 도하 씨도 한번 가 봐요."

손을 뻗어 메모지를 받아 든 도하는 묘한 얼굴을 했다. 메모지에는 생소한 이름의 갤러리와 작품명이 적혀 있었다. 그녀가 이렇게 빨리 무언갈 찾아낼 줄은 몰랐다.

"어떻게 찾았지?"

"신들린 검색으로요?"

"류하도, 이 그림을 봤을까?"

"화가를 만나보면 알 수 있겠죠."

도하는 티 테이블 위에 놓여 있던 노트북 아래에 종이를 끼워 넣었다.

"두 작품이라고 하지 않았어? 다른 그림은?"

"한 점은 작자 미상이에요."

"그 작품은 누가 소장하고 있지?"

"같은 갤러리예요. 나란히 걸려 있었어요."

"한 점이면 우연일 수 있지만, 두 점이 걸려 있다면 알아봐야겠는데. 이건 내가 알아볼게."

도하는 노트북 옆에 있던 쇼핑백을 들어 베란다 난간 너머로 불쑥 내밀었다.

"뭐예요?"

"생일 선물."

이채의 눈이 동그랗게 커졌다.

"생일인 건 어떻게 알았어요?"

참치 천국에 갔던 일을 말할 수 없었던 도하는 말을 돌렸다.

"당신이 과거의 날 만나고 바뀐 만큼 내 기억도 변하는 것 같아.

3년 전, 오늘 카페에서 있었던 일을 알게 됐어."

이채는 난간으로 손을 뻗어 쇼핑백을 건네받으며 말을 이었다.

"알게 된다고요?"

"현관문을 나서는 순간, 새로운 기억이 떠올라. 그리고 문밖에 있을 때는 바뀌는 순간 바로바로 떠오르는 것 같고. 공 작가를 만난 시간이 4시쯤 맞지?"

"맞아요."

이채는 조금 얼떨떨했다. 짐작은 하고 있었지만, 그의 입을 통해 들으니 확실해졌다. 자신이 무언가를 하면, 미래가 변한다. 그럼 더 적극적으로 움직여야 하는 걸까, 아니면 더 조심해야 하는 걸까.

"기억이 변하는 건 어떤, 기분이에요?"

"머릿속에 새로운 기억을 때려박는 기분. 뭐라고 형용할 수 없이 별로야."

어떤 기분인지 상상이 되질 않았다. 이채는 고민을 그만두고 자신의 손에 들린 쇼핑백을 내려다보았다.

"봐도 돼요?"

도하가 고개를 끄덕이자, 이채는 쇼핑백 안에 있는 상자를 집어 들었다. 파란색 상자 안에는 목걸이형 위치 추적기와 경보기, 가스총이 가지런히 담겨 있었다.

"이 살벌한 3종 세트는 뭐예요?"

"그럴 일은 없겠지만, 무슨 일이 생겨도 난 가지 못하니까. 잘 들고 다니라고."

"고마워요. 걱정해줘서."

생일 선물이라고 하기엔 미묘한 구성이었지만, 마음에 들었다. 지금의 그녀에게 꼭 필요한 것들이기도 했다.

"생일인데 다른 약속 없었어?"

"올해는 언니도 없고요. 사실 진짜 생일도 아니라서요."

"진짜 생일이 아니라니?"

"그런 게 있어요."

이채는 배시시 웃으며, 호신 3종 세트를 쇼핑백 안에 밀어 넣었다.

"보여줄 게 있으니까 넘어와."

"보여줄 거요?"

이채는 도하를 응시했다. 그는 무표정일 때도 입꼬리가 살짝 올라가 있었다. 크게 웃을 때도 살짝 올라가는 입꼬리가 매력적이었다. 공 작가 버전일 때만 볼 수 있는 표정이지만.

"와 보면 알아."

이채는 순순히 베란다를 넘었다. 도하를 따라 거실로 들어가 보니 테이블 위에 생크림 케이크가 올라와 있었다. 이채는 손가락으로 생크림 케이크를 가리켰다.

"보여줄 거?"

"아니. 이건, 미안해서."

"뭐가 미안해서요?"

그녀가 들뜬 기색으로 물었다.

"내 동생과 관련된 일에 끌어들인 거니까."

그리고 당신을 속이고 있으니까.

"됐어요. 나도 원하는 게 있으니까요. 그래도 케이크는 고마워요."

마음이 간질간질해서 괜히 웃음이 나왔다. 덕분에 최악의 생일은 면하게 된 셈이다.

최악의 생일은 작년이었다. 윤우 때문이었다. 그는 이채의 생일에 어머니와 저녁 식사 약속을 잡았다. 그날, 태어나서 처음으로 모욕이라는 걸 당했다.

오늘도 위험했다. 카페에서 윤우와 효린을 마주쳤고, 물벼락까지 맞았다. 공 작가가 재킷을 빌려주지 않았다면 울고 싶어졌을 것이다. 그리고 도하가 준비한 호신 3종 세트와 케이크는 기분을 말랑말랑하게 해주었다. 공 작가와 도하의 성공적인 콜라보레이션.

도하가 생일 케이크 박스에 달려 있던 알록달록한 초를 집어 올리며 물었다.

"몇 개?"

"두 개요."

"스무 살처럼 보이지는 않는데."

"내림으로 해야죠."

픽 웃은 도하가 기다란 초 두 개를 꽂았다. 성냥으로 불을 붙이고 고개를 들자, 현관문을 응시하는 이채가 보였다.

"노래까지 불러달라는 건 아니지?"

"그냥 저 현관문 밖에 있는 나는 초 세 개를 불고 있겠구나, 하는 생각이 들어서요."

말해놓고 보니 나이를 밝힌 꼴이었다.

대꾸할 말을 찾지 못한 도하는 이채를 바라보기만 했다. 리버빌 501호의 현관문 밖에는 그녀가 존재하지 않을 것이다. 설사, 살아 있다고 하더라도 초를 불지 못할 상황일 확률이 높았다.

"뭘 그렇게 봐요. 동안이라고 생각했죠?"

"글쎄."

이채는 촛불을 후 불어서 껐다. 그러자 도하가 바로 서류철을 내밀었다.

"보여줄 건 이거."

"뭔데요?"

"직접 봐."

서류철 제목을 보니 류하의 사건기록이었다.

이채는 사건기록을 꼼꼼히 읽어 내려가기 시작했다. 대부분 도하가 말해준 내용에서 크게 벗어나지 않았다. 서류 속 류하는 '26세 휴학생'으로 설명되었다. 그는 이채가 생각했던 것보다 더 미남이었다. 마치 CG로 만들어낸 얼굴 같았다.

류하의 성장 과정에 대한 설명도 나와 있었다. 명문대생이라는 말을 훑어보다가 마약 전과 부분에서 시선이 멈췄다. 자세히 읽어보니 클럽에서 대마 쿠키를 먹은 상태에서 현행범으로 붙잡힌 전력이 있었다. 옷과 가방에서 다량의 대마 쿠키가 나왔다고 했다.

'대마 쿠키? 설마 과자를 말하는 건가?'

이채의 궁금증을 도와주기라도 하듯이 기사 중간에 이미지가 첨부되어 있었다. 대마 쿠키는 마치 베이커리에서 판매하는 수제 쿠키처럼 보였다.

기록에 따르면, 류하는 친구들의 장난으로 대마 쿠키를 먹게 되었다. 그리고 그날, 클럽에 마약 담당 형사들이 뜬 것이다. 형사들을 발견한 친구들은 인사불성이 된 류하의 가방에 대마 쿠키를 숨겼다. 그리고 그는 현행범으로 체포되었다.

운이 나쁜 케이스였다. 원래는 무혐의 처분을 받아야 했다. 하지만 빠른 사건 종결을 원했던 아버지와 친구들의 부모가 힘을 써서 단순 투약으로 마무리되었다. 덕분에 류하는 집행유예를 받고 풀려났다.

그때부터 류하의 방황이 시작되었다. 그리고 6개월 뒤 한 여자가 저수지에서 변사체로 발견되었다. 류하가 용의자로 몰린 이후에 도하가 사건을 추리해나간 과정도 간략하게 정리되어 있었다.

내용을 모두 읽은 이채는 서류를 덮고 생각에 잠겼다.

"동생이 연옥 목걸이를 찾고 있었다고 했죠?"

"맞아."

어쩌면 류하는 현재를 바꾸고 싶어서 목걸이에 집착했을 것이다. 납치에 살인까지 저지른 건 조금 이상했지만.

"살인이 목걸이와 관련되어 있을까요?"

"그건 알 수 없어. 그렇게 짐작할 뿐이야."

그 외에도 물어보고 싶은 건 많았다. 하지만 범인이기 이전에 그의 동생이라는 생각 때문에 좀처럼 입이 떨어지지 않았다.

"당신이 살아가는 3년 전에는 아직 일어나지 않은 일이야. 일어나지 않게 할 거고."

그가 안심시키려는 듯이 말했다.

"그래야죠."

이채의 눈빛이 단단해졌다. 그녀의 생각이 깊어지는 것처럼 보이자 도하는 슬쩍 일어나 부엌으로 향했다. 인기척에 무심코 돌아본 도하의 뒷모습은 무척이나 쓸쓸해 보였다.

그는 어떤 마음으로 동생을 찾아다닌 걸까. 이채의 시선은 사건기록 파일을 지나 케이크 상자 밑에 깔린 카드 봉투로 향했다.

'생일 카드?'

이채는 금박이 박혀 있는 카드를 무심코 집어 들었다. 봉투를 열어보니 레이스 만발한 카드가 나왔다. 아무리 봐도 도하의 취향은 아니었다.

'케이크를 사면서 딸려온 건가?'

카드를 펼쳐보니 청첩장이었다. 다시 덮으려는데 신부의 이름이 눈에 들어왔다.

'김효린.'

잠시 멍해졌던 이채는 픽 웃었다. 흔한 이름인데도 가슴이 철렁했다. 청첩장에 찍혀 있는 날짜는 3년 후였다. 카드를 봉투에 밀어 넣고 보니 자메이카 블루마운틴의 그윽한 향이 존재감을 드러냈다.

"신경 쓰여?"

이채는 청첩장을 테이블 위에 올려놓으며, 도하가 막 내려놓은 머그잔을 집어 들었다.

"신경은요, 난 또 생일 카드인 줄 알았죠."

"그 여자 맞아. 카페에서 물 쏟은 여자. 첫 번째 결혼식에도 갔거든."

잠시 혼란이 느껴졌다. 윤우는 그녀와의 결혼을 앞두고 있었다. 그런데 그녀의 또 다른 청첩장이 도하에게 있다는 것은.

"윤우, 이혼했어요?"

"1년도 못 살았을걸."

"그렇구나."

도하는 다시 물었다.

"신경 쓰여?"

"내 알 바 아니죠."

말은 그렇게 했지만, 신경 쓰이는 눈치였다. 이로써 도하는 그녀에게 말할 수 없는 게 또 하나 생겼다. 두 사람이 이혼한 이유를 알게 되면 그녀는 어떤 반응을 보일까.

생크림 케이크 위에 올려져 있던 딸기를 집어먹은 이채는 눈을 한 번 깜박였다.

"어? 없던 기억이 생기면, 막 새로운 걸 알 수도 있고 그런 거예요?"

"그런 것 같아."

"잠깐만요. 그럼요. 기억이 생기면, 원래의 기억이 사라질 수도 있는 거예요?"

"아직 그런 느낌은 없어. 별개의 기억이 새로 생기는 거라서. 하지만 그럴 수도 있겠지."

이채의 미간이 잔뜩 찌푸려졌다. 이 일을 너무 쉽게 생각하고 있었다.

"내가 잘못해서, 작가님 인생 자체가 변하면요. 기억이 다 뒤죽박죽되어 버리면요."

"어쩔 수 없지."

담담하게 답하는 도하에게서는 삶에 대한 애착을 찾아볼 수가 없었다. 덕분에 이채의 눈썹이 치켜 올라갔다.

"지금까지 도하 씨가 이룬 게 모두 사라질 수도 있어요."

"내가 행복해 보여?"

이채는 바로 그렇다고 답하지 못했다.

성공이 행복을 뜻하지는 않으니까. 눈앞의 도하는 공 작가가 가진 나른함도, 약간의 까칠함도, 웃음도 모두 잃어버린 것처럼 보였다. 무엇보다도 그는 동생을 잃었다.

그녀가 선뜻 대답하지 못하자, 도하가 말을 이었다.

"그런 얼굴 할 거 없어. 얼마든지 변해도 상관없다는 말을 하고 싶었어. 전에는 의식하지 못했는데, 되짚어보니까 원래의 우린 호텔 이후로 만난 적이 없더라고. 하지만 당신은 두 번이나 더 과거의 날 만났잖아. 당신의 미래와 나의 현재는, 이미 변하기 시작했어."

"그래도요."

"난, 행운이라고 생각해. 남은 한 달 동안 몇 번이고, 새로운 인생을 살아볼 수 있을 테니까."

그렇게 말하며 웃어 보인 도하는 조금, 쓸쓸해 보였다.

○○○

성수는 고개를 빼들고 이채의 눈치를 살폈다. 그리고 조심스레 서랍을 열어 쇼핑백을 꺼냈다. 살금살금 일어나 이채의 사무 책상 앞에 선 그는 쇼핑백을 슬쩍 내려놓았다.

작업대에서 현미경을 들여다보고 있던 이채가 고개를 들었다.

"뭐야?"

"생일 선물. 깜박하고 어제 못 줬네. 내가 요즘 정신이 없다."

그는 민망하다는 듯이 머리를 긁적였다.

"정신이 언제는 있었냐. 고마워."

이채가 아무렇지도 않게 말해서, 성수는 조금 더 미안해졌다.

1년은 365일. 그중 364일은 서로 놀리고 구박하는 사이였다. 하지만 단 하루, 이채의 생일만은 꼭꼭 챙겨왔다. 괜찮다고 하면서 온종일 저기압으로 돌아다니는 것도 신경 쓰였지만, 생일을 떠들썩하게 보내는 걸 질색하는 건 더 거슬렸다. 그냥 두면 조용히 넘어가기 일쑤라 강제적으로 생일을 챙겨주고 있었다. 평소 무심한 다채도 이채의 생일만은 만사 제쳐두고 챙겨왔다.

올해는 정신이 없어서 챙기지 못했지만.

"어젠 뭐 했냐."

"시간 여행 갔다니까."

말 그대로의 '시간 여행'을 의미하는 답변이었지만, 성수는 다른 의미로 받아들였다.

"어렸을 때 생각하면서 혼자 청승 떨고 그런 건 아니지?"

그의 걱정을 눈치챈 이채가 픽 웃었다.

"아니야. 어디 좀 갔어."

"미역국은 먹었고? 케이크는?"

"둘 다 먹었어. 미역국은 셀프로 끓여 먹었고. 케이크는 음, 도하씨가 준비해줬어."

성수의 얼굴에 안도가 어렸다.

“생일도 챙겨줬어?”

“응. 어쩌다 보니까 그렇게 됐어.”

“역시, 내가 선물 하나는 잘 골랐네. 잘해 봐.”

성수가 엄지손가락을 척 들어 보였다.

“잘해보라니?”

수상한 낌새가 느껴졌다. 이채는 하던 일을 멈추고 쇼핑백을 열어보았다. 안에는 베이지색 블라우스가 들어 있었다. 어디에나 어울릴 것 같은 무난한 디자인이었다. 이채는 성수에게 의심의 눈초리를 보냈다. 이렇게 평범하고 유용한 아이템을 줄 리가 없었다.

“심쿵 포인트는 등이야. 앞판으로 안 되면 뒤판으로 승부 해야지.”

성수의 말에 따라 돌려보니 블라우스의 등 부분 전체가 레이스 망사로 이루어져 있었다. 이채의 미간이 단번에 찌푸려졌다.

“이걸 어떻게 입어.”

“박물관 올 때 입으라는 게 아니라 집에서 입으라고.”

“집?”

“남자는 반전 매력에 끌리게 되어 있어. 앞을 보고 방심한 순간 딱! 등을 보이는 거지.”

“됐어.”

이채는 블라우스를 쇼핑백에 그대로 집어넣었다.

"어허. 내 말 들어. 애교도 없지. 섹시도 없지. 어떻게 할 거야. 옷으로라도 반전 매력을 만들어야지. 상대는 나예희야. 정신 바짝 차려야 한다고."

이 블라우스를 입고 베란다에 나가면 도하는 어떤 얼굴을 할까. 그래도 여전히 돌멩이 보듯 할지 궁금하긴 했다.

이채의 입에서 웃음 섞인 목소리가 흘러나왔다.

"고맙다. 웬일이래. 내 연애사에 이렇게 관심을 두고."

"내 연애사가 잘 안 풀리니까."

"언제는 잘 풀린 적 있었어?"

"없었지. 하지만 최악의 위기랄까."

"최악? 왜, 무슨 일 있었어?"

성수의 연애사라면 다채와 관련된 일이었다. 급격하게 침울해진 성수는 대답하는 대신 의자를 끌어다 이채 옆에 앉았다.

"나 타로점이나 좀 봐줘라."

"안 믿는다며."

말은 그렇게 하면서도, 이채의 손은 타로를 찾고 있었다. 가방 안에 들어 있던 타로를 꺼내 손에 쥐자, 빳빳하면서 서늘한 타로 덱의 감촉이 느껴졌다.

"연애운?"

"응."

능숙한 손놀림으로 카드를 뒤섞은 이채는 배열에 따라 덱을 한 장씩 올려놓았다. 한 장씩 카드를 오픈하는 이채의 얼굴에 당황스러운 기색이 떠올랐다.

그 표정 변화를 눈치챈 성수가 침울한 목소리로 말했다.

"포장하지 말고 말해."

"어, 음. 대위기인데. 무언가 큰 사건이 있었어. 그 사건 때문에 지금은 관계가 단절되다시피 했고 ……다시는 만나지 못할 수도 있어."

성수는 턱을 매만지며, 고개를 끄덕였다.

"그렇구나."

좋지 않은 결과가 나왔음에도 무효라고 소리친다거나, 다시 보라고 떼를 쓰는 등의 행동이 이어지지 않았다. 그가 별다른 반응을 보이질 않자 오히려 더 불안했다.

"괜찮아? 다시 봐줄까? 그래. 내가 요즘 타로를 너무 안 봐서 타로 신이 노하셨나 봐. 다시 보자."

"해결법은 없어?"

"타로가 만능은 아니지만, 한번 보기나 할까?"

이채는 제발 좋은 카드가 나오길 바라며 카드 한 장을 더 뽑았다.

"찾으래."

"방법을 찾아보라는 건가?"

이채는 불안한 시선으로 성수를 올려보았다.

"언니랑 무슨 일 있었어?"

"어린애는 몰라도 돼."

"뭐래. 뭔데 그래? 말해 봐. 내가 해결해줄 수도 있잖아."

"됐다."

손을 팔랑팔랑 흔들며 나가는 성수의 뒷모습이 왠지 울적해 보였다.

'무슨 일이 있기는 한 것 같은데.'

이채는 그가 나간 문을 걱정스러운 눈길로 응시했다.

○○○

사진 속의 류하는 잘 손질된 정원수와 소담한 연못을 등지고 앉은 채 활짝 웃고 있었다. 처음에는 공원인 줄 알았다. 몇 장의 사진을 더 보고 나서야 그 공간이 집에 딸린 정원이라는 걸 알 수 있었다. 사진 속의 류하는 그야말로 '도련님' 같았다.

SNS에 올라와 있는 그의 사진들은 지난 삶이 즐거웠다는 걸 말해주고 있었다. 그가 먹은 음식, 쇼핑리스트, 여행 사진마다 '좋아요'와 댓글이 가득했다.

'살인범처럼은 안 보이는데…….'

노트북 화면에 스크롤 되는 류하의 사진을 볼수록 의문은 커졌다.

살인범이라고 특별하게 생긴 건 아닐 것이다. 하지만 사진 속의 그는 걱정 없이 해맑았다. 영악함이나 용의주도함과도 거리가 있어 보였다.

이어지는 사진은 프랑스의 소도시였다. 그는 골동품 시장에 매료된 듯했다. 프랑스의 3대 벼룩시장인 생투앙, 방브, 몽트뢰유를 탈탈 털고 다녔다. 상당한 양의 수집품을 이끌고 한국으로 돌아온 뒤에는 파티의 연속이었다.

'팔자 좋아 보이네.'

SNS에 올라온 사진은 그가 현행범으로 체포된 날 클럽에서 찍은 게 마지막이었다. 그 사진 아래에는 약쟁이라는 빈정거림과 의미를 알 수 없는 욕설들이 줄을 이었다. 앞서 '좋아요'를 누르고 댓글을 남기던 이들이었다.

이채는 댓글 중에 '거짓말'과 '사기'에 대한 언급이 많다는 점에 주목했다. 역겹다는 둥 허언증이라는 둥 여러 가지 욕설도 함께 달려 있었다.

'거짓말과 사기는 마약이랑 관련이 없는데.'

아무래도 도하가 말해주지 않은 게 있는 듯했다.

'물어볼까?'

이채는 베란다 커튼을 주시하다가 의자를 끌며 일어났다. 그녀는 커튼 사이로 눈만 내놓고 밖을 바라보았다. 도하는 건너편 베란다에 앉아 노트북을 들여다보고 있었다. 그는 왜 밤마다 베란다에 나와서 일하는 걸까.

'날, 어떻게 생각하는 걸까.'

이제는 그를 볼 때마다 두근거린다는 걸 인정해야 할 듯했다. 처음에는 단순하게 생각했다. 특수했던 상황들과 그의 외양 때문이라고 여겼다. 하지만 더는 외면하지 못하겠다.

그에게 끌리고 있었다. 발전 가능성이 없는 관계임에도 그랬다. 하다못해 영화관에서 영화를 보거나, 손을 잡고 길을 걷는 사소한 일조차 할 수 없다. 바닷가에서 '나 잡아봐라'도 못하고, 백화점에서 '오빠 이거 사줘'도 못한다. 어느 곳에도 함께 갈 수 없다. 두 사람이 함께 있을 수 있는 곳은 여기, 베란다뿐이었다.

시간 연결이 끝난 다음은 더 문제였다.

3년을 기다리면, 이 시간을 기억하는 도하와 다시 만날 수 있을까. 아니면, 그는 모든 걸 영영 잊어버리게 될까.

이채는 커튼을 쳤다. 차르륵 거리는 소리와 함께 굳게 닫힌 베란다 문이 열리자, 그의 고개가 천천히 움직였다.

그녀를 발견한 도하가 먼저 입을 열었다.

"할 말 있어?"

이채의 정신이 제자리로 돌아왔다. 감정을 다잡은 이채는 가볍게 말문을 열었다.

"아, 음. 궁금한 게 있어서요."

바로 노트북을 덮은 도하가 베란다를 훌쩍 넘어왔다.

"뭔데?"

"아, 뭐 이렇게 훌렁훌렁 넘어와요. 남의 집에."

반사적으로 한걸음 뒤로 물러선 이채가 툴툴거렸다.

"사건 해결할 때까지만 참아."

그렇게 말하는 도하의 눈빛은 너무 담백했다. 감동적이었던 생일 케이크 이후에도 여전히 이채를 돌멩이 보듯 하고 있었다. 아니, 조금 발전해서 쓸모 있는 돌멩이가 된 건가.

기간 한정, 공간 한정 로맨스는 혼자만의 떨림으로 끝나게 될 모양이다. 앞선 고민이 모두 무색해진 순간이었다.

도하는 자연스레 티 테이블에 앉았다.

"물어봐. 눈치 보지 말고."

눈치 보는 거 아닌데. 표정을 가다듬은 이채가 궁금했던 걸 물었다.

"음. 있잖아요. 공류하 씨의 SNS를 봤거든요. 그런데 마지막에 거짓말쟁이다 사기꾼이다 뭐 그런 댓글이 많이 보여서요. 마약 사건 때문은 아닌 것 같고요."

도하의 눈빛이 순식간에 서늘해졌다. 건드려서는 안 될 부분이었나.

"그게 왜 궁금한 거지?"

"아니, 공류하를 찾으려면 어떤 사람인지 알아두는 게 좋을 것 같아서요. 혹시 나중에 마주칠 일이 있을 수도 있으니까요. 도하 씨의 동생이 지금 어떤 상황인지 정확하게 아는 게 도움이 되지 않을까요?"

그녀의 말이 맞았다. 도하는 표정을 갈무리했다. 위험한 상황에 그녀를 끌어들인 이상 도움이 될 만한 정보는 모두 줘야 했다.

"앉아. 길어질 거야."

이채가 앞에 앉자, 그의 이야기가 시작되었다.

"아버지 쪽 집안은 대대로 정치에 몸담았어. 정략결혼으로 맺어지는 건 당연한 수순이었고. 아버지의 정략결혼 상대였던 류하의 어머니는 병약한 편이셨어. 류하가 여섯 살 때 돌아가셨지."

그는 '우리 어머니'가 아니라 '류하의 어머니'라고 말했다. 도하의 말에서 위화감이 느껴졌다. 그 이질감의 정체는 이어지는 말에서 확인할 수 있었다.

"그때까지 나는 어머니와 함께 다른 곳에서 살았어. 난 아버지의 숨겨진 자식이었거든. 류하의 어머니가 돌아가셨을 때, 나는 어떤 꿈을 꿨던 것 같아. 당당하게 앞에 나설 수 있지 않을까 하고 말이야. 하지만 그건 정말 꿈이었어. 아버지는 정치인이었고, 그에게 어머니와 난 치부였을 뿐이니까."

이채는 숨을 들이켰다. 이런 이야기가 기다리고 있을 줄은 몰랐다. 게다가 그는 마치 자신의 이야기를 남 얘기하듯 말하고 있었다.

"어머니는 류하의 유모로 그 집에 입성했어. 나는 유모의 아들 역할이었지. 아버지는 일찍 세상을 떠난 부인을 잊지 못해 재혼조차 하지 않는 걸 콘셉트로 잡았고, 대중에게 꽤 먹혔던 것 같아. 그리고 아들은 평범하게 살길 바란다며 언론에 공개하지 않았어. 그 전략도 꽤 먹혔지. 그러다 선거를 앞두고 잡지사에서 독점 인터뷰 제안이 왔어. 가족에 대한 이야기를 실어야 했는데 조건이 꽤 좋았나 봐. 아버지가 이례적으로 인터뷰를 수락하고 나서 류하의 마약 사건이 터졌어."

"그만 해요. 더 말하지 않아도 돼요."

이채는 도하를 다독이듯이 팔을 붙잡았다. 하지만 도하는 다시 입을 열었다.

"아니, 알아두는 게 좋을 거야. 당신 말이 맞아. 류하를 상대하려면 우리 관계를 정확하게 아는 게 도움이 될 거야."

"괜찮은 거예요?"

도하는 대답하는 대신 하던 말을 이었다.

"마약 사건 때문에 아버지는 류하 대신 날 아들로 내세워서 인터뷰를 진행했어. 그때 난 첫 소설이 베스트셀러에 올라 있었고, 대중의 반응도 좋았지. 그 일로 류하는 상처를 입었어. 아버지는 류하를 집에서 내보내기까지 하셨거든. 친구들 사이에서 류하가 거짓말쟁이가 된 건 그 때문이야. 나 대신 류하가 유모의 아들이 되어야 했으니까."

이채는 숨이 막히는 것 같았다. 그 순간, 평탄하고 즐겁기만 했던 류하의 인생이 송두리째 흔들렸을 것이다. 그가 목걸이에 집착한 이유를 알 것도 같았다. 류하는 되돌리고 싶었을 것이다. 모든 것을.

"그러니까 3년 전, 지금. 당신과 같은 시간을 살아가는 류하는 날 원망하고 있어. 서로 연락하지 않은 지는 반년 정도 되었고."

그렇게 말을 끝낸 도하는 한겨울에 홀로 서 있는 나무처럼 쓸쓸해 보였다.

이채는 의자에서 일어나 그의 앞에 몸을 낮춰 앉았다. 이채가 다쳤을 때 그가 해주었던 것처럼 상처를 치료해주고 싶었다.

"내가 찾아줄게요. 도하 씨에게 동생을 돌려줄게요. 내가 해볼게요."

이채의 목소리에는 어떤 의지가 담겨 있었다. 정말로 그에게 동생을 찾아줄 생각이었다. 그가 시키는 일만 하다가 로또 번호를 받겠다는 생각은 처음부터 없었다.

이채는 그의 어깨를 가볍게 안고 토닥토닥 두드려주었다. 허공의 어딘가를 응시하던 도하의 시선이 이채의 손이 머무는 어깨로 향했다.

"뭐 하는 거야?"

도하가 얼굴을 찡그리자, 이채는 배시시 웃었다.

"토닥토닥?"

"위로라면 됐어."

"알았어요. 그럼 쓰담쓰담도 해줄게요."

이채는 한손을 올려 그의 머리카락을 쓰다듬었다. 가느다랗고 짧은 머리카락이 손가락에 보드랍게 감겼다.

“기분이 좀 나아지죠?”

“애도 아니고, 이런 게.”

이채는 그의 말을 자르고 단단하게 말했다.

“어른에게도 필요해요. 위로는. 가끔 다른 사람의 체온이 필요할 때가 있잖아요. 손끝이 서늘할 때요.”

그의 눈빛이 흔들렸다. 언제나 위로가 필요했다. 하지만 정작 따뜻한 손길이 다가오자 피하고 싶기도 했다. 도하는 이채의 손길을 밀어냈다. 그리고 자신이 쌓아올린 벽 안으로 들어갔다.

“나에 대해서 뭘 안다고 그래.”

이채는 다시 그 벽을 허물어버렸다.

“그냥, 최소한 내 자리가 아닌 것 같다는 느낌이 뭔지는 아니까요. 항상 발밑이 불안한 기분이잖아요. 언제 푹 꺼질지 모르는 땅위에 서 있는 기분이요.”

“됐으니까. 그만해.”

그의 귀가 새빨갛게 달아올랐다. 그제야 이채는 손길을 거뒀다.

“밥 먹었어요? 라면 먹을 건데, 같이 먹어요.”

도하의 시선이 배시시 웃는 이채에게 고정되었다. 그녀의 다정한 미소가 양심을 자극했다. 그가 대답하지 않자, 이채가 다시 말을 이었다.

“내가 혼자 먹기 싫어서 그래요.”

도하는 아무런 대답도 할 수 없었다. 그녀를 이용하고 있을 뿐이었다. 그러니 이런 다정함은 불편했다. 베란다의 기적이 사라지면 끝나버릴 관계이기도 했다.

그녀는 결국, 도하가 감추고 있는 비밀을 알게 될 것이다. 무사히 다채를 구하고, 모든 것을 제자리로 돌려놓는다고 해도 비난은 피할 수 없을 것이다. 아니, 비난으로 끝날 일이 아니었다.

"애쓰지 마. 한 달이라는 기한이 지나면 끝날 관계야."

어쩌면 그전에.

"정 없게도 말하네요. 그렇게 말하면 속이 편해요? 한 달 후는 한 달 후고, 지금은 지금이죠."

"난 이 순간을 기억조차 못 할 수도 있어."

연결이 끊어진 이후에 대한 문제는 두 사람 모두가 풀어야 할 숙제였다.

"기억할 수도 있잖아요. 지금처럼 기억을 분리해서 가지고 있을 수도 있고요. 아니, 기억 못 해도 상관없어요. 중요한 건 지금이잖아요. 미래가 아니라 지금이요. 내일도 말고 오늘이요."

말을 마친 이채가 집 안쪽으로 들어가자, 베란다에 남겨진 도하의 귓가에 차르랑거리는 풍경 소리만이 남았다.

시간에 떠밀려온 바람이 불고 있었다.

○○○

과일 바구니를 든 도하는 낯선 집의 나무 대문 앞에 멈춰 섰다. 모양만 흉내 낸 한옥이 아니라, 문화재로 지정될 법한 고택이었다.

'경주시 인왕동.'

주소를 한 번 더 확인한 그는 망설임 없이 벨을 눌렀다. 집 안에서 지긋한 나이의 남자 목소리가 흘러나왔다.

"누구요?"

"택배입니다."

바스락거리는 소리와 함께 문이 열리자 도하가 문틈으로 발을 끼워넣었다. 이상함을 느낀 목소리의 주인이 뒤로 주춤 물러섰다.

"뭐, 뭐요."

"죄송합니다. 어르신. 실례인 줄은 알지만 여쭙고 싶은 게 있어서 왔습니다."

도하를 확인한 정 화백은 표정을 굳혔다. 갤러리를 통해 그가 자신을 찾는다는 연락은 받았었다. 분명 만남을 거절했는데, 집 주소는 어떻게 알고 찾아왔단 말인가.

"뭔지는 모르겠으나 이런 식으로는 아무것도 얻을 수 없을 거요. 연옥 목걸이에 관한 책을 쓰고 싶은 모양인데."

딱딱한 어투에 도하의 마음이 다급해졌다.

"아닙니다. 목걸이를 찾아다니던 동생이 살인 용의자로 몰리고 실종됐습니다."

"동생?"

도하는 사진을 내밀었다.

"2년 아니면 3년쯤 됐을 겁니다."

사진 속 류하의 얼굴을 확인한 정 화백은 기세를 누그러트리고 대문을 열어 주었다.

"들어오시오."

"실례하겠습니다."

도하는 정 화백의 맘이 변할세라 재빨리 안으로 들어섰다.

"이쪽으로."

그를 따라 집 뒤편으로 움직였다. 고택은 밖에서 보던 것보다 더욱 오래되어 보였다. 그럼에도 공들여 관리되고 있다는 게 느껴졌다. 특히 뒤쪽 정원에 있는 향나무가 인상적이었다. 기하학적인 모양으로 비틀려 있는 나무는 천 년은 된 것처럼 보였다.

대청마루로 안내된 도하는 과일 바구니를 내려놓고, 좌식 의자에 자리했다. 그러자 정 화백은 집 안쪽으로 사라졌다. 혼자 남겨진 도하는 대청마루를 둘러보았다. 벽 한쪽에 걸려 있는 그림이 그의 시선을 사로잡았다. 이채가 봤다던 그림인 듯했다.

그림 속의 여인은 연옥 목걸이를 목에 건 채 다정하게 웃고 있었다. 그녀는 조각보를 손에 쥔 채 바느질을 하는 중이었다. 개량 한복을 입은 자태가 고왔다. 그림을 보고 나니 대청마루의 풍경이 달리 보였다. 비비드한 톤의 조각보 장식이 곳곳에서 눈에 띈 것이다.

정 화백이 시간을 넘었다면, 그녀와 연결되었을 거라는 예감이 들었다. 그리고 그 시간은 도하와는 달리 행복했으리라.

경주까지 찾아오길 잘했다는 생각이 들었다. 이채가 말해준 갤러리에 찾아가 봤지만, 그림은 걸려 있지 않았다. 갤러리 측에서도 모른다는 말만을 반복했기 때문에, 무작정 찾아오는 것 말고는 방법이 없었다.

도하는 휴대폰을 들어 그림을 촬영했다.

잠시 후 모과차 두 잔을 들고 나타난 정 화백이 도하의 맞은편에 앉으며 입을 열었다.

"저 그림을 보고 날 찾았다고?"

"네."

"집으로 옮겨놓은 지 꽤 되었는데, 아직도 나를 찾는 이가 있군. 갤러리에 걸어놓았던 그림 때문에 많은 이들이 나를 찾았지. 하지만 집까지 찾아온 이는 자네가 처음일세. 어떻게 날 찾았지?"

"죄송합니다. 급한 마음에 사람을 썼습니다."

정 화백의 얼굴에 불쾌감이 어렸다.

"사람? 흥신소 같은 걸 말하는 건가."

"비슷합니다."

"동생 때문이라고?"

"사진 속의 얼굴을 알아보신 것 같은데요. 혹시 류하가 어르신을 찾아왔습니까?"

"그래. 몇 번이나 갤러리로 찾아왔지. 끈질기더군. 만나지는 않았지만, 메모는 주고받았지. 시간을 넘을 수 있는 목걸이가 존재한다는 걸 확인시켜 주기는 했네. 하지만 그리 되었다니 후회되는군."

도하는 고개를 끄덕이며, 모과차를 한 모금 마셨다. 이제 본론을 꺼내야 할 때였다.

"어르신은 시간을 넘으셨던 겁니까?"

"그랬지. 오래전의 일이네. 자네는 동생을 찾다가 목걸이의 존재를 믿게 된 건가."

"저도, 시간을 넘고 있습니다. 전 3년 전 과거와 연결되어 있습니다."

도하의 말을 들은 정 화백의 눈동자에 반가움이 떠올랐다. 그는 들고 있던 찻잔을 내려놓고, 몸을 앞으로 기울였다.

"목걸이를 찾는 사람은 수없이 봐왔지만, 시간을 넘고 있는 이를 만난 건 처음이야. 자네가 목걸이의 주인이겠군?"

"주인이라고 부르는 겁니까? 제가 아니고, 저와 연결된 사람입니다. 아마, 3년 전에 어르신을 찾아갔을 겁니다. 정이채라고요. 갤러리를 찾은 것도 그녀고요."

그의 말을 경청하던 정 화백은 과거를 떠올리려고 애쓰는 듯 보였다.

"정이채. 정이채라. 3년 전. 그래. 그런 아가씨가 있었지. 있었어.

만날 기회를 놓쳤군, 놓쳤어. 그나저나 목걸이를 찾아다닌 건 동생인데, 연결된 건 자네라니……. 세상일은 참 알 수가 없군. 그래."

"동생이 살해한 것으로 추정되는 여자가 이채 씨의 언니입니다."

"허허허. 어찌 그리 되었는가."

"모든 걸 바로잡을 기회가 주어졌다고 생각합니다. 3년 전의 그녀는 다른 미래를 만들 수 있을 테니까요."

"그렇군. 그래. 자네가 나를 찾은 이유가 뭔가. 단지 동생을 만난 적이 있는지 궁금해서 찾아온 건 아닐 테고."

"몇 가지 확신이 필요한 일이 있어서요."

"이것도 인연인데 물어보시게."

정 화백은 모과차를 음미하며, 여유롭게 대화를 이어나갔다.

"저 같은 경우는 베란다를 통해 연결되어 있습니다. 그리고 현관문까지가 연결된 범위입니다."

"그럴 테지. 나는 그 범위를 '월지'라고 부른다네."

"월지요?"

"달이 노니는 땅이라는 뜻이지. 계속하게."

"네. 과거에서 그녀가 미래를 바꾸면 현재에 적용됩니다. 월지, 안에 있을 때는 영향을 받지 않다가 밖으로 나갔을 때에 변화가 적용되는 것 같습니다. 새로운 기억이 끼어들어 오는 것처럼요. 어르신의 경우도 그러셨습니까?"

"그렇지. 나 역시 그녀보다 미래를 살아가고 있거든."

정 화백의 시선이 자연스럽게 그림에 닿았다. 사랑이 담뿍 담긴 다정한 시선이었다. 그 시선을 바라보며 도하는 부러움을 느꼈다. 기적 같은 한 달이 지난 후에, 자신은 정 화백과 같은 눈빛으로 이 시간을 기억할 수 있을까. 도하는 그의 시선이 자신에게 돌아오길 기다렸다가 다시 물었다.

"지금은 원래의 기억과 새로운 기억을 분리해서 기억하고 있습니다. 새로운 기억 쪽은 생생한 꿈에 가깝습니다. 한 달이 지나고, 연결이 끝나면 어떻게 되는 겁니까?"

"과거가 얼마나 바뀌느냐에 따라 다르겠지."

"만약, 완전히 바뀐다면요."

"연결이 끝난 다음 남아 있는 자네는, 자네가 아니겠지. 사람은 기억을 매개로 변해가는 존재가 아닌가. 일단 연결이 끝나면 새로운 기억만이 남게 되더군. 원래의 나는 사라져버리는 거지."

"그럼 지금의 저는, 어떻게 되는 겁니까."

"시간 속으로 사라지겠지. 나도 자세한 것까지는 알지 못해."

"시간 속으로……."

사라진다.

"반대로 그녀가 아무것도 바꾸지 않으면 자네는 모든 걸 기억할 수 있어. 그녀를 만난 것도, 과거와 연결되었던 것도 말이야. 자네로 남을 수 있는 거지."

도하의 복잡한 얼굴을 잠시 지켜보던 정 화백이 다시 입을 열었다.

"나는 안전을 위해서 규칙을 세우고 변화를 최소화했네. 그녀를 만난 것만으로도 내게는 충분한 선물이었거든. 다른 욕심은 부리지 않았어. 그래, 며칠이나 남았나."

"20일 정도 남았습니다."

"원하는 바를 이루시게. 다만 조심하게. 아주 작은 변화로도 인생이 크게 틀어질 수 있어. 월지를 나선 다음에는 특히 조심해야 해. 다시 월지로 돌아가지 못할 수도 있으니까."

"그게 무슨……."

"예를 들어보지. 과거의 자네가 이사를 가버린다면 어떻겠나."

"베란다로 돌아갈 수 없게 되겠네요. 아니, 그전에 베란다를 통해 연결될 수도 없었겠네요."

"그렇지. 월지는 일종의 안전지대야. 예를 들어 미래가 틀어져서 자네가 죽었다고 가정해 보게. 월지 밖으로 나가지 않으면 자네는 연결이 끝나는 날까지 무사해. 그전에 과거에 속한 사람이 미래를 바로잡으면 자네의 죽음은 없었던 일이 되겠지."

"이론적으로는 그렇겠네요."

"그 외에도 수많은 변수가 있을 거야."

수많은 변수. 도하는 앞에 놓인 모과차를 응시했다. 그 뒤에도 정 화백은 몇 가지 예를 들며 조심할 것을 당부했다.

덕분에 정 화백의 집을 나서는 도하의 마음은 복잡했다. 골목길을 따라 걸어가던 그는 잠시 멈춰 섰다. 좁은 골목길이 이어진 곳이어서인지 방향을 잘못 잡은 듯했다. 계속 한옥이 이어져 있다 보니 이정표 삼을 만한 것이 없었다. 평소 방향감각이 뛰어난 그에게는 흔치 않은 일이었다. 도하는 길을 되돌아가는 대신 기와가 얹어진 담벼락에 기대어 눈을 감았다.

류하를 찾고 다채를 구하면, 자신이 보낸 지난 3년간의 기억이 사라지게 된다. 지난 3년, 좋은 기억보다는 나쁜 기억이 더 많았다. 그렇다고 그 모든 게 의미 없지는 않았다. 그동안 출간한 책과 지금 작업 중인 소설 모두 사라지는 것이다. 그동안 했던 말과 행동, 노력 모두.

'지금의 나는 사라진다.'

하지만 고민은 깊지 않았다. 변해버릴 삶이 두려워 이 기회를 흘려보낸다면, 후회하게 될 테니까. 후회는 지난 3년으로 충분했다.

그리고 이제는 그녀의 미래까지 고려해야 했다. 과거를 바꾸지 않으면 이채는 실종될 것이다.

결국, 답은 정해져 있었다.

3
넘어오지 못하게

이채는 청소기를 돌렸다. 퇴근 후 집에 돌아와 이불을 말고 뒹구는 대신 청소기를 든 것이다. 깔끔하게 하고 사는 성격은 아니지만 수시로 드나드는 도하 때문에 어쩔 수 없었다.

청소를 마친 이채는 베란다 문을 활짝 열었다. 그런데 건너편에 아무도 없었다. 괜히 시무룩해지려는데, 도하의 베란다 문이 열렸다.

"다녀왔어?"

그의 인사에 기분이 이상해졌다. 퇴근 후 집에 돌아왔을 때 남편이 맞아주는 것 같은 느낌이었달까.

'세상에, 남편이라니.'

순식간에 얼굴이 빨개진 이채는 괜히 툴툴거리는 목소리로 말했다.

"기다렸어요? 어떻게 알고 바로 나와요?"

"간단하게 저녁 먹을 건데 건너와. 같이 먹지."

"설마, 저녁 초대?"

"사양해도 돼."

"아뇨! 넘어갈게요. 그럼 오늘도 시간 여행을 떠나 볼까요."

이채는 도하가 말릴 새도 없이 베란다를 넘었다.

"뭘 그렇게 겁도 없이 넘어. 여기 5층이야."

"건너오라면서요. 처음도 아닌데요. 뭐."

도하는 못마땅하다는 얼굴을 했지만, 별다른 말은 덧붙이지 않았다. 도하의 뒤를 따라 집 안으로 들어선 이채는 부엌으로 발걸음을 옮겼다.

"내 저녁은 어디에 있나아."

종종걸음으로 도착한 식탁에는 음식이 한가득 차려져 있었다. 얼핏 보기에도 간단한 식사는 아니었다. 의문을 가진 이채가 고개를 돌렸다.

"누가 또 와요?"

"아니."

"그런데 뭐가 이렇게 많아요?"

아무리 봐도 둘이 먹기에는 많은 양이었다.

"뭘 좋아하는지 몰라서."

이 남자 지금 '뭘 좋아하는지 몰라서 다 준비했어'를 시전하는 건

가. 덕분에 이채의 입가에 그린 듯한 미소가 걸렸다. 그녀는 식탁 의자에 앉아 젓가락을 들었다.

"그럼 내가 뭘 좋아하는지 알아보기 위해서 다 먹어볼까요."

도하가 맞은편에 앉자, 두 사람만의 식사가 시작되었다. 이채는 빠른 속도로 눈앞의 음식을 먹어치웠다.

"맛있어! 이거 다 직접 만들었어요?"

"샀는데."

"미안해요. 내가 너무 많은 걸 바랐네요."

도하의 입가에도 미소가 번졌다.

"천천히 먹어."

"걱정하지 마요. 다 먹을 거니까."

이채는 만족스러운 얼굴로 음식을 하나씩 먹어치웠다. 집으로 돌아왔을 때 누군가가 기다리고 있다는 건 꽤나 괜찮은 기분이었다. 게다가 근사한 저녁까지 준비되어 있다니.

"아, 갤러리는 가봤어요?"

이채의 말에 도하의 젓가락이 잠시 멈췄다가 움직였다. 그리고 그는 또 거짓말을 했다.

"여전히 만나줄 생각이 없어 보여. 그림 '만남'도 갤러리에 없었고."

"그분을 만나면 많은 게 명확해질 텐데요."

"방법을 찾고 있으니까 기다려 봐."

"잠깐만요. 그럼, 그림을 아직 못 봤겠네요."

이채는 밥을 먹다 말고 베란다로 나가 난간을 폴짝 넘었다.

도하도 그녀가 무얼 하나 싶어 베란다로 따라 나왔다. 무언가를 찾는 것처럼 보이던 이채는 카메라를 들고 다시 베란다로 나왔다. 난간 하나를 넘은 그녀가 반대쪽 난간을 향해 손을 뻗을 때였다. 손목에 걸려 있던 카메라가 아래로 쑥 떨어졌다.

"어!"

떨어지는 카메라를 따라 이채의 시선이 움직였다. 순간적으로 체중을 지탱하고 있던 발이 미끄러지면서 몸의 균형이 흐트러졌다.

도하는 재빨리 난간 밖으로 상체를 내밀고 두 손을 뻗었다. 그는 아슬아슬하게, 추락하는 이채의 팔을 붙잡는 데 성공했다. 아찔한 순간이었다. 하지만 상체를 너무 내밀었던 도하 역시 중심을 잡을 수가 없었다. 도하의 몸이 이채를 붙잡은 상태로 딸려 내려갔다.

이후의 일은 순식간에 일어났다. 도하는 이채를 놓지 않았고, 둘은 그대로 추락했다.

"으아악!"

이채의 비명이 도하의 귓가를 울렸다. 그는 떨어지는 와중에 몸을 돌려 이채가 위쪽으로 오게 자세를 잡았다. 그리고 그녀의 머리를 감싸 안았다. 퉁, 하는 느낌과 함께 등에 충격이 가해졌다.

결국, 비극을 막지 못했다. 그래도 이채가 살아준다면, 다른 이들을 구할 수 있을 것이다. 아니, 아니다. 비극을 막겠다는 계산에 따라 그녀를 붙잡은 게 아니었다. 자신은 그렇게 이타적인 사람이 아니다. 비극을 막는 것도 중요하지만, 자신의 목숨만큼 중요하지는 않았다.

그럼에도 모든 것이 자연스러웠다. 가슴에 닿은 그녀의 무게감이 따뜻하게 느껴졌다. 그것은 생소한 감각이었다. 생의 마지막 감각으로 나쁘지 않았다.

이상하게도 생각은 계속 이어졌다. 이것이 주마등이라는 건가. 더 이상한 점은 고통스럽지 않다는 것이었다. 도하는 천천히 눈을 떴다. 그러자 눈을 꼭 감은 채 바들바들 떨고 있는 이채가 보였다.

"괜찮아?"

목소리도 제대로 나왔다. 그의 목소리에 정신을 차린 이채가 겨우 눈을 떴다.

"어, 어, 어?!"

이채의 눈이 점점 더 커졌다.

"우리, 공중에 떠 있어요."

넋이 나간 듯한 목소리였다. 도하도 뒤늦게 등 뒤를 돌아보았다. 그녀의 말대로 두 사람은 4층 정도의 높이에 둥둥 떠 있었다.

"월지……."

도하가 작게 중얼거렸다. 정 화백은 이 시간의 통로를 그렇게 불렀었다.

"월지?"

작게 말했는데도, 그녀는 알아들었다. 숨소리까지 들릴 만큼 가까운 거리이기는 했다. 도하는 정 화백에게 들었다고 말하는 대신 적당히 둘러댔다.

"이 공간 말이야. 우리가 연결된 공간을 '월지'라고 부르려고."

"월지, 어울려요. 달이 노니는 곳이네요."

"뜻을 알아?"

"뜻을 알고 붙인 거 아니었어요? 경주 안압지의 옛 이름이 월지잖아요. 그보다 죽는 줄 알았어요."

"조심 좀 해. 나까지 죽을 뻔했잖아."

"미안해요. 그래도 나 좀 감동했어요."

떨어질 때 붙잡아준 것도, 몸을 돌려 보호하려 해준 것도 생생하게 기억하고 있었다.

"지켜준다고 했잖아. 이 안에서만큼은. 그리고 무거워. 이제 좀 내려와."

이채의 얼굴이 순식간에 달아올랐다. 아직 그녀는 도하의 몸 위에 엎어져 있었다. 이채는 손으로 허공을 짚었다. 탄성이 느껴진 덕분에 옆으로 쉽게 구를 수 있었다.

두 사람은 허공 위에 나란히 누웠다.

이채의 심장이 세차게 뛰기 시작했다. 이런 두근거림은 낯설었다. 강심장인 편이라 어지간한 일로는 긴장을 하거나 심장이 뛰지 않았다. 하지만 도하를 만난 후로는 심장이 혹사당하고 있었다.

어쩌면 이런 기분 때문에 다들 사랑을 하는지도 모르겠다.

그 끝도 모른 채.

"하늘 좀 봐요."

그녀의 목소리처럼 청명한 별빛이 밤하늘 가득 수놓아져 있었다.

"서울 하늘이 아닌 것 같아요."

도하 역시 황홀한 풍경에서 눈을 뗄 수 없었다. 서울에서 은하수를 볼 수 있을 줄은 몰랐다. 빼곡하게 박혀 있는 별과 유달리 커다란 달이 만들어내는 하늘 풍경은 찬란하기까지 했다.

"아름다워요."

도하는 대답 없이 하늘을 바라봤다. 잠시 어떻게 된 일인지 생각해봤지만, 의미 없는 일이라는 걸 깨달았다. 애초에 과거와 미래가 연결된 것부터가 말이 안 된다. 그래서 그냥 이 순간을 만끽하기로 했다.

하염없이 하늘을 바라보는데 이채의 목소리가 또다시 들려왔다.

"여긴, 모든 시간 속의 하늘일까요?"

"무슨 뜻이지?"

"세상의 모든 별이 모여 있는 것 같다는 생각이 들어서요."

"그럴 수도 있겠네."

이채는 팔을 뻗어 등을 받치고 있는 투명한 막에 손을 댔다.

"현관문 경계랑 느낌이 비슷해요. 우리 집과 도하 씨의 집만이 별개의 세계가 된 게 맞나 봐요. 우리 둘만의 세계라니 낭만적이지 않아요?"

별을 헤아리던 도하는 고개를 돌려 이채의 옆얼굴을 바라보았다. 그녀는 도하가 바라보는 줄도 모르고 밤 풍경에 취해 있었다.

달빛 아래 있는 모든 풍경이 아름다워서 눈을 뗄 수 없었다. 그랬다. 너무 아름다웠다. 어쩔 수 없이 빠져드는 것 말고는 방법이 없었다.

뒤늦게 시선을 의식한 이채도 고개를 돌렸다. 다정하면서도 차가운, 조금은 초조해 보이는 도하의 눈빛을 마주했다.

역시, 그가 좋다. 어쩔 수 없이 빠져들었다. 이채는 그를 향해 눈을 휘며 미소 지었다. 괜히 헛기침을 한 번 한 도하는 시선을 피하며 몸을 일으켰다.

"일어나. 괜찮은 것 같기는 하지만 혹시 모르니까."

이채의 눈빛을 외면하듯 일어났으면서 손을 내밀었다. 잡으라는 듯이.

"분위기 깨는 재주가 탁월한 거 알아요?"

"난 뭐든 탁월해."

픽 웃은 이채는 그의 손을 붙잡고 일어났다.

하늘을 보고 있을 때는 괜찮았는데, 휑한 발밑이 보이자 없던 멀미가 생길 것 같았다. 이채는 시선을 위로 올렸다.

"……그런데 우리 어떻게 올라가죠?"

도하가 손가락을 들어 리버빌 외벽에 붙어 있는 가스 배관을 가리켰다.

"저거면 되겠네."

그는 이채의 손을 잡은 채 리버빌 쪽으로 걸음을 옮겼다. 가까운 거리라 세 걸음쯤 걸었을 뿐이지만, 공중을 걷는다는 생각 때문인지 비틀거리게 되었다.

먼저 배관을 타고 올라간 도하는 베란다 난간을 한 손으로 붙잡고 다른 손을 이채에게 내밀었다. 아래에 서 있던 이채도 위로 손을 뻗었다. 손끝이 살랑살랑하게 닿자, 도하는 몸을 더 숙이고 그녀의 손을 붙잡아 힘으로 끌어올렸다.

"으앗."

딸려 올라가는 속도가 빨라 이채가 기겁했다. 단숨에 난간까지 끌어올려진 이채는 던져지듯이 베란다 안쪽으로 넘어갔다.

"아파. 살살해요."

"나도 팔 아파. 무거워."

"또 말로 까먹으려고요. 이번 건 까먹기 힘들 걸요. 살려줘서 무지무지 고마워하고 있거든요."

"됐어."

"그러니까 됐다면서 왜 자꾸 살려줘요. 이러다 반하겠네."

괜히 머쓱해진 도하는 화제를 돌렸다.

"뭘 가져오려던 거야?"

"아, 카메라요. 갤러리에 걸려 있던 그림을 사진으로 찍었거든요. 못 봤다니까 보여주려고 했죠. 아, 내 카메라. 내 카메라는 시간 속으로 사라진 걸까요. 할부도 남았는데."

아쉽다는 듯이 난간 아래쪽을 힐긋거렸지만, 이채는 끝내 카메라를 찾지 못했다. 도하가 먼저 집 안으로 들어서며 물었다.

"다시 밥을 먹긴 그렇고, 커피?"

"좋아요."

이채는 도하를 따라 거실로 들어왔다. 그리고 그가 커피를 내리는 동안 책장을 둘러보았다. 파란색 책등에 인쇄된 '퍼즐'이라는 제목이 눈에 띄었다. 펼쳐보니 문화재 복원사가 등장하는 소설이었다.

"이 책 읽어도 돼요?"

그녀의 외침에 거실 안쪽으로 고개를 내민 도하가 말했다.

"몇 권 더 있으니까 가져가. 당신을 인터뷰해서 쓴 책이야."

"이 책이 그거에요?"

마지막 페이지를 넘겨서 판권을 확인해보니 발행 날짜가 1년 후였다. 그녀의 세상엔 아직 출간되지 않은 책이었다.

"그럼, 대여해 갈게요."

향긋한 커피 향이 집 안에 서서히 퍼져갈 때쯤 초인종이 요란하게 울렸다. 이채의 시선이 현관문을 향해 돌아갔다.

인터폰 화면을 향해 다가간 이채는 순간적으로 숨을 멈췄다. 화면에 나타난 것은 굽이치는 갈색 머리카락이었다. 며칠 전에 본 적이 있는 웨이브였다.

'또 온 거야?'

화면 속의 여자는 나예희였다.

머그잔을 양손에 든 도하는 인터폰 화면 앞에 서 있는 이채를 향해 걸어왔다. 그녀의 어깨너머로 화면을 확인한 그는 머그잔을 테이블에 내려놓았다. 그리고 다시 인터폰 화면 앞에 섰다.

"왜 또 왔어."

도하의 목소리가 들리자, 예희가 고개를 들었다.

"문 좀 열어주라."

그녀의 목소리는 술에 젖어 있었다.

"돌아가."

"되돌리고 싶어."

"술 마셨어?"

"조금? 문 안 열어주면 여기 누워서 잘 거야."

도하는 반사적으로 이채를 돌아보았다. 곤란해하는 모습에, 이채는 어깨를 으쓱여 보였다.

"난 돌아가서 책 읽을게요. 커피는 마신 거로 해요."

베란다를 넘어 자신의 집으로 돌아온 이채는 책을 침대 위에 던지듯 놓았다. 그리고 그의 거실을 응시했다.

도하의 집 안으로 들어선 예희는 TV나 영화관, 인터폰 화면으로 보던 것보다 더 요염했다. 굵게 웨이브 진 머리카락이 출렁이자, 그녀의 가녀린 목선이 드러났다. 머리끝부터 발끝까지 유혹적인 자태였다.

도하가 그녀에게 무언가 말을 하는 듯했다. 예희는 비틀거리는 발걸음으로 거실 소파에 앉았다. 앉는 것만으로도 가뜩이나 짧은 그녀의 치맛자락이 더 올라갔다. 아슬아슬한 길이라 이채는 자신도 모르게 숨을 멈췄다.

'내가 지금 뭘 하는 거지.'

훔쳐보고 있다는 사실을 자각하고 커튼을 쳤다. 그러고도 자꾸만 보게 될 것 같아서 베란다에서 멀리 떨어졌다.

"흠……."

신경 쓸 일이 아닌데 신경이 쓰였다. 그에게 나예희와 무슨 사이냐고 묻고 싶어서 입이 근질근질했다.

'물으면 답해주려나.'

한숨을 폭 쉰 이채는 책을 집어 들고 책상 앞에 앉았다. 하지만 시선은 책이 아닌 베란다 커튼을 향해 있었다.

도하와 예희는 무슨 얘기를 하고 있을까.

이채는 도하의 책과 베란다 커튼을 번갈아 가며 보았다. 그렇게, 사람이 무언가를 궁금해하면 미칠 수도 있다는 걸 깨닫는 중이었다.

'난 왜 커튼을 친 거지.'

경솔하게 커튼을 쳐버린 자신을 원망하던 이채는 결국 자리에서 일어났다. 커튼을 향해 손을 뻗으려는데, 밤바람에 끝자락이 살랑이던 커튼이 저절로 젖혀졌다.

"어?!"

놀란 이채가 반사적으로 뒷걸음질 쳤다. 곧이어 커튼 사이로 도하가 모습을 드러냈다. 그는 아무렇지도 않게 집 안으로 들어왔다.

이채의 놀란 눈과 마주친 그가 먼저 말했다.

"안 잘 거야?"

"뭐, 뭐예요. 갑자기."

"예희가 취한 데다가 연예인이라, 우리 집에서 재워야 할 것 같아서."

"그런데요?"

"난 여기서 자려고."

"네?!"

이채의 눈이 동그래졌다.

"신세 좀 질게."

"무슨 말을 하는 거예요? 본인 집을 두고 왜 여기서 자요?"

"저 여자랑 같은 지붕 아래서 잠들면 내일 피곤해져."

"나는 괜찮고요?"

"한 방에 있는 게 처음도 아니잖아."

그렇긴 했다. 호텔 방에서도 함께 있었고, 수시로 서로의 집을 드나들긴 했다. 한 지붕은 아니더라도 그가 보이는 베란다에서 잔 적도 있었다.

그래도 이건 아니지 않나 하는 생각에, 이채는 눈에 힘을 줬다.

"호, 호텔 가면 되잖아요!"

"귀찮아서."

대수롭지 않다는 듯이 대꾸한 그는 방 안을 훑어보더니 침대 위로 기어 올라가 누웠다. 태평한 그의 모습에 이채의 목소리가 한 톤 높아졌다.

"난 어디서 자라고요!"

그러자 그가 눈을 감은 채로 자신의 앞을 툭툭 건드렸다.

"걱정하지 마. 얌전히 잠만 잘 거니까."

오늘 밤, 또 한 번 여성성을 의심받게 될 모양이었다.

'잠은 다 잤네.'

이채는 책을 탁 소리가 나게 덮고, 붙박이장을 열었다. 베개와 이불을 꺼낸 이채는 침대 앞의 여유 공간을 노려보았다. 그곳에 이불을 펼쳐놓고, 침대 끄트머리에 앉아 도하를 돌아보았다.

"내려가서 자요."

"괜찮아."

"내가 안 괜찮아요!"

"그럼 당신이 내려가서 자든지."

도하가 벤 베개에서 은은한 장미 향기가 나고 있었다. 그녀가 돌려주었던 무릎담요에서도 이런 향기가 났다. 평소 꽃향기를 싫어했지만, 이상하게도 이 장미 향은 싫지 않았다.

옆으로 돌아누운 그는 베개 밑으로 팔을 밀어 넣은 채 눈을 감았다.

이채는 얼빠진 얼굴로 잠든 도하의 얼굴을 응시했다. 눈을 감고 있으니 착해 보였다. 섹시에다가 청순을 처바른 느낌이랄까.

'그래. 섹시도 하고 청순도 하고 혼자 다 해먹어라.'

그래도 이 상황이 마냥 싫지만은 않았다.

어쩐지 조금 두근거리기도 했다. 이채는 스탠드만 남기고, 불을 끈 뒤 책상 앞에 앉았다. 그리고 도하의 책을 읽기 시작했다. 잠시 책을 읽어 내려가던 이채는 궁금함을 참지 못하고 고개를 들었다.

"진짜 궁금해서 그러는데요. 혹시 남자 좋아해요? 아니, 나예희 씨를 홀대하는 것도 그렇고, 여자한테 관심이 없는 것 같아서요. 왜 그런 거 있잖아요. 성 정체성을 깨닫고 나예희 씨와 헤어졌다거나."

도하는 눈을 감은 채 입을 열었다.

"여자 좋아해. 예희는 동생 일이 벌어지고, 나한테서 가장 먼저 등 돌린 사람이야."

짧은 설명으로도 전후 상황이 그려졌다. 연예인인 나예희의 입장에서는 살인 용의자를 동생으로 둔 그가 부담스러웠을 것이다.

"나 더 물어봐도 돼요?"

"묻지 마."

"이상형이 뭐예요? 지금 말고 3년 전에."

"안 귀찮은 여자."

"그런 거 말고요. 구체적으로. 생머리? 웨이브? 화장은요? 옷은 어떤 옷 좋아해요? 향수는? 좋아하는 색은?"

계속 눈을 감은 채 대꾸하던 도하가 드디어 눈을 떴다.

"그게 왜 궁금하지?"

"잠들고 싶으면 말해요. 말 안 해주면 계속 물어볼 건데."

"웨이브, 과하지 않아 보이는 화장, 단정한 투피스, 향수는 시트러스 계열. 하늘색."

원하는 답을 얻어낸 이채는 도하가 불러준 것들을 메모했다.

"잘 자요."

"안 잘 거야?"

"내일 석가탄신일이라 출근 안 해요."

혼자 배시시 웃은 이채는 다시 도하의 책을 펼쳤다.

도하는 눈을 감은 채 이채가 페이지를 넘기는 소리에 집중했다. 사락사락 종이 넘어가는 소리를 듣다 보니 나예희 때문에 언짢았던 마음이 풀어졌다. 적당한 온도와 은은한 향기 그리고 그녀의 인기척으로 채워진 공간은 조금씩 도하를 안심시켰다.

사락거리는 소리가 끊어지자, 도하는 살며시 눈을 떴다. 그녀는 책상에 엎드린 채 잠들어 있었다. 자리에서 일어난 도하는 그녀를 안아다가 침대에 눕혀주었다.

잠든 얼굴은 편안해 보였다. 입술을 오물거리거나, 눈썹이 처지는 걸 보니 무언가 꿈을 꾸는 듯했다. 침대 맡에 앉아 그녀의 얼굴을 들여다보던 도하는 머리카락을 넘겨주었다. 흐트러진 머리카락을 정돈해주겠다는 의도라기보다는 닿고 싶었다.

단지, 닿고 싶었다.

○○○

우연에 기대야 하는 걸까. 아이큐 134를 자랑하는 다채였지만, 도망칠 방법이 떠오르질 않았다. 지금 그녀가 할 수 있는 일은 소리를 질러 구조 요청을 하는 것뿐이었다. 하지만 현명해 보이는 방법은 아니었다.

무턱대고 소리부터 지를 수는 없었다.

경솔한 행동은 납치범의 폭주로 이어지는 최악의 결과를 초래할 수도 있다. 윽박지르거나 겁을 주기는 했지만, 아직 폭력을 행사한 적은 없었다. 다채의 몸에도 별다른 관심을 보이지 않았다. 아직은 말이다.

다채는 조그만 창 너머로 보이는 캄캄한 하늘을 바라보았다. 현재 상황이 꿈만 같았다.

아니, 꿈이었으면 좋겠다.

밤하늘에 보이는 별은 하나뿐이었다. 사람이 죽으면 별이 된다는 유치한 이야기가 정말이라면 좋겠다. 그렇다면, 저 별이 돌아가신 아버지의 영혼이라면, 누구든 구해줄 사람을 보내줄 거라는 상상도 해보았다.

"아빠, 나 좀 구해줘."

나직하게 별을 향해 말을 걸어보았다. 역시, 어떤 대답도 돌아오지 않았다.

어린 시절, 박 여사의 치마폭에 안겨 동화책을 읽던 순간이 몸서리치게 그리웠다. 이채도 없을 때라 혼자 온 세상의 사랑을 독차지한 것 같았던 시간이었다.

"난 어떻게 되는 걸까."

앞으로 이곳에서 얼마나 많은 밤을 맞이하게 될까.

시간은 더디게 흘렀다. 아니, 시간의 흐름 위에 서 있는 것인지조차 의심스러웠다. 누군가 구해줬으면 좋겠다.

'그런 사람이 있을 리가 없잖아.'

냉소적인 미소를 날리고 보니 한 명이 떠올랐다. 아니, 두 명이다. 이채와 성수, 그 애들이라면 자신을 구하러 와주지 않을까. 다정한 애들이니까.

둘을 떠올리자 감정이 격앙되었다. 집에 가고 싶었다. 돌아가고 싶었다. 박 여사의 참치 천국마저 그리웠다. 창피했던 게 아니다. 그저 박 여사가 힘든 일을 하는 게 싫었다. 개념 없는 손님들이 박 여사에게 함부로 하는 것도 싫었다. 하지만 말은 늘 마음과는 다르게 나갔다. 그야말로 후회투성이였다.

이채에게도 살갑게 대해줄 것을 그랬다. 항상 봄바람처럼 웃으며 곁을 맴돌던 그 애를 한 번이라도 다정하게 안아줄 것을 그랬다. 네가 누구든 상관없다고, 넌 그냥 내 동생이야, 라고 말해줄 것을 그랬다. 제자리로 돌아갈 수만 있다면, 다르게 살 수 있을 것 같았다. 외면했던 성수의 마음도 똑바로 마주 볼 수 있을 것 같았다.

'돌아가고 싶어.'

그녀의 강렬한 바람에도, 손목에 채워져 있는 수갑이 그녀를 놓아주질 않았다. 영화에서처럼 탈골시키거나, 손목을 자를 용기는 없었다. 그런 건 영화 속에서나 가능한 거다. 실제 행동으로 옮겼다가는 쇼크가 올 게 뻔했다.

오늘은, 무슨 요일일까. 지금은, 몇 시일까. 누군가 날, 생각하고 있을까.

마음이 약해지는 밤이었다.

○○○

눈을 떠보니 집 안으로 눈부신 햇살이 가득 들어와 있었다. 책상에 엎드려서 잠깐 눈을 붙이려고 했는데, 깨어나 보니 침대 위였다. 고개를 이리저리 돌려보았지만, 도하는 보이질 않았다. 집으로 돌아간 듯했다.

이불까지 곱게 덮고 있는 걸 보니 그가 옮겨준 것 같았다. 그런 줄도 모르고 내내 자버렸다. 피곤하긴 했던 모양이다.

'아, 삭신이야.'

베란다에서 떨어지면서 몸이 놀랐는지 전신의 근육마저 욱신거렸다. 이채는 더듬거리며 휴대폰을 찾아서 시간을 확인했다. 오전 9시가 훌쩍 넘어 있었다.

'모처럼 푹 잤네.'

이렇게 푹 잘 생각은 아니었는데, 피부가 화사해질 정도로 자버렸다.

'나예희는 돌아갔으려나?'

기지개를 켜며 침대를 벗어난 이채는 베란다를 기웃거렸다. 그런데 예희는 물론이고 도하의 인기척조차 느껴지질 않았다.

커튼을 치고서 이채는 외출 준비를 시작했다. 피부 화장을 공들여서 하고, 거울을 바라보는 그녀의 얼굴에 비장함이 어렸다. 옷장을 뒤적여 하늘색 투피스를 꺼내 입고 보니, 향수가 문제였다. 그녀에게는 시트러스 계열의 향수가 하나도 없었다.

이채는 베란다를 통해 도하의 집으로 건너갔다. 기웃거리며 거실 안쪽을 살폈지만, 인기척은 느껴지지 않았다.

"안에 있어요?"

집 안은 텅 비어 있었다. 거실에 선 그녀는 현관문을 노려보았다.

'둘이 같이, 나간 건가?'

현관문 밖은 이채가 관여할 수 없는 세계였다. 괜히 현관문 손잡이를 만지작거리던 이채는 거실 구석에 향수를 진열해놓은 공간으로 향했다.

시트러스 계열을 좋아한다더니 많이도 모아놓았다. 그중에서 여자가 뿌려도 괜찮을 만한 향을 찾아 손목에 뿌렸다. 기분까지 상큼해질 것 같은 향이었다.

집으로 돌아온 그녀는 하이힐을 신고 전신 거울을 훑어보았다.

"완벽해."

현관문을 열고 나가려는데, 뒤쪽에서 가방을 잡아당기는 힘이 느껴졌다. 놀라서 돌아보니 가방이 허공에 묶여 있었다. 아무리 잡아당겨도 딸려 오지 않는 가방을 노려보다가 안을 열어보았다. 가방 안에는 도하가 선물해준 호신 3종 세트와 지갑, 휴대폰이 들어 있었다.

이채는 호신 3종 세트를 꺼내서 신발장 위에 두었다. 그러자 가방은 언제 그랬냐는 듯 밖으로 딸려 나왔다.

'미래의 물건은 가지고 나갈 수 없는 건가?'

도하에게도 알려줘야겠다고 생각하며 계단을 내려가다 보니 향수에 생각이 미쳤다. 손목에 코를 대보니 로션 냄새만 났다. 향수 입자도 시간을 넘지 못한 듯했다.

이채는 작게 한숨을 쉬었다. 쉬운 게 하나도 없었다.

연등이 주렁주렁 달린 골목길을 돌아 내려간 그녀는 나예희 패널이 세워져 있는 화장품 가게로 들어갔다. 다양한 향수 냄새가 뒤섞여 코를 자극했다. 그중에는 이채가 다음에 사려고 마음먹었던 향수도 있었다. 하지만 이채가 집어 든 것은 도하의 집에서 뿌렸던 향수였다.

'비싸네.'

눈물을 머금고 계산을 마친 이채는 향수를 손목에 뿌렸다. 그리고 단골 헤어숍으로 향했다. 영업용 미소를 장착한 담당 디자이너가 다가왔다.

"어서 오세요."

"예약은 안 했는데, 웨이브 드라이랑 메이크업을 하려고요."

디자이너의 미소가 조금 더 짙어졌다.

"이쪽으로 앉아요. 예약 펑크가 나서 안 그래도 노는 손이었어요."

이채의 하늘색 투피스를 확인한 디자이너가 메이크업 박스를 열었다.

"기초화장은 하고 왔네요. 더 안 해도 되겠다. 피부가 원래 좋네. 오늘 좋은 데 가시나 봐요."

"전 남친 결혼식 가요. 할 건 다 했는데, 안 한 것처럼 자연스러워 보이게 해주세요."

이채가 말을 마친 순간, 헤어숍에 정적이 흘렀다. 직원들은 물론이고, 옆좌석에서 염색 중이던 손님의 눈빛에도 불길이 일었다.

메이크업을 맡은 디자이너는 조용히 메이크업 박스를 두 개 더 열었다. 그리고 컨실러를 손에 들었다.

"역시 기초가 제일 중요하죠."

한 손에는 컨실러, 한 손에는 브러시를 든 그녀의 표정이 사뭇 비장해져 있었다. 그리고 그 비장함만큼이나 빠른 속도로 이채의 얼굴이 변해갔다.

신데렐라가 요정의 도움을 받아 변신했을 때 이런 느낌이었을까. 이채는 시시각각으로 변해가는 자신의 얼굴을 물끄러미 바라보았다.

○○○

결혼식장에 도착한 공 작가는 혼주를 찾아가 얼굴도장부터 찍었다. 영혼이 조금도 담겨 있지 않은 인사말을 건넨 다음 방명록에 아버지의 이름을 남겼다. 사인펜 뚜껑을 닫고 보니 손에 잉크가 묻어 있었다. 대외용 미소를 장착하고 있던 그의 표정에 금이 갔다.

얼굴도 모르는 여자의 결혼식에 오는 것만으로도 심사가 뒤틀렸다. 그런데 손에 잉크까지 묻어버렸다. 불만을 안고 돌아서는데 입구에 걸려 있는 사진이 눈에 들어왔다.

'저 사람들.'

이채와 인터뷰를 할 때 카페에 있었던 커플이었다. 여자가 그녀에게 물을 쏟았던 기억이 강렬해서 얼굴을 기억하고 있었다.

'얼굴은 알던 여자였네.'

그는 손을 씻기 위해 남자 화장실로 들어갔다.

세면대의 물을 틀자 화장실 구석에서 담배를 피우던 남자들의 목소리가 들려왔다. 화장실 벽에 붙어 있는 금연표시가 무색했다.

"정이채 대단하다. 전 남친 결혼식에 올 생각을 다 하고. 둘이 3년이나 사귄 거 박물관에 모르는 사람이 없잖아. 그런데 여길 와?"

"엿 먹어 봐라, 이거 아니야?"

"공도하랑 썸 탄다더니 그건 그냥 헛소문이었나?"

"나예희랑 열애설 났잖아. 이채 씨가 눈에 들어오겠냐."

"난 이채 씨가 좀 안 됐던데. 누가 봐도 집안에 밀린 거잖아."

"나이에 밀린 게 아니고? 그리고 3년이면 질리지."

공 작가는 남자들이 키득거리는 목소리를 들으며 물을 잠갔다. 뒷말은 여자들만의 전유물이 아니다. 때로는 남자들의 뒷말이 더 저열할 때도 있었다. 그는 못마땅한 얼굴로 화장실을 나섰다.

원고를 쓰느라 두 시간밖에 못 자서 피곤했다. 공 작가는 눈두덩을 누르며 엘리베이터 앞에 섰다. 엘리베이터 버튼을 누르고 기다리는데, 열릴 때마다 사람이 꽉 차 있었다. 몇 대의 엘리베이터를 보낸 그는 귀찮음이 섞인 얼굴로 비상계단을 향해 움직였다.

비상계단으로 내려가는 문을 열자, 남자의 고성이 들려왔다.

"미쳤어? 여기가 어디라고 와."

"너 보러 온 거 아니니까, 신경 꺼."

남자와 여자가 실랑이하는 듯했다.

공 작가는 엘리베이터로 돌아갈지 고민했다. 하지만 그 역시 귀찮다는 결론을 내렸다. 그냥 조용히 내려가는 게 나을 듯했다.

"효린이를 만나서 어쩌려고?"

"관심 없어. 둘이서 결혼을 하든 말든 마음대로 하고 이것 좀 놔."

"네가 결혼식 망치게 둘 줄 알아?"

"안 망친다고! 만날 사람이 있어서 왔어. 알아서 만나고 갈 거니까 놔."

가까워질수록 낯익은 목소리라는 생각이 들었다. 한 층을 내려가 보니 두 사람의 얼굴이 확인되었다. 이채와 윤우였다.

"네가 여기서 만날 사람이 어디 있어!"

"왜? 나랑 딴살림 차려서 애 낳고 잘살고 싶다더니, 들키는 건 무섭니?"

"내가 그 소리 좀 했다고 자존심이라도 상했냐? 그래서 이러는 거야?"

"내 자존심이 너 따위한테 상할 것 같아? 넌 네가 대단한 줄 알지? 넌 이제 안중에도 없으니까 이것 좀 놔!"

윤우는 이채를 놓아줄 생각이 없었다. 그는 이채의 팔을 붙잡아 끌며 아래층 계단으로 내려갔다. 작게 한숨을 쉰 공 작가가 둘 사이에 끼어들었다.

"그 손 놓지그래? 신랑이 하객한테 뭐 하는 짓이지."

"그쪽은."

돌아선 윤우의 얼굴이 와락 찌푸려졌다.

"나? 신부 측 하객. 지금 봐선 안 될 걸 본 느낌이긴 한데. 그리고 이채 씨는 그쪽이 아니라 나를 만나러 온 거라서."

이채의 눈에 당황스러움이 어렸다. 부탁도 안 했는데 먼저 나서 줄 줄은 몰랐다. 게다가 그는 도하가 아니라 공 작가였다. 이채와 시선을 마주한 공 작가가 나른하게 웃었다.

"못 알아볼 뻔했네요. 나 만나는데 뭘 이렇게 힘을 주고 왔어요."

"아, 저."

이채는 어색하게 웃었다. 그쪽을 낚기 위해 힘을 줬다고 말할 수는 없지 않은가.

"두 사람에게 그런 과거가 있는 줄 알았으면, 같이 와달라고 안 했을 텐데, 미안해요."

공 작가가 윤우의 팔목을 움켜쥐며 말했다. 그 악력 때문에 이채의 팔을 붙잡고 있던 윤우의 손가락이 자동으로 펴졌다.

"신랑이 너무 한가해 보이는데, 하객한테 인사해야 하지 않나? 손님 많던데."

어쩔 줄 몰라 하던 윤우가 뛰어 올라가자 맥이 풀린 이채가 비틀거렸다.

"볼 때마다 손 많이 가는 거 알아요?"

그녀를 부축한 공 작가가 빙글거리며 말했다. 나른하게 깔린 미소가 이채를 자극했다.

"고마워요."

"만날 사람 있다면서요. 가 봐요."

"아, 만났어요."

이채가 만나러 온 사람은 눈앞에 있는 공 작가였다. 그러니 일단 목표는 달성한 셈이다.

"그럼 내려가시죠."

"네."

이채는 공 작가를 힐끔거렸다. 머리와 메이크업에 힘주고 이곳까지 온 건 순전히 그를 만나기 위해서였다. 어떻게 해서든 관심을 끌어서 친해진 다음 동생을 찾게 할 셈이었다. 하지만 윤우 때문에 망쳐버렸다. 과거와 미래에서 모두 빼곡하게 못 볼 꼴을 보인 셈이다.

이렇게 되면 남은 건 플랜 B였다. 살짝 미친년으로 남더라도 효과는 더 나을지 몰랐다.

"저, 커피 한잔하고 가실래요? 방금도 도와주셨고, 계속 폐만 끼치는 것 같아서요. 멀리 가기 귀찮으시면 1층 카페에서요."

"그러죠."

공 작가는 선선히 따라 움직였다. 귀찮은 일은 딱 질색인데, 이상하게도 그녀는 신경이 쓰였다. 비상계단을 내려가는 두 사람의 발걸음 소리가 텅 빈 공간을 울렸다.

○○○

화려한 샹들리에가 이채와 공 작가의 머리 위에서 은은한 빛을 뿜었다. 앞사람과 대화하기에 적당한 밝기였다. 군데군데 놓인 책장은 테이블을 분리하며, 아늑한 느낌의 인테리어를 완성하고 있었다.

호텔 1층에 위치한 커피숍에 자리를 잡은 두 사람은 서로를 응시했다. 무엇이든 이야기를 해야겠다는 생각에 이채가 먼저 입을 열었다.

"날씨가 좋죠?"

"그렇네요."

"오늘 만날 줄 알았으면, 재킷도 가져올 걸 그랬어요. 재킷 돌려드려야 하는데."

"아, 괜찮습니다."

이야기가 도무지 이어지질 않는다. 이채는 어쩔 수 없이 바로 본론으로 들어갔다.

"오늘 정말 감사했어요. 감사의 뜻으로 타로점 봐드릴게요."

"네?"

뜬금없이 타로점이라니 맥락 없이 느껴질 것이다. 하지만 다른 아이디어가 없었다. 다행히 공 작가는 한번 해보라는 듯한 얼굴을 했다. 이채는 가방에서 타로를 꺼내 들었다. 차례로 카드를 늘어놓은 뒤 한 장씩 뒤집었다. 미리 골라둔 카드는 하나같이 음산했다. 그림만 봐도 불안한 마음이 들 것 같은 카드들이었다.

"흠…… 이걸 말해야 하나 고민이 되네요. 이런 건 저도 처음이라서요."

과장되게 한숨을 쉰 이채는 공 작가의 눈치를 살폈다. 하지만 그는 아직 큰 관심을 보이질 않고 있었다.

"큰일이네요. 가족 중 한 명이 누명을 쓰고 연락이 끊어졌어요. 그분의 사방에 검이 꽂혀 있어요. 한 발만 엇나가면 낭떠러지고요. 도움을 기다리고 있지만, 먼저 손을 뻗을 수는 없네요. 몹시, 위험한 상황이에요. 도움을 줄 사람이 당신밖에 없네요."

"그게 무슨."

"구설에 흔들리지 마세요. 중요한 건 믿음이에요."

이채는 일종의 사기극을 벌이는 중이었다.

갑자기 미래의 당신을 만났다고 말하는 것보다는 타로 사기가 나을 것 같았다. 하지만 공 작가의 반응은 냉담했다. 조금 전까지 눈가에 어려 있던 나른함도 사라진 상태였다.

"타로점 같은 건 안 믿습니다."

목소리마저 서늘해졌다.

"믿지 마세요. 그냥 재미로 보는 거니까요. 원래 이런 건 좋은 얘기만 믿는 거예요. 좋은 얘기를 해주고 싶었는데, 이상하게 나와서 저도 미안하네요."

때마침 공 작가의 휴대폰이 진동했다. 문자를 확인해보니 출판사 담당자였다.

- 작가님 호텔에서 지금 뭐 하시는 거예요. ㅠㅠ

도하는 주변을 돌아보았다. 하지만 담당자는 보이질 않았다.

- 근처에 계세요?

- 속 편한 소리를 하시는 걸 보니 아직 못 보셨나 보네요.

문자 아래에 딸린 링크를 클릭해보니 기사가 보였다.

- 공도하의 진짜 사랑은 누구? 나예희 vs 호텔의 그녀.

화면에 떠오른 기사에 공 작가의 눈이 커졌다.

술 취한 이채와 함께 H 호텔로 들어가는 사진, 카페에서 인터뷰 중인 사진, 지금 앉아 있는 J 호텔 카페 사진을 모아서 기사로 올려버린 것이다. 이채의 얼굴은 교묘하게 가려져 있었지만, 도하의 모습은 선명하게 찍혀 있었다.

기사를 읽어 내려가는 공 작가의 얼굴에 짜증과 귀찮음이 가득 어렸다.

연달아서 실시간 검색어 화면을 찍은 사진이 도착했다. 기사가 올라간 지 10분도 되지 않았는데, 실시간 검색어 순위를 점령하고 있었다.

"아, 왜!"

깊은 짜증이 느껴지는 탄성이었다. 이채가 놀랐는지 움찔거렸지만, 그녀의 반응을 신경 쓸 때가 아니었다.

공 작가는 주변을 살폈다. 지금 이채와 마주 앉아 있는 사진까지 찍힌 걸 보면 근처에 기자가 있는 게 분명했다. 이채의 등이 찍힌 사진 각도를 보면 사진을 찍은 곳은 입구 쪽이었다.

"일어나요."

"네? 무슨."

"빨리!"

"넵."

이채가 어정쩡하게 일어나자 공 작가가 그녀의 어깨를 감싸 안았다. 그리고 한 손으로 이채의 얼굴을 가렸다. 커다란 손이 얼굴을 가리자 앞이 보이질 않았다.

시야가 가려진 이채는 공 작가를 올려다보았다. 무슨 일이냐고 물어보려다가, 그의 얼굴이 심각해 보여서 일단 입을 다물었다.

그는 앞을 보며 말했다.

"빨리 걸어요. 나예희와 나란히 사진 실리고 싶지 않으면."

이채의 눈썹이 아래로 처졌다. 무슨 뜻인지는 모르겠지만, 일단 그의 말대로 하는 게 좋을 듯했다. 걸음을 빨리해서 주차장으로 내려가자 그가 자동차 보조석 문을 열어주었다.

차에 올라타자, 운전석에 앉은 그가 휴대폰을 보여주었다. 이채는 화면에 떠오른 사진을 곁눈질로 보다가 휴대폰을 빼앗아 들었다.

"이 여자, 나잖아요!"

기묘하게 가려져 있거나, 뒷모습이었지만 자신의 모습을 몰라볼 리 없었다. 공 작가가 시동을 걸며 말했다.

"우선 여기서 나가죠."

이채는 고개를 격하게 끄덕이며 휴대폰을 돌려주었다.

공 작가의 손에 휴대폰이 닿자마자 득달같이 벨소리가 울렸다. '윤형이 형'이라는 발신자를 확인한 그는 자동차에 연결된 블루투스 스피커로 전화를 받았다.

"응. 형."

"아직도 호텔은 아니겠지."

상대방의 목소리가 차량 스피커를 통해 울려 퍼졌다.

"호텔 나왔어. 기사 안 내리면 고소한다고 그래. 나예희 때도 그렇고 왜들 그래. 나예희랑은 밥 한 끼 먹은 게 다야. 그건 형도 알잖아. 그리고 호텔녀랑은 아직 밥도 한 끼 안 먹었어."

옆에서 통화를 함께 듣다 보니, 이 상황을 좋아해야 하나 말아야 하나 고민스러워졌다. 그녀가 원한 대로 자주 만날 수 있는 계기가 만들어진 것 같은 느낌이긴 했다. 하지만 당장 월요일에 닥칠 후폭풍을 생각하면 마냥 좋아할 수만은 없었다.

적어도 성수와 주아는 이채를 알아봤을 것이다. 게다가 박물관

내에 퍼져 있던 소문을 생각하면 사진 속의 여자와 이채를 매치시킬 이들은 많았다. 하이에나처럼 눈을 빛내며 달려들 이들을 생각하니 머리가 지끈거렸다.

"일단 이리 와. 같이 얘기 좀 하자. 출판사 홈페이지에 욕이 1초당 100개씩 올라오고 있어. 난 우리나라에 이렇게 다양한 욕이 존재하는 줄 몰랐다."

"지금 호텔녀랑 같이 있어. 내려주고 갈게."

"뭐? 그럼, 같이 와."

"됐어."

"야야. 아니다. 여기 오지 마. 밖에 기자들 깔리기 시작했다. 작업실에 가 있어. 그리로 갈게."

전화가 끊어지자, 공 작가는 작게 한숨을 쉬었다. 이채는 심란해 보이는 그를 향해 조심스럽게 입을 열었다.

"같이 가요. 내 지분도 크잖아요. 상황도 알아봐야 하고요."

"그래요. 그럼."

공 작가는 한 번 더 한숨을 쉬고는 내비게이션에 등록된 작업실 주소를 찍었다. 이채는 옆에서 휴대폰을 들고 실시간으로 올라오는 기사를 확인했다. 그나마 이채의 얼굴은 공개되지 않은 상태였다. 일반인이라 배려를 하긴 한 모양이었다.

메시지 알림이 떠서 확인해보니 성수와 주아였다.

- 성수 : 공도하랑 사진 찍힌 여자 너지? 뒤통수가 딱 넌데?

- 주아 : 전 남친 새끼 결혼식 간 거야? 예쁘게 하고 갔지?

얼굴이 나오지 않았음에도, 알아볼 사람은 다 알아본 듯했다. 성의 없게 동그라미를 두 개씩 찍어 보낸 다음 다시 댓글로 시선을 돌렸다.

댓글에 넘쳐나는 욕을 보니, 대부분 나예희의 팬인 듯했다. 소속사와 출판사에서 반박 기사를 냈지만 아무도 믿지 않고 있었다. 차고 넘치는 댓글을 읽다 보니 차가 크게 기울었다.

이채는 유턴하는 공 작가의 차를 보며 깨달았다. 자신이 그의 인생을 크게 틀어버렸다는 걸.

○○○

'외출한 건가?'

이채의 베란다로 넘어온 도하는 집 안을 들여다보았다. 12시가 넘었으니 아직 잠든 건 아닐 텐데, 기척이 느껴지지 않았다.

"이채 씨?"

이름을 불러봤지만 아무런 반응이 없었다. 도하는 베란다 문을 살짝 열어보았다. 예상했던 대로 그녀의 집은 비어 있었다. 집 안 곳곳이 어수선한 걸 보니 급하게 외출한 듯했다.

'어딜 간 거지.'

장을 봐 온 사이에 나갈 줄은 몰랐다. 함께 점심을 먹으려고 했는데, 괜히 허탈해졌다.

"나 왔어."

익숙한 남자 목소리에 도하의 고개가 뒤로 돌아갔다. 건너편 베란다 너머로 막 거실에 들어선 덩치 큰 남자가 보였다. 도하를 제외하고, 유일하게 도어락 비밀번호를 알고 있는 사람인 윤형이었다.

도하는 자신의 베란다로 돌아가려고 황급히 난간을 손에 쥐었다. 하지만 미처 넘어가기 전에 윤형이 그를 발견해버렸다. 눈을 한 번 깜박인 윤형이 안경을 추켜올리며 물었다.

"너, 왜 거기에 있냐?"

도하는 말문이 막혔다. 베란다를 넘어야만 돌아갈 수 있는데, 윤형이 보는 앞에서 베란다를 넘으면 소란스러워질 게 뻔했다. 그래서 말을 돌렸다.

"출판사는 어쩌고 왔어?"

윤형은 들고 온 쇼핑백을 흔들어 보였다.

"이게 다 일이다. 작가 관리."

"연락이라도 하고 오지. 왜 남의 집에 벌컥벌컥 들어와."

"여자 생기면 그때부터 연락하고 올게. 거기서 뭐 하는 거냐니까?"

"그냥 잠깐."

도하는 어쩔 수 없이, 베란다를 넘었다. 그 모습을 기괴한 표정으로 지켜보던 윤형이 고개를 절레절레 저으며 주방으로 향했다.

"도둑놀이 하려고, 베란다 공사한 거냐. 빈집이라고 해도 막 그렇게 넘어 다니다가 신고 들어가면 철컹철컹한다. 그럼 난 망해서 길거리에 나 앉겠지. 그걸 바라는 건 아닐 테고."

윤형은 냉장고에서 유통기한이 지난 음식들을 하나씩 꺼내며 잔소리를 이었다.

"너 또 밥 안 먹었지? 지난번에 가져온 것도 그대로잖아."

"그냥 이것저것 해 먹느라고 그랬어. 아줌마한테는 다 먹었다고 해줘."

"네가 해 먹었을 리가……."

냉동실을 열어본 윤형이 말끝을 흐렸다. 평소 텅 비어 있던 냉동실 안에 식자재가 빼곡하게 자리 잡고 있었다. 완전 조리 식품은 물론이고, 해산물이나 고기도 있었다.

"해 먹었나 보네. 무슨 바람이 불어서?"

윤형이 믿을 수 없다는 듯이 도하를 돌아보았다.

"그냥, 라면만 먹는 것 같아서."

"그래. 잘 생각했어. 라면 뭐 맛도 없는 걸 자꾸 먹어."

"맛은 있던데……."

말을 흘려들은 윤형은 들고 온 쇼핑백에서 밀폐용기를 꺼내 냉장고에 밀어 넣었다. 냉장고는 자연스럽게 밑반찬으로 가득해졌다. 가지런히 정리된 냉장고를 보며 뿌듯해하는 그의 앞에 머그잔이 내밀어졌다.

"커피 좋지."

머그잔을 받아 든 윤형이 자연스럽게 거실 소파에 앉았다. 먼저 말문을 연 이는 도하였다.

"안 그래도 부탁할 게 있었는데."

부탁이라는 말에 동네 형 콘셉트이던 윤형이, 출판사 대표 윤형으로 태세 변환을 했다.

"뭔데. 말만 해. 인세 올려달라는 것만 빼고 다 들어줄게."

"예희가 또 찾아오기 시작했어. 어제도 왔고."

"무슨 소리야. 예희? 설마 나예희? 뜬금없이 나예희?"

영문을 모르겠다는 듯이 되물은 윤형을 보고 도하는 미간을 좁혔다. 그의 반응이 이해가 가질 않았다.

"지난달부터 잊을 만하면 찾아왔잖아."

"그랬어? 나예희가? 왜?"

계속해서 되묻는 윤형이 낯설게 느껴졌다. 지난달, 그는 나예희가 찾아왔다는 말을 듣고 길길이 날뛰었다.

"지난번에 왔을 때 말했는데."

"안 했어. 했으면 기억하지. 그런데 나예희는 이 집을 어떻게 알고 온 거래? 아니, 왜 온 거래? 용건이 있으니까 왔을 거 아니야."

위화감을 느끼던 도하는 무언가 변했다는 걸 깨달았다. 이채의 어떤 행동으로 인해, 현관 밖의 세상이 변한 것이다.

도하가 대답하지 않자, 윤형이 재차 물었다.

"왜 왔냐니까?"

"모르겠어. 그냥 돌려보내서."

잠시 고민하던 도하가 적당히 둘러댔다.

"흠, 일단 잘했어. 다음부터는 출판사로 연락하라고 해. 너 귀찮은 거 더럽게 싫어하잖아. 야! 오해하지 마라. 집 주소 내가 알려준 거 아니다."

"알아."

집은 직접 알려줬다. 연예인인 예희 때문에 대부분의 만남은 도하의 집에서 이루어졌다. 가끔은 윤형도 함께했다. 그런데 지금 그의 반응으로 보면, 예희와의 만남 자체가 없었던 일이 되어버린 듯했다. 머리를 긁적이던 윤형이 말했다.

"아무튼, 내가 그쪽 소속사로 연락해볼게."

"아니야. 됐어. 내가 알아서 할게."

"오, 너 혹시 나예희한테 관심 생겼냐?"

"그냥. 이제 안 올 것 같아서. 괜히 소속사 엮이고 하면 더 피곤해질 수도 있잖아."

윤형은 어쩐지 이대로 끝내기 아쉬웠다. 나예희를 잘 엮으면, 책 홍보에도 많은 도움이 될 수 있었다.

"그건 그렇지만. 무슨 일인지 물어볼 겸 한번 만나보는 건 어때? 그러다 보면 관심이 생길지 또 누가 알아. 동생을 찾는 것도 좋지만, 네 인생도 살아야지."

‘내 인생’이라는 말이 도하에게는 그 어느 때보다 멀게 느껴졌다.

“류하, 찾을 수 있을 것 같아.”

“뭐? 어떻게?”

“피해자 여동생이 나타났거든. 열쇠가 되어줄 것 같아. 며칠 전에 류하와도 한 번 마주쳤어. 잠깐이긴 하지만.”

“마주쳤다고? 어디에 있었대. 다친 데는 없고?”

“괜찮아 보였어. 이것저것 물어볼 상황은 아니라서 얘기는 못 나눴고…….”

도하는 자신이 겪고 있는 일을 설명하는 대신 말끝을 흐렸다.

“그래도 무사하면 된 거지. 마주쳤으면 이제 찾는 건 시간문제 아니야?”

“그랬으면 좋겠다.”

“잠깐, 피해자 여동생이면 실종된 여자 아니야? ‘퍼즐’의 복원사 모델이라던.”

“맞아.”

“야, 꼭 네 소설 같다. 비밀을 안고 실종됐던 여자가 다시 나타나다. 크, 어떤 여자냐?”

이채를 떠올리는 도하의 입가에 미미한 미소가 어렸다.

“밝고, 따뜻해. 어디로 튈지 모르는 여자야. 주사도 좀 있고.”

흑단 같은 머리카락에 붉은 입술, 신비한 미녀를 떠올리던 윤형은 아쉬운 마음에 입맛을 다셨다. 하필이면 주사 있는 여자라니.

아깝다고 말하려는데, 베란다 너머를 바라보며 입술을 매만지는 도하가 보였다. 무언가를 떠올리고 있는 듯한 표정이었다.

"뭐, 뭐야. 그 표정. 너, 설마 그 여자한테 관심 있냐?"

"그런 거 아니야."

온기가 돌던 도하의 얼굴이 언제 그랬냐는 듯이 차가워졌다. 윤형은 홀짝이던 머그잔을 내려놓고 두 번째 손가락으로 안경을 고쳐 썼다.

"그래. 열쇠건 뭐건, 놓치지 마라. 네가 여자 얘기하면서 웃는 거 몇 년 만에 본다."

"내가, 웃었어?"

"거울 한번 봐."

머쓱해진 도하가 윤형의 옆에 앉았다.

"사실은 그 여자, 그 여동생은 돌아온 게 아니야. 단지, 실종되기 전의 그녀를 만난 거지. 3년 전의 시간을 살아가는 그녀를 말이야."

윤형은 경악을 금치 못했다. 머그잔에 남아 있던 커피를 냉수처럼 벌컥벌컥 마시더니, 자신의 머리카락을 사정없이 흐트러트렸다. 산발을 한 채 고개를 든 그는 도하의 손을 붙잡으며 진지하게 물었다.

"형이랑 병원 갈래?"

"징그럽게 왜 이래."

도하가 그의 손을 떨쳐내려고 했지만, 윤형은 두 손으로 부여잡으며 고개까지 끄덕였다.

"괜찮아. 그럴 수 있어. 소설이랑 현실이랑 막 헷갈리고. 그래, 그럴 수 있지. 너무 몰입해서 그래. 정신병원이라고 너무 멀게 느낄 거 없어. 정 껄끄러우면 내 이름으로 예약하고."

역시, 쉽게 믿을 수 있는 얘기가 아니었다. 도하는 자신의 손을 부여잡고 있는 윤형의 손을 밀어내며 담담한 척 말했다.

"차기작 얘기야. 그런 스토리는 어떨까 해서."

"아, 그렇구나. 어쩐지. 놀랐잖아. 심장 떨어질 뻔했네."

"뭘 그렇게까지 놀래."

"얼마 전에 출판사 이사하면서 대출 꼈단 말이다. 자그마치 10년짜리 대출이라고. 넌 10년간 건재해야 해."

"10년?"

"그래. 10년."

윤형이 강조했다. 도하는 커피를 한 모금 마시며 소파에 등을 기댔다.

"나도, 내가 10년 동안 건재했으면 좋겠다."

식어버린 커피가 쓰게 느껴졌다.

○○○

공 작가의 작업실은 아담한 복층 오피스텔이었다. 문과 창문을 제외한 모든 벽면이 책장에 둘러싸여 있고, 가운데에는 커다란 회의용 테이블과 의자가 놓여 있었다. 계단 위의 공간은 잘 보이질 않았다.

이채는 까치발을 들고 섰다. 푸른색 계열의 이불 끄트머리가 보이는 걸 보니 매트리스가 하나 놓여 있는 것 같았다.

'여기서 잠도 자나 보네.'

전체적으로 따뜻한 분위기가 느껴지는 공간이라 리버빌보다 마음에 들었다. 감상을 마친 이채는 회의용 테이블 의자를 끌어다 앉았다. 그리고 재킷을 벗어 옆 의자 등받이에 걸쳐놓았다. 타이트하게 떨어지는 투피스의 재킷을 벗은 것만으로도 숨쉬기가 한결 편안해졌다.

'늦네.'

주변을 한 번 더 돌아보고는 휴대폰을 꺼내 들었다.

시간이 지날수록 댓글에 섞인 육두문자의 비율이 늘어가고 있었다. 댓글이 폭주한 이유를 찾아보니 예희가 자제해달라는 글을 SNS에 올린 것 같았다. 팬들은 나예희를 비련의 여주인공으로, 도하와 이채를 당장 때려죽여도 시원치 않을 악의 무리로 정의한 듯했다.

'나, 오래 살겠다.'

욕을 하도 먹어서 무병장수할 것 같았다. 아니, 이대로면 불로불사도 노려볼 만했다.

실시간으로 갱신되는 댓글을 확인하고 있는데 주변이 침침해졌다. 천장에 매달린 클로버 모양의 LED 전등 이파리 하나가 어두워져 있었다.

'등 갈아야겠네.'

전등을 올려다보고 있는데, 작업실 문이 열렸다. 그리고 출판사 직원과 통화하러 나갔던 공 작가가 돌아왔다.

"어떻게 됐어요?"

"귀찮게."

이채의 옆 의자를 끌어다 앉은 공 작가는 피곤한지 눈두덩을 꾹꾹 눌렀다.

"피곤해요?"

"자고 싶습니다."

그가 인상을 쓰자 주위를 둘러싸고 있던 나른한 공기가 옅어졌다.

'나랑 자자는 것도 아닌데 기분 이상하네.'

현재나 미래나 참 심장에 좋지 않은 남자였다. 그래서인지 그와 있으면 괜히 툴툴거리는 기분이 되어버린다.

이채는 한 손으로 턱을 괴고 물었다.

"자면 되죠. 잠도 안 자고 밤새 뭐 해요."

"작가가 글 쓰지 뭐 하겠습니까."

"잠은 자가면서 써야죠. 잠 안 자면 죽어요."

"안 그래도 이러다 죽겠다 싶긴 한데."

"왜 그렇게까지 해요?"

나른했던 공 작가의 눈빛이 금세 날카로워졌다. 이채는 자신도 모르게 침을 꼴깍 삼켰다.

"증명을, 해야 하니까."

"무슨 증명이요?"

"존재, 아니면 가치."

"누가 작가 아니랄까 봐 거창하게. 그냥 태어난 것 자체로 가치 있다고 여기면 안 돼요?"

"그게 잘 안 되는 사람도 있습니다."

그는 가볍게 말했다. 하지만 그 안에 담긴 의미는 가볍지 않았다. 이렇게 치열하게 살다가 놓친 것을 베란다 너머의 도하는 후회하고 있었다.

"피곤하게도 사네요. 그러다 중요한 걸 놓치고 후회하게 될지도 몰라요."

"그건 나중 일이니까."

이 남자를 어떻게든 엮어 류하를 찾는 데 이용해야 하는데, 호락호락하지 않을 것 같았다. 귀찮은 것을 싫어하고, 잠잘 시간도 없이 바쁜 남자.

어떻게 해야 하나 고심하는데 공 작가가 다시 말했다.

"내가 안 불편합니까?"

뜬금없이 무슨 말이지.

이채는 눈을 한 번 깜박였다. 생각해보니 낯선 남자와 낯선 공간에 단둘이 있는 상황이었다. 처한 상황도 애매하고 말이다. 눈동자를 또르르 굴리던 이채는 픽 웃어버렸다. 그는 베란다 너머의 도하가 아니었다.

"네, 뭐 딱히. 하긴, 공 작가님이 사람을 편하게 해주는 스타일은 아니죠?"

"그런데 편해 보이길래."

이채는 어깨를 으쓱였다.

"꿈에서, 봐서 그런가 봐요."

"내 꿈을, 꿨습니까?"

"걱정하지 마요. 19금 장르는 아니니까."

"어떤 꿈이었습니까."

"아주 작은 세계에 둘만이 남겨졌어요. 그런데도 공 작가님이 날 돌멩이 보듯이 하더라고요. 한결같이. 그래서 편한가?"

"이상한 꿈이네."

"그렇죠?"

"그렇네요."

이채는 읽던 댓글로 시선을 옮겼다.

"열애설 반응 엄청나요. 아이돌도 아니고 작가 열애설로 이렇게 시끄러워진 게 신기해요."

"내가 아니라 나예희 씨의 인기겠죠."

"곤란해진 거 아니에요? 나예희 씨가 오해하면……."

말이 끝나기도 전에 몸을 일으킨 공 작가가 격하게 불만을 표시했다.

"안 사귑니다. 안 사귀어요."

눈까지 매섭게 뜬 걸 보니 아직은 그런 사이가 아닌 듯했다.

"알았어요. 진정해요."

반사적으로 움찔 놀란 이채가 다독이듯 말했다.

"안 사귄다니까 왜 아무도 안 믿는 건지. 찌라시는 믿으면서, 왜 정식 보도자료는 안 믿는 겁니까?"

얼굴에 까칠함이 덕지덕지 붙은 걸 보니, 나예희와의 열애설이 꽤나 귀찮았던 모양이다.

"공 작가님은 그런 적 없어요?"

"그런 적?"

"누군가의 말을 믿어주지 않은 적이요. 정말 아니라고, 억울하다고 말하는데도 믿어주지 않은 적, 없어요?"

류하의 일을 떠올리게 할 만한 말이라, 공 작가의 얼굴이 차갑게 굳었다. 류하가 현행범으로 구속되었을 때, 아무도 억울하다는 그의 말에 귀 기울이지 않았다.

현행범이었으니까.

그의 기색을 살피던 이채는 슬쩍 시선을 깔았다. 공 작가의 눈매가 서늘해진 걸 보니, 아무래도 너무 긁은 듯했다.

분위기가 말할 수 없이 어색해져 버렸다. 딴청을 부리던 이채는 테이블 위에 아무렇게나 올려져 있던 A4용지 뭉치를 집어 들었다. 첫 줄만 보고도 알 수 있었다. 이채가 어젯밤에 읽은 소설 『퍼즐』이었다.

한동안 소설을 훑어보던 그녀는 모르는 척 다시 말문을 열었다.

"주인공이 복원사네요. 제가 감수를 볼 원고인 거죠?"

"아직 미완입니다. 마지막 장면에서 막혀서."

이채는 A4용지를 후루룩 넘겨서 마지막 페이지를 펼쳤다.

"주인공이 복원사라는 걸 활용하면 되지 않을까요. 사건을 재구성하면서 상황을 복원해 나가는 거예요. 그렇게 빠진 조각을 맞췄을 때, 범인의 윤곽이 살짝 보이는 거죠. 어차피 범인은 동생이잖아요. 그러니까……."

달라진 공 작가의 분위기를 느낀 이채는 말꼬리를 흐렸다. 생각해보니 작가한테 본인 작품을 스포일러한 셈이었다.

"잠깐 훑어본 것만으로 범인이 동생이라는 걸 알았습니까?"

"아하하. 그런 느낌적인 느낌이 들더라고요."

"신기하네요."

"제가 감, 뭐 그런 게 좋아요. 타로, 타로점도 보잖아요. 보통 잘 맞혀요."

공 작가의 눈에 호기심과 호감이 적절한 비율로 담겼다. 지금까지 작업한 원고를 본 윤형과 편집부 직원들 모두 범인을 유추해내지 못했다. 주인공이 범인이라느니, 친구가 범인이라느니 하는 의견이 분분했다. 심지어 한 직원은 엑스트라 급인 조연이 범인이라고 주장하기도 했다.

그런데 이채는 해맑은 인물로 묘사한 동생을 범인으로 지목했다. 그것도 대강 훑어보았을 뿐인데 말이다.

관심을 보인 공 작가 때문에 이채는 난감해졌다. 어떻게 말을 돌려야 하나 고심하는데 또다시 주변이 어두워졌다.

작업실 등이 완전히 나가버린 것이다. 창문으로 들어오는 빛이 있어 사물은 식별할 수 있었지만, 편하게 마주 앉아 있을 만한 밝기는 아니었다.

공 작가가 반사적으로 두리번거리자, 이채는 이때다 싶어 화제를 돌렸다.

"스페어 등 있어요? 나가서 사 와야 하나요?"

"있긴 할 텐데, 나중에 갈면 됩니다."

그는 복층과 베란다의 조명을 켰다. 하지만 크게 밝아지지 않았다.

"그냥 지금 갈아요. 어두우면 답답하잖아요."

"단순 LED 등이 아니라 모듈인데, 갈아본 적이 없어서."

"그럼 내가 갈게요."

이채가 일어나서 어서 LED 모듈을 내놓으라는 얼굴을 했다.

공 작가는 귀찮음이 역력한 얼굴로 신발장에서 LED 모듈을 꺼냈다. 이채는 테이블 위로 올라가려는 공 작가의 옷자락을 붙잡았다.

"갈 줄 모른다면서요."

"해본 적 없댔지, 갈 줄 모른다고는 안 했는데."

이채가 픽 웃으며 모듈을 빼앗아 들었다.

"됐어요. 해본 적도 있고, 갈 줄도 아는 내가 할게요."

"모듈을 갈아봤다고요?"

공 작가가 반문했다. 단순히 등을 소켓에 밀어 넣는 작업이 아니었다. 모듈의 경우는 전선을 안전기에 연결해 주어야 했다.

"스위치나 내려요."

그녀는 LED 모듈을 감싸고 있는 포장을 제거해서 테이블 위에 내려놓았다. 테이블 위로 올라간 이채는 능숙한 솜씨로 전등갓부터 벗겨냈다.

"도와줘요?"

흔들리는 테이블을 반사적으로 붙잡은 공 작가가 물었다.

"괜찮아요. 혼자 할 수 있어요."

이채가 양팔을 들어 올리자 블라우스가 살짝 들렸다. 그 사이로 드러난 뽀얀 허리가 공 작가의 시선을 끌었다. 슬쩍 고개를 돌리고 나니 기분이 이상했다. 돌멩이 보듯이 하는 건 자신이 아니라 그녀였다.

괜히 오기가 생긴 공 작가는 이채를 삐딱한 시선으로 응시했다.

"이제 휘청거리다가 쓰러지면 내가 받아주는 전개로 흐르는 겁니까?"

"이상한 소리 하지 말고, 이거나 받아요."

이채는 떼어낸 LED 모듈을 공 작가에게 넘겼다. 모듈을 건네받는 순간 익숙하면서도 향긋한 향기가 났다.

'어?'

자신과 같은 향수를 사용하는 듯했다. 향수에 대해 말하려는데 이채가 다시 손짓했다.

"새 모듈 줘요."

테이블에 놓여 있던 모듈을 건네주자, 그녀가 다시 양팔을 들어 올렸다.

조금 더 드러난 속살이 아찔함을 더했다. 그녀가 몸을 움직일 때마다 속살이 드러났지만, 이번에는 시선을 돌리지 않았다.

보여주겠다는데 봐야지.

"익숙해 보입니다."

"우리 집에 남자가 없어서요. 필요하면 다 하게 되어 있어요."

LED 모듈을 가는 일쯤은 식은 죽 먹기였다. 아버지는 이채가 중학교 교복을 입었을 때 돌아가셨다. 남은 가족인 엄마와 다채, 이채 중 가장 키가 큰 사람이 이채였다. 자연히 전등 가는 일은 이채의 차지였다. 그 외에도 커튼을 단다거나 DIY 가구를 조립하는 일도 모두 그녀의 몫이었다.

그녀는 모듈 전선을 안정기에 연결하고 손바닥을 탁탁 털었다.

"됐어요. 불 켜 봐요."

스위치를 누르자, 작업실이 다시 환해졌다.

"혼자서 뭐든 잘하는 여자는."

"매력 없다고요? 안 그래도 주변에서 혼자 살 팔자라고들 하더라고요."

이채는 아무렇지도 않게 말하며, 전등갓을 씌우고 테이블에서 내려왔다. 이번에는 치마가 조금 올라갔지만, 신경 쓰지 않는 기색이었다.

정말 무신경하네, 작게 중얼거린 공 작가는 자신이 앉아 있던 의자에 도로 앉았다.

"매력 없다고 안 했는데."

보통은 매력적이라고 생각하지 않나.

"왜 점점 말이 짧아져요."

마주 앉은 이채가 토끼처럼 눈을 동그랗게 떴다.

공 작가는 그제야 자신이 그녀를 편하게 대하고 있다는 걸 깨달았다. 의식하지 못한 채 그녀에게 말려든 기분이었다. 이상하게도 자꾸만 시선을 끄는 여자였다. 귀찮은 건 질색인데, 온갖 귀찮은 일을 하게 만드는 여자이기도 했다. 특히 그녀의 말 한마디 한마디가 그를 뒤흔들었다. 마치 모든 걸 알고 말하는 것 같은 기분이랄까.

공 작가의 눈매가 나른해졌다.

"억울하면 같이 놓든지."

이채는 비집고 나오려는 웃음을 삼켰다. 베란다 너머의 도하와 똑같이 말하는 걸 보니, 같은 사람이 맞긴 한 모양이었다.

"편한 대로 하세요."

하지 말란다고 안 할 남자도 아니니까.

그녀의 허락이 떨어지자 공 작가의 입꼬리가 조금 올라갔다.

"잘됐네. 등 나갈 때마다 와서 갈아주면 되겠어. 지금 옷은 좀 짧으니까, 긴 거 입고."

이채는 눈을 가늘게 떴다.

"귀찮아서 그러죠?"

"작업 건다는 생각은 안 해?"

이채는 헛기침하며 고개를 돌렸다. 얼굴이 빨개질 것 같았다.

"장난치지 마요."

공 작가의 입꼬리가 올라갔다. 장난처럼 말했지만, 반 이상 진심이었다.

"장난이 아니라면?"

"나한테 관심 없는 거 아니까 거기까지!"

"이제 막 생기려고 해서."

나른하게 웃는 공 작가를 보며 이채가 침을 꼴깍 삼켰다. 바로 어제, 도하를 좋아한다는 걸 받아들였다. 그런데 하루도 지나지 않아 공 작가의 웃음에 설레고 있었다. 같은 사람이기는 하지만 이상하게도 바람피우는 것 같은 기분이 들었다.

게다가 도하가 월지 밖으로 나가면, 이 순간을 보게 될 것이다.

'정신 차리자.'

이채는 처음의 목적을 잊어선 안 된다고 마음을 다잡았다.

그때였다. 초인종 소리가 두 사람 사이에 흐르던 긴장감을 흐트러트렸다. 공 작가가 문을 열어주자 안경을 쓴 푸근한 인상의 남자가 들어왔다. 공 작가와 줄곧 통화했던 출판사 대표인 윤형이었다.

넓은 보폭으로 들어선 그는 테이크아웃 커피 트레이를 테이블 위에 올려놓고 이채를 응시했다. 아무래도 인사를 나눌 타이밍인 것 같았다. 이채가 어정쩡하게 몸을 일으키자 윤형이 기다렸다는 듯이 인사를 건넸다.

"안녕하세요. 최윤형입니다."

"정이채예요."

셋이 모이자 묘한 긴장감이 생겨났다. 이채가 어색하게 웃어 보이자 그도 미소를 보였다. 꿀단지를 안고 다니는 곰 캐릭터와 닮은 모습이었다.

"이 녀석이 여자랑 있는 거 오랜만에 보는데, 혹시."

윤형이 넘겨짚으려는 시도를 이채가 무참하게 잘라냈다.

"아무 관계도 아니에요. 절 몇 번 도와주셔서요."

그녀의 강력한 철벽을 마주한 윤형의 눈에 호기심이 어렸다. 공 작가와 어떻게든 엮이려드는 여자만 봐왔는데, 신선한 반응이었다. 특히 아버지와 함께한 인터뷰한 기사가 나간 이후로는 사돈의 팔촌까지 연락해서 공 작가를 소개해달라며 달달 볶아댔었다.

또 한 가지 놀라운 점은.

"도하가 누굴 막 도와주고 그럴 사람이 아닌데요."

"그건 그렇죠?"

이채가 바로 호응한 덕분에 분위기가 화기애애해졌다. 만나자마자 편하게 얘기하는 둘의 모습에 괜히 심기가 불편해진 공 작가가 툭 끼어들었다.

"카페 모카?"

그는 트레이에서 카페 모카를 꺼내서 이채에게 내밀고, 자신은 아메리카노를 집어 들었다.

"기억해요?"

"기억력이 좋아서."

이채를 향해 나른하게 웃는 공 작가의 모습을 목격한 윤형은 혀를 한 번 찼다.

'이 분위기는 뭐지?'

누구는 뒷수습하느라 혼이 쏙 빠졌는데, 꽁냥거리고 있었다니 심사가 꼬였다. 하지만 어쩌겠는가, 간판 작가인 것을.

하나 남은 커피를 꺼내 든 윤형도 의자에 앉았다.

"죄송하지만, 일이 좀 복잡해졌습니다. 얼마 전에 저 녀석이 나에희 씨와 열애설이 나서요."

"네. 기사 봤어요."

"그래서 나예희 팬들이 난리가 났어요. 그쪽 소속사랑 얘기해봤는데, 일단 우리가 수습하면 맞춰주겠답니다."

조곤조곤 상황을 설명하던 그는 손끝으로 자신의 안경을 한 번 올렸다. 이채는 별다른 대답 없이 눈만 깜빡였다. 위기감을 느낀 윤형은 자신이 낼 수 있는 가장 비장한 표정을 만들어냈다. 그리고 기도하듯이 두 손을 모아 쥐었다.

"부탁합니다. 이채 씨."

"예?"

"아무래도 이채 씨와 우리 도하의 열애 인정 기사를 내야 할 것 같습니다. 언론에 공개된 세 장의 사진 중에 두 장이 호텔이에요. H 호텔과 J 호텔. 아니라고 기사 내면 이 녀석 쓰레기 돼요. 물론 아무런 관계가 아닌 것도 알고, 곤란하실 수도 있지만, 최대한 얼굴은 안 나가게 어떻게든 해보겠습니다. 결별 기사도 깔끔하게 뽑을게요. 석 달 정도 있다가 내면 어떨까 합니다. 정말 죄송한데, 출판사 차원에서 보답은 어떻게든 하겠습니다."

숨도 쉬지 않고 뱉어내는 말에는 절박함이 묻어 있었다. 빠르게 말을 뱉어내고 호흡을 고르는 사이에 이채의 평온한 목소리가 치고 들어왔다.

"내세요."

"물론 쉽게 허락하실, 네?"

"열애설 내셔도 된다고요. 사진은 좀 그렇지만요."

거절을 예상하고 있었던 윤형은 무언가 홀린 듯한 얼굴이 되었다. 덩달아 목소리도 확연히 느려졌다.

"가, 감사합니다. 복 받으실 거예요, 라고 말하고 싶은데요."

"그럼 그렇게 말씀하세요."

카페 모카를 한 모금 더 마신 이채가 담담한 어조로 답했다. 흡사 커피가 맛있다고 말하는 것처럼 평온한 말투였다. 덕분에 윤형은 혼란스러웠다.

"이 녀석한테 관심 없으신 것 같던데, 아닙니까?"

"맞아요."

이채가 긍정을 말하자, 공 작가의 눈썹이 씰룩거렸다. 그가 대꾸하려고 입을 열었지만, 다급하게 말을 이은 윤형의 목소리에 가로막혔다.

"그럼, 쉽게 생각하실 일이 아닙니다. 불편해지실 거고, 꼬리표로 따라다닐 거예요. 그게, 사진 찍힌 장소가 하필이면 호텔이라서."

이채는 그냥 배시시 웃었다. 그 정도 생각은 해봤다. 하지만 그녀가 생각하기에도 달리 방법이 없었다. 애초에 그녀로 인해 벌어진 일이었다. 그리고 도하 때문에라도 공 작가의 상황을 외면할 수 없었다.

"모텔보다는 낫네요."

"네?"

"이미 이렇게 시끄러워졌는데 어쩌겠어요."

눈치를 보던 윤형이 다시 슬쩍 물었다.

"진심이세요?"

"어쩔 수 없잖아요."

"그럼, 지금 당장 기사 올려도 되겠습니까?"

윤형은 감격한 듯했다. 그가 금방이라도 연락할 것처럼 휴대폰을 들자, 공 작가가 손으로 가로막았다.

"이렇게 쉽게 넘길 일이 아니야. 잘 생각해보고 대답해."

슬렁슬렁 넘어가려던 윤형이 어색하게 웃었다. 그러자 이채가 또박또박 말했다.

"대충 상상은 가요. 아마 1~2년은 다른 연애하기 힘들겠네요. 그 다음에도 공도하의 여자 타이틀은 따라다닐 거고요. 잘못해서 사진이라도 유출되면 나예희랑 비교될 거고. 뭐 그렇겠네요."

"알면서 그렇게 쉽게 대답한 거야?"

"호텔 사진, 두 번 다 저 도와주다가 찍힌 거잖아요. 여기서 모르는 척하면 배은망덕이죠. 연애는 뭐, 당분간 안 해도 돼요. 요즘 좀 바쁘기도 하고. 앞으로는 더 바쁠 것 같고요."

그녀의 말에 윤형이 감격한 듯 눈을 빛내며 답했다.

"멋있으십니다."

하지만 공 작가는 뭔가 못마땅한 얼굴이었다.

"정말 괜찮다고?"

"대신 나중에 내 부탁 하나 들어줘요. 뭐든지. 아무리 곤란한 거라도요."

이채의 눈빛이 대답을 재촉하자, 공 작가는 마지못해 입을 열었다.

"귀찮은 것만 아니라면."

"그럼 이제 정리된 거죠?"

눈치를 살피던 윤형이 마무리 지었다. 그는 이채의 마음이 변하기 전에 상황을 끝내고 싶었다. 그녀가 고개를 끄덕이려는데, 공 작가가 불쑥 끼어들었다.

"밥부터 먹고."

"갑자기 밥은 왜!"

윤형의 원망 어린 눈초리가 공 작가를 향했다.

"오늘 한 끼도 못 먹었어. 내가 굶어 죽으면 담 출판사 망하는 거 아닌가?"

"넌 누구 편이냐."

"언제나 내 편."

공 작가의 눈빛에서는 타협의 의지가 느껴지지 않았다.

윤형도 공 작가가 왜 이러는지는 알고 있었다. 그녀의 도움이 절실하게 필요하긴 했지만, 분위기에 휩쓸려 결정하게 할 만한 일은 아니었다. 그러니 더 휘몰아쳐서 수락하도록 한 다음, 기사부터 내

보내야 하는 것 아닌가. 윤형은 바람을 담아 어깨를 축 늘어트렸다. 시무룩해진 자신을 봐서 적당히 넘어가주길 바라는 마음으로 목소리도 어눌하게 냈다.

"직면한 문제부터 해결하고 먹으면 더 맛있지 않을까?"

"풀 죽은 척하지 마. 밥 먹을 때까지만 생각해보게 해."

작전이 통하지 않자, 윤형은 나라 잃은 얼굴이 되었다.

"이채 씨, 저녁을 먹을 동안 충분히 생각해보시랍니다."

이채는 둘이 나누는 이야기를 흥미진진하게 지켜보았다. 윤형과 함께 있는 공 작가는 조금 다른 모습이었다. 편안해 보인다고 해야 할까.

불만을 가득 담은 채 일어난 윤형은 배달음식 전단을 모아놓은 서랍을 뒤적거렸다.

"나가서 먹을 수는 없고 짜장면 먹을까? 아니면 족발? 지난번에 시킨 집 괜찮았는데. 가게 이름이 뭐였더라."

손에 잡힌 족발집 번호만 해도 다섯 개가 넘었다. 윤형은 전단을 나란히 내려놓고 고민하기 시작했다. 공 작가가 그런 그를 향해 말했다.

"아무 데나 시켜."

"누린내 나던 데도 있었는데. 맛없는 집은 전단 빼놓으라니까."

이상함을 느낀 이채가 전단을 정독하는 윤형에게 물었다.

"여긴 기자들이 몰라요?"

"알아도 경비시스템이 잘되어 있어서 건물 안으로는 못 들어와요. 그래서 연예인들이 많이 살죠. 처음 여기를 골랐을 때는 오버한다고 구박했는데 이렇게 또 쓸모가 있네요."

"아, 그럼 다행이네요. 배달음식이랑 같이 기자가 들어오면 어쩌나 했거든요."

전단을 뒤적거리던 윤형의 손이 멈췄다. 그는 그대로 전단을 서랍 속으로 밀어 넣었다.

"해 먹어야겠네요."

아직은 조심할 필요가 있었다. 윤형은 주방으로 움직였다.

냉장고를 열어보니 생수만 가득했다. 굶어 죽을 거라는 공 작가의 어이없는 협박에 힘이 실리는 순간이었다.

"어휴. 반찬을 싸다가 나르든지 해야지."

"라면 있어."

어느새 뒤따라온 공 작가가 싱크대 서랍에서 라면을 꺼냈다. 그러자 윤형이 잽싸게 낚아챘다. 지금까지 이채가 본 모습 중에서 가장 날쌘 움직임이었다.

"내가 끓일 거야."

"형은 물을 너무 많이 넣어."

"넌 면발 퍼트리잖아."

"안 퍼트리면 돼."

둘이 아웅다웅하는 걸 지켜보던 이채가 윤형의 손에 들린 라면을 가져갔다.

"내가 끓일게요. 참치 있어요?"

윤형과 공 작가의 얼굴에 의심이 스치고 지나갔다.

"참치?"

"아, 여기 있네. 두 분은 앉아 계세요. 오늘 점심은 참치 라면입니다."

공 작가가 이상한 말을 들었다는 듯이 물었다.

"라면에 참치를 넣어?"

"공 작가님 입맛에 맞을걸요. 냄비는 이거 쓰면 되는 거죠?"

이채는 자신 있게 답했다. 이미 도하가 맛있게 먹는 걸 확인한 바 있었다. 그녀가 냄비를 가스레인지 위에 올리자, 윤형은 공 작가를 끌고 식탁에 앉았다. 그리고 휴대폰을 꺼내 추가로 올라온 기사 내용을 확인했다.

기사는 더욱 원색적으로 변해 있었다. 윤형은 슬쩍 뒤를 돌아 이채를 응시했다. 그녀가 거절한다면 어떻게 대처해야 할지 고심하다 보니 한숨부터 나왔다. 그녀가 싫다고 말한다면, 공 작가는 바로 없던 일로 할 게 뻔했다.

'늙는 건 나지. 나야.'

원망 어린 눈으로 공 작가를 노려보는데, 그는 다른 곳을 응시하고 있었다. 시선의 끝에는 이채가 있었다. 물이 끓기를 기다리던 그녀는 지루한지 주변을 두리번거렸다. 그리고 주방 창가에 놓여 있는 화분을 발견했다.

"무화과나무네요."

그녀를 주시하던 공 작가의 입술이 느릿하게 움직였다.

"알아보네. 누군 곤드레 아니냐며, 쌈 싸 먹자던데."

그렇게 말했던 당사자인 윤형이 불만 어린 얼굴로 고개를 들었다. 무화과나무를 알아보는 게 더 신기하다며 작게 구시렁거려 봤지만 둘 다 대꾸하지 않았다.

이채는 창가에 다가서서 화분을 유심히 살폈다. 잎이 반질거리는 게 유난히 신경 써서 기른 티가 났다.

"좋아하는 나무라서요. 좋아하는 건 원래 한 번에 알아볼 수 있잖아요."

"무화과나무를? 식물에 관심이 많나 봐?"

공 작가는 의아함을 감추지 않았다. 대부분은 무화과나무를 알아보지 못한다. 그런데 좋아하는 나무라니, 궁금증이 생기는 게 당연했다.

"특이하잖아요. 꽃을 피우지 않고 열매를 맺는 게요. 보고 있으면 아무래도 좋지, 라는 생각이 들어요. 꽃이 피면 어떻고, 피지 않으면 어때요. 꼭 피어야 꽃은 아니니까. 피지 않으니, 시들 일도 없고요. 사실은 열매 자체가 꽃의 역할을 하는 거지만요."

이채는 냄비의 물이 막 끓기 시작한 걸 알아차리고 돌아섰다.

공 작가는 그런 그녀에게서 눈을 떼지 못했다. 그의 어머니 역시 무화과나무를 가꾸면서 습관처럼 말했었다. 다른 건 다른 거라고. 나쁜 게 아니라고 말이다. 왜 아버지랑 함께 살지 않느냐는 투정에 대한 답이기도 했다.

윤형은 미묘하게 변해가는 공 작가의 표정을 보며 재미있다는 얼굴을 했다. 공 작가가 저 화분을 얼마나 공들여 키우는지 알고 있었다. 그 이유 역시 몇 번이나 들어왔다.

'흥미진진한데.'

잠시 후 그녀가 그릇에 가지런히 담아온 라면은 놀랄 만큼 맛이 있었다. 평소에 입이 짧은 편인 공 작가도 한 그릇을 뚝딱 비웠다. 국물까지 모조리 마셔버린 윤형은 이채를 향해 엄지손가락을 들어 보였다.

"저도 앞으로 이렇게 먹어야겠네요. 이건 신세계입니다. 신세계."

마지막으로 젓가락을 내려놓은 이채는 윤형의 찬사에 머쓱하게 웃으며 물을 마셨다. 공 작가가 빈 그릇을 싱크대로 옮겼고, 윤형은 환기를 위해 창문을 열었다.

"그쪽 방충망 없어."

공 작가의 말이 끝나기 무섭게 검은색 벌레 한 마리가 날아 들어왔다. 벌레의 육중한 몸체를 눈앞에서 목격한 윤형이 몸서리쳤다.

"바퀴벌레다!"

식기 세척기에 그릇을 밀어 넣던 공 작가는 담담하게 대꾸했다.

"이 건물엔 바퀴벌레 없어."

"방금, 날아 들어왔어."

"뭐?"

돌아선 공 작가의 얼굴에 의구심이 어렸다. 그 순간 벌레가 다시 비행을 감행했다. 창밖으로 나갈 것처럼 비행하던 벌레는 크게 선회해서 냉장고 뒤로 쏙 들어갔다.

공 작가와 윤형의 움직임이 멈췄다. 숨소리까지 들릴 것 같은 긴장감은 이채의 목소리에 의해 풀어졌다.

"풍뎅이 아니에요? 바퀴벌레라고 하기엔 너무 커요."

"푸, 풍뎅이?"

고개를 돌린 윤형이 희망을 품고 되묻자, 공 작가의 눈매가 나른하게 찌푸려졌다.

"풍뎅이든 바퀴벌레든 들여보낸 사람이 잡고 가."

"냉장고 뒤로 들어갔는데 무슨 수로 잡아. 그냥 같이 살아봐. 혼자 살면 외롭잖아."

"저거 잡을 때까지 다음 원고는 없어."

"야, 치사하게 갑질하는 거냐."

공 작가가 대답 없이 소파에 걸터앉았을 때였다. 냉장고 뒤에 숨어 있던 벌레가 다시 날갯짓했다. 낮게 날아 거실로 진입한 벌레를 지켜보던 이채가 담담하게 말했다.

"바퀴벌레가 맞네요."

풍뎅이라는 말에 용기를 가져보려던 윤형의 얼굴이 일그러졌다.

풍뎅이라면 모를까, 바퀴벌레라면 방법은 한 가지뿐이었다.

"업체 부르자."

"업체가 올 때까지는? 저거 날잖아."

둘이 진지하게 고민하자, 보다 못한 이채가 일어났다. 주변을 두리번거리던 그녀는 탁자에 놓인 휴지를 집어 손에 둘둘 말았다. 그녀의 날카로운 눈초리가 공간을 살폈다. 그러더니 구석을 향해 몸을 날렸다.

"잡았다."

상큼한 목소리였다. 그녀는 일어서며 휴지에 싼 바퀴벌레를 들어 보였다.

"이거 어떻게 해요?"

윤형이 얼른 쓰레기통을 배달하자, 공 작가가 만류했다.

"거긴 안 돼! 암컷이거나 되살아나오면 어떻게 해. 종량제 봉투에 담아서 내다 버려."

"그래. 그게 낫겠다. 잘 죽지도 않는다며."

윤형은 절반도 차지 않은 종량제 봉투를 찾아다가 내밀었다. 이채가 휴지에 싸인 바퀴벌레를 넣자, 그가 입구를 꽁꽁 묶었다.

"버리고 올게."

그가 쓰레기 봉지를 들고 잽싸게 내려가자, 공 작가와 이채 둘만이 남겨졌다. 공 작가는 태연하게 서 있는 이채를 응시했다.

"벌레 같은 거 무섭지 않아?"

"딱히 무섭다고 느껴본 적이 없어서요. 커 봐야 내 손바닥보다 작은데 뭐가 무서워요. 더럽긴 하지만요. 그래서 휴지로 잡았잖아요."

이채는 뭐가 문제냐는 듯이 말했다.

"무섭다는 감정을 느낀 적이 있긴 해?"

"음, 강도가 들었을 때요. 그땐 진짜 무서워서 죽는 줄 알았어요."

"강도?"

"얼마 안 됐어요. 그날이요. 우리 처음 만난 날, 집에 강도가 들었거든요. 베란다 너머에 사는 남자가 도와주지 않았으면 큰일 날 뻔했어요."

다행이라고 말하려는데, 괜히 기분이 이상했다.

"다친 데는?"

"발이 좀, 그런데 금방 나았어요. 놀라서 그렇죠. 도와준 분에게는 정말 고마워하고 있어요. 지금도 은혜 갚으려고 노력하는 중이에요."

이채는 공 작가와 시선을 맞추며 해사하게 웃었다.

공 작가는 그녀가 미소 짓는 걸 멍하니 지켜보았다. 정신이 한곳에 쏠려 자신조차 잊어버리는 경지를 무아지경이라고 했던가. 그가 종종 소설에서 사용하던 '시간이 멈춘 것 같은 느낌'이라는 지문이 현실에서 재현되고 있었다.

공 작가의 몰입은 호들갑을 떨며 돌아온 윤형에 의해 깨졌다.

"야! 밖에 기자 장난 아니게 깔렸어."

더 이상 열애설 발표를 미룰 수 없다고 느낀 윤형은 이채 옆에 자리를 잡고 앉았다.

"이제 밥도 먹었고! 벌레도 잡았고! 진짜 정리가 된 것 같은데요. 그동안 마음이 변하신 건 아니죠?"

윤형의 초롱초롱한 눈빛을 보고 있자니, 이채는 어쩐지 웃음이 났다. 선량한 곰 같은 느낌이라 꿀단지라도 안겨주어야 할 것 같았다.

"다시 생각해 봐도, 다른 방법이 딱히 떠오르지 않네요."

"그렇죠? 그럼 간단한 프로필만 알려주시면 됩니다."

이채는 부드럽게 웃으며 표정을 갈무리했다.

"이름은 정이채. 나이는 스물여덟. 직업은 문화재 복원사고요. 황 박물관에서 일하고 있어요. 공 작가님과는 소설 관련 자문으로 만난 거로 하면 되겠네요. 실제로도 그렇고요."

두 사람의 대화 사이로 공 작가가 끼어들었다.

"누나네."

이채는 갑자기 숨이 턱 막혔다. 베란다 너머의 도하는 이채보다 두 살이 많았다. 그 말은 현재의 공 작가가 연하라는 뜻이었다.

"누나라고 부르지 마요. 절대로!"

그 어느 때보다 단호한 목소리였다.

"왜?"

"그, 그냥요. 싫어요. 나이 들어 보이잖아요."

"알았어. 이채야."

그녀의 눈이 가늘어졌다. 곱게 눈을 흘기며 조금 더 단호하게 말했다.

"맞먹지도 말고요."

이채가 불러준 프로필을 받아 적은 윤형이 의아함을 느끼고 고개를 들었다. 조금 전부터 이상하다 느끼고 있었다. 평소 공 작가는 사귀거나, 사귈 마음이 있는 여자가 아니면 말을 놓지 않았다. 그런데 이채에게는 말을 놓고 있었다.

"너 꼭 이채 씨한테 작업 거는 것 같아."

"작업 거는 거 맞아. 열애설 낼 수밖에 없으면 진짜로 만들면 편하잖아."

이채는 물색없이 뛰려는 심장을 자제시키며 어색하게 웃었다.

"열애설이 귀찮아서 연애하자는 건 아니죠?"

"그것도 약간은?"

"사양할게요."

"농담이야. 만날 때마다 가차 없이 매력 발산을 하니까 그렇잖아. 말이 나와서 말인데 다른 집 등은 갈아주지 마. 라면도 끓여주지 말고. 잠깐 상상해봤는데 기분이 별로야."

윤형은 당황해버렸다. 그냥 한번 해본 말이었는데, 분위기가 이상하게 흘러가고 있었다.

'연애하면 원고가 더 잘 뽑히려나? 아니면 정신 팔려서 원고 펑

크 내는 거 아니야?'

최근에 연애하는 걸 본 적이 없어서 결론을 낼 수가 없었다. 좋다는 여자도 많으면서, 그동안은 이상하게 철벽을 쳤다. 몇 번 해보니 시간 낭비 같다고 했던가.

말려야 하나, 말아야 하나 고민하는데 이채가 간단하게 정리해주었다.

"작업은 사양할게요."

공 작가의 얼굴이 멍해졌다. 조금의 망설임도 없이 거절할 줄은 몰랐다. 자신을 바라보는 눈빛에서 묻어나던 호감은 뭐란 말인가. 게다가 그녀는 열애설 발표를 승낙했다. 분위기에 휩쓸렸다고 해도 아무런 사심 없이 수락했다는 건 이상했다.

단순한 공개연애가 아니었다. 나예희와 엮여 있으니, 잘못하면 욕이란 욕은 모조리 쓸어 담을 수 있었다. 결코, 가벼운 호의로 승낙할 만한 일이 아니었다.

'단순한 호의라고?'

그를 혼란 속으로 밀어 넣은 이채는 '갑자기 왜 작업을 거는 건지' 영문을 모르겠다는 듯이 눈을 깜빡이고 있었다. 공 작가는 어쩐지 차인 것 같은 기분이 들었다. 기분이 상한 것은 아니었다. 오히려 그녀에 대한 호기심은 더 자라났다.

"크크크."

공 작가의 시선이 옆에서 웃음을 참느라 애쓰는 윤형에게로 돌아갔다.

"형, 웃지 마."

"크크…… 크…… 크크. 날 찬 여자는 네가 처음이야? 뭐 이런 이상한 건 하지 마라. 식상하니까. 할 거면 미리 말하고. 팝콘 사 오게."

윤형은 어쩐지 재미있었다. 앞으로도 이채를 종종 만나게 될 것 같은 예감이 들었다.

"계속 웃으면 차기작 다른 데 보낸다. 다시 병원으로 돌아가고 싶어?"

낄낄거리던 윤형의 입가에서 미소가 사라졌다. 순식간에 표정을 지운 윤형은 다시 태블릿 PC의 터치펜을 움직였다. 하지만 입매가 움찔거리는 것은 숨길 수 없었다.

"누가 웃었다고 그래. 이렇게 정색하고 있는데."

이야기를 듣던 이채가 고개를 갸웃하며 물었다.

"병원이요?"

그녀의 궁금증은 공 작가가 풀어주었다.

"레지던트 3년 차에 도망쳤거든."

"도망이라니, 심사숙고해서 내린 결정이었어. 부모님의 기대와 오랜 꿈 사이에서 갈등하다가 앞으로 나아간 거지."

"피가 무섭대."

"너 내 비밀을 막 이렇게 말하고 이래도 되는 거냐?"

"비밀이었어?"

공 작가와 윤형이 투닥거리는 모습에 이채의 입가에도 미소가 어렸다. 둘은 사이좋은 형제처럼 보였다.

어쩌면, 그와 류하도 이런 사이였을까.

○○○

프린터가 빠른 속도로 인쇄물을 뱉어냈다. 도하는 따끈따끈한 A4용지 뭉치를 들고 소파에 드러눕듯이 기댔다. 그리고 옆에 놓인 쿠션을 끌어다 베었다.

예희와의 관계가 변했다. 그러니 다른 이해관계도 변했을 것이다. 막 출력된 서류에는 류하의 마약 사건부터 이채의 실종, 다채의 사체 발견까지 시간 순서대로 나열되어 있었다. 이미 몇십 번이나 읽었지만, 도하는 한 글자 한 글자 집중해서 읽어 내려갔다.

사건 파일의 마지막 페이지를 넘겼을 때 휴대폰이 울렸다. 발신자는 'LAN'이었다.

"한국 최고 정보 상인! 세계로 뻗어 나가는 빠름빠름빠름 강랜입니다. 공도하 고객님! 안녕하셨습니까."

여전히 상기된 목소리였다.

"네. 기다리고 있었습니다."

"이럴 수가! 저 빠름빠름빠름 강랜이 고객님을 기다리게 했다니!

크윽! 다음엔 조금 더 빠름빠름빠름한 서비스로 모시겠습니다. 일단 인원 배치를 완료했습니다. 말씀하신 대로 공류하와 정다채 사건을 조사하던 인력 모두를 정이채 실종 사건에 투입했습니다. 오래된 사건이라 단서가 많지 않습니다. 하지만! 저 빠름빠름빠름 강랜은 흩어진 단서를 모아 모아서! 고객님이 원하는 정보를 꼭 제공해 드리겠습니다."

"늦어도 2주 안에는 조사를 끝내야 합니다. 그 안에 모을 수 있는 정보를 모두 모아주세요."

도하는 아직 아무런 움직임을 취하지 않고 있었다. 이채 때문이었다. 그녀의 실종 사건을 명확히 하고 움직이는 게 안전하다고 판단한 것이다.

"알겠습니다. 고객님. 경주는 다녀오셨습니까?"

"3년 전에 류하가 갤러리로 정 화백을 여러 번 찾아갔다는 건 확인했습니다."

"그렇군요. 조사해보니 그분이 갤러리 실소유주였습니다."

"정 화백님이요?"

"네. 맞습니다."

"계속 알아봐주세요."

"네. 그럼 명세서는 이메일로 보내놓겠습니다. 정이채 실종 사건 관련 자료를 취합하고, 다시 연락드리겠습니다. 좋은 하루 되십시오. 고객님."

반쯤 열어놓은 베란다 창을 통해 들어온 바람이 도하의 머리카락을 흐트러트렸다. 시간을 확인한 그는 미리 프린트해둔 사건 자료를 손에 쥐고 신발을 신었다. 개인적인 일은 머릿속으로 알아서 들어온다. 하지만 그가 겪지 않은 일은 하나하나 알아보아야 했다.

정 화백은 월지 안에서 작성한 내용을 밖으로 가지고 나가면, 바뀐 상황에 따라 텍스트가 변한다고 알려주었다. 일일이 확인하지 않아도 되니, 월지 밖에서 머무는 시간을 획기적으로 줄일 수 있었다.

현관문을 열고 밖으로 나간 도하는 현기증을 느끼며 휘청거렸다. 동시에 낯선 기억이 머릿속을 비집고 들어왔다. 다급하게 현관문 손잡이를 붙잡았지만, 팔에 힘이 들어가지 않았다. 힘없이 바닥에 쓰러진 도하는 정신을 잃지 않기 위해 입술을 깨물었다. 말캉한 입술의 느낌과 함께 비릿한 피 맛이 감돌았다.

통증이 잦아들자, 숨을 가쁘게 내쉬었다. 흘러 들어온 기억 속의 주인공은 도하였다. 시각과 청각, 후각 등 모든 감각이 생생하게 전해졌다. 하지만 기억 속의 남자는 도하 본인이면서도, 본인이 아니었다.

예식장에 나타난 이채는 도하를 새로운 기억으로 인도했다.

"이 여자, 무슨 짓을 하고 다니는 거야."

도하는 새로 흘러 들어온 기억을 곱씹으며 인상을 찌푸리다가 픽 웃어버렸다.

"귀엽네."

자신도 모르게 감상을 말해버린 도하의 입가에 씁쓸함이 걸렸다.

어젯밤 이채의 이상한 질문은 공 작가를 만나기 위한 것이었던 모양이다. 웨이브 진 머리카락, 과해 보이지 않는 화장, 단정한 하늘색 투피스, 향수는 시트러스 계열.

머리부터 발끝까지 완벽하게 도하의 취향으로 세팅된 모습이었다. '취향 저격'이란 말이 무색할 정도였다. 하지만 쓸데없는 짓이었다. 공 작가가 그녀에게 관심을 보인 건 그런 외적인 모습 때문이 아니었다.

그냥 처음부터 시선이 갔다. 어떤 미지의 힘이 작용한 것처럼 말이다. 그동안은 인지하지 못했지만, 공 작가의 눈을 통해서 보니 확실히 알 것 같았다. 그녀에게는 '생동감'이 있었다. 생생하게 살아 있는 느낌 말이다.

첫 만남부터 저자 강연회장 그리고 호텔까지. 그녀는 예상하지 못한 순간에 등장했다. 불시에 나타난 그녀는 공 작가의 삶을 송두리째 뒤흔들었다.

도하는 손에 쥐고 있던 사건 자료의 맨 마지막 페이지를 들여다보았다. 그 페이지는 예희와의 관계를 적은 것이었다. 그녀와 사귄 날과 헤어진 날을 적어 두었었다.

'사귀기 시작한 날 : 6월 22일, 헤어진 날 : 11월 15일'

11월 15일은 류하가 살인 용의자로 지목되어 공개 수배된 날이었다. 하지만 지금 도하가 손에 쥐고 있는 마지막 장은 이렇게 변해 있었다.

'사귀기 시작한 날 : 월 일, 헤어진 날 : 월 일'

날짜 부분이 삭제된 것이다. 오늘 하루 이채가 바꿔버린 미래였다. 3년 전의 공 작가는 아직 눈치채지 못했지만, 이미 그의 마음속에는 이채에 대한 선명한 감정이 생겨났다. 그러니 예희가 뒤흔들어도 이후의 상황은 기존처럼 흘러가지 않을 것이다.

도하는 새로 생긴 기억을 곱씹었다. 3년 전, 공 작가가 이채와 함께 새로 만들어가는 기억은 원래의 것보다 아름다웠다.

마치 베란다에서 떨어졌을 때 봤던 하늘처럼.

기억을 살피는 그의 가슴속에도 선명한 감정이 생겨났다. 그것은 질투였다. 이러한 기분이 느껴지는 건 자신과 공 작가를 분리해서 느끼고 있기 때문일 것이다.

그녀로 인해 변해가는 공 작가를, 그의 인생을 질투하고 있었다.

○○○

출입구에 진을 치고 있던 기자들은 밤이 되자 하나둘씩 빠져나갔다. 이채는 자정 무렵이 되어서야 공 작가의 작업실에서 나올 수 있었다.

차창 밖으로 보이는 밤의 도시는 반짝반짝 빛났다. 이채는 버튼을 눌러 차의 창문을 조금 내렸다. 기분 좋은 바람이 비집고 들어와 애써 세팅한 머리를 헝클어트렸다. 자동차 핸들에 손을 얹고, 전방을 주시하던 공 작가가 무심한 체하며 말했다.

"향수 나랑 같은 거 쓰는 것 같던데. 여자가 쓰는 건 처음 봤는데 어울려."

이채가 시선을 돌렸다.

"시트러스 향 좋아하나 봐요?"

"좋아한다기보다는 다른 향을 별로 안 좋아해."

"난 장미 계열 향수를 좋아해요. 그래서 이걸 사게 될 줄은 몰랐어요. 사고 싶었던 건 다른 거였는데, 계산한 건 이 향수죠."

"원하는 것과 선택한 게 다를 때가 있지."

"그렇긴 하죠."

공 작가의 자동차는 정속으로 도심을 달렸다. 그는 도로의 흐름에 맞춰 매끄럽게 운전했다. 경적을 울린다거나 신경질을 내지도 않았다. 여유롭고 나른한 운전이었다.

이채는 곁눈질로 운전 중인 공 작가를 훔쳐보았다. 두 번 접은 소매, 단추를 세 개나 푼 와이셔츠. 역시 좁은 공간에 함께 있기엔 위험한 남자였다. 창문을 내리지 않았다면 숨이 막혔을 것이다.

정면을 응시하고 있던 공 작가의 한쪽 입꼬리가 슬쩍 올라갔다.

"다 봤어?"

"네?"

"나 보는 것 같던데."

"네. 뭐."

"감상은?"

"섹시하다?"

"정답 맞히기 하자는 게 아닌데."

이 남자, 본인이 섹시하다는 걸 아는구나.

"어쩌다 이렇게 엮였지, 뭐 그런 생각을 했어요."

"호텔녀가 계속 치명적인 매력을 발산해서 그래. 귀찮은 일에 엮이는 것 같기는 하지만."

듣다 보니 기분이 이상했다. 베란다 너머의 도하는 손이 많이 가고 귀찮은 여자는 싫다고 했다. 그가 거짓말을 한 건가.

"이상형이 뭐예요?"

"귀찮지 않은 여자."

제대로 말했구나.

"그럼 난 아니네요. 열애설 때문에 귀찮아졌잖아요."

"걱정하지 마. 원하는 것과 선택하는 것이 다를 때가 있으니까."

이채가 고개를 완전히 돌려 공 작가의 옆얼굴을 빤히 보았다.

"왜 그러지?"

같은 얼굴로 이렇게 말하면.

"적응이 안 되어서요."

"뭐가?"

"돌멩이에서 여자 사람으로 승격된 느낌이라서?"

"그 꿈이 인상적이었나 봐."

"그러게요. 꽤 인상적이긴 했죠."

밤마다 꾸고 있는 셈이니까. 같은 사람인데 자신을 대하는 모습이 달라도 너무 달랐다.

게다가 집을 나설 때만 해도 이런 전개는 상상하지 못했다. 이채는 정면을 응시한 채 한동안 입을 열지 않았다. 그녀가 생각에 잠긴 듯하자 공 작가가 물었다.

"이런 남자가 날 좋아할 리 없어. 뭐 그런 거 생각하는 건가?"

"방금 그 말, 굉장히 재수 없었어요."

공 작가의 얼굴에 나른한 미소가 피어났다. 어느새 자동차는 토마토 빌라로 향하는 오르막길로 들어섰다. 경사로 때문에 몸이 자연히 뒤로 기울었다.

공 작가는 차를 멈추고 토마토 빌라를 올려다보았다.

"여기야?"

"고마워요. 데려다줘서."

이채가 차에서 내리자, 공 작가도 따라 내렸다. 그는 이채에게 시선을 고정한 채 차를 빙 돌아서 다가왔다. 이채는 반사적으로 한걸음 뒤로 물러났다.

그 반응이 재미있는지 공 작가의 눈가에 다시 미소가 맺혔다.

"내 일에 끌어들여서 미안해. 한동안 귀찮을 거야."

"미안한 일도 많네요. 도하 씨는."

툭 말하고 보니 이상했다. 어제와 오늘 연달아 미안하다는 말을 들었지만, 둘은 엄밀히 말하면 다른 사람이었다. 게다가 도하 씨라고 불러버렸다. 다행히 공 작가는 이상하게 생각하지 않는 눈치였다.

"들어가. 오늘 고마웠어."

"바퀴벌레 잡아준 거요?"

"그것도 그렇고."

"나중에 갚아요. 조심히 돌아가세요."

유리로 된 출입문을 열고 들어가 고개를 돌려보니, 공 작가가 가볍게 손을 흔들고 있었다. 살짝 고개를 숙여 보이고 뒤돌아선 이채의 마음은 복잡했다.

그녀는 약간의 걱정과 약간의 기대 그리고 약간의 설렘이 담긴 마음으로 계단을 올랐다. 이제 베란다에서 그를 만날 시간이었다.

○○○

집 안 곳곳에 어둠이 소복하게 내려앉아 있었다. 이채는 아무렇지도 않게 집 안으로 들어가 가방을 내려놓았다. 어둠이 두렵지 않은 건, 베란다 너머에 도하가 있기 때문일 것이다.

불을 켠 그녀는 테이블 위에 있던 머리끈을 입에 물고 머리카락을 한데 올려 모았다. 화장대 앞에서 머리를 묶다 보니, 거울에 베란다 풍경이 반사되어 보였다. 암막 커튼 사이로 검은 그림자가 움직였다.

"아, 깜짝이야."

놀라고 보니 도하였다. 이채는 베란다 문을 열고 고개를 내밀었다.

"왜 넘어와 있어요?"

베란다에서 서성이던 도하는 못마땅한 얼굴로 입을 열었다.

"성공했네."

"네?"

"나 꼬시러 간 거 아니었나?"

말뜻을 알아들은 이채는 어깨를 으쓱였다.

"꼭 그런 건 아니었지만 뭐, 친분은 생겼네요. 미래가 변했어요?"

열애설이 난 데다가, 인정까지 했으니 많은 것들이 변했을 것이다.

"아직은 개인적인 일들만. ……그보다 무슨 생각이지?"

여전히 못마땅하다는 투다.

"네?"

"나를 꼬셔서 어쩌려고."

"꼬시려던 건 아니에요. 무작정 당신 동생이 어떤 여자를 납치했으니까 같이 찾자고 하면 미친년 취급받을 것 같아서요. 일단 친해져보자는 거죠. 좀 과하게 친해진 것 같기는 하지만요."

"차라리 잘됐어. 혼자 움직이는 것보다는 낫겠지."

"싫어하지 않네요? 만나는 건 앞으로 자제할게요. 도하 씨의 미래가 너무 틀어질 것 같으니까."

"상관없어. 필요하면 만나."

그의 반응을 보니 이채의 행동이 미래에 큰 영향을 끼치지는 않은 것 같았다. 작업은 사양하겠다며 철벽을 치기는 했지만, 공 작가는 호감을 보이고 있었다. 그럼에도 영향을 끼치지 못했다니 괜히 섭섭했다.

"미래의 어떤 부분들이 바뀌었어요?"

"류하와 관련해서 바뀐 건 없어."

"뭐, 이제 시작이니까요."

잠시 대화가 끊어졌다.

어제까지만 해도 아무렇지 않았던 잠깐의 침묵이 어색하게 느껴진 건 도하의 눈빛에 봄이 온 것 같았기 때문이다. 마치, 공 작가처럼.

괜히 쑥스러워진 이채는 헛기침을 한 번 하고 화제를 돌렸다.

"무화과나무는 어디에 있어요? 많이 자랐겠네요."

"없어. 시들어서 버렸어."

"공들여 키우던 거 아니었어요?"

"류하를 찾느라 한동안 신경을 못 썼어."

괜한 걸 물었다 싶었다. 도하의 얼굴에 아쉬움이 스치고 지나가서 안타까운 마음이 들었다. 어쩌면 류하를 찾는 동안 시든 건 그가 아니었을까.

그의 무화과나무는 이미 시들었지만, 공 작가의 무화과나무는 무럭무럭 자랐으면 좋겠다는 생각을 했다. 자신이 이끄는 변화가 그에게 그런 미래를 가져다주길 바라보았다.

그러려면 우선 공류하가 더 큰 범죄를 저지르기 전에 찾아내야 했다. 턱을 손끝으로 톡톡 치며 고심하던 이채가 갑자기 책상 쪽으로 움직여 서랍을 뒤적거렸다. 노트와 펜을 찾아낸 그녀는 그것을 들고 베란다로 움직였다.

"일단 도하 씨가 알고 있는 걸 모두 적어놓는 건 어때요? 어떻게 미래가 바뀌고 있는지 확실하게 알 필요가 있어요."

"월지 안에 있는 동안은 바뀐 미래에 영향을 받지 않아. 나를 비롯한 이 집 안의 모든 물건이 변화로부터 보호받고 있어. 그러니 따로 기록하는 건 의미 없어. 그리고 이것."

도하가 목걸이를 내밀었다. 두 손으로 목걸이를 받아 든 이채는 묘한 눈빛으로 이리저리 살폈다.

"이거 만들었어요? 잘 만들었네요."

"침대 밑에서 꺼냈는지 물을 줄 알았는데."

"내 직업이 뭐라고 생각하는 거예요."

이채는 손에 쥔 목걸이를 들어보며 배시시 웃었다. 도하가 한 박자 늦게 말을 이었다.

"주문 제작했어. 이걸로 류하를 불러낼 계획이야. 마음의 준비는 하고 있으라고."

그녀가 아깝다는 듯이 탄성을 뱉었다.

"이거 밖으로 못 가지고 나가요. 미래 물건은 현관문 밖으로 못 나가더라고요."

"못 나간다고?"

"말 그대로예요. 무언가에 가로막힌 것처럼 가지고 나갈 수가 없었어요."

"그럼, 동전은……."

"동전은 이 집 밖에서 3년을 보내고 도하 씨 손에 들어간 거잖아요."

"이건."

도하가 목걸이를 황망한 얼굴로 내려다보았다.

"못 쓰죠. 아무튼, 모조 목걸이가 필요하다 이거네요. 내가 준비할게요. 천 배는 더 잘 만들 수 있어요."

"그럼 맡길게. 추가해야 할 기능이 있으니까 주문서 보여줄게. 그리고 당신이 본 그림의 화가, 정화수 화백이라고 했나?"

"네. 맞아요."

"그 사람이 갤러리 주인이야."

"그림이 걸려 있던 갤러리요?"

"맞아. 만날 방법을 찾고 있으니까 곧 소식이 올 거야."

도하는 모든 진실을 말하지 않았다. 자꾸만 늘어가는 거짓말에 마음이 묵직해졌다.

"나도 틈틈이 가볼게요. 아, 차라리 공 작가님을 여기로 데려오는 건 어때요? 도하 씨를 만나면 적극적으로 협조하지 않을까요?"

성수가 들어와서 도하를 만났으니 공 작가도 가능할 것이다. 그가 순순히 집 안으로 따라 들어와야겠지만.

"데려올 수 있겠어?"

"아마도요?"

귀찮지 않은 부탁은 하나 들어주기로 했었다.

"나쁘지 않은 방법이겠어. 날 보면 믿을 수밖에 없을 테니까. 걸리는 게 있기는 하지만."

"걸리는 거요?"

"시간 여행물에서 간혹 사용되던 설정이야. 시간 여행 중인 나와 본래의 나는 만날 수 없어. 같은 시간선 안에서 만나는 순간 한쪽이 소멸하는 거지."

이채가 기겁해서 소리쳤다.

"그럼 만나면 안 되잖아요!"

"어디까지나 설정이니까. 이 경우 소멸하는 건 시간을 거스른 나일 거고."

"설정이든 아니든, 위험해 보이는 건 하지 마요."

"그래, 그럼."

이채가 숨을 길게 내뱉었다.

"너무 극단적인 것 아니에요?"

"극단적이라니."

"도하 씨 본인 걱정도 좀 하란 말이에요. 소멸해도 아무렇지도 않아요? 미래가 엉망으로 틀어져도 정말 괜찮아요? 동생이랑 납치된 여자는 찾아야죠. 하지만 도하 씨의 인생도 중요해요. 그걸 잊으면 안 된다고요."

"알고 있어."

그쯤은 알고 있었다. 괜찮다고 느낀 건, 이채가 바꾸는 미래가 싫지 않았기 때문이다. 아니, 조금 기대되기도 했다.

"아무튼! 공 작가님을 데려오는 건 절대로 안 돼요. 꿈도 꾸지 마요!"

"알았어. 이제 어쩔 셈이지? 앞으로는 상의하고 움직였으면 하는데."

"공류하 아파트를 한번 가보려고요. 집 비밀번호 알아요?"

"집은 몇 번이나 살펴봤어. 목걸이 관련된 정보도 거기서 얻은 거고."

"지금은 다를 수 있잖아요."

망설이던 도하는 류하의 방에 다채나 이채에 관한 자료가 없었다는 걸 떠올렸다.

"1, 2, 3, 4. 다르면 어쩔 수 없고."

"무슨 비밀번호가 그래요."

"류하는 그런 애야."

"되게 성의 없네."

도하도 공감한다는 듯이 미미한 미소를 보였다.

"가족들에겐 어쩔 셈이야. 열애설."

"그냥 맞다고 해야죠. 설명하려면 복잡하잖아요."

도하는 베란다 난간에 기대어 상체를 기울였다. 열애설은 이채의 미래에도 어떤 식으로든 영향을 끼칠 것이다. 그녀를 알아보는 사람이 많아질 것이고, 류하도 제 형의 여자 친구를 납치하는 일이니만큼 망설이게 될 것이다.

"그래. 그편이 더 안전할 테니까."

"네?"

"아니야."

"그보다 뭐든 빨리해요. 정말 누가 붙잡혀 있는 거면 구해야죠."

이채가 보채자, 도하의 눈빛이 짙어졌다.

"다행이야."

"뭐가요."

"연결된 사람이 당신이라서."

다시 이채의 얼굴이 붉게 타올랐을 때였다. 진동이 느껴져 이채는 손에 들린 휴대폰을 확인했다. 액정에 표시된 이름은 '공도하 작가님'이었다.

"아, 정말 적응 안 되네."

전화를 받자 공 작가의 목소리가 흘러나왔다.

"기사 올라갔어. 휴대폰은 잠시 꺼놓는 걸 추천해."

"알았어요. 잘 들어갔어요?"

"방금 들어왔어. 잘 자. 호텔녀."

"그렇게 부르지 마요!"

휴대폰 너머에서 나긋한 웃음소리가 들려왔다. 듣는 것만으로도 나른해지는 목소리였다. 매일 밤, 잠들기 전에 잘 자라고 말해준다면 좋을 것 같았다.

"알았어. 잘 자."

그렇게 말하는 목소리가 사뭇 다정해서 이채의 몸이 경직되었다. 가슴이 두근거리기 시작한 것이다. 나른하게 말하는 공 작가의 얼굴도 떠오르고 말았다. 그리고 그 모습은 앞에 서 있던 도하와 겹쳐졌다. 두근거림은 더욱 심해졌다.

얼굴이 빨개진 것은 아닐까 걱정하는데 바로 다음 전화가 걸려왔다. 액정에 떠오른 글자를 본 순간 떠오른 생각은 '망했다'였다. 눈썹이 처지고 어깨가 저절로 움츠러들었다.

이채는 조심스럽게 전화를 받았다.

"어, 엄마."

○○○

눈을 떠보니 시계가 오전 8시를 가리키고 있었다. 이채는 졸린 눈을 비비며 일어났다. 박 여사의 송환령이 떨어진 상태였다. 휴일 아침이라 늦잠이 절실했지만, 불호령이 떨어지기 전에 움직이는 게 나았다.

어젯밤에 꺼두었던 휴대폰을 켜자 부재중 전화 알림과 메시지 알림이 연달아 울렸다. 목록을 보니 한동안 연락하지 않았던 친구들의 이름도 더러 보였다.

- 너야?

- 설마 너냐?

- 너지?

- 너인 것 같아서 연락해봤어.

대부분 비슷비슷한 메시지였다.

조금 다른 메시지가 있다면 주아와 성수 정도랄까. 둘은 주점 '술술'에서 쏘라고 결의한 상태처럼 보였다. 모든 메시지를 무시한 이채는 단정한 옷을 챙겨 입었다. 박 여사에게 둘러댈 변명을 떠올리며 집을 나서는 그녀의 발걸음은 묵직했다.

'뭐라고 하지?'

머리를 굴려봤지만 '호텔'이라는 장소와 '열애 인정'이라는 기사 내용을 무마할 만한 변명이 떠오르지 않았다.

'죽었다.'

느릿느릿 움직였지만, 어느새 참치 천국 문 앞이었다. 방법은 한 가지뿐이었다.

'당당하게 혼나자.'

결심한 이채는 크게 심호흡을 하고 참치 천국의 문을 열었다.

"나 왔어."

말을 마치기도 전에 눈앞에 별이 보였다.

"이놈의 기지배가 미쳤나! 박물관 멀다고 내보내줬더니 남자랑 호텔을 가! 호텔을!"

"박 여사! 진정해. 진정. 혀, 혈압."

이채는 박 여사가 손에 쥔 국자를 피해 요리조리 뛰었다. 하지만 국자는 어김없이 이채의 등을 강타했다.

"내가 진정하게 생겼어! 남사스러워서 정말!"

"아파. 아파. 엄마."

"그럼 아프라고 때리지! 간지러우라고 때리냐!"

"아니야! 엄마! 거긴 호텔 카페라고. 커피 마셨어. 커피!!"

"커피를 뭐 한다고 호텔에서 마셔! 호텔에서!"

"결혼식 갔다가 1층에서 커피 마신 거야!"

"그래서 대문짝만하게 기사가 나!"

몇 대 맞으면서 요령이 생긴 이채는 쪼르르 피해서 테이블 뒤로 숨었다. 손님이 없기에 망정이지 망신살 뻗칠 뻔했다.

"자, 잠깐! 사귀는 건 맞아. 엄마. 그런데 호텔은 오해야. 우리 아직 전체관람가야. 청정해."

"넋 빠진 년아. 그게 말이 돼!"

"진짜야. 엄마. 사귀기는 하는데 만난 지도 얼마 안 됐고. 날 보석 다루듯이 해서. 완전히 아껴준다니까. 진짜야!"

보석도 따지고 보면 돌멩이니까.

"그런데 남자 놈은 왜 안 왔어?"

이채를 귀하게 여긴다고 받아들인 박 여사가 한풀 꺾인 목소리로 물었다.

"어떻게 와. 기자가 쫙 깔려서 집 밖으로도 못 나오고 있어. 음식도 못 시켜 먹어."

"나애희인지 나예리인지 뭔지 하는 여자랑 난 기사는 뭐고."

"우리 박 여사, 요즘 인터넷뉴스 열심히 보는구나. 오해야. 오해."

이채는 양손을 앞으로 뻗어 방어 자세를 취하며 테이블을 빙글빙글 돌았다. 다행히 박 여사는 조금씩 진정되어가는 것처럼 보였다. 이채는 조금 더 목소리를 높여 말했다.

"그건 진짜 지라시야. 확실해. 나랑 있었거든. 그날 밤에 나랑 있었는데 어떻게 나예희를 만나."

"밤? 바아암?"

"히익!"

박 여사와 이채의 숨바꼭질이 다시 시작되었다.

몇 대를 더 맞은 이채가 테이블 뒤에 숨어 팔뚝을 문지르는데 박 여사의 근엄한 목소리가 들려왔다.

"한번 데려와."

"좀 잠잠해지면 같이 올게."

"그래. 알아서 하겠지. 엄만 널 믿지만."

이제 됐다. '엄만 널 믿지만'이 나온 걸 보니 혼나는 건 끝이다. 이채는 문지르던 팔을 내리고 박 여사에게 다가섰다.

"믿어. 엄마. 날 믿어."

"그래도 생각 잘해. 잘생긴 놈은 얼굴값 해. 엄마 봐라."

순간적으로 아빠의 얼굴이 머릿속을 스치고 지나갔다. 경험에서 우러나오는 박 여사의 조언에 잠시 숙연해졌다. 잘생긴 아빠 때문에 박 여사가 얼마나 마음고생을 하고 살았는지 누구보다 잘 알고 있었다.

"엄마, 나 배고파."

이채는 분위기를 바꾸기 위해 박 여사에게 엉겨 붙으며 애교를 부렸다.

"뭐 한다고 밥도 안 먹고 다녀."

"엄마가 해 뜨면 튀어오라며. 나 말 잘 듣는 딸이잖아."

"기다려. 미역국 끓여줄게."

"고기 말고, 참치 넣고 끓여줘."

"제 아빠랑 식성은 똑같아서."

박 여사가 주방으로 들어가자 이채는 안도의 한숨을 내쉬었다. 이제 한고비 넘겼다. 테이블에 자리를 잡고 앉아 고개를 들어보니 음소거 된 TV 속에 '공도하 작가의 진짜 여자'라는 글자가 보였다. 연예계 소식을 전하는 프로그램에서 공 작가와 이채에 대한 보도가 막 시작되고 있었다.

이채는 박 여사의 눈치를 살피다가 슬쩍 채널을 돌렸다. 하지만 돌린 채널에서도 나예희에 대한 이야기가 흘러나오고 있었다.

"오늘 자고 갈 거지?"

"으응!"

이채는 갑자기 들려온 박 여사의 목소리에 화들짝 놀라 답했다.

"저녁은 불고기 전골?"

"좋지!"

이채는 이리저리 채널을 돌리다가 음악 프로그램에 고정했다. 열애설 후폭풍은 생각보다 거셀 것 같았다.

○○○

불길한 예감은 왜, 항상 현실이 되고 마는 걸까. 이채는 눈앞에 버티고 서 있는 육중한 대문을 올려다보았다.

'무슨 대문이…….'

처음에는 독립문인 줄 알았다.

"들어가시죠. 안에서 기다리십니다."

이채를 태워 온 무표정한 남자가 대문 안으로 들어서며 재촉했다.

"꼭 들어가야 하나요?"

그녀의 애절한 물음에도 남자는 기계처럼 답했다.

"기다리십니다."

얼떨결에 따라오기는 했는데, 약속한 것도 아니었다. 급한 일이 생겼다 말하고 도망칠까.

"저…… 나중에 다시 오면 안 될까요? 갑자기 와서 옷도 이렇고……. 급한 약속도 있고……."

"기다리고 계십니다."

남자는 또다시 입력된 말을 내뱉었다. 벽을 보고 말한다는 게 이런 기분일 것이다. 요즘은 음성인식 디바이스도 인공지능시대인데…….

이채는 한숨을 연거푸 쉬며 남자의 뒤를 따랐다. 그래도 오는 길에 공 작가에게 문자를 보내놓았으니 곧 구출될 거라는 희망이 있었다.

입구에서부터 주눅 들게 하는 저택은 안으로 들어갈수록 화려함을 더했다. 눈앞에 펼쳐진 정원의 규모에 이채의 어깨는 점점 쪼그라들었다. 류하의 SNS를 통해 보던 것보다 더 으리으리했다.

고래 등 같은 저택 안으로 들어가자 재희가 이채를 맞이해주었다.

"어서 와요."

그녀는 한눈에 보기에도 공 작가와 닮아 있었다. 지긋한 나이임에도 청순하고 우아하기까지 했다. 이채가 두 손을 모아 공손하게 인사했다.

"안녕하세요."

이렇게 된 거, 긍정적으로 생각하기로 했다. '우리 집 안은 널 받아들일 수 없다'라며 돈 봉투를 내민다면 곱게 챙기면 될 일이다. 어차피 백일 기한 열애설이니 며칠만 정리할 시간을 주시면 반드시 헤어지겠다고 답하는 것이다. 인신공격은 있겠지만, 조금 참으면 된다. 봉투는 곧 달려올 공 작가와 5:5로 나누고……. 아니다. 6:4가 좋겠다. 물론 그녀가 6이었다.

"이쪽으로 와요. 갑자기 오라고 해서 미안해요."

예상과 달리 친절하게 맞아준 그녀는 이채를 안쪽으로 이끌었다. 덕분에 따라가는 발걸음이 조금 편해졌다.

이채는 집 안을 둘러보며 굽이굽이 움직였다. 집 안에서 굽이굽이 움직일 수 있다는 건 정말 놀라운 일이다.

앞서 걷던 재희가 갑자기 걸음을 멈추자, 이채도 덩달아 걸음을 멈췄다. 그녀의 미소는 온화했다. 드라마에 나오는 천사표 사모님 같았다. 이러다가 갑자기 발톱을 드러내면 대반전이겠다는 생각을 하는데 그녀가 살짝 한숨을 쉬었다.

"험한 소리, 들을지도 몰라요. 내가 미리 사과할게요."

재희의 눈에는 걱정과 미안함이 담겨 있었다. 그냥 하는 말은 아닌 듯해서 이채는 애써 웃어 보였다.

"여기 오면서 각오는 했어요."

"우리 애, 잘 부탁하고요."

역시 어머니였던 모양이다. 이채는 괜히 기합이 들어가서 "넵." 하고 대답했다.

"고마워요."

그녀가 다시 앞장서기 시작했다.

뒤따라 들어간 공간은 응접실처럼 보였다. 완고해 보이는 얼굴의 남자가 어마어마한 크기의 소파에 앉아 신문을 보고 있었다. 아직도 신문을 구독해서 보는 집이 있다니 신기했다.

그는 이채가 가까이 다가가는 동안 눈길 한번 주지 않았다.

"왔어요."

재희가 기척을 냈다. 완고한 남자는 고개를 들어 이채를 확인하고는 다시 신문으로 시선을 돌렸다.

"자네가 정이채인가."

이채는 고개 숙여 인사했다.

"네. 안녕하세요."

그의 시선은 여전히 신문을 향해 있었다. 인사를 마친 이채는 가만히 서 있기가 민망해 눈치를 살폈다. 어색함을 녹일 듯이 부드러운 재희의 목소리가 적절하게 끼어들었다.

"차 드릴까요?"

"됐네. 손님도 아닌데, 차는 무슨."

"그래도……."

"나가 있어."

완고한 남자의 말에 재희는 몇 번 입술을 달싹이다가 몸을 돌려 밖으로 나갔다.

그 모습에 이채는 정색했다. 공 작가의 어머니를 막 대하는 것 같아서 마음이 불편했다. 신문을 한 장 넘긴 그가 말했다.

"도하랑 만난다고?"

쳐다보지도 않고, 앉으라는 말도 하지 않는 걸 보니 정말 손님으로 부른 건 아닌 모양이었다. 오기가 생긴 이채는 허리를 곧게 펴고 섰다.

"네."

이제 '내 아들한테서 떨어져' 내지는 '얼마면 돼'가 나올 차례인 듯했다. 요즘 로또 1등 당첨금액은 30억이 안 되는 경우가 많았다. 세금도 떼야 하니 현금으로 100억쯤 주면 떨어져준다고 할까. 그럼 저 완고한 얼굴의 남자는 뭐라고 말할까.

"결혼은 꿈도 꾸지 않는 게 좋을 거야."

만나자마자였다.

"직설적이시네요."

"흐흠."

남자가 헛기침하고 나서야 속마음을 말해버렸다는 걸 깨달았다.

"좀 돌려서 말씀하실 줄 알았거든요. 서론도 길지 않을까 했고요."

"미리미리 정신 차리라고 말하는 걸세. 저마다 어울리는 상대가 있는 법이야. 알 만한 나이 같은데."

이채는 조금 삐딱해진 시선으로 제 발끝을 노려보았다. 그녀가 대답이 없자, 남자는 신문을 내려놓고 눈길을 줬다.

"자네 부모님도 기대하는 게 있으실 텐데 미리 못 박아놓게. 딸자식 팔아 신세 고치려는 빈대 같은 분들은 아니길 비네."

'빈대?'

적당히 고개 숙이고 입 다물려고 했는데, 상대가 먼저 선을 넘었다. 이채는 고개를 쳐들고 남자의 눈을 똑바로 응시했다.

"어울리려면 어때야 하는데요?"

"어떨 것 같나."

"제 자산이 100억쯤 있으면 되나요?"

남자의 입가에 비웃음이 어렸다.

"그 정도면 나쁘지는 않은 조건이군."

"그럼 전 어울리는데요."

완고한 그의 표정에 금이 갔다. 그가 알아본 바로 이채는 입양아였다. 형편이 좋은 집도 아니었다. 그건 위장이고 누군가의 숨겨진 자식이라도 되는 건가.

그는 이채의 얼굴을 다시 훑었다. 자신만만한 얼굴인 걸 보니 추측이 맞을 수도 있을 것 같았다.

'자세히 보니까 김 회장 두 번째 부인이랑 닮은 것 같기도 하고.'

완고함이 조금 옅어진 남자가 물었다.

"왜 그렇게 생각하지."

"한 달 후, 로또에 당첨될 예정이거든요. 총 세 번이 당첨될 예정인데, 100억으로 부족하시면 2등까지 당첨되어 볼게요."

이채가 배시시 웃었다. 그녀의 답이 마음에 안 들었는지 남자의 얼굴이 붉으락푸르락해졌다.

"어른을 놀리면 못쓰네."

"미래는 모르는 거예요. 현재만 가지고 너무 무시하지 마세요. 제가 지금 도하 씨랑 결혼하겠다는 것도 아니잖아요. 결혼 반대는 일단 넣어두셨다가, 제가 결혼하겠다고 이 집에 찾아왔을 때 다시 꺼내주세요."

때마침 응접실로 들어선 공 작가의 웃음소리가 들렸다. 큰 걸음으로 걸어와 이채의 손목을 낚아챈 공 작가가 말했다.

"이번에는 아버지가 지신 것 같습니다. 이채 씨가 로또에 당첨되는 걸 기다려주셔야 할 것 같은데요."

"넌! 어디서 이런 여자를!"

"사진 보셨잖아요. 호텔이요."

공 작가는 이채를 밖으로 이끌었다. 그녀는 눈동자를 굴리다가 완고한 남자를 향해 꾸벅 고개를 숙인 채 끌려갔다.

그가 구출해준 건 고마운데, 이렇게 나가도 되는 건가 하는 의구심이 들었다.

'참을 걸 그랬나.'

진짜 사귀는 사이도 아니니 한 귀로 듣고 한 귀로 흘릴 수도 있었다.

"이렇게 나가도 돼요?"

"안 나가면, 우리 집에서 살래?"

"아뇨. 숨 막혀 죽고 싶지 않아요."

공 작가의 입가에 미소가 어렸다. 그를 따라 굽이굽이 움직인 이채는 다시 현관 앞에 도착했다. 그 앞에는 재희가 서 있었다. 그녀의 얼굴에는 걱정이 가득했다.

"이렇게 가면 아버지가 역정 내실 텐데."

공 작가는 그녀를 지나쳐 구두를 신으며 대답을 흘렸다.

"언제는 안 내셨나요."

"도하야."

"제 여자 친구예요."

갑자기 둘의 시선이 이채를 향해 쏟아졌다. 중간에서 어쩔 줄 모르던 이채는 어색하게 웃을 수밖에 없었다.

"인사 나눴어."

"어머니라고 말씀 안 하셨죠?"

재희를 향한 그의 얼굴에 비난이 첨부되어 있었다. 의아하게 생각한 이채가 둘 사이에 끼어들었다.

"말을 해야 아나요. 딱 봐도 공 작가님 어머님이신데. 소란 피워서 죄송합니다."

그녀가 예의 바르게 고개를 숙였다.

"고마워요."

재희는 부드럽게 웃었다. 고운 미소라 이채도 자연스럽게 따라 웃는데, 공 작가가 신발도 신지 않은 그녀를 잡아끌었다.

"갈게요."

"언제 또 올 거니?"

"조만간 들를게요."

이채가 서둘러 구두를 신자, 그가 먼저 밖으로 나갔다. 이채는 다시 고개 숙여 인사하고 공 작가를 따라 나갔다. 정원이 아름다워서인지 밖에 나오는 것만으로 숨이 탁 트이는 기분이었다.

"아, 살겠다. 바깥 공기가 이렇게 좋은 거였네요."

"미안해. 아버지가 이렇게 빨리 움직이실 줄은 몰랐어."

"괜찮아요. 대신 두 번은 안 불려오게 해줘요."

"그럴게."

이채를 바라보는 공 작가의 눈빛이 짙어졌다. 너무 대놓고 바라보는 것 같았다. 어색함을 참지 못한 이채가 물었다.

"왜 그렇게 봐요?"

"너무 쿨해서."

"별별 일을 다 겪고 나면요 웬만한 건 아, 그런가 보다 하게 돼요. 늘어나는 건 눈치에, 넘치는 건 쿨함이죠."

"무슨 일을 그렇게 겪었는데."

"있어요. 그런 게. 그런데 왜 여기서 안 살아요? 인터뷰 기사 보니까 여기서 산다고 나오던데."

"대부분은 작업실에서 지내. 인터뷰 기사를 봤으면 알 텐데 물어보지 않네. 거기에는 어머니가 돌아가셨다고 나와 있잖아."

갑자기 등 뒤로 식은땀이 흘렀다. 어색하게 웃어 보인 이채는 고인 침을 삼켰다.

"그런 얘기가 있었어요? 오다가 대충 사진만 봐서……."

"기사는 사실이 아니야. 저분이 진짜 어머니야."

"……닮았어요."

"어머니니까."

공 작가는 앞장서 걸으며 정원을 가로질렀다.

"이대로 가도 괜찮아요? 아버님 화 많이 나셨을 텐데."

이채가 종알거리며 따라가자, 공 작가가 뒤돌아보았다. 불어온 바람이 그의 앞머리를 흐트러트렸다. 가닥가닥 빛나는 머리카락이 비현실적으로 느껴졌다.

"그보다 좀 놀라긴 했어. 아버지 앞에서 의연하게 대처해서. 로또로 농담까지 하면서."

진담이었는데. 이채는 어깨를 으쓱여 보였다.

"말했잖아요. 별별일. 경험도 좀 있고요."

"경험?"

"호텔 계단에서 봤잖아요. 그 남자 어머님이 장난 아니시거든요. 공 작가님 아버님은 그에 비하면 양반이신 거예요."

이채가 그때를 떠올리며 몸서리치자 공 작가의 얼굴도 덩달아 찌푸려졌다. 호텔 계단에서 막무가내로 이채를 끌고 내려가던 윤우의 모습이 생각난 탓이었다.

"미안해. 좋지 않은 기억이 떠올랐겠네."

"미안하면 나중에 내 부탁 꼭 들어줘요."

"얼마나 어려운 걸 부탁하려고 또 강조해. 겁나게."

"고민 중이에요. 곧 말할 거니까 기대해요."

"그럴게."

맑게 웃은 이채의 시선이 나무 한 그루에 닿았다. 들어올 때는 긴장해서 발견하지 못했는데, 커다랗게 자란 무화과나무가 자리하고 있었다.

"무화과나무네요. 얼마나 된 거예요?"

"30년쯤."

공 작가가 재희의 손을 잡고 이 집에 들어왔을 때 가지고 온 것은 이 나무뿐이었다. 재희의 아파트에서 키우던 화분이었다. 다른 건 모두 버리고 새로 샀다. 유모를 들이면서 거창하게 이삿짐이 들어오는 건 이상하다는 게 이유였다.

“열매도 열려요?”

“응.”

“우와. 남쪽에서나 열매가 열리고, 서울에서는 열매 보기 힘들다던데.”

“어머니가 아끼시니까.”

“아끼니까 이렇게 잘 자라는구나.”

이채는 나무를 올려다보며 눈부신 미소를 지었다.

“나뭇가지 줄까? 작업실에 있던 화분도 이 가지를 꺾꽂이한 거야.”

“아니요. 그냥 이렇게 발견하는 게 좋아요. 잊고 살다가 이렇게 한 번씩 보는 거죠. 우연히. 선물 받은 것처럼.”

무화과나무를 보는 이채의 눈빛이 아련해서 궁금증이 일었다.

“무슨 사연이라도 있어?”

“사연이라면 사연이죠. 첫사랑에게 처음 받은 꽃이니까.”

“무화과를?”

“네.”

공 작가는 어이가 없었다.

어머니가 공 작가를 임신했을 때, 아버지는 무화과나무 화분을 선물했다고 한다. 다른 사람들과는 다른 형태로 살아가게 되겠지만, 사랑하지 않는 건 아니라는 해괴한 논리를 제시하면서 말이다.

공 작가는 개소리라고 여기고 있지만, 재희는 감동받았다고 했다. 그녀가 저 나무를 애지중지하는 이유였다. 여자에게 무화과나무를 선물하는 남자는 아버지 말고 없을 줄 알았다.

"낭만도 없네. 무화과를 꽃이라고 주는 남자가 첫사랑이야?"

"왜요. 어엄청 낭만적인데."

"언제? 스무 살 이후는 아니지?"

"일곱 살이요."

"첫사랑은 무슨. 어릴 때네."

삐딱하던 공 작가의 얼굴이 곱게 펴졌다.

"감상 끝! 가요."

이채는 씩씩하게 걸어서 대문을 먼저 빠져나갔다. 밖에는 아무렇게나 주차된 차가 보였다. 그가 얼마나 급하게 왔는지 알 것 같았다. 그러고 보니 옷매무새도 흐트러져 있었다.

"빨리 와줘서 고마워요. 아까는 정말 왕자님인 줄 알았어요."

"위험 속에 몰아넣었으니, 빨리 구하기라도 해야지. 요즘은 전개가 느리면 독자들이 싫어해."

"누가 작가 아니랄까 봐요."

부드럽게 웃던 공 작가는 집 주변에 있던 기자를 발견하고 보조석 문부터 열었다.

"공주님은 점심 아직이지? 밥 먹으러 가자. 또 사진 찍히게."

고갯짓한 공 작가가 나른하게 웃었다.

○○○

검은색 접시에 가지런하게 담긴 스페셜 초밥이 테이블로 서브되었다. 금가루 장식이 하얀 생선살 위에서 빛나고 있었다.

'맛있겠다.'

먹음직스러운 모습에 이채의 눈에 생기가 감돌았다. 그녀는 연어 초밥을 입안에 쏙 집어넣었다. 입에서 사르르 녹는 생선살을 음미하는데, 공 작가의 목소리가 들려왔다.

"우리 집엔 어떻게 간 거야?"

"엄마한테 갔다가 아침에 나와보니까 시커먼 차의 뒷문이 열리던데요. 납치인 줄 알았어요."

이채는 초밥을 오물거리며 답했다.

"진짜 납치면 어쩌려고 넙죽 탄 거야."

그 생각은 못 했다.

"좀 무방비하긴 했네요."

이번에는 금가루가 뿌려진 광어 초밥을 집어 들었다. 공 작가는 자신의 앞에 있는 초밥을 거들떠보지 않고 그녀의 움직임만 주시했다.

"또 볼 일이 있을 거라고는 생각했지만, 이렇게 빨리 볼 줄은 몰랐는데.”

“자주 봐서 귀찮아요?”

“귀찮을지 말지 고민 중이야.”

그는 자연스럽게 턱을 괴며 나른하게 웃었다.

“귀찮지 않은 거로 해요. 아버님 앞에서 울고불고하지 않았잖아요.”

“그건 기특해.”

이채는 초밥을 하나 더 입에 밀어 넣었다. 이번엔 참치 살이 입안에서 사르르 녹아서 사라졌다.

“여기 정말 맛있네요.”

로또에 당첨되면 박 여사와 다채를 데리고 함께 와야겠다고 다짐했다. 다다미방으로 이루어진 정통 일식집은 얼핏 보기에도 근사했다. 한 개의 방에 두 개의 테이블이 놓여 있었는데, 옆 테이블은 가족끼리 온 듯했다.

“가끔 가족 외식하던 곳이야. 출입 제한이 있어서 기자들한테 시달릴 일이 없거든.”

밖에 내보여서 좋을 것 없는 가족력 때문에 함께 외식할 수 있는 공간은 한정적이었다. 그나마 이곳에 올 때에도 아버지와 류하가 먼저 들어오고, 재희와 공 작가는 따로 들어와야 했다. 딱히 좋아하는 장소는 아니었지만, 이채가 맛있게 먹는 것을 보니 기분이 좋아졌다.

"엄마랑 언니랑 한번 와야겠어요."

"여기 회원제인데."

잠시 당황했던 이채는 곧 평정심을 되찾았다. 100억이니, 연회비든 뭐든 내면 되는 것이다. 다시 의기양양해져서 계란 초밥을 공략하려는데 그가 말했다.

"그러니까 어머니 모시고 올 때 날 불러."

이채는 눈을 한 번 깜박였다. 공 작가는 그녀가 다시 철벽을 치기 전에 덧붙였다.

"열애설도 났는데 인사는 드려야지."

"음, 그래요."

이채는 들고 있던 계란 초밥을 입에 쏙 넣었다. 보들보들한 계란이 새콤달콤하게 조미된 밥과 어우러졌다. 역시, 초밥의 정점은 계란 초밥이다.

시선이 느껴져 고개를 들어보니 공 작가가 그녀를 빤히 바라보고 있었다. 그는 아직 초밥에 손도 대지 않은 상태였다.

"밥 먹고 왔어요?"

"아니."

"왜 보고만 있어요? 맛있는데."

"잘 먹는 게."

예뻐서.

"네?"

“아니야. 먹어. 열심히.”

신경을 끊은 이채는 다시 입안에 초밥을 밀어 넣었다. 중간에 공 작가가 건네준 초밥까지 사양하지 않고 먹었더니 배가 빵빵해졌다.

그때였다. 다다미방 안에서 스마트폰 촬영음이 들렸다. 반사적으로 고개를 들어보니 옆 테이블의 소녀가 사진을 찍고 있었다. 이채와 눈이 마주친 소녀는 황급히 휴대폰을 내렸다.

“우리 사진 찍히는 것 같은데요.”

이채가 우롱차를 홀짝이며 속삭이듯 말하자, 그가 나른하게 웃었다.

“잘됐네.”

“뭐가요?”

“호텔보다는 일식집이 낫잖아.”

맞는 말이다. 호텔 사진보다는 일식집이 백배는 더 나았다. 사진이 돌고 돌아 기사가 나더라도 일반인인 이채는 모자이크 처리를 해줄 것이다. SNS 계정에서 떠돌아다닐 사진은 문제겠지만.

“예쁘게 먹을 걸 그랬나요?”

조금 후회되었지만, 이미 다 먹어버린 다음이었다. 인터넷 게시판에 ‘호텔녀 엄청나게 잘 먹음’이라는 글이 올라갈 것만 같았다.

“예쁘게 먹었어.”

망할 심장. 또 뛴다. 과거와 미래를 번갈아 가며 그를 만난 지 얼추 보름 정도 되었다. 이제는 적응될 법도 한데 자꾸만 심장이 요동쳤다.

'나예희는 더 예쁘게 먹었을 텐데 뭐. 진정하자. 심장아.'

심장을 다독이던 이채는 이참에 궁금한 걸 물어보기로 했다.

"나예희랑은 어떤 사이예요?"

"이제 나한테 관심이 생긴 건가?"

"아니, 그냥 알아는 둬야 하잖아요. 나중에 실수할 수도 있고."

"밥 한 번 먹었어. 오사카에서 만난 건 형의 농간인 것 같고."

"으음, 네."

윤형의 농간이라고 해도 나예희가 맞장구를 쳐주지 않으면 이루어질 수 없는 만남이었다. 이채가 뜨뜻미지근하게 답하자 공 작가의 입꼬리가 쓱 올라갔다.

"신경 쓸 거 없어. 다 먹었으면 일어날까?"

"그래요."

그가 계산하는 동안, 화장실에 다녀온 이채는 주변을 두리번거렸다. 그러다 유리문 밖에 서 있는 공 작가를 발견했다. 밖으로 나가자 그가 자동차 보조석 문을 열어주었다.

이채가 머뭇거리자 그가 재촉했다.

"타."

이채는 사양의 뜻으로 한 걸음 뒤로 물러섰다. 그녀에겐 따로 가봐야 할 곳이 있었다.

"전 여기서 따로 갈게요. 들러야 할 데가 있어요."

"타. 데려다줄게."

"안 그래도 되는데."

"내가 그러고 싶어. 타."

난감해진 이채는 눈동자를 한 번 굴리다가 보조석에 올라탔다. 문을 닫아주고 운전석에 오른 그가 이채를 돌아보았다.

"어디로 가?"

"그냥 집으로 가요."

"서운하네, 내가 귀찮아?"

"아뇨. 그게 아니라 작가님이랑 같이 갈 곳은 아니라서요."

그와 함께 류하의 아파트에 갈 수는 없었다.

"호칭 바꾸는 게 어때?"

"네?"

"남자 친구를 그렇게 부르는 사람이 어디 있어."

그의 말이 맞다. 다른 이들이 들으면 이상하게 여길 것이다. 여자 친구 역할을 하기로 했으면 제대로 해야 했다. 그럼.

"도하야?"

"너무 중간이 없는 거 아닌가?"

"원하는 걸 말해 봐요."

"자기야?"

오그라드니까.

"그건 패스."

"그럼 오빠?"

"오빠도 아니잖아요. 패스."

공 작가의 눈매가 부드럽게 휘었다.

"여보? 내 사랑? 서방님? 허니? 달링?"

그가 늘어놓은 별칭에 이채의 미간이 찌푸려졌다.

"지금 나 놀리는 거죠. 다 패스."

"그럼…… 도하 씨?"

"그건 싫어요!"

'도하 씨'에서 타협할 줄 알았는데 가장 단호한 거절이었다.

"까다롭네."

공 작가가 픽 웃었다. 까다로운 여자는 싫은데, 이상하게 싫지 않았다.

"더 고민해보지 뭐."

호칭 정리를 하는 동안 공 작가의 차는 도심을 가로질렀다.

평소 걸어 다니는 풍경이 그녀의 옆을 빠르게 지나쳐갔다. 한번은 창밖으로 한번은 공 작가로, 번갈아 가며 시선을 주던 이채는 토마토 빌라가 보이자 입을 열었다.

"데려다줘서 고마워요."

"생각보다 가깝네. 좀 천천히 올걸 그랬나."

그가 눈을 휘며 웃었다. 차가 멈춰 서자 쪼르르 내린 이채가 인사했다.

"조심히 돌아가세요."

그대로 돌아갈 줄 알았던 공 작가는 이번에도 차에서 내렸다.

"어서 들어가."

"먼저 가요."

"올라가는 거 보고. 몇 층이야?"

"5층이요."

"얼마나 더 데려다주면 차 한잔하고 가라고 할 거야?"

"안 해요."

그녀가 정색하자, 공 작가는 웃음을 터트렸다.

"들어가."

이채는 그가 시키는 대로 건물 안으로 들어갔다. 유리문을 닫으며 고개를 돌려보니 공 작가가 가볍게 손을 흔들고 있었다. 어색하게 웃어 보인 이채는 정신없이 계단을 올라갔다. 온종일 심장이 혹사당하고 있었다.

'정신 차리자. 정신!'

손을 들어 양 볼을 짝 소리 나게 때렸다. 마음을 다잡고 집 안으로 들어서서 불을 켜자 건너편 베란다에 앉아 있는 도하가 보였다.

'커튼, 쳐놓고 나갈걸.'

방 안을 왔다 갔다 하는 동안 도하의 시선이 계속 따라왔다. 냉장고에서 물을 찾아 한 모금 마시고 베란다를 힐끔거렸다. 여전히 그는 이채를 바라보고 있었다.

물컵을 내려놓은 이채는 베란다를 향해 움직였다. 문을 열자마자 그가 훌쩍 베란다를 넘어왔다. 그리고 마치 제집처럼 안으로 들어왔다.

놀란 이채가 주춤 물러났다.

"하, 할 말 있어요?"

식탁 의자에 앉은 그가 물었다.

"얼굴이 빨간데. 감기 걸렸어?"

반사적으로 거울을 보니 정말 얼굴이 붉게 물들어 있었다.

"계단을 빨리 올라와서 그래요."

"어젯밤엔 왜 안 들어온 거야? 무슨 일이 생긴 줄 알았잖아."

걱정해준 건가. 도하의 얼굴을 자세히 보니 안색이 좋지 않았다. 조금 화가 난 것도 같았다.

"엄마한테 갔다 왔어요. 그보다 오늘 밖에 나갔다 왔어요? 미래가 좀 변했을 텐데."

도하의 미간이 단번에 찌푸려졌다.

"또 무슨 일이 있었어?"

"아버님께 불려갔다 왔거든요. 집이 으리으리하던데요."

도하는 심각해진 표정으로 돌아앉았다.

"괜찮아?"

"괜찮아요."

"아버지 보통이 아니신데."

"나도 보통은 아니라서요. 혈압약 드시거나 지병은 없으시죠?"

그제야 도하의 표정이 풀어졌다.

"건강하셔. 무슨 짓을 했길래."

"무슨 짓까지는 아니고, 살짝 반항을 해봤죠. 덩달아서 공 작가님도 함께 반항을 해버렸고요."

말하고 나니 괜히 머쓱해진 이채는 배시시 웃는 걸 택했다.

"좀, 불안한데."

"불안할 정도는 아니고요. 그래서 공류하 집에는 아직 못 가봤어요."

"내일 가볼 건가?"

"그래야죠. 그런데 우리 이렇게 여유 있어도 돼요? 좀 더 보챌 줄 알았는데. 지금 그 여자분은 어딘가에 갇혀 있는 거잖아요."

도하의 표정이 어색해졌다. 지금 다채는 납치된 상태일 것이다. 그녀가 여행을 떠난 상태라고 믿고 있는 이채를 보면 양심의 가책이 느껴졌다.

"반년 후까지는 괜찮으니까. 괜히 조급하게 굴다가 일이 틀어지면 안 돼. 지금은 목걸이 완성이 먼저야. 내가 제작한 목걸이를 사용할 수 없어서 지체된 감은 있지만 아직은 괜찮아."

그가 무슨 말을 하는지는 이채도 이해하고 있었다. 하지만 사람이 갇혀 있다는데 너무 느긋한 감이 있었다.

“어떻게 하려고요?”

“모조 목걸이로 불러내서 은신처를 알아내야지. 그전에 류하를 설득할 수 있으면 좋고, 아니면 목걸이를 가지고 협상하는 방법도 있어.”

“설득할 방법은 있어요?”

“공 작가가 움직일 거야. 아마도.”

공 작가가 움직인다는 말에 이채가 눈을 한 번 깜박였다.

“어떻게 알아요?”

“당신 덕분에 기회가 생겼어. 일단은 나잖아. 행동 패턴 정도는 짐작할 수 있으니까.”

이채는 타로점을 시작으로, 류하를 떠올릴 만한 말을 중간중간 했다. 눈매가 사나워질 뿐 별다른 언급이 없어서 실패했다고 생각했는데.

“효과가 있었네요.”

“목걸이는 만들고 있어?”

“아는 업체에 부탁했어요. 기본 틀이 만들어지면 내가 세부작업을 할 거예요. 걱정하지 마요. 똑같이 만들 테니까.”

“완성되면 바로 움직이지.”

“알았어요.”

이채는 도하의 얼굴을 빤히 보았다. 이제는 그를 보고 있는 것만으로도 가슴 한쪽이 아릿했다. 공 작가와 있을 때 설레는 것과는 또 다른 느낌이었다. 한 사람에게 두 가지 감정을 느낀다는 건 조금 웃기지만.

"왜?"

"아니, 아니에요."

이채는 어색하게 웃으며 베란다로 나갔다. 바람이라도 쐬야겠다는 마음이었는데, 무언가 이상했다. 베란다가 조금 달라져 있었다.

"어?"

베란다 난간 앞에 발판이 있었다. 그리고 베란다와 베란다 사이를 잇는 나무판이 그 발판과 연결되어 있었다. 두 개의 베란다 사이에 일종의 다리가 생긴 셈이었다.

"도하 씨가 만들었어요?"

뒤따라 나온 도하가 대답했다.

"또 떨어지지 말라고."

"우와. 고마워요."

"고마울 거 없어. 끌어올리기 힘들어서 만든 거니까."

그렇게 말하는 도하의 눈빛에서 약간의 온기가 느껴졌다. 이제 쓸모 있는 돌멩이를 넘어 애완 돌멩이 정도는 된 걸까.

"예쁜 짓 해놓고 말로 까먹으려고요?"

이채는 베란다 난간을 손에 쥐며 배시시 웃었다. 그리고는 베란다를 훌쩍 넘었다.

"뭐 해?"

"개시해야죠."

베란다를 넘었지만, 나무판 때문에 땅이 내려다보이지 않았다. 생각해보면 5층인데 겁도 없이 넘어 다녔다. 이채는 나무판에 오른발을 올려 보았다. 탄성이 느껴지는 나무는 거침없이 매끈했다.

"밟아도 되는 거죠?"

"몸무게가 100킬로그램을 넘지 않는다면."

"아휴, 뛰어도 되겠네."

너스레를 떤 이채는 오른발을 디디고 반대편 베란다 난간을 손에 쥐었다. 거리가 좁아서 한 발을 디디는 것만으로도 수월하게 넘을 수 있었다.

뒤돌자 베란다 난간에 기대어 있는 도하가 보였다.

"고마워요."

그와 함께 있는 이 시간이 좋았다. 만남이 계속되지 못한다고 해도 상관없었다.

따지고 보면 모든 인연이 마찬가지다. '계속' 만날 수 있을지는 아무도 모른다. 미래를 알 수 있는 사람은 없으니까. '영원'히 함께 하겠다는 다짐도 현재의 마음일 뿐이다. 미래에는 다른 사람을 보고 '영원'을 말할 수도 있는 게 사람이니까.

그러니 미래가 좀 불투명하다고 해도 괜찮지 않을까. '지금' 좋으니까. '지금' 이렇게 설레니까.

차르랑 차르랑, 베란다엔 어김없이 기분 좋은 바람이 불었다.

○○○

이채는 공원을 가로질렀다. 박물관을 향해 나 있는 인도를 따라 걷다 보니 공 작가와 만났던 카페가 보였다.

'재킷 돌려줘야 하는구나.'

오늘은 잊지 말고 드라이클리닝을 맡겨야겠다. 산책하듯 걷다 보니 박물관이 조금씩 가까워졌다. 그런데 정문 앞이 이상할 정도로 분주했다.

'무슨 일이지?'

개장 시간 전부터 사람이 모여 있는 일은 드물었다.

가까이 다가가자 그들의 목에 대포처럼 생긴 카메라가 걸려 있는 걸 확인할 수 있었다. 그들은 정문 앞에 서서 출근하는 여직원들을 한 명 한 명 살폈다. 대포를 손에 든 남자가 지나가던 직원에게 "정이채 씨를 아십니까"라는 질문을 던졌다.

화들짝 놀란 이채는 가로수 뒤로 몸을 숨겼다. 집 주변이 조용해서 잠시 잊고 있었다. 일반인인 이채를 노리고 박물관까지 취재하러 오다니 너무한 것 아닌가.

'어쩌지.'

눈동자를 굴리던 이채는 주아에게 전화를 걸었다. 신호음이 한 번 울리기도 전에 목소리가 흘러나왔다.

"호텔녀! 어디야? 지금 박물관 앞에 장난 아니다?"

"안 그래도 정문 앞이야. 차 가지고 왔으면 나 좀 주워줘."

"안 가져왔는데. 잠깐만, 성수야! 차 가져왔어? 나가서 이채 좀 구해와! 응. 성수가 간대."

"살았다. 빨리 오라고 해. 나 '술술' 앞에 있을게."

이채는 뒷걸음질 쳐서 골목으로 숨어들었다. 주점 '술술' 입간판 앞에 쪼그리고 앉아 있다 보니 성수의 파란색 차가 도착했다. 뒷좌석에 쪼르르 올라탄 이채는 한숨부터 푹 내쉬었다.

"살았다. 감사."

"사고 한번 크게 쳤네. 어머님이 뭐라고 안 하셔?"

"국자와 진지하게 대화했지."

이채는 헝클어진 머리카락을 매만지며 룸미러를 확인했다. 룸미러에 반사된 성수의 눈이 붉게 충혈되어 있었다.

"너 눈이 새빨개. 10만 피스가 잘 안 맞춰져?"

"뭐 그렇지."

자동차는 곧 박물관 지하주차장 입구로 들어섰다. 성수가 말을 이었다.

"엎드려."

"응?"

성수가 전방을 향해 턱짓했다.

몇몇 열성적인 기자들이 카메라를 들고 지하주차장으로 들어서는 자동차까지 확인하고 있었다. 성수의 차는 좌우로 썬팅이 짙게 되어 있었지만, 전후방 유리는 그러지 못했다. 숨는 게 최선이었다. 이채는 밖에서 보이지 않도록 몸을 수그렸다.

다행히 기자들은 남자 혼자 탄 자동차에는 크게 관심을 두지 않았다.

성수는 지하 깊숙한 곳에 주차했다. 직원전용 엘리베이터가 가까운 곳이기도 했다. 두 사람은 차에서 내려 바로 엘리베이터에 올라탔다.

"고맙다아."

"술술에서 한번 쏴."

"접수."

기지개를 켠 이채는 엘리베이터 문이 열리자 자연스럽게 복원실로 움직였다. 사무동에 진입하자, 성수가 어깨를 툭툭 건드렸다.

"먼저 가 있어. 난 자료실에 들렀다가 갈게."

"있다 봐."

성수와 헤어지고, 박물관 사무동을 지나는데 여기저기서 수군거림이 들려왔다.

"고 팀장 결혼식에 공도하랑 같이 갔대."

"대박. 제대로 한 방 먹였네. 너보다 잘난 놈 만난다고 시위한 거잖아."

"이럴 줄 알았으면 공도하 자료지원 내가 할걸. 나 왜 안 한다고 했니. 지난날의 내가 원망스럽다."

"네가 했으면 자료지원만 하고 끝났을걸."

"팩트 폭력이냐."

최대한 조용하게 말하고 있는 것 같았지만, 울림이 큰 건물 구조상 복도까지 다 들렸다. 이채는 일부러 발걸음 소리를 내지 않고 복원실 앞까지 걸어갔다. 그리고 살금살금 문을 열었다.

비어 있을 거라고 생각했던 복원실은 몇몇 사람으로 인해 부산스러웠다.

"왔어요?"

한쪽에 앉아 있던 전략홍보실 최 과장이 일어서며 인자하게 웃었다. 이채는 무슨 일인가 싶어 눈을 한 번 깜박였다. 최 과장은 볼일이 있으면 부르는 사람이지, 직접 찾아오는 사람이 아니었다.

"안녕하세요."

뒤늦게 인사하고 보니, 부산을 떨고 있는 두 남자가 눈에 들어왔다.

"이거 설치해주려고요."

최 과장이 가리키는 곳에 전자동 에스프레소 머신이 설치되어 있었다. 그 옆에는 포장도 벗기지 않은 새 원두가 놓여 있었다. 분주하게 움직이는 남자들은 설치기사였다.

"이게……."

"복원 2팀에 내리는 상이죠. 그동안 수고했다고요."

"아, 네. 감사합니다."

일단 상이라니 받고, 감사하다고 말하긴 했는데 뭔가 떨떠름했다.

"주말 내내 포털사이트 검색어 순위에 복원사와 황 박물관이 올라 있던 것 알아요? 복원사가 어떤 직업인지 모르고 있던 사람이 그만큼 많았다는 거죠. 우리 박물관도 그렇고요. 규모는 크지만, 외곽이라 접근성이 좀 떨어지긴 했잖아요. 관장님도 흡족해하세요."

"아, 네."

열애설 났다고 칭찬받을 줄은 몰랐다.

"예쁘게 잘 만나요."

"네에."

이채의 눈썹이 조금씩 처졌다. 차마 100일쯤 있다가 결별설을 낼 거라고 말할 수가 없어서 어색하게 웃어야 했다.

"그리고 이왕이면 우리 박물관에서 데이트 한번 해요. 우리가 티 안 나게 따라다니면서 촬영할게요. 할 수 있죠?"

에스프레소 머신은 훼이크. 이게 본론이었던 모양이다.

"그건 좀……."

활짝 웃은 최 과장이 힘주어 말했다.

"왜, 남자 친구인데 그 정도도 못 해줄까. 날짜 잡아서 말해줘요."

최 과장은 몇 번이나 격려의 말을 건넨 뒤 사라졌다. 문을 열고 나가며 이채에게 눈을 찡긋거리는 것도 잊지 않았다. 분주한 설치 기사들을 응시하던 이채는 허물어지듯 책상 위에 엎드렸다.

"출근하자마자 왜 이렇게 피곤하지."

곧이어 성수가 안으로 들어왔다. 가까이 다가온 성수는 엎드려 있는 이채와 에스프레소 머신을 번갈아 보았다.

"뭐야? 갑자기 웬 에스프레소 머신?"

"하늘에서 떨어졌어."

이채는 책상에 얼굴을 묻은 채 웅얼웅얼 대답했다. 그러는 사이에 포장재 수거를 마친 기사가 성수에게 간단한 조작법을 설명해 주고는 밖으로 나갔다.

"커피 마실래?"

"아니. 누가 더 찾아오기 전에 특수 서고나 들어가야겠다."

주섬주섬 일어난 이채는 필기도구와 카메라를 들고 특수서고로 움직였다. ID 카드를 찍은 그녀는 서고 안으로 들어섰다. 주아에게 부탁해 일시적인 출입 권한을 받아둔 상태였다.

황 박물관의 특수서고는 100평 남짓한 공간이었다. 벽에는 원본과 번역본, 해석본이 빼곡하게 진열되어 있었다. 원본은 열람할 수 없었지만, 번역본과 해석본을 볼 수 있다는 것만으로도 가치가 있었다.

'어디부터 볼까나.'

오래된 종이 냄새가 코끝을 자극했다. 처음 들어오는 특수서고라서 살짝 들뜬 상태였다. 이채는 몇 시간에 걸친 자료 검색 끝에 원하는 것을 찾아냈다.

고려 시대 구전설화를 엮은 고서였는데 그 안에서 시간을 떠도는 목걸이와 관련된 내용을 발견한 건 기적에 가까웠다. 하지만 번역본을 단번에 읽어 내려가기엔 어려운 단어가 많았다.

이채는 한 페이지씩 사진을 찍어가며 번역서에 적힌 글귀를 따라서 읽었다.

"문에서 문으로. 그 사람에게 가장 필요한 시간과 연결된다."

가장 필요한 시간과 연결된다는 부분에서 이채는 고개를 갸웃했다. 왜 3년 후의 도하와 연결된 것인지 알 수 없었다.

'지금 나한테 가장 필요한 게 돈이었나?'

일단 앞부분을 흘려 넘긴 이채는 다음 구절을 읽어 내려갔다. 설화에 따르면 시간 여행의 시차는 3년으로 고정된 게 아니었다.

'그럼 돈은 아니잖아.'

일주일 후의 성수나 주아와 연결된다면 둘이 공모해서 100억이 아니라 1000억이라도 모았을 것이다. 이채는 다시 해석본으로 시선을 돌렸다. 설화 속의 주인공은 안방 문과 용궁의 대문이 연결되어 있었다고 했다.

'고려 시대에는 베란다가 없었지.'

이야기의 주인공은 한 달간 용궁에 머물렀다. 그곳에서 만난 용왕은 그를 극진히 대접해 주었다. 꿈같은 한 달을 보내고 돌아가 보니 집 안이 난장판이 되어 있었다. 가문이 역적으로 몰려 멸문지화를 당한 것이다. 뒷이야기는 혼자 살아남은 남자가 정적에게 복수한다는 내용을 담고 있었다.

이채는 해석본을 내려놓고 시간을 확인했다. 생각보다 많은 시간이 흘러 있었다. 서둘러 서고 밖으로 나가자, 사람들의 시선이 느껴졌다. 빼곡하게 달려드는 시선은 상당한 피로감을 주었다. 표정 하나, 걸음걸이 하나하나까지 신경 써야 했다.

주변의 시선을 뚫고, 힘차게 복원실까지 직진하려던 이채의 결심은 주아로 인해 좌절되었다.

"호텔녀! 어디 가?"

짓궂게 웃은 주아가 커다란 머그잔을 들고 다가왔다.

"그렇게 부르지 마. 제발."

이채의 눈썹이 아래로 처졌다. 그녀의 곁에 선 주아가 넌지시 물었다.

"어떻게 된 거야. 공도하랑 그런 사이 아니잖아. 사진 찍힌 데는 고 팀장 결혼식장이었고."

"어쩌다 만나서 커피 마셨는데, 사진이 찍혔어."

"오. 흥미진진한 전개. 이러다 정말 잘되는 거 아니야?"

그렇게 돼도 이상할 게 없었다. 공 작가는 호감을 드러내고 있었고, 이채는 그를 보면 설렜다. 그런데 선뜻 그럴 것 같다는 대답이 나오질 않았다. 베란다 너머의 도하가 생각난 탓이었다. 어차피 같은 사람인데 왜 이런 기분이 드는 걸까.

"글쎄."

"어머나. 어머나. 아니라고는 안 하네."

"뭔가 좀 미묘해."

"뭐가 미묘해. 공도하가 좋다고 하면, '감사합니다' 하고 절해야지."

"있잖아. 지금의 나에게 가장 필요한 건 돈인가? 나한테 가장 필요한 게 뭐지?"

"뜬금없이 그게 무슨 말이야. 우리에게 필요한 건 언제나 돈이지. 아니면 돈 많은 남자? 공도하가 딱이네. 집안 장난 아니라며."

이채는 머릿속이 점점 더 복잡해지는 기분이었다. 걷다 보니 주아와 함께 복원실을 향해 걷고 있었다.

"그런데 넌 어디 가?"

그녀는 머그잔을 흔들며 히죽 웃었다.

"에스프레소 머신 개시해야지."

복원실 문을 열고 들어서자 성수가 가슴께까지 맞춰놓은 석상을 노려보고 있었다. 이채와 주아가 들어섰는데도 눈치채지 못한 듯했다. 이채는 성수에게 다가갔고, 주아는 에스프레소 머신을 향해 돌진했다.

"왜? 뭐가 잘 안 돼?"

성수는 이채의 물음에도 석상에서 시선을 떼지 않았다.

"아니야. 그냥 좀 피곤해서. 어? 주아 왔네."

"정신 차려. 넋 놓고 있지 말고."

"그래야지."

"차라리 한숨 자. 너 지금 눈에서 불날 것 같아."

한동안 대답 없던 성수는 이채가 자리에 앉자 뒤늦게 웅얼거렸다.

"……있잖아. 누나 말이야."

에스프레소 머신과 씨름하는 주아를 지켜보던 이채가 고개를 돌렸다.

"응? 왜?"

"아니야."

"뭐? 말을 해."

"나중에. 나중에 말해줄게."

작업을 시작하려는 듯 도구를 정리하던 그는 갑자기 휴대폰을 챙겨 들고 휑하니 나가버렸다.

'왜 저러지?'

성수는 말을 가려 하는 성격이 아니었다. 오히려 뇌를 거치지 않고 바로바로 말을 뱉어서 항상 이채에게 핀잔을 들었다.

'무슨 사고라도 쳤나.'

이채는 성수에 대한 생각을 뒤로하고 자료실에서 가져온 자료를 정리하기 시작했다. 고려청자에 대한 자료를 정리하고 나니 연옥 목걸이에 대한 설화 자료만이 남았다.

설화 속 남자는 복수를 마치고 어떻게 됐을까.

'일이나 하자. 일.'

며칠간 정신 줄을 놓고 살았던 탓에 일이 산더미처럼 쌓여 있었다. 게다가 특수서고에 들어가기 위해 고려자기 복원도 맡아버렸다.

"으아악."

요란한 소리에 고개를 들어보니 주아가 아직도 에스프레소 머신과 씨름하고 있었다.

"오늘 안에 커피 마실 수 있겠어?"

"이거 어떻게 하는 거야. 우유는 어디에 넣어?"

"성수가 들어서 난 모르는데."

"얘 어디 갔어?"

"글쎄. 조금 전에 나갔어."

"개똥도 약에 쓰려면 없다더니. 선현의 말씀은 틀리는 법이 없어."

"그보다 재 요즘 좀 이상하지 않아?"

"원래 이상했어."

"그런가."

이채는 슬쩍 고개를 돌려 성수의 빈자리를 바라봤다.

○○○

재킷을 세탁소에 맡기고 집으로 돌아온 이채는 청소를 시작했다. 수시로 들이닥치는 도하 때문에 나날이 부지런해지고 있었다. 봄날 같은 멜로디에 돌아보니 휴대폰 액정에 빛이 들어와 있었다.

전화를 받자, 주아의 발랄한 목소리가 들려왔다.

"퇴근했어? 술술에서 한잔할래?"

"나 집인데."

"빨리도 갔다. 연애하더니, 자기 변했어."

주아는 놀리고 싶어서 몸이 근질근질한 듯했다. 이채는 책장의 먼지를 털어내며 대꾸했다.

"연애 아니야."

"아니긴. 자꾸 엮이다가 진도 나가면 그게 연애지. 연애가 별거니? 당장 베란다 문을 열어!"

"날 돌멩이 보듯이 해. 호감은 있지만 딱 거기까지랄까."

주아가 혀를 찼다.

"너 지금 뭐 입고 있어?"

"옷? 편하게 입고 있지."

"집이라고 해도 밤마다 마주친다면서. 어쩔 수 없군. 그걸 꺼내야겠다."

주아의 목소리에 비장함이 감돌았다.

"그거라니?"

"성수 생일 선물."

"됐어. 그걸 어떻게 입어."

"어허, 일단 입어. 입고 내일 후기 말해줘. 파이팅!"

통화를 끝낸 이채의 시선은 어느새 옷장을 향해 있었다. 구석에 박아두었던 블라우스를 꺼낸 그녀는 한동안 레이스 망사를 노려보았다.

'그래. 입어만 보자. 입어만.'

블라우스를 입은 이채가 거울 앞에 섰다. 앞모습은 단정했다. 포인트 단추도 고급스러운 느낌이라 마음에 들었다. 문제는 역시 등이다. 레이스 무늬가 촘촘하게 있기는 했지만 벗은 것과 다를 게 없었다. 오히려 벗은 것보다 더 야릇했다.

'밖에는 못 입고 나가겠네.'

앞모습과 뒷모습을 번갈아 확인하던 이채의 입에서 바람 빠지는 소리가 났다. 이런 옷으로 어떻게 할 수 있는 남자가 아니었다. 예희가 짧은 미니스커트를 입고 들이닥쳤을 때에도 귀찮은 기색이 역력했다.

블라우스를 다시 벗으려는데 귓가에 빗소리가 들려왔다. 추적추적 내리는 빗소리는 그녀를 베란다로 이끌었다. 베란다 커튼을 걷고 밖을 내다본 이채의 입에서 탄성이 흘러나왔다.

베란다가 인접한 곳으로 빗물이 한 방울도 들이치지 않았다. 마치 유리 터널 안에 들어와 있는 것 같았다. 베란다로 나가 머리 위에서 사라지는 비를 하염없이 바라보던 이채는 이 순간을 그와 공유하고 싶어졌다.

"도하 씨!"

불러봤지만 건너편에선 아무런 기척이 없었다. 항상 베란다에 있던 사람이 보이질 않으니 기분이 이상했다. 되돌아보면 그는 항상 티 테이블에 앉아 있었다.

"도하 씨 없어요?"

이채는 베란다 난간을 타고 넘었다. 나무다리 덕분에 건너편으로 넘어가는 일은 한결 수월했다. 그의 베란다 문을 열고 고개를 들이민 이채가 다시 이름을 불렀다.

"도하 씨?"

대답은 들려오지 않았다. 비 내리는 풍경을 함께 보고 싶었는데, 어쩐지 조금 실망스러웠다.

'고서에 관해 얘기할 것도 있는데.'

집으로 돌아가려던 이채는 멈칫했다. 그녀의 눈에 노트북이 들어온 것이다. 순간적으로 그녀의 눈이 반짝였다.

'그래. 이건 도와주지 않겠다는 게 아니라, 보상을 먼저 받는 것뿐이야. 돈이 많으면 사건을 풀기가 더 수월하잖아.'

자기 합리화를 마친 이채는 거실로 들어서서 노트북 전원을 켰다. 파란색 기본 바탕화면 위에는 '글'이라는 폴더 하나와 메모장 아이콘이 하나가 떠 있었다.

극단적인 미니멀리즘을 보여주는 바탕화면이었다. 처음 만난 날 호텔에서 봤던 그의 휴대폰 화면도 이와 비슷했다. 마우스를 들어

이리저리 클릭하며 인터넷 창을 찾아낸 이채는 바로 문제에 직면했다. 이 노트북, 인터넷 연결이 되어 있지 않았다.

"이런 철두철미한 남자."

검색되는 와이파이를 찾아봤지만 죄다 비밀번호가 걸려 있었다. 로또 당첨 번호를 알 수 없게 된 그녀는 투덜거리며 소파에 기대어 앉았다. 그리고 프린터기 위에 놓여 있던 종이뭉치를 슬쩍 들어보았다.

류하의 사건 자료였다. 이전에 이채가 읽었던 것과는 조금 다른 듯했다. 그녀는 서류를 읽어 내려가기 시작했다.

천천히 정독하던 이채의 눈빛이 어느 시점부터 흔들렸다.

'피해자 정다채? ……언니 이름이 왜 여기에 있는 거지?'

6개월 뒤에 변사체로 발견되는 여자의 이름이 정다채였다.

'설마, 동명이인이겠지.'

다채는 누군가의 원한을 살 만한 사람이 아니었다. 그녀는 모든 일에 냉정한 편이었고, 감정적으로 행동하지 않았다. '납치된 뒤 살해당하는 것'과는 어울리지 않는다.

'그래. 아닐 거야.'

그녀는 떨리는 손으로 다음 페이지를 넘겨보았다. 야속하게도 그곳에 첨부된 증명사진은 다채였다.

"……말도 안 돼."

밀려오는 긴장감 때문에 금방이라도 서류를 떨어트릴 것 같았다. 하지만 끝까지 읽어 내려가야 했다. 치고 올라오는 감정을 누르며 마지막 페이지를 넘겼을 때 그녀의 머릿속이 새하얗게 탈색되었다.

'사망 당시 임신 중.'

이채는 입술을 파르르 떨며 서류를 제자리에 놓았다.

멍하니 있던 그녀는 거실을 뒤지기 시작했다. 서랍을 닥치는 대로 열어보았다. A4용지 뭉치가 들어 있는 상자를 발견하고 그 안의 내용물을 훑기 시작했다. 대부분은 소설 교정지였지만, 도하의 메모가 적힌 종이도 있었다. 의미를 알 수 없는 메모들이 전부였지만 그녀는 하나하나 모두 확인했다.

거실은 점점 난장판이 되어 갔다. 서랍 속 물건들은 바닥으로 쏟아져 나왔고, 정리되어 있던 문서들은 낱장으로 흩날렸다.

두리번거리던 이채는 책장의 책을 한 권씩 빼내서 확인했다. 책 뭉치를 바닥에 떨어트렸을 때였다. 책이 떨어지면서 들리는 둔탁한 소음 사이로 금속성의 짤그랑거리는 소리가 감지되었다. 그녀의 시선이 방금 집어 던진 책으로 향했다.

바닥에 떨어진 책 사이로 이질적인 물건이 보였다. 집어 들어보니 책 모양의 보관함이었다. 안에 든 것은 팔찌 하나와 나이프였다.

이채는 무언가에 홀린 듯이 나이프를 집어 들었다.

강도가 들었던 날, 도하는 경찰에게 이렇게 말했다.

'나이프를 들고 있었는데, 찌를 생각은 없어 보였습니다. 몸싸움

이 시작되자 바로 칼을 집어넣더군요.'

조금만 생각해보면 말도 안 되는 증언이었다. 몸싸움하다가 상대가 다칠 것을 두려워해서 나이프를 집어넣는 마음 약한 강도라니.

그녀는 나이프에 음각된 이니셜을 노려보았다.

G.R.H.

공류하의 것이다.

그가 목걸이를 노리고 강도로 위장해서 집에 침입했던 것이었다. 모든 게 맞아 떨어지고 있었다. 이채는 나이프와 서류를 챙겨서 베란다를 넘어 집으로 향했다.

상황이 이렇다면 도하조차 믿을 수 없었다. 돌아온 다음엔 한동안 멍하니 앉아 있었다. 머릿속으로 정리한 내용을 마음이 받아들이지 못하고 있었다. 이채가 이해한 대로라면 지금 류하에게 납치되어 있는 사람은 다채였다.

갈팡질팡하던 이채는 휴대폰을 집어 들었다.

'그래. 뭔가 착오가 있었을 거야.'

아무 일도 없을 것이다. 아니 없어야 했다. 이채는 지푸라기라도 잡는 심정으로 다채와의 대화창을 확인했다. 어느새 흐르기 시작한 눈물 때문에 대화창이 잘 보이질 않았다. 며칠간의 대화 내용을 읽어 내려가던 이채는 오열하기 시작했다.

왜 진작 눈치채지 못했을까.

이상한 점이라면 많았다. 어색한 어투, 평소 사용하지 않던 단어, 박 여사가 누구냐고 묻던 질문까지. 사라진 소지품과 옷. 그럼에도 채소며 과일, 반찬까지 그대로 남아 있던 냉장고.

여행을 간다고 한 다음에 도착한 메시지를 다시 확인해보니 다채라면 궁금해하지 않았을 것들을 묻고 있었다. 애초에 다채는 이채에게 그렇게 많은 질문을 하는 사람이 아니었다.

"아니. 아니야."

손가락부터 시작된 떨림은 전신으로 퍼져나갔다. 감정적으로는 현실을 외면하고 있었지만, 머리로는 이미 상황을 이해하고 있었다.

이채는 주체 없이 흐르는 눈물을 닦으며 노트북을 가져왔다. 출입국 정보는 인터넷으로 조회할 수 있는 시대였다. 본인이 아니면 조회를 할 수 없게 되어 있지만, 아이디와 비밀번호를 안다면 얘기가 달랐다.

다채는 한 개의 아이디와 비밀번호를 사용하는 사람이었다. 무사히 로그인한 이채는 원하는 정보를 쉽게 조회할 수 있었다. 하지만 어디에도 다채의 출국 기록은 없었다.

'한국에 있어.'

이채는 다시 휴대폰을 들었다. 손톱을 몇 번 물어뜯다가 메시지를 입력했다.

- 언니 돌아오면 키친 95에 다시 가자. 거기 음식 좋아했잖아. 소개해 줄 사람도 있고.

답장은 바로 왔다.

- 공도하?

- 기사 봤어? 언니가 봐줘야지. 내 남자 친구는 항상 언니가 제일 먼저 봤잖아.

- 그래. 돌아가면 날짜 잡자.

- 언니.

- 왜?

- 빨리 와. 보고 싶어.

- 나도 보고 싶어.

휴대폰을 내려놓은 이채는 손톱을 질겅질겅 물어뜯었다.

'키친 95'는 주점 '술술' 아래층에 있는 수제 햄버거 가게였다. 다채는 그곳을 인생 최악의 음식점으로 꼽고는 했다. 게다가 이채는 지금까지 다채에게 남자 친구를 소개해준 적이 없었다. 유일하게 다채가 알고 있는 윤우도 같은 박물관 사람이라 오가며 본 것뿐이었다. 따로 자리를 만든 적은 없었다.

무엇보다 다채는 오글거린다는 이유로 '보고 싶다'라는 말은 하지 않을 사람이었다.

눈앞이 다시 흐려졌다. 도하는 가장 중요한 걸 말해주지 않았다. 붙잡혀 있는 사람이 다채라는 걸 말했다면 그의 지시만을 기다리고 있지 않았을 것이다. 로또 같은 보상에 홍겨워할 일도 없었다. 그에게 설레지도 않았을 것이다.

이채는 슬픔 사이를 비집고 나온 분노에 잠식되어 갔다. 베란다 너머를 노려보다가 다시 휴대폰을 들었다. 지금은, 지금 할 수 있는 일을 해야 했다. 슬픔에 잠겨 있는 시간도 아까웠다.

하지만 그녀는 112, 숫자 다이얼을 누르고도 통화 버튼을 누르지 못했다. 다채의 실종은 어떻게 증명한다고 해도, 류하가 범인임을 증명할 길이 없었다. 괜히 류하를 자극했다가 다채가 더 위험해질 수도 있었다.

'경찰은 아니야.'

번호를 지운 이채는 다른 곳으로 전화를 걸었다. 그리고 상대가 알아듣지 못할 만큼 빠른 목소리로 말했다.

"며칠 전에 주문한 연옥 목걸이요. 조금 더 빨리 받을 방법이 없을까 하고요. 추가 요금은 원하시는 만큼 더 드릴게요. 마감 작업도 제가 할 테니까 최대한 빨리 작업해주세요. 네. 괜찮아요. 그리고 배송은 퀵으로 받을게요. 퀵 요금까지 추가로 보내드리겠습니다. 네. 꼭 좀 부탁해요. 갑자기 죄송해요. 네."

제작업체에 사정해서 이틀, 택배 배송을 퀵으로 돌리면서 또 하루. 사흘의 시간을 단축했다. 그녀는 바로 폰뱅킹으로 추가금액을 이체했다.

'단서가 필요해.'

연옥 목걸이가 도착할 때까지 마냥 손 놓고 있을 수는 없었다.

이채는 또다시 베란다를 노려보았다. 울컥 올라오는 감정을 겨우 집어삼킨 그녀는 우산과 지갑을 들고 집을 나섰다.

빌라 밖으로 나온 그녀는 잰걸음으로 언덕길을 내려갔다. 쓰고 있던 우산이 이리저리 흔들리면서 비가 들이쳤다. 그래도 걷는 속도를 늦추지 않았다.

집에서 가까운 철물점으로 들어간 그녀는 주인에게 외치듯 말했다.

"넘어오지 못하게 하고 싶어요!"

앞뒤 없는 말에 철물점 주인은 어리둥절해 했다. 게다가 그녀는 우산을 쓰고 있음에도 물에 빠진 생쥐 꼴이었다.

"어딜 넘는단 말이오?"

"베란다 난간이요."

"돌출형 베란다요?"

"네. 맞아요."

"1층인가 보네. 그럼 위험하지. 방범창을 다는 건 어때요? 오늘 주문하면 모레 달아줄 수 있는데."

"당장이요. 당장 막을 게 필요해요."

이채의 목소리는 절박하기까지 했다.

"미관상 좀 그렇기는 한데, 임시로 가시철조망을 둘러놓든가. 그건 절대 못 넘지."

"그럼, 그걸로 주세요."

"니퍼는 있소?"

"다 주세요. 아, 나무 자르는 톱도 주세요."

주인은 고무로 된 작업 장갑과 가시철조망 한 뭉치, 니퍼와 톱을 건네주었다. 이채는 그것들을 들고 오르막길을 올라갔다. 짐이 많아 우산은 중간에 포기했다.

비를 쫄딱 맞으며 집으로 돌아온 이채는 곧장 베란다로 향했다. 아직 도하는 돌아오지 않은 듯했다. 이채는 작업 장갑을 끼고 톱을 손에 쥐었다. 그리고 도하가 만들어놓은 나무다리를 잘라내기 시작했다. 한참이나 걸려서 나무다리를 제거한 다음 가시철조망을 베란다 난간에 빼곡하게 둘렀다. 고무를 덧씌운 작업 장갑을 끼고 있는데도 철조망의 가시 때문에 손바닥이 따끔거렸다.

철물점 주인의 말이 맞다. 이렇게 해놓으면 아무도 넘어올 수 없을 것이다. 이채는 흉흉하게 변해버린 베란다를 바라보다가 차갑게 돌아섰다.

4
시간 너머에서 불어온

레스토랑 입구로 들어선 공 작가의 어깨에는 빗방울이 내려앉아 있었다. 빗방울을 탁탁 털어내고 옷매무새를 가다듬자 유니폼을 입은 직원이 다가왔다.

"어서 오세요. 몇 분이신가요?"

"담 출판사로 예약되어 있습니다."

들고 있던 태블릿 PC로 예약을 확인한 직원이 안쪽을 향해 손을 뻗었다.

"일행분이 도착해 계십니다."

공 작가는 직원의 뒤를 따라 움직였다. 레스토랑은 얼핏 보기에도 고급스러웠다. 금색 빛깔로 형형한 인테리어는 화려하면서도 따뜻한 분위기를 풍겼다. 이런 곳에서 회식이라니, 웬일이지 싶었다. 항상 삼겹살 회식만 한다고 투덜거리던 편집자들이 소원을 푸는 날인 듯했다.

창밖으로는 시원하게 비가 쏟아져 내렸다. 유리창에 얼룩진 빗물을 보니 류하가 생각났다. 류하는 어렸을 때부터 유독 비 오는 날을 두려워했다. 오늘같이 비가 내리는 날이면 베개를 품에 안은 채 공 작가의 방으로 난입하곤 했다.

'잘 지내려나.'

요 며칠간 부쩍 류하에 대한 생각이 많아진 건 그 여자, 이채 때문이었다. 엉터리처럼 보이던 타로점을 믿는 건 아니었다. 다만, 그녀의 말은 신경 쓰일 수밖에 없었다.

'누군가의 말을 믿어주지 않은 적이요. 정말 아니라고, 억울하다고 말하는데도 믿어주지 않은 적 없어요?'

믿어주지 않았다. 모든 정황이 류하를 지목하고 있다는 이유만으로 증거를 믿었다. 자신만이라도 증거가 아닌 류하를 봐주어야 했던 건 아닐까.

가족이니까.

'중요한 걸 놓치고 후회하게 될지도 몰라요.'

돌이켜보니 후회되는 게 있긴 했다.

'나 쫓아내고, 아버지 아들로 사니까 좋아? 형은 늘 인정받고 싶어 했잖아. 좋겠네. 소원 이뤄서.'

이런 걸 바란 적은 없었다. 아들로 인정받길 원했지만, 류하의 자리를 탐했던 것은 아니다. 아버지와 류하를 가족으로 대할 수 있게 되는 것, 류하가 어머니를 유모라고 소개하는 모습을 보지 않게 되는 것. 원했던 것은 그 정도였다.

사건이 터지고 몇 달은 류하의 원망과 비아냥거림을 모두 받아주었다. 하지만 반복되는 상황에 지쳤던 것 같다. 그렇게 끊어진 발길은 다시 이어지지 않았다.

'찾아가 볼까.'

그럼, 반겨줄까. 아니면 또 원망할까.

"4번 룸입니다."

친절한 목소리에 고개를 들어보니 4번 룸 문 앞에 도착해 있었다. 윤형과 담당자가 연합해서 원고 독촉을 할 것이 뻔했기에 공 작가는 피곤한 척 연기하며 문을 열었다. 익숙한 얼굴들을 기대했던 공 작가는 혼자 앉아 있는 여자를 발견하고 얼굴을 굳혔다. 그는 한발 물러나 방 번호를 다시 확인했다. 방을 착각했기를 바랐는데, 4번 방이 맞았다.

앉아 있던 여자, 예희가 그려낸 듯이 웃었다.

"들어와요. 맞으니까."

그녀를 한마디로 정의하자면 예뻤다. 몸의 곡선을 타고 흐르는 흰 원피스가 그녀의 얼굴과 결합해서 여신룩을 완성하고 있었다.

공 작가의 시선이 빈 의자를 빠르게 훑었다. 주위를 감싸고 있던 나른한 분위기도 순식간에 증발했다.

"뭡니까? 출판사 직원들은요."

"내가 부탁했어요."

예희는 더욱 예쁜 미소를 지어 보였다. 공 작가의 표정이 굳어 있었지만, 그녀에게는 익숙한 것이었다. 자신 앞에 서서 긴장하지 않는 게 더 이상했다.

'내가 좀 예뻐야지.'

의기양양해진 예희는 고개를 살짝 기울인 채 머리를 쓸어 넘겼다.

"그만 앉으세요. 제 얼굴 뚫어지겠어요."

하지만 공 작가는 앉지 않았다. 두 가지 보기를 놓고 저울질하는 중이었다. 이대로 예희의 용건을 듣는 게 귀찮을까. 성격대로 뒤돌아 나간 다음 윤형에게 잔소리를 듣는 게 더 귀찮을까.

저울은 금방 한쪽으로 기울었다. 윤형의 잔소리를 듣는 게 더 귀찮았다. 어려서부터 알고 지낸 그는 공 작가가 싫어하는 걸 너무 잘 알고 있었다. 며칠간 싫어하는 짓만 골라서 할 게 뻔했다.

그는 삐딱한 얼굴로 예희의 맞은편에 앉았다. 그리고 못마땅함 게이지가 100%까지 채워졌을 때 입을 열었다.

"열애설 문제 때문이라면, 이건 좋은 방법이 아닙니다. 함께 있는 걸 보여서 좋을 게 없습니다."

이런 식의 만남도, 이런 식의 대화도 불쾌했다. 오사카에서도 이런 식이지 않았던가. 그녀는 우연이라고 말했지만, 자신의 일정을 확인하고 기다린 게 분명했다. 그가 불쾌감을 숨김없이 표출했지만, 예희는 아랑곳하지 않았다.

“메뉴는 적당히 주문했어요. 괜찮죠?”

“안 괜찮다고 하면 어떻게 할 겁니까.”

“여기 코스 구성이 꽤 좋아요. 특히, 스테이크는 추천하고 싶을 만큼.”

예희가 다시 그려낸 듯한 미소를 보였다. 어떤 각도에서 가장 예쁘게 보이는지 알고 있는 배우의 미소였다.

“음식 얘기나 할 거라면 일어나겠습니다.”

한결같이 차가운 공 작가의 태도에도 예희의 표정은 무너지지 않았다. 오히려 애교가 추가되었다.

“거짓말! 그냥 일어설 리가 없잖아요. 다시 봐서 반가울 텐데. 어차피 가짜잖아요. 그 열애설요.”

공 작가의 눈매가 날카로워졌다.

“가짜라고 확신하는 것 같습니다.”

“당연히 가짜죠. 오사카에서 날 만난 다음부터 내 얼굴이 눈앞에서 막 아른거렸을 텐데요. 다른 여자가 눈에 들어올 리가 없죠.”

이런 대답은 상상도 못 했다. 너스레를 떤 게 아니었다. 그녀는 진심으로 그렇게 믿는 듯했다. 자신의 발언에 대해 조금의 의혹도 품지 않는 채 말이다.

“아니라면요.”

“오늘부터 아른거리겠죠.”

공 작가는 숨이 막히는 기분이었다. 열애설 인정 기사를 봤음에도 이런 반응이라는 건 둘 중 하나였다. 뇌 혹은 생각이 없거나, 열애설이 진짜가 아니라는 걸 알고 있거나.

아무래도 윤형이 의심스러웠다.

"제 열애설 때문에 나예희 씨까지 오르내리게 된 건 미안하게 생각합니다."

"정확하게 '가짜 열애설' 때문이겠죠."

"왜 가짜라고 생각하는지 모르겠습니다만."

"치, 아닌 거 아니까 연기할 필요 없어요. 어차피 100일 정도 있다가 결별설 낼 거라면서요."

역시 범인은 윤형이었다. 공 작가는 앞에 놓인 물을 한 모금 마셨다.

"미안하지만 진짜가 되어가는 중이라서요."

"그럼 아직은 아닌 거네요. 다행이다."

그녀가 과장되게 가슴을 쓸어내리며 사르르 웃었다. 공 작가는 희한한 생물과 마주한 느낌이었다.

"이러는 이유가 뭡니까."

이젠 귀찮음을 넘어서 궁금했다. 최고의 여배우라는 타이틀을 가진 그녀가 이러는 이유 말이다.

"내 별명 알죠?"

"모릅니다."

관심이 없어서.

"바비인형이에요. 말 그대로 인형. 지적인 이미지는 없죠. 또 다른 별명이 뭔지 알아요?"

"내가 알아야 합니까?"

"뇌청순글래머예요. 예능에서 말 한 번 잘못해서 얻은 별명인데 1년째 연관검색어에서 사라지질 않았어요. 물론 지금은 없어요. '공도하 열애설'로 갱신됐거든요."

"축하합니다."

공 작가는 영혼 없는 축하의 말을 전했다.

"고맙게 생각해요. 나랑은 너무 안 어울리는 별명이었어요."

"도움이 됐다니 다행입니다."

"그런데도 아직 연관검색어 하나가 남아 있어요. '스핑크스와 피라미드'요."

공 작가는 뒤늦게 떠올릴 수 있었다. 그녀는 주말 예능 프로그램에서 이집트의 수도를 묻는 진행자를 향해 당당하게 손을 들고 '스핑크스'라고 외쳤다. 함께 출연한 사람이 웃자, 고개를 갸웃거리며 '피라미드?'라고 정정했다던가.

며칠이나 실시간 검색어에 스핑크스와 피라미드가 나란히 올랐다. 연관검색어로 꼬리표처럼 따라다녔을 테니, 골치 아프긴 했을 것이다.

그녀가 말을 이었다.

"난 이미지를 바꾸고 싶어요. 공 작가님이 그 부분을 도와줄 수 있을 것 같은데요. 물론 나도 도움을 줄 수 있어요. 곧 선거죠?"

공 작가는 어처구니가 없었다. 이제야 그녀의 속셈을 알 것 같았다. 확실히 뇌가 청순하긴 했다. 상대가 어떤 성향을 가졌는지도 고려하지 않고 이런 자리를 만든 것부터가 그 증거였다.

"작품 얘기를 하다가 친해졌다. 얘기가 정말 잘 통한다. 화려한 겉모습 속 숨겨진 지성미에 반했다. 뭐 이런 인터뷰를 하길 원하나 봅니다."

공 작가가 운을 떼자 예희의 눈빛이 반짝 빛났다.

"그럼 나예희 씨는 대가로, 아버님이 참 소탈하시다. 처음엔 연예인이라 걱정하셨지만, 지금은 예뻐해 주신다. 알려진 대로 정이 많고, 가정적인 분이다. 이렇게 방송에 나가서 말하겠네요."

그녀는 격하게 고개를 끄덕이며 해사하게 웃었다.

"이때 아버지가 언론 인터뷰에서 언급하시면 되겠군요. 사람들이 원하는 배우 이미지에 맞춰 행동하고 있지만, 속이 깊고 똑똑한 아이다라고. 이러면 시나리오 완성입니까?"

"역시 얘기가 잘 통할 줄 알았어요. 일단은 열애설로부터 날 보호하기 위해서 그 여자를 전면에 내세웠던 거로 해요. 난 도하 씨가 악성 댓글에 시달리는 걸 보기 힘들어서 열애설 인정을 결심한 거고요. 그 여자가 조금 불쌍해지겠지만 적절한 보상을 해주면 되잖아요. 어차피 가짜였고, 깔끔한 결말이죠. 일단 우리 비즈니스로 시작해요. 그러다 진짜가 되어도 난 괜찮을 것 같은데, 어때요?"

"정이채."

"네?"

"그 여자가 아니라 정이채 씨입니다."

"상관없잖아요."

둘의 대화는 서비스 웨건을 밀고 들어온 직원으로 인해 중단되었다. 접시가 하나씩 테이블 위에 놓이는 동안 침묵이 유지되었다. 직원이 테이블 위에 세팅을 마쳐갈 때 공 작가는 안주머니에서 휴대폰을 꺼냈다. 그리고 공모자임이 분명한 윤형의 번호를 눌렀다.

"응. 도하야. 나예희 씨는 만났고?"

윤형의 목소리는 불쾌할 정도로 나긋나긋했다. 신호가 채 울리기도 전에 전화를 받은 걸 보니 각오는 하고 있었던 모양이다.

"다음 작품부터 출판사 바꾼다."

"야, 어쩔 수 없었어. 너 따로 만나게 해주지 않으면 영화 하차하겠다잖아. 지금 나예희가 하차하면 상황이 얼마나 웃겨지는지 알지?"

"이 상황이 더 웃겨."

"대충 비위 좀 맞춰줘. 그게 어렵냐. 예쁘십니다. 최고십니다. 몇 번 해주고 일단 넘기자. 자꾸 만나게 해달라는 걸 보면 네가 좋은가 봐. 단독 팬미팅 한다고 생각해."

분위기를 보니 윤형은 그녀의 속셈을 모르는 듯했다.

"형이 저지른 일이니까 알아서 수습해."

전화를 끊은 공 작가는 예희를 바라보며 입꼬리를 올려 웃었다. 통화하는 사이 음식은 모두 서브되었고, 공간에는 다시 둘만이 남은 상황이었다.

"좋은 제안은 못 들은 거로 하겠습니다. 그럼 맛있게 드세요. 음식값은 출판사에 청구할 거니까 부담 갖지 말고 2인분 다 드시고 나오세요."

예희의 눈동자가 당황으로 흔들렸다.

"설마 거절한다는 말이에요?"

"네. 거절합니다."

예희의 매니저인 김 대리는 그의 집안에도 좋은 제안이니 거절할 리 없다고 했다. 그런데도 이런 반응을 보이는 건 이상했다.

"아, 미안해요. 너무 업무적으로만 접근해서 기분 상했어요? 날 만나서 설렜을 텐데, 내가 너무 무심했죠."

그녀는 다 이해한다는 얼굴로 고개까지 끄덕였다.

"최윤형 사장이 말 안 해요? 난 귀찮은 건 딱 질색인데."

일부러 '귀찮은'에 악센트를 주었다. 그녀의 고운 얼굴에 당황이 어리자 기분이 조금 나아지는 것 같았다.

"말도 안 돼. 설마, 내가 귀찮다고 말한 거예요?"

그녀의 이런 반응도 조금 익숙해졌다.

"그런 셈입니다. 그럼, 이만."

공 작가가 그대로 일어나자, 예희는 입을 다물지 못했다. 믿을 수 없었다. 자신을 두고 나가다니, 있을 수 없는 일이다.

"다시, 다시 생각해 봐요."

"생각해볼 가치도 없습니다. 예의를 차리는 건 오늘까지만입니다."

"지금 나가면 후회하게 될 거예요. 다시 날 찾을 수밖에 없도록 만들 테니까."

"하죠. 뭐. 후회."

공 작가는 망설임 없이 밖으로 나갔다. 창밖으로는 여전히 비가 쏟아지고 있었다.

○○○

"사랑이이♬ 야속하더라아♪"

이채는 구성진 택시기사의 노랫소리를 흘려들으며 어둠이 내린 차창 밖을 응시했다. 빗줄기로 인해 어그러져 보이는 거리가 우울한 분위기를 풍겼다. 차체를 끊임없이 두드리는 빗소리도 처연했다.

'빨리 언니를 구해야 해.'

마음이 조급했지만, 좀처럼 방법은 떠오르지 않았다.

머릿속을 떠다니는 '사망 당시 임신 중'이라는 글자가 정상적인 사고를 가로막고 있었다. 은연중에 입술을 깨물었는지 비릿한 피 맛만 감돌았다.

"손님, 도착했습니다."

들려온 목소리에 그녀는 주변을 살필 새도 없이 카드를 내밀었다. 계산하고 내려보니 아파트 입구였다. 불안함과 함께 들러붙은 빗방울이 순식간에 그녀의 몸을 적셨다.

'109동.'

109동은 단지의 가장 안쪽에 있었다. 걸어가는 그녀의 몸을 서늘한 기운이 감싸 안았다. 빗물로 인해 눅눅해진 옷이 체온을 빼앗아 가고 있었다.

움츠린 채로 109동 앞에 도착한 그녀는 몸을 바르르 떨었다. 이채는 1층에 멈춰 있던 엘리베이터를 타고 꼭대기 층으로 향했다. 귀가 먹먹해지는 느낌과 함께 내려보니 은색 현관문이 보였다.

가장 먼저 시선을 끈 것은 복도에 쌓여 있는 과일주스였다. 주스를 담는 통의 여유 공간이 부족해 현관문 앞에 가지런히 놓여 있었다. 통에 쓰여 있는 배달일은 월요일과 금요일이었다. 주스의 개수를 확인해보니 3주 이상은 챙기지 않은 듯했다.

크게 심호흡한 이채는 도어락 캡을 올렸다. '1, 2, 3, 4'를 차례로 누르자 '띠리릭' 하는 잠금 해제음이 들렸다. 막상 문이 열리자, 혹시라도 류하가 있으면 어쩌나 하는 걱정이 들었다. 무기가 될 만한 것도 챙겨오지 않았다.

숨을 들이켜고 문 안으로 고개를 넣자, 정체된 공기가 느껴졌다. 다행히 인기척은 없었다.

이채는 거실부터 훑었다. 커다란 TV 앞에는 콘솔 게임기가 있었고, 안이 보이는 냉장고엔 각종 음료와 맥주가 빼곡히 들어차 있었다. 창가 쪽에 놓인 피아노 옆엔 러닝머신도 보였다. 소파 뒤쪽으로는 수집품처럼 보이는 다기가 진열되어 있었다. 단순 장식이 아니라 모두 진품이었다.

살인범의 집이라기엔 평범하고 밝은 인상을 주는 공간이었다.

이채는 가능한 모든 것을 눈에 담고자 애썼다. 납치된 사람이 다채라는 걸 안 순간부터 제대로 된 사고를 할 수 없었다. 조심해야 할 것도 많았고, 계획적으로 움직일 필요도 있었다. 의심하고 있다는 걸 눈치채면, 류하는 다채를 데리고 숨어버릴지도 모른다.

그럼에도 무작정 이곳으로 오고 말았다. 단서가 필요하긴 했지만, 충동적인 행동이었다. 그러니 위험을 무릅쓴 만큼 유용한 정보를 찾아내야 했다.

젖은 몸이 으슬으슬 떨려오는 걸 느끼며 처음 보이는 방문을 열었다. 커다란 침대와 협탁이 놓여 있었고, 한쪽 벽면은 모두 프라모델과 피규어로 채워져 있었다.

다른 한쪽 벽면은 붙박이장이었다. 안에는 비슷비슷한 톤의 찢어진 청바지가 스무 벌쯤 걸려 있었고, 고가 브랜드의 티셔츠와 니트 등도 빼곡하게 걸려 있었다. 남자들이 즐겨 입는 무채색뿐만 아니라 원색의 옷도 더러 포함되어 있었다. 서랍 안에는 비닐도 벗기지 않은 티셔츠가 어지럽게 들어차 있었다. 대체로 보이는 곳만 정돈된 듯했다.

두 번째 방은 책이 가득했다. 책장을 가득 메운 책의 절반은 경영과 마케팅 관련 전공서적이었다. 나머지 반은 만화책이었고, 일부는 역사서였다.

'공류하, 넌 어떤 사람이니?'

이채는 또 다른 방문을 열고 들어서다 그 자리에 주저앉았다.

벽 가득히 연옥 목걸이와 관련된 자료가 붙어 있었다. 그림과 문헌을 복사해 붙여놓은 것과 메모지 그리고 형광펜으로 곳곳을 표시한 지도 속에서 류하가 가진 집착이 고스란히 전해졌다. 이채는 흔들리는 다리를 부여잡고 억지로 일어섰다.

세차게 뛰는 심장을 억누르며 벽면에 가까이 다가갔다.

'정신 차리자.'

이채는 휴대폰을 꺼내 벽에 붙은 자료를 한 장 한 장 찍었다. 뒤이어 책상 서랍을 샅샅이 살폈지만 특별한 것은 발견되지 않았다.

방에서 나온 이채는 주방으로 움직였다. 주방 수납장엔 레토르트 식품만 가득했다. 각종 고지서가 쌓여 있는 식탁 위를 한번 훑어보니 의문이 들었다.

'2년이나 아무런 흔적을 남기지 않고 도피생활을 할 수 있는 사람인가?'

그녀가 읽은 자료에 의하면 2년간 신용카드 사용 내역은 물론이고 인터넷 로그인 기록조차 없었다. 납치 초기에 다채인 척 연기했던 메시지는 모두 PC에서 발송한 것이었다. 몇 개의 나라를 우회한 IP로 추정되는 데다가, 6개월이나 지난 뒤 수사에 들어가서 감금되어 있었던 장소와 위치를 특정 짓는 게 불가능했다. 살인 용의자로 몰린 뒤의 기록은 없었다.

'정보가 더 필요해.'

이채는 후회하고 있었다. 누군가 납치된 상태라는 말을 들었으면서도 누군지 캐묻지 않았다. 도하가 준 정보에 기대어 한 발 빼고 있었다.

현재 시점에서 확실한 건 두 가지뿐이다. 언니가 사라졌다는 것. 그리고 휴대폰으로 대답하는 사람이 언니가 아니라는 것.

제작 중인 모조 목걸이는 며칠 후 이채의 손에 들어올 것이다. 그때까지 할 수 있는 일이 무엇일까. 당장에라도 다채를 구할 것처럼 뛰쳐나왔지만, 그녀가 할 수 있는 일은 별로 없었다.

아니, 아무것도 없었다.

무의식중에 도하를 피할 생각만 하고 있었다. 가장 많은 정보를 쥐고 있는 사람이 도하였다. 이제 완전히 믿을 수 없게 되어버렸지만, 적어도 류하를 찾아야 한다는 목적은 같았다.

이채는 주먹을 꽉 쥐었다.

'그래. 나도 이용하면 그만이야.'

목적을 위해 서로 이용하는 관계로 남으면 된다. 이제 다른 건 아무래도 좋았다. 하루라도 빨리 다채를 찾고 싶었다. 어떻게 하면 다채를 찾을 수 있을지만 생각해야 했다.

아파트 1층으로 내려와 보니 빗줄기가 거세져 있었다. 이채는 망설임 없이 빗속으로 걸어 들어갔다. 쏟아지는 빗물이 얼굴을 따라 흐르고, 코끝에서 화단의 흙냄새와 물비린내가 진동했다.

대로변으로 걸어 나오는 동안 신발마저 모조리 젖어버렸다. 이채가 손을 크게 내저었지만, 지나가는 택시들은 흠뻑 젖은 그녀를 외면하며 빠른 속도로 스쳐 지나갔다.

○○○

자동차 와이퍼가 쉴 새 없이 움직이며 빗방울을 밀어냈다. 주말이라 그런지 거리엔 차가 유난히도 많았다. 게다가 운수 나쁜 날인지 오늘따라 적색 신호등에 자주 걸렸다. 공 작가의 차는 횡단보도 앞에서 멈춰 섰다.

'집에 있을까.'

류하의 집에 가는 건 반년 만이었다. 만나면 무어라 말을 해야 할까. 공 작가는 점점 더 거세지는 빗줄기를 바라보며 신호가 바뀌길 기다렸다.

보행 신호등의 녹색 빛이 쏟아진 횡단보도 위로 우산을 쓰지 않고 걸어가는 여자가 보였다. 그녀는 비를 고스란히 맞고 있었다.

공 작가는 자신도 모르게 차 문을 열고 뛰어나갔다.

"이채 씨?"

빗속의 여자가 천천히 고개를 돌렸다. 세찬 빗줄기가 그녀의 머리카락과 어깨를 타고 흘러내렸다. 붉게 충혈된 눈에서는 빗물인지 눈물인지 모를 물방울이 흘러내렸다.

공 작가가 황급히 팔을 뻗어 이채를 품에 안았다. 그러지 않으면 빗물에 녹아서 금방이라도 사라져버릴 것 같았다.

"왜 비 오는 날마다 젖어 있는 거야."

축축하게 젖어버린 블라우스가 이채의 속살을 고스란히 드러내고 있었다. 처음 만났을 때는 그래도 검은색 블라우스였는데, 오늘은 심지어 베이지색이었다.

관계가 변해서일까, 아니면 감정이 변해서일까. 이채와 닿은 부분이 뜨거웠다. 그녀를 발견한 순간부터 심장이 가쁘게 뛰고 있었다. 공 작가는 자신의 변화를 온몸으로 느끼며 위태로워 보이는 그녀를 부축했다.

"또 치명적인 매력을 발산하는 건가?"

"놔!"

그녀는 팔에 힘주어 공 작가를 밀어냈다.

"나쁜 새끼."

이채의 목소리에는 여러 가지 감정이 뒤엉켜 있었다.

치켜뜬 이채의 눈꺼풀이 파르르 떨렸다. 눈꺼풀을 한 번 깜박이자, 빗방울이 흘러내리며 서로의 얼굴이 선명하게 보였다.

신호등이 바뀌자 옆 차선에 멈춰 서 있던 차들이 움직이기 시작했다. 차들은 빠른 속도로 두 사람을 스치고 지나갔다. 공 작가의 차 뒤로 늘어서 있던 차들이 차선을 바꾸면서 요란한 경적 소리를 냈다.

모든 것들이 느리게 흘러가기 시작했다. 끊임없이 내리는 빗물도, 힘없이 밀려난 공 작가도, 조금 전부터 유난히 시끄럽게 울리는 경적 소리도 모두 제 속도를 잃어버렸다.

덩달아 느려진 호흡에 숨만이 가빠졌다. 거칠어진 호흡 속에서 두 사람의 감정이 요동쳤다. 이채의 눈에서 눈물이 후두둑 떨어져 내렸다. 한번 시작된 눈물은 멈출 줄을 몰랐다.

공 작가는 우는 사람을 싫어했다. 특히 우는 여자는 더 싫었다. 어떻게 위로해줘야 할지 모르기 때문이었다. 그냥 둬야 할지, 말을 걸어야 할지조차 알 수 없었다. 그래서 우는 여자를 보면 도망치고 싶은 마음이 들곤 했다.

하지만 지금은 피하고 싶은 마음보다 걱정이 앞섰다. 밀려났던 공 작가가 그녀에게 다시 다가섰다.

"일단 차에 타."

그는 이채의 손목을 붙잡고 이끌었다. 하지만 힘없이 딸려올 줄 알았던 이채가 손을 비틀어 뺐다.

"나한테 왜 그랬어요."

낮게 가라앉은 그녀의 목소리가 빗소리와 어우러졌다.

"뭐?"

"왜!"

이채는 온 힘을 다해 공 작가를 밀어내며 소리쳤다.

힘없이 밀려난 공 작가는 잠시 멍해졌다. 원치 않는 열애설이 났을 때에도, 아버지에게 불려갔을 때에도 화를 내지 않던 여자였다.

"나한테 말했어야지!"

뭘 말했어야 했던가.

"내가 무슨 짓을 하더라도 말했어야지!"

공 작가는 영문을 모르겠다는 얼굴로 이채를 응시했다. 이렇게 원망받을 만한 일을 한 적은 없었다.

"차근차근 말해 봐. 무슨 일이 있었어?"

"진작 말했어야죠. 말할 날은 많았어요. 처음부터 날 이용할 생각뿐이었죠?"

공 작가는 뒤늦게 알아차렸다. 그녀의 원망은 자신을 향한 것이 아니었다.

"사람이 어떻게 그래요? 속여놓고, 아무것도 모르고 돌아다니는 날 보면서 재밌었어요?"

공 작가는 빗물 때문에 흘러내린 앞머리를 쓸어 올렸다.

"이러면 재미없는데."

그가 낮게 중얼거렸다.

자신을 향한 원망이라고 여겼을 때는 당혹스러웠는데, 다른 이를 향한 원망이라고 생각하니 기분이 상했다. 이채의 원망은 계속되었다.

“그러고도 사람이에요?”

그냥 입을 막아버릴까.

“난 아무것도 모르고 잘 먹고, 잘 자고, 당신을 보면서 설레고.”

누굴 보고 설렜다는 건지.

기분이 급격하게 나빠진 공 작가는 이채의 뒷목을 오른손으로 받쳤다. 그리고 소리치는 이채의 입술을 자신의 입술로 덮어버렸다. 그의 숨결이 흘러 들어오자, 놀란 이채가 입을 벌렸다. 뜨겁게 얽힌 숨결 사이로 빗물이 흘러 들어갔다.

공 작가는 이채를 더욱 강하게 끌어당겼다. 뒤늦게 상황을 인지한 이채가 바동거렸지만, 그가 놓아주지 않았다. 그가 입술을 떼어내자 이채는 참고 있던 숨을 토해냈다.

날카로워진 이채의 눈동자가 공 작가를 쏘아보았다. 공 작가가 먼저 말했다.

“날 다른 사람으로 착각하는 건 그만하지.”

그제야 그녀의 눈동자에 파문이 일었다. 공 작가의 목소리가 다시 들렸다.

“기분 나쁘니까.”

그의 입술이 또다시 이채의 입술 위에 내려앉았다.

느리게 흐르던 세상이 제 속도를 찾아 움직이기 시작했다. 정신이 나갈 것처럼 울려대는 경적 소리도, 몸을 적시고 있는 빗줄기도 인지되었다.

당혹감에 휩싸인 이채는 두 손으로 도하를 밀쳐내고 한 걸음 뒤로 물러섰다. 빗속에 서 있는 남자는 지금을 살아가는 공 작가였다. 베란다 너머의 도하가 아니다. 공 작가는 그녀에게 아무런 잘못도 하지 않았다.

아니, 하나.

이채는 자신의 입술을 손끝으로 짚었다.

"앞으로 비 오면 위치 보고해."

"네?"

"아니면 내가 찾아다닐 것 같아서."

그와 같은 얼굴을 하고, 같은 목소리로.

"다정하게 말하지 마요."

"싫은데."

"나한테 왜 이래요."

"눈치 빠른 줄 알았는데 아닌가 보네."

다시 손목을 잡아채는 손길을 이채가 뿌리쳤다.

"내버려둬요."

이채는 빗줄기가 아스팔트 위를 이리저리 흘러 다니는 모습을 고집스럽게 노려보았다.

“나도 그러고 싶어. 비도 다 맞고 이게 뭐야? 내버려둘 수 있게 해주던지.”

“그냥 못 본 척하면 되잖아요.”

“자꾸 치명적인 매력을 발산하는데 어떻게 안 봐. 너만 보이는데.”

이채는 차라리 귀를 막고 싶었다. 어제까지만 해도 설레었을 그의 호감이 지금은 너무도 거북했다.

“타. 데려다줄게.”

“그냥 가요. 실랑이할 시간 없어요.”

“나는 한가해 보여? 타. 그 꼴로는 택시도 못 잡아. 집까지 걸어갈 거야?”

“네.”

이채의 목소리는 단호했다. 그와 함께 있고 싶지 않았다. 공 작가와 도하 사이에서 설렜던 시간이 생각나 끔찍한 기분이 들었다.

“고집부리지 말고.”

“혼자 갈래요.”

이채는 공 작가를 외면하고 뒤돌아섰다.

성큼성큼 걸어가는 그녀의 뒷모습에 공 작가의 얼굴이 와락 구겨졌다. 그는 뛰듯이 다가가 이채의 손목을 잡아챘다. 잡아당기는 힘에 이끌려 몸을 휘청인 이채는 눈을 치켜떴다.

시야를 가리는 빗물 사이로 두 사람의 시선이 부딪쳐 산산이 부서졌다.

"뭐 하는 거예요!"

이채는 손목을 비틀며 소리쳤다. 하지만 공 작가는 그녀의 손목을 단단하게 쥔 채 걸음을 옮겼다. 그의 손은 놀라울 정도로 뜨거웠다. 붙잡힌 손목에서부터 열기가 번져갔다.

공 작가가 향한 곳은 앞에 보이는 옷가게였다. 흠뻑 젖은 두 사람이 들어서자 옷가게 안에 있던 사람들의 시선이 쏠렸다.

그는 손가락을 들어 쇼윈도의 마네킹을 가리켰다.

"저거 그대로 주세요. 이 여자분이 입고 갈 겁니다."

당황스러워하던 점원의 얼굴에 영업용 미소가 장착되었다.

"네. 바로 준비해 드릴게요."

그녀가 물건을 준비하러 작은 방으로 들어간 사이에 이채가 공 작가의 팔을 뿌리쳤다.

"됐어요."

"그냥 갈아입어."

"옷이 뭐……."

신경질을 내며 고개를 돌리던 이채는 전신거울에 비친 모습을 보고 입을 다물었다. 성수의 생일 선물을 입고 나와버렸다. 게다가 비까지 맞아 흠뻑 젖은 상태였다.

"오늘은 벗어줄 재킷도 없으니까 그냥 갈아입어."

차마 이대로 나가겠다고 고집을 부릴 수 없었다. 이채는 직원의 안내에 따라 조용히 탈의실로 향했다.

"죄송합니다. 비를 많이 맞아서."

그녀가 지나가는 대로 빗물이 흘러서 직원 보기에 민망했다.

"물이야 닦으면 되니까요."

기계적으로 웃은 직원은 수건도 함께 건넸다. 이채는 수건과 옷을 들고 탈의실 안으로 들어갔다. 일단 흠뻑 젖은 옷을 벗고 대강 물기를 닦아냈다. 속옷은 어쩔 수 없이 수건으로 꾹꾹 눌러 물기를 제거했다.

마네킹이 입고 있던 옷을 그대로 입은 이채는 지갑을 꺼내려고 가방을 열었다. 그런데 지갑과 함께 들어 있어야 할 휴대폰이 보이질 않았다. 벗어둔 바지 주머니를 확인했지만, 아무것도 들어 있지 않았다.

'어디에 뒀지?'

이채의 가슴이 철렁 내려앉았다. 마지막 기억은 류하의 아파트였다. 벽에 붙은 자료를 찍고 난 다음 다시 챙긴 기억이 없었다.

'두고 온 건가?'

이채는 스스로 다독였다. 공류하는 몇 주나 집을 비워놓았다. 갑자기 집에 돌아갈 리 없었다. 문제는 밖에 서 있는 공 작가였다. 그를 데리고 류하의 아파트에 갈 수는 없었다.

'일단 나가자.'

이채는 지갑을 꺼낸 뒤 탈의실 문을 열었다. 문밖에 서 있던 직원이 쇼핑백을 내밀었다.

"젖은 옷은 여기에 담으세요."

이채는 쇼핑백에 젖은 옷을 밀어 넣고 카드를 내밀었다.

"계산해주세요."

"남자분이 계산하셨어요."

"그 카드 취소하고 제 카드로 해주세요."

이채가 카드를 재차 내미는데, 공 작가가 그녀의 손목을 쥐었다.

"됐어요. 감사합니다."

공 작가는 그대로 그녀를 이끌고 차로 걸어갔다.

보조석 문을 연 공 작가는 그녀를 밀어 넣고 문을 닫았다. 운전석에 오른 그는 이채의 손에 들린 쇼핑백을 빼앗아 뒷좌석으로 던져버렸다. 운전석의 문까지 닫아버리자 계속해서 귓가를 적시던 빗소리가 고요해졌다.

"이건 내가 가져가."

"남의 옷을 왜 가져가요."

"찢어버리게. 무슨 옷이 저래. 천이 반밖에 없잖아."

공 작가는 못마땅하다는 듯이 쇼핑백을 노려보았다.

"무슨. 진짜 남자 친구도 아니면서."

그제야 공 작가도 자신이 보수적인 남자 친구처럼 굴고 있다는 걸 깨달았다.

"그러니까. 내가 왜 이러는 것 같아?"

그가 반문하자, 이채는 오히려 말문이 막혔다.

"그, 그걸 왜 나한테 물어요."

"어디로 가? 아니, 그냥 집으로 가."

이채는 그런 공 작가를 망연히 바라보았다.

"나한테 왜 이래요?"

"못됐네. 이런 상황에서 내가 고백이라도 하길 바라는 거야?"

고백이라니, 정색한 이채가 재빨리 대꾸했다.

"아뇨. 하지 마요."

"나 상처받아야 하는 거지?"

그녀는 대답하지 않았다. 시선을 돌린 이채는 차창을 타고 흐르는 물줄기를 바라보았다. 뒤늦게 물을 조심하라던 타로의 경고가 떠올랐다.

ㅇㅇㅇ

"들어가기 싫어."

마지막 계단에 올라선 이채는 현관문을 보며 자신도 모르게 중얼거렸다. 공 작가가 빌라 앞까지 바래다준 바람에 류하의 아파트로 바로 향할 수가 없었다. 그가 멀어지길 기다려야 하니 샤워를 하고 다시 나가는 게 합리적이었다.

문을 열자 앞이 깜깜했다. 이제는 그의 도움을 기대할 수도 없는데, 불을 켜놓고 나갈 걸 그랬다. 스위치를 누르자 집 안은 밝아졌지만, 마음은 환해지지 않았다.

굳게 닫힌 베란다 창문과 꼼꼼하게 쳐진 커튼이 그녀의 마음을 대변했다. 처음에는 따귀라도 한 대 날리고 싶었다. 소리를 지르며 어떻게 나한테 이럴 수 있냐고 몰아붙이고도 싶었다. 납치된 사람이 다채라는 걸 알았을 때, 그가 집에 있었다면 그랬을 것이다.

지금은 공 작가에게 화풀이했기 때문인지 그나마 진정된 상태였다. 커튼에서 시선을 뗀 이채는 옷을 벗고 욕실로 들어갔다. 뜨거운 물로 샤워하고 나니 피로감이 조금 가셨다.

'정신 차리자.'

이채는 몇 번 더 중얼거리고 머리를 수건으로 감싼 채 노트북 앞에 앉았다. 자동 로그인된 SNS 화면에 새 메시지가 보였다.

- 성수 : 입었네. 입었어. 거 봐. 된다니까. 밥 사라.

- 주아 : 영화 제대로 찍으셨네. 내일 자세히 들려줘야 해. 기대하고 있을 테야.

싸한 느낌이 들었다. 이채는 인터넷 창에 '공도하'를 검색했다. '빗속의 키스'라는 연관검색어가 가장 먼저 눈에 들어왔다.

실시간으로 올라오는 사진을 확인한 그녀의 얼굴에 당혹감이 어렸다. 해가 진 뒤라 어두웠고, 비가 내리고 있어서 이채의 얼굴을 확인할 수 있을 정도는 아니었다. 문제는 공 작가와 열애 인정을 한

다음이라는 것이다. 누구나 이채라고 생각할 게 뻔했다.

인상을 쓴 채, 이미지를 클릭하던 그녀는 동영상 하나를 발견했다. 요란한 경적과 빗소리 사이로 도하와 이채의 모습이 보였다. 원거리에서 촬영된 영상이었지만, 그가 어떻게 그녀를 잡아당기고 어떤 표정으로 입 맞췄는지가 고스란히 담겨 있었다.

이채는 자포자기하는 심정으로 테이블에 머리를 쿵 박았다. 이마에 약간의 충격이 느껴졌지만 대수롭지 않았다. 두 사람이 키스하는 장면이 온 세상에 공개되어버렸다.

테이블에 머리를 몇 번 더 박은 이채가 다시 고개를 들었다. 그와 엮이는 일이 언니를 구하는 데 도움이 될까, 아니면 방해가 될까. 머릿속에서 저울질을 해봤지만, 판단이 서질 않았다.

판단을 보류하고 A4용지를 꺼내 류하의 아파트에서 받았던 느낌과 의문점을 메모하기 시작했다. 일목요연하게 정리를 마치고 보니, 대부분 도하에게 물어봐야 알 수 있는 내용이었다. 의자에서 일어난 이채는 베란다를 향해 움직였다. 커튼을 움켜쥐고 망설이는데, 초인종이 울렸다. 그녀의 고개가 현관을 향해 돌아갔다.

'누구지?'

이 시간에 찾아올 사람은 없었다. 신혼여행을 즐기고 있을 윤우가 올 리도 없으니까.

"누구세요?"

"잠깐 열어봐."

익숙한 목소리였다. 반사적으로 문을 열고 보니 흠뻑 젖은 공 작가가 숨을 가쁘게 내쉬고 있었다.

"무슨 건물에 엘리베이터가 없어."

그는 투덜거리듯 말했지만, 입가엔 나른한 미소가 걸려 있었다. 그가 공 작가라는 걸 인지한 이채는 슬리퍼를 신고 밖으로 나가 현관문부터 닫았다. 공 작가를 집 안으로 들였다가 베란다 너머의 도하와 눈이라도 마주치면 큰일이었다.

"무슨 일이에요?"

"받아."

얼결에 받고 보니 약국 봉지였다. 하얀색 비닐봉지 안에 몸살감기약과 따끈따끈한 드링크제가 들어 있었다. 자신도 흠뻑 젖었으면서 약국까지 가서 사 온 듯했다.

"……고마워요."

공 작가의 호의는 자꾸만 이채의 감정을 헝클어트렸다.

"들어오라고는 안 하네."

"꿈도 꾸지 마요."

"너무하네. 꿈은 꿔도 되잖아."

이채는 뒤늦게 한 가지 의문을 떠올렸다. 그는 어떻게 찾아온 걸까. 5층이라는 것은 말한 적이 있지만, 호수는 알려준 적이 없었다.

"집은 어떻게 알았어요?"

"물길이 인도해주던데."

이채가 뭐라고 대꾸하기도 전에 그가 먼저 양손바닥을 들어 보이며 뒤로 물러섰다. 그대로 손을 흔들어 보인 공 작가는 뒤돌아 계단으로 내려갔다.

멀어지는 공 작가의 발소리를 듣던 이채는 계단에서 복도로 이어지는 흥건한 빗물 자국을 발견했다. 그런데 빗물이 남긴 흔적은 하나가 아니었다. 그 역시 함께 비를 맞았으니까 당연한 일이었다.

이채는 손에 들린 약국 봉지를 다시 들여다보았다.

집 안으로 들어와 따끈한 드링크제를 마시고 나니 몸에 열이 오르는 기분이었다. 짧게 한숨을 내뱉는데, 노트북 화면에 주아가 보낸 새 메시지 알림이 떠올라 있었다. 무심코 클릭해보니 예희의 얼굴이 보였다.

비 내리는 창밖을 바라보는 예희의 모습이었다. 아래 달린 메시지는 '비 내리는 밤, 눈물도 내리고'였다. 문제는 그 아래 연속해서 첨부된 사진이었다. 양의 다리를 클로즈업한 사진이 아무런 메시지 없이 올라와 있었다.

"양, 다리?"

사진 아래엔 셀 수 없을 정도로 많은 댓글이 달려 있었다. 읽어보지 않아도 어떤 내용인지 알 것 같았다.

'자기도 여자 보는 눈은 없네.'

이채는 그냥 창을 닫아버렸다. 지금은 이런 것까지 신경 쓸 여유가 없었다. 우선 휴대폰을 찾으러 가야 했고, 도하에게 물어볼 것도 있었다. 우선순위를 고민하던 이채는 책상 위에 올려놓았던 나이프를 집어 들었다.

그녀는 커튼을 소리 나게 걷고, 베란다로 나갔다. 그러자 건너편 베란다에 앉아 있던 도하가 고개를 들었다. 그가 무미건조한 표정으로 말했다.

"돌아와 보니까 여기가 군사 지역으로 바뀌어 있어서 좀 놀랐는데."

베란다 난간에 빼곡하게 가시철망이 둘려져 있었다. 흉흉해 보이는 모습이 흡사 군사분계선을 연상케 했다. 이채는 어깨를 으쓱해 보이며 베란다 너머의 도하를 노려보았다.

"할 말은 그게 다예요?"

"미안하다고 해야 하나?"

그가 구구절절 설명했다면 오히려 불편한 마음이 들었을 것이다. 왜 그런 선택을 했는지 알 것도 같으니까.

"됐어요. 사과가 진심도 아닐 텐데. 미안했으면 그러지도 않았겠죠. 이 나이프 기억해요?"

이채는 숨기고 있던 나이프를 들어 보였다.

"기억해. 내가 넣어뒀으니까."

"강도가 들고 있던 것 맞아요?"

"맞아."

나이프를 한 바퀴 돌린 이채는 손잡이 부분이 보이도록 내밀었다.

“이 이니셜, 공류하를 의미하는 거죠?”

“맞아. 내가 선물했던 거야.”

“한눈에 알아본 거죠? 그리고 놓아준 거고요.”

놓아준 건 아니었지만, 공 작가는 고개를 끄덕였다. 놓아준 것과 다를 게 없었다. 도하가 바로 시인하자, 이채는 오히려 허탈해졌다. 그는 더 숨길 것도 없다는 듯이 행동하고 있었다.

“공류하가 용의자가 된 이유는 뭐예요?”

갑작스러운 질문이었지만, 도하는 바로 대답했다.

“정다채가 입고 있던 옷에서 류하의 혈흔이 나왔어. 소지품도 나왔고.”

“소지품이요?”

“류하의 팔찌를 손목에 걸고 있었어. 한국에 네 개 들어온 한정판이야.”

이채는 이마를 매만졌다.

“보관함 책 속에, 나이프랑 함께 들어 있던 그 팔찌요?”

“그건 내 것이고. 류하의 팔찌는 정다채의 유품으로 유가족에게 인도되었어. 같은 디자인이기는 해. 원래 한 쌍이거든.”

유가족이라는 단어에 이채는 입술을 짓씹었다.

“엄마는, 우리 엄마는 잘, 지내고 계세요?”

“아직 참치 천국을 운영하고 계셔.”

그곳에서 당신을 기다려.

"건강은……."

"괜찮아 보였어."

이채는 짧은 호흡 결에 슬픔을 흘려보냈다. 그에게 약한 모습을 보이고 싶지 않았다.

"그래요."

"미안해."

차라리 말하지 말지.

잘못해놓고 그런 얼굴을 하는 건 반칙이었다. 담담한 척 말하고 있지만, 사정없이 흔들리는 그의 눈빛을 못 알아챌 정도로 둔하지 않았다.

잘 외면하고 있었는데, 계속 뻔뻔하게 나와주지.

"됐어요. 그쪽 입장에서 우리 언니는 상관없는 사람이었을 테니까요. 그런데 어쩌죠. 내 입장에서도 공류하는 아무 상관없는 사람이라서요. 수단과 방법을 가리지 않고 언니를 찾을 생각이에요. 공류하는 어떻게 되든 상관없이요."

"속인 건 인정해. 하지만 당신이 이렇게 감정적으로 나올 게 문제였어. 기회는 한 번뿐이야. 인질이 있는 상태니까 두 번은 없어. 성급하게 굴지 않았으면 좋겠어."

그의 말은 이채의 분노에 불을 지폈다.

"지금 내가, 감정적인 것처럼 보여요? 난 지극히 냉정해요. 물론 잠깐 이성을 잃기는 했죠. 하지만 덕분에 정신이 들었어요. 난 이제 도하 씨 안 믿어요."

도하는 나락으로 떨어진 기분이었다. 용서해달라고 말하고 싶었지만, 입이 떨어지지 않았다. 그녀의 말이 맞다. 애초에 그러지 말았어야 했다. 왜 후회되는 일만 생기는 걸까.

한동안 도하를 노려보던 이채가 가시철조망으로 시선을 떨궜다.

"여기가 우리 군사분계선이에요. 앞으로 도하 씨는 미래가 잘 바뀌고 있는지만 확인해주면 돼요. 솔직하게 말하지 않을 수도 있으니까 난 반만 믿을 생각이고요."

"날 배제하겠다는 건가?"

"도하 씨가 아니라도 도와줄 사람이 있잖아요."

이채의 눈빛은 서늘하기까지 했다.

○○○

대기실은 분주했다. 코디는 협찬 받은 명품 원피스를 옷걸이에 가지런히 걸었고, 누군가와 통화하던 스케줄 매니저는 언성을 높이며 밖으로 향했다. 그가 나가자 대본을 읽는 막내 매니저의 목소리만 크게 들렸다.

소파에 앉은 예희가 잡지 페이지를 넘기며 아이스 아메리카노를 쭉 빨다가 멈췄다. 마뜩잖은 표정이었다.

"얼음 녹았잖아. 다시 사 와."

깜짝 놀란 막내 매니저가 대본을 내려놓고 벌떡 일어섰다.

"네!"

그가 바람처럼 사라지자, 예희는 꼬고 있던 한쪽 다리를 풀었다. 막내 매니저와 교차하듯 대기실로 들어온 김 대리가 자신의 관자놀이를 꾹꾹 눌렀다. 김 대리를 발견한 예희가 넌지시 물었다.

"어떻게 되어가고 있어?"

김 대리는 막내 매니저가 앉았던 자리를 차지했다.

"댓글이 2만 개 넘게 달렸어요. 관련 포스팅은 700개를 넘어섰고요. 지금 팬클럽 카페는 전쟁 준비 중이에요. 담 출판사로 항의 전화가 빗발치고 있대요. 우리 대표님은 뒷목 잡으셨어요. 이제 만족하세요?"

"아니. 못 해. 정작 이 남자한테서는 연락이 안 오잖아. 왜 안 올까?"

예희가 잡지에 실린 공 작가 사진을 손가락으로 쿡쿡 찌르며 묻자, 김 대리는 어금니를 꽉 물었다.

"또 돌발행동하실 건 아니죠?"

"봐서. 기분 내키면."

탁자 아래로 감춘 김 대리의 주먹이 부들부들 떨렸다. 이대로 한 대 치면 소원이 없겠다는 마음과 달리 나긋나긋한 목소리가 새어 나왔다.

"지금도 일을 너무 키우셨어요. 노이즈마케팅과 노이즈의 수위를 넘나들고 있다고요."

"괜찮아. 내가 욕먹는 것도 아니잖아."

"그러니까 그 둘이 욕먹을 만한 일을 하지는 않았잖아요."

제 편을 들어주지 않자 시큰둥해진 예희가 시선을 잡지로 돌렸다.

"했는데?"

"네?"

"어떻게 날 두고 그냥 나가. 내가 그런 좋은 제안까지 했는데."

김 대리는 주먹을 폈다. 이대로는 정말 한 대 칠 것 같았다. 忍. 忍. 忍. 참을 인이 셋이면 살인도 면한다고 했다. 발끈해서 소리 지르면 지는 거다.

"그건 나 배우님 입장에서 좋은 제안이었으니까 그렇죠. 공 작가님에게 돌아가는 이익은 없잖아요."

"김 대리도 그랬잖아. 그쪽 집안에 좋은 제안이니 거절할 리 없다고."

그쪽 집안에'만' 좋은 제안이라고 말했다. 듣고 싶은 부분만 골라 듣고, 기억하고 싶은 대로 왜곡해서 기억하는 능력을 발휘한 모양이다.

"우리, 지금이라도 다른 방법을 찾아봐요. 연관검색어를 지울 방법이 열애설뿐이겠어요?"

"지금까지 못 지웠잖아."

예희는 못마땅한 듯 페이지를 넘겼다. 다음 장에도 공 작가의 전신 컷이 실려 있었다.

"수트 라인 괜찮네. 보라색 넥타이도 잘 어울리고. 그런데 구두가 별로다. ……이 남자, 뭘 해야 먼저 전화를 할까?"

김 대리는 그제야 알아차렸다. 이건 연관검색어 문제가 아니었다. 연관검색어는 처음부터 핑계였을 뿐이고, 그녀가 꽂힌 건 다름 아닌 공도하라는 남자였다. 김 대리는 한결 더 나긋해진 목소리로 말했다.

"이제는 뭘 더 하면 나 배우님이 우스워져요. 지금 공도하 작가님은 나 배우님이랑 일반인 여친 사이에서 양다리 걸치다가 일반인 여친에게 간 거로 됐잖아요."

그녀가 고개를 들었다. 이해할 수 없다는 얼굴이었다.

"어째서?"

"그렇게 됐어요. 나 배우님이 밀린 것처럼 보인다고요. 그것도 일반인에게요. 나 배우님이 동정표를 얻으면 얻을수록 진, 게, 되는 거예요. 지는 거 싫어하시잖아요."

예희의 동공이 흔들렸다.

"그러네? 왜 그렇게 되도록 내버려뒀어?"

되레 나무라는 투였지만, 김 대리는 능숙하게 받아쳤다.

"나 배우님이 상의도 안 하고 양 사진 올리셨잖아요."

"알았어. 그럼 내려."

이대로 속이 터져서 암에 걸리면 산재 처리를 받을 수 있을까. 끓어오르는 퇴사 열망을 간신히 누른 김 대리는 다시 어금니를 물었다.

"이미 관련 기사까지 다 나갔어요."

"지는 건 싫은데."

"그러니까 작작, 아니 적당히 하셨어야죠. SNS 올리기 전에 꼭 저랑 상의하시라니까요."

"몰라. 몰라. 수습해. 그리고 제작사에 전화해서 영화 하차하겠다고 해."

"지난달에 도장 찍으셨잖아요. 혹시 잊어버리셨어요?"

"아니."

"위약금 얼마인지 아세요?"

"누가 진짜 하차한대? 그 시나리오 좋아. 캐릭터도 마음에 들고. 나도 하차할 마음 없어."

"그럼 왜……?"

또 지랄이세요.

"하차한다고 하면, 전화 올 거 아니야. 오겠지?"

예희의 눈이 기대감으로 반짝였다. 이 와중에도 그녀의 미모는 빛이 났다. 김 대리는 말 안 듣는 유치원생을 다독이는 심정으로 물었다.

“공 작가님이랑 원수 져서 좋을 게 뭐가 있어요. 관심 있으신 거 아니에요?”

“보상해주면 되잖아.”

“어떻게요?”

“내가 연애해줄 거야. 진짜로 나와 연애할 수 있는 특권을 주겠다고. 가짜가 아니라.”

“네?”

“아무래도 가짜로 사귀자고 해서 튕기는 것 같아.”

“네. 그러시겠죠.”

“아니야?”

“맞습니다. 맞고말고요.”

김 대리는 포기하기로 했다. 말이 통하는 상대여야 설득도 하는 것이다. 어차피 세상은 나예희의 편이다. 출판사에서 소송을 건다고 해도 오히려 그쪽을 욕할 것이다.

“그런데 정말 웨이브 진 머리를 좋아해? 보통은 생머리 좋아하잖아. 난 청순한 게 더 잘 어울리는데.”

“지금도 예쁘세요.”

“그거야 당연한 얘기고. 확실하냐니까?”

“그쪽 출판사 대표님이 어렸을 때부터 알고 지내셨대요.”

“그래. 그럼 잘 알겠네. 난 뭐든 잘 어울리니까 괜찮긴 해. 뭐 하고 있어? 제작사에 전화하라니까.”

김 대리는 자포자기하는 심정으로 휴대폰을 들었다. 그사이 대표님으로부터 메시지가 수신되어 있었다.

- 김 대리, 이거 봤어? 어떻게 할 거야. 담당 배우 한 명 제대로 컨트롤 못해? 일 더 키우지 말고 수습해.

'대표님도 컨트롤 못하시면서.'

메시지에 첨부된 동영상을 플레이하자 빗소리가 들렸다. 공 작가가 길거리에서 어떤 여자와 키스하는 모습이 담긴 동영상이었다.

'아…… 망했다.'

이걸 예희가 보면 또 지랄병이 도질 것이다. 슬쩍 눈치를 보는데 그녀의 손에도 휴대폰이 들려 있었다.

"자, 잠깐만요. 나 배우님!"

"왜?"

"머, 머리가 좀 눌린 것 같아요. 세팅 다시 하라고 할까요? 휴대폰은 저, 저를 주시고 저쪽 의자에 앉으세요."

"알았어. 메시지 온 것만 보고."

"그, 아."

김 대리는 한발 늦었음을 깨닫고 좌절했다. 동영상을 플레이한 예희의 눈동자가 흔들렸다.

"대박! 이 남자 키스 엄청 섹시하게 해! 역시 마음에 들어. 어서 전화해. 제작사에."

○○○

이채는 류하의 아파트를 올려다보았다. 새벽을 맞이한 아파트 단지는 고요했다. 종종걸음으로 엘리베이터에 오르자 거울에 반사된 여자가 보였다. 그녀는 초조하고 슬퍼 보였다. 손가락을 들어 말캉한 입술을 매만지자 거울 속 여자도 똑같이 따라했다. 문득 공 작가의 숨결이 떠올랐지만, 고개를 내저어 심상을 떨쳤다.

꼭대기 층에 내리자 현관문 앞에 늘어선 주스가 눈에 들어왔다.

'괜찮아. 돌아오지 않았어.'

일, 이, 삼, 사. 비밀번호를 누르고 안으로 들어서자마자 휴대폰부터 찾았다. 휴대폰은 세 번째 방 서랍 위에 떡하니 놓여 있었다.

부재중 전화 한 통과 메시지 한 개. 부재중 전화는 공 작가로부터 걸려온 것이었다. 몸살감기약을 가져다준 시각과 일치했다.

'안 받았다고 생각했겠구나.'

그가 정말 도움을 줄까. 도하에게 큰소리쳤지만, 확신은 없었다. 당신 동생인 공류하가 납치범이라고 하면 그는 어떤 반응을 보일까.

부재중 메시지도 확인했다.

- 자니?

새벽 2시에 온 메시지는 윤우의 것이었다.

이채는 메시지를 무시하고 벽에 붙어 있는 인쇄물을 올려다보았다. 처음 왔을 땐 격양된 상태라 놓치고 넘어간 게 있을 수 있었다.

이채는 아파트가 주는 힌트를 하나하나 다시 살폈다. 쓰레기통의 영수증까지 모조리 확인하고 나니 어느덧 출근 시간이었다. 그녀는 방을 다시 돌아보며 사람이 다녀간 흔적을 말끔히 없앴다. 휴대폰을 챙겼는지도 재차 확인했다.

현관문을 나서자, 아침 공기가 코끝에 맴돌았다. 숨을 들이켠 순간이었다.

- 문이 열립니다.

불시에 들려온 엘리베이터 안내음에 화들짝 놀랐다.

'공류하가 돌아온 건 아니겠지?'

계단으로 도망치려던 그녀는 엘리베이터에서 막 내린 남자와 눈이 마주쳤다. 이채와 남자 모두 굳어버렸다.

엘리베이터에서 내린 남자, 공 작가가 눈매를 좁혔다. 놀란 듯 보이던 얼굴엔 곧 의혹이 피어났다.

"왜 여기에 있지?"

목소리에서 진득한 불쾌감이 묻어났다. 공 작가가 다가오자, 그녀는 천천히 뒷걸음질을 쳤다. 황급히 시선을 피한 이채의 팔을 그가 붙잡아 세웠다.

"뭐야?"

"아, 음, 그게. 그러니까……."

상황을 모면하기에 급급한 이채와 달리 공 작가는 시선을 똑바로 맞췄다.

"왜, 여기에 있는지 알고 싶은데. 그것도 이 시간에."

이채는 질식감을 느끼며 고개를 숙였다.

'어쩌지?'

머리가 터질 것 같고, 당황스럽던 마음은 금방 사라졌다. 도움을 받으려면 어차피 류하에 대한 이야기를 털어놓아야 했다. 이왕 이렇게 된 거 뻔뻔해지기로 했다.

"부탁 들어주기로 했었죠? 부탁할게요. 지금부터 내가 하는 말을 모두 믿어줘요. 어떻게 알았는지 묻지 말고, 그럴 리 없다고 의심하지도 말고요."

"일부러 접근한 건가?"

"네?"

예리하기는.

뻔뻔해지자고 결심했는데, 첫 질문부터 말문이 막혔다. 그녀가 눈동자를 굴리자 공 작가가 다시 물었다.

"그래? 일부러 접근한 거야? 류하가 시켰어? 아니면 아버지?"

다그치듯 묻는 태도에 이채의 말도 빨라졌다.

"너무 앞서가지 마요. 누가 시킨 게 아니라 내가 결정한 거니까."

"일부러 접근한 건 맞나 보네?"

그의 얼굴에 조소가 떠올랐다.

"결혼식장에서 만났던 건, 그래요. 그날은 공 작가님을 만나러 간 거였어요."

"내가 그곳에 나타날 건 어떻게 알았어?"

지인의 결혼식에 간 게 아니었다. 아버지의 심부름이었을 뿐이다. 그러니 그 결혼식에 나타날 걸 알고 움직였다는 건 이상했다.

"내 행동에 대한 모든 이유와 정보의 출처는 답해줄 수 없어요."

그녀는 또박또박 말했다. 당당하기까지 한 모습에 공 작가는 조금 허탈해졌다.

"타로점은 일종의 사기였던 건가? 난 그 말에 낚여서 지금 여기에 있는 거고?"

"맞아요."

미안하지만 어쩔 수 없었다는 말은 삼켰다.

"참 쉽게 말하네."

"부탁, 들어줘요. 들어주기로 했잖아요."

날카로워진 공 작가의 눈빛이 그녀를 쏘아보았다. 다정함과 나른함은 찾아볼 수 없는 모습에서 베란다 너머의 도하가 느껴졌다.

"좋아. 말해 봐."

"일단 안으로 들어가요."

뒤돌아선 이채가 현관 비밀번호를 눌렀다. 잠금이 해제되자 공 작가의 얼굴엔 당혹감마저 감돌았다.

류하의 집은 텅 비어 있었다. 오랫동안 집을 비운 흔적이 곳곳에서 느껴졌다. 그는 이채를 따라 들어간 방 안 풍경에 잠시 주춤거렸다. 벽면 가득 알 수 없는 메모와 인쇄물이 붙어 있었다. 일전에 왔을 때는 영화 감상실이었는데, 지금은 전혀 다른 공간이었다.

이채는 연옥 목걸이 그림이 인쇄된 종이를 가리켰다.

"공 작가님 동생, 그러니까 공류하는 지금 이 목걸이를 찾고 있어요. 목걸이는 제 언니가 연구 중이던 유물이었고요."

"그런데."

"결론부터 말할게요. 지금 제 언니는 공류하에게 납치되어 있어요. 난 언니를 찾으려고 해요."

"류하가 납치했다고?"

그가 어이없다는 듯이 반문했다.

"네."

"그 말을 나보고 믿으라는 거지?"

이채는 떨거나 흔들리는 모습을 보이지 않으려고 애썼다.

"앞뒤 없이 말하고 있다는 거 알아요. 이해할 수 없겠지만, 그래도 믿어줘요."

그녀에게서 시선을 뗀 공 작가가 벽면에 붙어 있는 인쇄물을 하나하나 살폈다. 어떤 범죄를 계획했다기보다는 유물 수집의 흔적 같아 보였다.

"당신 언니에게 무슨 일이 일어났는지 모르겠지만 잘못 짚었어. 류하는 그런 애가 아니야."

"마약 사건, 누명이었어요."

돌아선 공 작가의 눈빛이 살벌해졌다.

"뭐?"

"정말 쿠키인 줄 알고 집어 먹은 거였어요. 품에서 나온 마약은 같이 있던 친구들이 상황을 모면하려고 집어넣은 거예요. 덮어씌운 거죠. 실형을 피할 수 없으니, 단 한 번의 실수인 것처럼 진술하라고 변호사가 종용했어요. 그럼 집행유예를 받아주겠다고요. 그런데 공류하는 무죄를 선고받았어야 했어요. 어쩌면 아버님은 알고 계셨을 거예요."

마지막 말은 일종의 배팅이었다.

류하에 대한 자료를 읽으면서 이상하다 여기고 있었다. 이후 수사를 모두 막아버렸다는 대단한 아버지가 아들의 억울함을 몰랐을까 하는 부분 말이다.

공 작가는 상당히 놀란 눈치였다.

"우리 집안일을 다 알고 있어?"

"말했잖아요. 난 공류하에게 억류된 언니를 찾고 있어요. 모든 건 거기에서부터 시작돼요."

공 작가는 그녀의 말을 믿을 수 없었다. 그렇다고 거짓으로 치부해버리기엔 진정성이 느껴졌다. 날카로운 눈초리로 이채를 탐색하던 그가 손목을 까딱여 계속 말해보라는 신호를 보냈다. 일단 말을 들어볼 셈이었다.

이채는 동요 없이 연옥 목걸이 그림을 되짚었다.

"공류하는 이 목걸이에 집착하고 있어요. 이걸 얻으면 모든 걸 바로잡을 수 있다고 믿으니까요."

"바로잡아?"

"시간을 되돌릴 수 있다고 믿는 것 같아요. ……그런 눈으로 보지 마요. 내가 하는 말을 믿어줄 것 그리고 이유를 묻지 말 것. 이 두 가지가 부탁이에요."

시간을 되돌린다니. 그녀의 말을 계속 듣는 건 시간 낭비처럼 느껴졌다. 하지만 말을 막지 않았다.

"계속해 봐."

"공류하는 이 목걸이를 가로채려고 언니를 납치했어요. 난 언니를 찾고 싶은 거고요. 그러려면 먼저 공류하를 찾아야겠죠."

제 머리카락을 흐트러트린 공 작가가 이채를 빤히 보았다.

"그래서 나에게 접근했다? 내가 나서서 류하를 찾길 바라서?"

"미안해요. 설명해도 믿지 않을 것 같아서 그랬어요. 도움이 필요해요."

그녀의 간절함이 오히려 더 못마땅했다. 발끝을 타고 올라온 불쾌감은 금세 전신을 뒤덮었다.

"이용당하는 건 질색인데."

"도와주지 않을 거예요?"

"도와달라는 건, 부탁에 포함되지 않았어."

공 작가는 벽면에 붙은 자료를 다시 훑었다. 목걸이가 낯익다는 느낌이 들긴 했지만 그게 전부였다.

"동생 일이잖아요."

그의 인내심이 끝내 바닥을 보였다.

"됐으니까 꺼져."

이채는 흠칫 놀랐다. 예희의 말이 떠올랐다. 꺼지라고 말할 때 섹시하다고 했던가. 이런 상황에서 떠올릴 만한 생각은 아니었다.

그녀가 움직이지 않자, 공 작가가 돌아보았다.

"꺼지라는 말 안 들려?"

목소리가 잠겨 있어서 더 섹시하게 느껴진 것 같았다.

"……감기 걸렸어요?"

"신경 끊어."

그가 외면하듯 고개를 돌렸다.

이채는 가슴이 따끔따끔했다. 도하가 이채를 이용했고, 이채는 공 작가를 이용했다. 아무런 가책 없이 그의 미래를 틀어버렸다. 미래의 도하가 허락했으니 괜찮다며 자기 합리화했다.

어쩌면 그의 인생이 송두리째 바뀔지도 모르는데.

그래도 어쩔 수 없었다. 이런 고민조차 사치였다. 다채를 찾는 게 먼저니까. 도덕과 철학은 그다음 문제였다.

이채는 무거워진 공기 속에서 뒤돌아서며 주먹을 꼭 쥐었다.

"공류하를 찾게 되더라도 나나 언니 얘기는 하지 말아요. 공 작가님에게 털어놓은 건 모험이었어요. 내 쪽은 언니 목숨이 걸려 있거든요. 이것만은 꼭 기억해요. 언니가 잘못되면 공류하도 제자리로 돌아올 수 없어요."

"나가."

한 번 더 축객령이 떨어졌다. 현관으로 나간 그녀는 구두를 신기 전에 돌아보았다. 열린 문틈으로 그의 어깨가 살짝 보였다.

그는 믿지 않았다. 당연했다. 단번에 믿어줄 거라고 생각하지 않았다. 다만 의심하게 될 것이다. 조금씩.

아파트 단지를 벗어나자, 아침 특유의 활기가 느껴졌다.

그녀는 막 영업을 시작한 슈퍼에서 따뜻한 커피를 사서 손에 쥐었다. 몸이 떨리고 있었다. 어젯밤에 맞은 비 때문인지, 공 작가의 서늘한 시선 때문인지는 알 수 없었다. 다만 몸서리칠 정도로 춥게 느껴졌다.

택시를 타고 움직이던 그녀는 박물관 정문 앞에 몰려 있는 기자들을 발견하고 눈살을 찌푸렸다. 어제보다 더 늘어난 느낌이었다. 그녀는 기사에게 부탁해 뒷문 근처로 이동했다.

후문 쪽도 비슷한 상황이면 또 주아와 성수의 도움을 받아야 했다. 다행히 후문 쪽은 출근하는 직원들뿐이었다. 재빨리 박물관 안으로 들어서며 마주치는 직원에게 가볍게 인사하고 보니 졸졸 따라다니는 시선이 느껴졌다.

뒤늦게 어젯밤 인터넷을 강타한 동영상이 떠올랐다.

'빗속의 키스…….'

최근 일어난 일 중에 별것 아닌 축에 속한 사건이라 까마득히 잊고 있었다.

그녀의 어깨가 조금 처졌다. 가능하면 직원들을 덜 마주치고 싶어서 빙 돌아가려는데 주아가 바짝 따라붙었다.

"좋은 아침!"

그녀는 대뜸 작은 종이 가방부터 건넸다.

"뭐야?"

"퀵이 데스크에 놓고 갔어. 전화는 왜 안 받아?"

종이 가방 안을 들여다보니 익숙한 로고의 상자가 보였다. 이채가 주문했던 모조 목걸이였다. 어제 주문을 정정했는데 아침에 도착한 걸 보니 밤샘 작업을 해준 모양이었다.

"고마워. 정신이 없었어."

"없을 만하지. 어젯밤에 캬, 장한 년. 난 네가 해낼 줄 알았어. 어떻게 된 거야?"

"본 대로 됐어."

"내가 동영상까지는 므흣하게 봤는데, 나예희 사진은 뭐야? 양다리 찍어 올린 거 말이야. 그거 너 저격한 거 아니야?"

"저격은 맞을걸. 그 여자가 왜 그러는지 모르겠다."

틀어진 건 공 작가의 미래뿐만이 아니었다. 예희의 미래도 변했다. 어쩌면 연인으로 발전했어야 할 두 사람의 관계가 틀어졌을지도 모른다.

"그냥 심술부리는 거라고? 또라이네. 공도하한테 물어봤어? 너 눈 깜박거리고 있다가 뒤통수 맞는 거 아니야?"

뒤통수라면 이미 맞고, 때렸다.

"그럴 수도 있고. 나 들어간다."

주아에게 살짝 웃어 보인 이채는 걸음을 빨리해서 멀어졌다.

이채는 복원실에 들어서자마자 상자부터 열어보았다. 안에는 스웨이드 천에 싸인 연옥 목걸이가 들어 있었다. 이채는 다시 상자를 닫으며 그 속에 복잡한 생각을 함께 밀어 넣었다.

'목걸이 완성이 우선이야. 나머지는 다음에 생각하자. 하나씩 천천히. 흥분하지 말고. 이럴 때일수록 이성적으로.'

문이 열리는 기척에 돌아보니 성수였다. 이제 '빗속의 키스' 사건에 대한 품평과 함께 생일 선물 덕분이라는 너스레가 이어질 차례였다. 하지만 그는 손을 한 번 흔들어 보이고 그대로 자리에 앉았다.

이채의 고개가 그를 향해 기울어졌다.

"무슨 일 있어?"

"그냥 컨디션이 별로네."

성수는 그대로 작업 테이블에 엎드렸다.

모니터로 시선을 돌린 이채는 자세를 바로 했다. 컨디션은 그녀가 더 별로였다. 눈이 빠질 것처럼 아픈 데다가 머릿속은 엉망진창이었다. 하지만 성수처럼 엎드릴 수가 없었다.

공 작가에게 메일을 보내야 했다. 왜 공류하를 범인으로 여기고 있는지 설명하고, 제시할 수 있는 증거도 첨부했다.

메일을 전송하자 바로 수신확인이 되었다. 하지만 답장은 오지 않았다. 믿기 어려울 것이다. 아니, 믿고 싶지 않을 것이다.

'연락이 올까?'

도하의 말이 맞다. 감정적이었다. 냉정하다고 큰소리쳤지만, 제정신이 아니었다. 그래서 상황을 이토록 어렵게 만들어버렸다.

이채는 고개를 돌려 엎드려 있는 성수를 응시했다.

'말해볼까.'

상황을 털어놓고 어떻게 하면 좋을지 상의하고 싶었다. 혼자 감당하기엔 처한 상황이 너무 무거웠다. 성수라면 시간 여행이라는 허무맹랑한 말을 믿어주지 않을까.

누군가 괜찮다고 말해주기를, 안아주기를, 이 불안을 잠재워주기를 바랐다.

하지만 '성수가 이 사건을 냉정하게 바라볼 수 있을까'에 대한 고민이 남아 있었다. 성수는 다채와 관련된 일에는 이성적이지 못했다. 무모한 짓도 서슴없이 할 사람이었다. 자신을 망치는 일이 되더라도.

대학 때 다채를 좋아하던 남자가 있었다. 다채의 거절이 이어지자 그 남자의 행동은 스토킹에 가까워지게 되었다. 군 복무 휴가 중에 그 사실을 알게 된 성수는 남자를 찾아가 폭력을 행사했다. 성수의 군 복무 기간이 2주나 연장된 이유이기도 했다.

'그래. 성수는 안 돼.'

도하가 그동안 왜 비밀로 했는지 어렴풋이 알 것 같았다. 업무를 시작하려는데, 휴대폰 액정에 낯선 번호가 떠올랐다.

'누구지?'

수신 버튼을 탭하자 낯익은 목소리가 흘러나왔다.

"안녕하세요. 저 담 출판사 최윤형입니다."

전화통화는 처음이었지만 목소리만으로도 꿀단지를 품에 안은 곰이 떠올랐다.

"네. 안녕하세요."

"그날은 잘 들어가셨죠?"

"그런데 무슨 일로."

"부탁할 게 있습니다. 정말 죄송스러운 부탁인데요. 그게 어쩔 수가 없어서요. 혹시 나예희 SNS 보셨나요? 양 사진 올라온 거요."

"봤어요."

"그래서 말인데요. 지금 자그마한 인터넷 신문 인터뷰가 잡혀 있어요. 혹시 도하와 같이 인터뷰를 해주실 수 없을까 해서요."

"인터뷰요?"

이채가 꺼리는 기색을 내비치자 윤형이 재빨리 덧붙였다.

"대부분 도하가 대답할 테니까 부담은 갖지 않으셔도 됩니다."

"그럼, 서면 인터뷰로 할게요."

"그게 사진도 찍어야 해서요. 물론! 얼굴 공개는 하지 않겠다고 하셨던 건 기억하고 있습니다. 그런데 공교롭게도 그 영상이 올라와서 공개되어 버렸잖아요."

그의 말처럼 얼굴은 이미 공개된 것과 다름이 없었다.

"사진까지는 좀 그런데요."

"작게, 아주 작게 내보내는 건 어떨까 하고요. 아주아주 작게요."

"그래도."

"아, 그 나예희 씨 건은 오해가 있을 수 있는데요. 도하랑은 아무런 관계도 아니에요. 이런 또라이 스토커 같은 짓을 할 줄 알았으면 진작 막았을 텐데 제 불찰입니다. 저랑 도하 좀 살려주세요. 어제 양 다리 사진이랑 그 빗속 동영상이 같이 뜨는 바람에 우리 도하 국민 쓰레기 되게 생겼어요. 게다가 아직 기사가 나오지 않긴 했는데, 나예희 측에서 영화 하차한다고 난리거든요."

상황은 또 예상하지 못했던 방향으로 흘렀다.

○○○

그녀는 다시 집 안의 불을 켜놓고 출근했다. 침입을 허락하지 않겠다며 베란다에 둘러놓은 가시철조망이 도하의 마음을 따끔따끔하게 했다. 가닥가닥 날이 선 그녀의 베란다를 보고 있는 것만으로도 가슴이 아려왔다.

결국, 그녀가 알아버렸다. 분노는 당연했다.

다행히 그녀가 모든 걸 알게 된 것은 아니었다. 도하가 살아가는 시간 속에서는 그녀 역시 실종 상태라는 것, 이 사실만큼은 끝까지 모르기를 바랐다. 알게 되더라도 해결책을 찾은 다음이어야 했다.

도하는 마른세수를 연거푸 하며 노트북 화면을 바라보았다. 커서는 빈 페이지의 첫째 줄에서 깜빡이고 있었다. 몇 줄을 썼다 지우기를 반복했지만, 원고는 진전이 없었다.

과거가 바뀌면 그동안 써 내려간 원고들은 어떻게 되는 걸까. 아니, 그런 건 아무래도 좋았다. 원고 작업은 베란다에서 그녀를 기다릴 명분이 되어버린 지 오래였다.

남은 시간은 보름 남짓. 월지 밖으로 나가는 일이 점점 더 힘들어지고 있었다. 그녀가 공 작가의 인생을 뒤흔들수록 통증은 심해졌다.

다시 베란다 너머를 응시하는데, 랜에게서 전화가 걸려 왔다.

"한국 최고의 정보 상인! 세계로 뻗어 나가는 빠름빠름빠름 강랜입니다. 공도하 고객님 안녕하세요."

"실마리를 찾았습니까?"

"아직 정보를 모으는 중입니다. 정이채 실종 사건을 취합하다가 알게 된 사실이 있어서 사전 연락드렸습니다. 정이채의 모친으로 알려진 박인금 씨 말입니다. 친모가 아닙니다."

도하의 미간이 찌푸려졌다.

"자세히 말해보세요."

"정이채는 일곱 살 때 입양됐습니다. 친모가 버리고 간 정이채를 박인금 씨가 보호하다가 입양했습니다. 버려진 날의 충격으로 일곱 살 이전의 기억이 없습니다. 친모를 수소문해서 찾았습니다만, 반응이 냉담했습니다. 실종 소식을 듣고도 이미 버린 자식이니 신경 쓰고 싶지 않다더군요."

얘기를 전해 들은 것만으로도 가슴이 욱신거렸다.

"친부는 누구입니까."

"친부는……."

친부가 어떤 사람인지를 들은 도하는 과거를 바꾸고 싶다고 생각했다. 할 수만 있다면 그녀의 아픈 기억과 상처를 없애주고 싶었다. 하지만 그가 할 수 있는 건 제한적이었다. 베란다를 넘어가는 것도, 그녀를 위로하거나 말을 거는 것도 허락되지 않았다.

"박인금 씨는 알고 있습니까?"

"모릅니다. 알려고 하지도 않는 것 같습니다."

"그 일이 정이채 씨의 실종과 관련이 있는지도 알아봐주세요. 다른 건요?"

"아직 정보를 취합하는 중이라 말씀드릴 수 있는 건 없습니다."

"서둘러 주세요. 한시가 급합니다."

그녀가 성급하게 움직이기 전에 사건의 전말을 파악할 필요가 있었다.

"혹시 급하다고 하시는 이유를 알 수 있을까요? 조사에 도움이 될 것 같아서요. 아직도 목격했다던 여자가 정이채라고 믿고 계시는 겁니까?"

"그건, 착각한 게 맞습니다. 단지 정이채 씨의 실종 건을 짚고 넘어가야 할 것 같아서 서두르는 겁니다."

"예. 맞습니다. 저 역시 8할 이상의 확률로 정이채 실종 사건이 정다채 살해 사건과 연루되어 있다고 여기고 있습니다. 실종 시점에서 시일이 많이 지났으니 사망했을 확률도 높습니다."

시간 너머에서 불어온 불길한 바람이 도하의 옷깃 속을 파고들었다.

○○○

갤러리 안으로 들어선 이채는 그림 '만남' 앞에 섰다. 한동안 움직이지 않고 그림이 주는 힌트에 집중했지만, 이렇다 할 실마리를 찾지 못했다.

'언니, 어디에 있어?'

다채를 구할 기회를 얻게 된 건 다행스러운 일이었다. 하지만 주어진 기회를 살리지 못할까 봐 두려웠다. 잘못된 판단과 행동으로 모든 걸 망쳐버릴 수 있었다.

이채의 볼을 타고 눈물이 흘러내렸다. 다채를 무사히 구할 방법을 누군가 알려줬으면 좋겠다.

“자네가 정이채로군.”

갑자기 호명된 이름에 재빨리 눈물을 훔쳤다. 고개를 돌려보니 백발의 노신사가 평온한 얼굴로 그녀를 응시하고 있었다.

“절, 아세요?”

“내게 메모를 남겨놓지 않았나.”

‘메모’라는 단어에 정신이 번쩍 들었다.

“정 화백님?”

그는 긍정도 부정도 하지 않은 채 인자한 미소를 보였다. 이채는 구원자를 만난 기분이었다.

“어르신은 시간을 넘으셨던 거죠?”

조급함이 묻어나는 질문에도 노신사는 당황하지 않았다.

“어땠을 것 같나.”

“넘었다고 말씀해주세요. 전 지금 조언이 필요해요.”

그녀의 간절한 얼굴을 응시하던 정 화백은 팔을 들어 올려 손목시계를 보았다.

“궁금한 게 있다면 물어보게. 알고 있는 선에서 답해주겠네.”

이채는 확인해야 할 것들을 떠올렸다. 그녀의 목소리에서 초조함이 묻어났다.

“기한이 한 달인 것은 맞는 거죠?”

정 화백은 다시 여유 있는 미소를 지었다.

"달이 차고 기울면 끝나버리는 마법 같은 일이지. 대부분은 한 달이라고 생각하네."

"대부분이요?"

그 말은 한 달을 채우지 못하고 연결이 끊어지는 경우도 있다는 뜻이었다.

"여러 가지 변수를 생각해보게. 아주 작은 변화로도 미래는 달라질 수 있네. 원래의 자신이라면 가지 않았을 법한 길에서 사고를 당할 수도 있겠지. 둘 중 한 명이 죽거나 크게 다친다면 연결은 끊어지는 셈일세."

이와 비슷한 얘기를 도하와 나눈 적이 있었다. 정 화백은 도하가 언제든지 사라질 수 있음을 한 번 더 인지시켜 주었다.

"연결이 끝난 다음에는요?"

"뒤바뀐 길을 걸어가는 거지. 미래 쪽은 조금 더 난해하네. 변화된 정도에 따라서 완전히 다른 기억을 안고 살게 될 테니까.

정 화백의 설명은 친절했다. 그의 설명을 곱씹던 이채는 질문을 이었다.

"왜 한 달 동안만 연결되는 거죠?"

"이유는 모르네. 그래도 한 달이면 인생을 바꾸기 충분한 시간 아닌가. 나 역시 새로운 인생을 얻었지. 시간을 넘는다는 건 그런 거라네. 모든 게 뒤바뀔 수밖에 없어. 그 여정의 끝은 아무도 모르지만."

"어르신은……."

실례가 될까 싶어 말끝을 흐리는데, 정 화백의 미소가 짙어졌다.

"더없이 행복해졌네. 운이 좋았지."

이채는 알고 싶었다. 자신은 행복을 향해 걸어가고 있는 것일까. 아니면 불행으로 이끌리는 걸까.

정 화백이 다시 한번 손목시계를 확인했다. 남은 시간이 얼마 남지 않았음을 감지한 이채는 다른 것을 물었다.

"저 말고도 어르신을 찾아온 사람이 있었나요?"

"간혹 있었지."

그녀의 목소리가 조금 더 다급해졌다.

"그중에 혹시 젊은 남자는 없었나요? 공류하라고 꽤 잘생긴 남자예요. 20대 중반이고요."

"공류하?"

"네. 공류하요."

"그래. 기억나는군. 흔한 이름이 아니라 기억하고 있네. 그 친구는 목걸이를 찾고 있었어. 목걸이의 존재를 어떻게 알았는지 끈질기게 메시지를 남기고 갔지. 갤러리를 찾아온 것도 몇 번 보았네. 이야기를 직접 나누지는 않았지만."

"어떤 메시지였어요?"

"시간을 넘을 수 있는 목걸이가 존재하는지 확인하고 싶어 했네."

"답을 주셨나요?"

"목걸이가 실재한다는 것만은 말해주었지. 목걸이의 행방은 나 역시 알 수 없으니까 알려주지 못했지만."

"그게, 언제쯤이었죠?"

"서너 달쯤 되었나. 좀 더 된 것 같기도 하고."

기억이 가물가물한지 그의 미간이 찌푸려졌다가 다시 펴졌다.

"그래. 반년쯤 됐겠어. 눈이 많이 왔지."

그쯤이면 대마 쿠키 사건이 터진 직후였다.

"어르신 전, 그 남자를 찾아야 해요. 공류하가 제 언니를 납치해 갔어요. 목걸이 때문에요."

"납치? 목걸이 때문에?"

정 화백의 얼굴이 당황으로 얼룩졌다.

"언니가 목걸이를 가지고 있었거든요. 목걸이 사진을 인터넷에 올렸고, 공류하가 접근했어요."

"……그 친구 좀 위험해 보이긴 했었지. 아무래도 내가 확인을 해준 게 실수였던 모양이야."

"혹시 공류하에게 연락할 방법이 없을까요?"

작은 기대를 안고 물었지만, 돌아온 대답은 실망스러웠다.

"오래된 일이라서. 이름이 특이하지 않았다면 기억도 못 했을 걸세. 찾아보면 전화번호 정도는 나올 것 같네만."

"번호는 알고 있어요."

이채는 실망을 감추지 못하고 어깨를 늘어뜨렸다.

"도움이 못 되어서 미안하군. 더 얘기를 나누고 싶지만, 이만 가봐야 할 것 같아서 말이야."

"또 뵐 수 있을까요."

"자네가 나를 찾아온다면, 그때 내가 이곳에 있다면 다시 만날 수도 있겠지. 부디 행운을 비네."

그렇게 말한 정 화백은 갤러리 밖으로 향했다. 이채는 그가 나간 다음에도 한동안 그림 앞에 서 있었다.

○○○

"안 걸리던 감기에 걸리고 그러냐. 그러니까 밥도 좀 챙겨 먹고, 잠도 시간 맞춰 자라니까. 이게 다 면역력이 떨어져서 그래. 비 좀 맞았다고 감기에 걸린다는 게 말이 되냐."

모처럼 잔소리할 건수를 잡은 윤형이 쉬지 않고 종알거렸다. 소파에 누워 있던 공 작가는 귀를 틀어막고 싶은 심정이었다.

"감기 아니야."

"아니긴, 열이 장난 없이 올랐어."

"머리 울려. 그만하고 가."

오라고 하지도 않았는데, 갑자기 들이닥친 윤형 때문에 정신이 사나웠다. 감기에 두통까지 더해질 것 같았다.

"이거나 마셔."

그는 물이 가득 담긴 유리컵을 건넸다.

"목 안 말라."

"땀 많이 흘렸잖아. 밥도 먹기 싫다며. 이거라도 마셔야 안심하고 가든지 하지."

마지못해 몸을 일으킨 공 작가가 유리컵 안에 든 물을 마셨다. 약국에서 파는 전해질 가루를 탄 물은 이온 음료와 비슷한 맛이 났다.

공 작가가 반 이상 마신 걸 확인한 윤형이 놀리듯 말을 이었다.

"병간호는 이채 씨가 해야 하는 거 아니냐? 어휴, 어제 아주 그냥. 어휴."

"그 여자 얘기는 하지 마."

공 작가가 컵을 내려놓자, 윤형이 웃음을 터트렸다. 한동안 큰 소리로 웃던 그가 물었다.

"차였냐?"

"아니야."

"차였구나."

"아니라고."

"차였어, 차였네, 차인 거야."

공 작가는 대꾸하지 않았고, 놀릴 건수를 잡고 빙글거리던 윤형의 움직임이 멈췄다.

"잠깐! 그럼 열애설은? 그것도 물러야 하는 거야? 아닌가, 아직 아무 말 없으니 그건 안 물려도 되는 건가?"

공 작가는 귀찮다는 얼굴로 다시 소파에 누웠다. 그러자 클로버 모양의 전등이 보였다. 그는 한쪽 팔을 들어 눈을 가렸다.

"다 마셨으니까 가."

"일이 복잡하게 꼬이네. 그 또라이가 SNS에 올린 거 봤어?"

"그만 가라고."

"양 사진을 올렸어. 다리만 클로즈업해서."

"……."

"그래 놓고 영화 하차하고 싶다고 해서 감독이랑 PD랑 만나러 간대."

"그냥 하차하라고 해. 귀찮아."

"안 돼! 지금 나예희가 하차하면 넌 국민 쓰레기 확정이야."

"알았으니까 가."

국민 쓰레기고 뭐고 지금은 신경 쓰고 싶지 않았다.

"이 바닥이 원래 그렇다. 언론 장악력 있는 사람이 피해자 코스프레 하면 상대는 물 먹는 수밖에 없어."

"……."

"그래서 이채 씨랑은 어쩔 거야?"

"가라고 했다."

공 작가의 목소리가 낮게 깔리자, 윤형이 마지못해 일어났다. 더 긁었다가는 출판사를 바꾸겠다는 협박이 튀어나올 것 같았다.

"간다, 가. 내일 저녁에 인터뷰 잡혀 있으니까 시간이나 비워둬. 이채 씨도 오기로 했다."

공 작가가 팔을 내리고 고개를 들었다. 하지만 윤형은 이미 도망치듯 현관을 빠져나간 다음이었다.

○○○

이채는 커튼 사이로 밖을 내다보았다. 가시철조망 너머로 도하의 옆모습이 보였다. 그는 오늘도 베란다에 나와 있었다. 바람이 든 것처럼 그녀의 마음이 뒤숭숭했다.

'시간 연결이 끝나면…….'

이채가 류하와 다채를 찾는다면, 공 작가는 동생을 찾아 헤매지 않아도 된다. 베란다 너머로 이사 올 필요도 없어진다. 베란다 너머의 남자는 사라지는 것이다.

시간 속으로.

3년의 세월이 지나 이채가 도하를 찾는다고 해도 지금의 그는 아닐 것이다. 다른 기억을 가진 다른 사람일 것이다. 도하도 공 작가도 아닌 또 다른 존재.

'됐어. 사라지든지 말든지. 나쁜 놈.'

이채는 휴대폰을 들고 침대에 쓰러지듯 누웠다.

다채와의 대화창을 반복해서 읽었지만, 새 메시지를 보내지는 못했다. 평소와 같이 메시지를 보내려고 시도해봤지만 소용없었다. 가슴이 터질 것 같았다.

도하가 선물해준 저금통이 그녀를 바라보며 얄궂게 웃었다. 이채는 한동안 저금통을 노려보다가 손을 뻗었다. 곰인가 싶으면 개 같기도 하고, 개인가 싶으면 수달 같기도 했다. 모호한 게 꼭 그 남자를 닮았다.

괜스레 저금통의 이마 부분을 손가락으로 톡톡 건드리는데 초인종이 울렸다.

'공 작가?'

침대에서 발딱 일어난 그녀가 현관문 앞으로 달려갔다.

"누구세요?"

"나야."

윤우 목소리에 이채의 신경이 곤두섰다.

'왜 또 온 거야.'

정체를 밝혔음에도 안에서 별다른 반응을 보이지 않자, 그가 문을 두드리기 시작했다.

"열어!"

급기야는 발로 문을 걷어찼다. 현관문이 쾅쾅 울려서 시끄러웠다. 제풀에 지쳐 돌아갈 때까지 둘까 했지만, 쉽게 돌아갈 성격이 아니었다. 옆집은 물론이고 아랫집까지 뛰어 올라와도 눈 하나 깜짝하지 않을 사람이었다.

한숨을 푹 내쉰 이채는 현관문을 열었다. 열자마자 안으로 불쑥 들어온 것은 꽃다발이었다. 그것도 이채가 좋아하는 부케 스타일의 꽃다발. 이채는 꽃다발을 외면하며 눈앞에 서 있는 윤우를 노려보았다. 그에게서 옅은 술 냄새가 났다.

"그렇게 보지 마. 신혼여행에서 돌아오자마자 너한테 달려온 거니까."

"우리 볼일 없는 거 아니었어?"

"볼일이 왜 없어. 비켜봐, 들어가게."

이채는 그가 안으로 들어오지 못하도록 현관을 막고 섰다.

"어딜 들어와. 시끄러워서 열어준 것뿐이야. 돌아가, 경찰 부르기 전에."

"일단 이것부터 받아."

윤우가 다시 꽃다발을 내밀었다. 이채는 그것을 받아 계단을 향해 던져버렸다. 포물선을 그리며 날아간 꽃다발은 계단에 떨어져 데구루루 굴렀다. 고운 꽃잎이 짓이겨졌지만, 이채는 눈 하나 깜짝하지 않았다.

"가는 길에 주워가. 너도 그렇고, 저것도 그렇고 우리 집에 안 들여."

"너! 내가 미치는 꼴 보고 싶어?"

윤우가 소리쳤다.

"이미 미친 것 같은데."

"결혼식에서도, 신혼여행에서도 내내 네 생각뿐이었어."

"미친 거 맞네. 생각은 자유니까 알아서 해. 근데 나랑은 엮지 마. 역겨우니까."

"나, 자고 갈까?"

"꺼져."

"내 진심을 이렇게 무시하는 거야?"

이채는 윤우를 노려보았다. 그의 입에 담긴 '진심'이라는 단어가 너무도 가볍게 들렸다.

"진심? 너한테 진심이 어디 있어."

"결혼은 조건만 맞으면 누구든 상관없어. 하지만 사랑은 아니잖아. 너뿐이야. 그 남자랑은 헤어져. 만나지 마. 홧김에 만나는 거 알아. 나한테 화난 것도 당연해."

1년도 못 살고 이혼했다고 했던가. 생각해보면 그 여자를 위해서는 그나마 나은 결말이었다.

한 걸음 떨어져서 보니 그가 어떤 사람인지 알 것 같았다. 이런 남자를 3년이나 만난 자신도 안됐지만, 결혼한 그 여자는 더욱 안쓰러웠다.

"고 팀장님. 결혼도 하셨으니까 이왕이면 잘살아요. 이게 내 진심이에요."

말을 마친 이채는 현관문을 닫으려고 했다. 하지만 재빨리 손을 뻗은 윤우가 닫히는 문을 막았다.

반쯤 닫힌 현관문이 다시 활짝 열렸다.

"정이채, 너 내 결혼식에 일부러 그 새끼 데려온 거 아니야? 나 보라고."

"아니."

"넌! 아직도 날 사랑해."

"아니야."

너무도 쉽게 아니라는 말이 나왔다.

"보란 듯이 그런 동영상 찍어서 올리고!"

윤우가 소리치며 문을 주먹으로 쾅쾅 쳤다. 머리가 울릴 정도로 시끄러운 소리가 연달아 들렸다. 그럼에도 손을 다칠까 염려되지는 않았다. 오히려 잠을 설칠 옆집이 더 걱정스러웠다. 이젠 정말로 한 줌의 감정도 남아 있지 않은 듯했다.

"지금 몇 시인 줄 알아?"

"말해. 날 사랑한다고."

윤우는 문에서 손을 떼고 이채의 어깨를 콱 움켜쥐었다.

"놔!"

뒤늦게 후회되었다. 문을 열어주지 말걸 그랬다.

"날 사랑하잖아!"

"미쳤어? 이거 놔!"

"사랑한다고 말해!"

저릿한 고통에, 이채는 있는 힘껏 팔을 휘둘렀다. 그 순간 윤우가 움켜쥐었던 손을 놓았다. 윤우에게서 벗어나기 위한 몸부림이었지만, 그가 너무 쉽게 놓아버리자 반동으로 몸이 기울었다. 균형을 잡으려고 뒷걸음질 치다 보니 무언가가 등을 받쳐주었다.

은은한 시트러스 향기.

"어떻게……."

그가 왜 여기에 있는 거지? 이채는 등 뒤에 서 있는 도하를 발견하고도 믿을 수가 없어서 눈을 깜박였다. 분명 베란다 난간에 가시철망을 빼곡하게 둘러놓았었다.

갑작스럽게 등장한 도하는 입꼬리를 올려 웃으며 굳어 있는 이채를 제 등 뒤로 보냈다. 윤우가 이채를 이끌고 현관문 밖으로 나가면 손쓸 방법이 없었다. 다행히 그녀는 아무런 저항 없이 이끌려 왔다.

"내 여자한테 손대지 마."

도하의 낮은 목소리 때문에 이채의 심장이 가출할 뻔했다. 멍하니 서 있던 그녀는 도하의 옷자락을 붙잡고 눈만 내밀어 윤우를 응시했다. 당황으로 주춤거렸던 윤우의 두 눈에서 불꽃이 일었다.

"너 뭔데 자꾸 이채 주위에서 얼쩡거려?!"

"얼쩡거리는 건 그쪽 아닌가. 이제 그만 봤으면 좋겠는데. 질척거려서 기분 더러우니까."

윤우의 한쪽 눈썹이 꿈틀거렸다. 그는 선전포고하듯이 손가락을 까닥였다.

"너 잠깐 나와 봐. 어디 가서 나랑 얘기 좀 하자."

"가라."

"나오라고!"

윤우가 버럭 소리를 지르자 이채의 심장이 오그라들었다.

"그게 내 맘대로 되는 게 아니라서. 이 집이 날 안 놔주거든."

분위기는 더 사나워졌다.

"개소리하지 말고 나와. 왜? 쫄리냐?"

도하는 저도 모르게 한쪽 입꼬리를 올리며 픽, 웃었다.

"이 새끼가, 웃어?"

윤우가 기습적으로 손을 뻗었다. 그는 도하의 손목을 붙잡고 현관문 밖으로 끌어내려고 했다. 하지만 윤우의 생각처럼 딸려오지 않았다. 도하는 윤우의 손에 붙잡힌 손목을 내려다보았다.

"지금, 뭐 하는 거지?"

그를 개처럼 끌고 내려갈 계획이었던 윤우는 얼굴을 와락 일그러트렸다. 기합을 넣고 있는 힘껏 끌어당기는데도 그는 꿈쩍하지 않았다. 마치 거대한 바위를 잡아당기는 기분이었다.

반면 도하에게는 여유가 있었다. 심지어 한쪽 손을 바지 주머니에 찔러 넣은 상태였다.

실제로도 큰 힘을 쓰지 않았다. 그는 제 몸이 현관문 밖으로 빠져나가지 못한다는 사실을 교묘히 이용했다. 그러니 윤우 혼자만 끙끙대는 꼴이었다.

도하는 손목을 비틀어 자연스럽게 윤우의 속박을 풀었다. 윤우의 얼굴이 벌겋게 달아올랐다.

상황이 정리될 기미를 보이지 않자, 보다 못한 이채가 한 걸음 앞으로 나섰다. 그러자 도하가 그녀의 팔을 단단히 붙잡아 다시 등 뒤로 밀어냈다. 이채의 앞을 막아선 그는 표정을 굳혔다.

"당신, 내가 왜 결혼식 하객으로 갔을지 생각해봤어? 그쪽이 나한테 청첩장을 준 건 아니고. 그럼, 누가 줬겠어? 신부 측에서 줬겠지."

"무슨 말을 하려는 거야."

"지금 목격한 걸 청첩장을 주신 분께 말씀드리면 재미있는 일이 벌어질 것 같다는 말을 하는 중인데 어떻게 생각해?"

"협박하는 거야?"

"협박으로 들렸다면 협박이겠지. 그래서 돌아갈 거야? 아니면 계속 있을 거야?"

윤우는 붉으락푸르락해진 얼굴로 이채를 응시했다.

"나중에 다시 얘기해."

자존심이 구겨진 그는 황급히 계단을 뛰어 내려갔다.

이채는 머리가 지끈거렸다. 마음대로 되는 일이 하나도 없었다. 다 마음에 들지 않았다. 현관문을 닫은 그녀가 천천히 돌아섰다.

도하는 못마땅한 얼굴로 팔짱을 낀 채 서 있었다.

"저런 놈은 왜 만난 거야."

자기도 그런 년을 만났으면서.

이채는 목까지 넘어온 말을 삼켰다. 소란을 일으킨 건 사실이었고, 도움도 받아버려서 대꾸할 명분이 없었다.

"그리고 문은 왜 자꾸 열어줘?"

그는 화가 난 것처럼 보였다. 아니, 화가 나 있었다.

"앞으로는 문 열어주지 마."

이채는 그를 빤히 바라보다가 궁금했던 것을 물었다.

"어떻게 넘어왔어요?"

질문 하나로 전세가 역전되었다.

"넘던 대로 넘었지."

이채는 돌아서려는 그의 어색한 움직임을 놓치지 않았다. 손목을 낚아채 보니 손바닥이 온통 상처투성이였다.

"다쳤잖아요!"

"별거 아니야."

그녀의 시선이 베란다로 향했다. 두꺼운 담요가 철조망 위에 덮여 있는 게 보였다.

다시 도하의 손바닥을 본 이채가 황급히 다른 곳을 살폈다. 손뿐만이 아니었다. 티셔츠 곳곳의 색이 진해진 걸 보니 피가 배어 나오는 듯했다.

"괜찮아."

정말 나쁜 남자였다. 미워할 수도 없게 만든다. 이채는 그를 미워하고 싶었다. 어떻게 하면 미워할 수 있을까.

그녀가 힘없이 도하의 손목을 놓았다. 그의 사정을 알기에 마냥 원망할 수만은 없었다. 그가 어떤 3년을 보냈고, 어떻게 변했는지 알고 있으니까.

아니다. 사실 이채는 그를 이해하려 애쓰고 있었다. 용서하기 위한 구실을 만들어내고 싶었다. 인정하고 싶지 않지만 그랬다.

'싫다.'

다채가 어떤 상황인지 알면서도 그를 안쓰럽게 생각하는 자신이 역겨웠다. 그를 미워하고 싶은 마음과 용서하고 싶은 마음이 계속 충돌했다.

"이리 와요."

그녀는 높낮이 없는 목소리로, 도하의 팔을 잡아당겼다.

그를 의자에 앉게 하고 의약품이 든 서랍을 통째로 빼서 가져왔다. 철조망 가시에 긁힌 자국이 한둘이 아니라 어디를 어떻게 치료해야 할지 감이 서질 않았다. 소독부터 해야겠다는 생각에 면봉을 꺼내 들었다.

"티셔츠 벗어요."

"나한테도 치명적인 매력을 발산하는 거야?"

어울리지 않게 우스갯소리를 하는 걸 보니 많이 다친 모양이었다. 이채는 대꾸할 힘이 없어 눈만 흘겼다.

"벗어요."

"됐어. 돌아가서 약 바르면 돼. 어차피 또 넘어야 하고."

그는 대수롭지 않게 말하며 일어나려고 했다.

"진짜 마음에 안 들어!"

그는 자꾸만 이채의 이성을 날려버렸다. 그녀는 그의 면티를 붙잡아 위로 올려버렸다.

"뭐 하는 거야."

질색한 도하는 멍해진 이채의 얼굴을 보고 입을 다물었다. 그의 옆구리에 자잘한 상처가 가득했다.

"그냥 조금 찔린 거야."

그가 티셔츠를 내리려고 하자, 이채는 고압적으로 명령했다.

"벗어요."

기세에 눌린 도하는 잠자코 티셔츠를 벗었다. 다행히 손바닥과 옆구리 말고 크게 다친 곳은 없었다. 이채는 소독약을 바른 면봉으로 긁힌 상처를 구석구석 눌렀다.

치료라고는 하지만 오르락내리락하는 가슴팍을 눈앞에 두고 있으니 괜히 긴장되었다. 마른 줄 알았는데, 잔 근육이 많았다. 단단해 보이는 가슴은 넓기까지 했다.

손가락에 스치는 체온 때문에 열기도 올랐다. 어쩐지 그의 숨결마저 느껴지는 것 같았다. 괜히 민망해진 이채가 넌지시 물었다.

"아파요?"

"참을 만해."

그녀의 손길이 상처에 닿을 때마다 움찔거리는 게 느껴졌지만 모르는 척 꾹꾹 눌렀다. 꼼꼼하게 상처에 연고를 바르고, 거즈를 덧대어 붙였다. 손은 아예 붕대로 칭칭 감아버렸다.

도하는 고개를 기울인 채 이채를 응시했다. 그녀가 몸을 숙인 채 허리에 난 상처를 들여다보고 있는 탓에 보이는 건 뒤통수와 정수리뿐이었다. 머리카락 결을 헤아리다 보니 그녀가 고개를 들었다.

헛기침한 도하가 붕대로 칭칭 감긴 손을 들어 보였다.

"이러면 원고를 못 쓰잖아."

"이 손으로 원고를 쓰려고 했어요? 시간 연결이 끝나면 어떻게 될지 모르는데 뭘 그렇게 열심히 해요?"

"그래도 내가 한 모든 일이 의미 없지는 않을 테니까. ……사라진다고 해도."

"신경질 나. 진짜 마음에 안 드는 거 알아요?"

태평한 그가 얄미웠다. 혼자만 동동거리는 느낌이었다.

"정 화백에 대한 기억이 바뀌었는데. 그분이 당신 얘기를 하시더군."

"오늘 갤러리에 갔다가 만났어요. 그분, 공류하가 찾아왔던 걸 기억하고 계셨어요."

"류하가 찾아갔어?"

이미 알고 있는 내용이었지만, 도하는 그렇게 되물었다.

"목걸이가 존재한다는 사실 확인을 해주셨대요."

"그랬군."

"미래를 바꾸는 걸 쉽게 생각하지 말라는 얘기를 들었어요. 공류하랑 언니를 찾으면 도하 씨는 완전히 다른 사람이 돼요. 3년간의 기억이 사라지는 거예요."

"짐작하고 있었잖아. 확실해진 것뿐이야."

또 자신은 아무래도 괜찮다는 듯한 투였다. 미워할 수도 없게.

이채는 크게 심호흡했다.

"언니 얘기 말고, 또 속이는 거 있어요?"

"없어. 말하지 않은 건 있지만."

"뭔데요?"

말하지 않은 것이 너무 많았다. 그래서 무얼 먼저 말해야 할지 알 수 없었다.

"만약에 말이야."

"네."

"남편이 외도했어. 하지만 과거의 일이고, 지금은 깔끔하게 정리했어. 그럼, 당신은 그 사실을 알고 싶어? 아니면 모른 채 살아가고 싶어?"

"……그거 설마 내 미래 이야기예요?"

"비유야. 만약이라고 했잖아."

"내가 배우자를 사랑해요?"

"그렇다면."

"알고 싶어요. 그래야 용서할지 말지, 이어갈지 말지 제대로 선택할 수 있을 테니까요. 기만당하는 건 싫어요."

도하는 비밀 중 하나를 끄집어냈다.

"친어머니를 찾고 싶다면, 말해줄 수 있어."

이채의 모든 움직임이 정지했다. 불시에 들려온 '친어머니'라는 단어는 그녀를 얼려버리기에 충분했다. 그럼, 도하가 예로 든 '만약'은 박 여사의 이야기인 걸까.

"……어떻게 알았어요?"

"조사했어."

"나를요?"

"응."

뒷조사했다는 말을 저렇게 뻔뻔하게 하다니.

"……됐어요. 애써 찾고 싶지 않아요."

"친어머니, 궁금하지 않아?"

"가끔은 궁금해요."

"당신 말대로 일단 만나봐야 제대로 결정할 수 있는 것 아닌가?"

이채도 궁금하긴 했다.

왜 버렸는지. 왜 그 집 앞에서 기다리라고 했는지. 왜 돌아오지 않았는지. 왜 하필이면 어버이날이었는지가 궁금했다. 자식을 버리는 데 적합한 날이 있을 리는 없지만, 어버이날은 피해줘야 하는 것 아닌가.

"달라요. 이건 나 혼자만의 문제가 아니잖아요. 가족의 문제니까. 그분을 찾으면 다른 비밀도 알게 될 테니까. 아버지가 누구인지."

"아버지가 누구인지, 모르는 건가?"

"그날, 버려진 날 이전의 기억이 없어요. 사람의 뇌는 상당히 편리하거든요. 주인이 감당할 수 없는 건 알아서 묻어버리는 기능이 있다더라고요. 난 그 기능을 열심히 활용하고 있고요. 그것 말고는 없어요?"

"없어."

그는 또 거짓말을 했고, 이채는 사용한 면봉과 의약품을 정리하기 시작했다.

"나, 아니 공 작가가 연락해 올 거야. 화가 난 건 이용당했다는 생각 때문이고. 왜 그래야 했는지 머리로는 이해하고 있어. 연락이 오면 그를 최대한 이용해. 당신 말대로 나보다는 공 작가가 더 도움될 테니까."

이채는 마지막으로 봤던 공 작가의 서늘한 시선을 떠올렸다.

"이용당해 줄까요."

"아마도."

아마도라는 불확실한 단어를 선택했지만, 도하의 얼굴은 평온했다.

"호락호락하진 않을 것 같던데."

"이용당해줄 거야. 좋아하니까."

이채의 움직임이 뚝 멈췄다. 이런 식으로 공 작가의 마음을 엿봐도 되는 걸까. 한편으로는 안심되었다. 그의 도움이 절실하던 참이니까.

그녀는 대충 쓸어 담듯 정리한 의약품 서랍을 들고 일어섰다. 이렇게 된 이상 이용할 수 있는 건 다 이용하기로 마음 굳혔다.

"좋아요. 휴전해요."

○○○

류하가 번역하라며 들고 온 고서는 스물두 권이었다. 모두 진품으로 보존 상태가 좋았다. 고서가 다채의 지적 호기심을 자극한 덕분에 번역 작업은 순조롭게 진행되었다.

그녀가 류하를 대하는 태도도 달라졌다. 그에게 쓸모있는 사람이 되기로 결심을 굳힌 것이다. 그렇게 지내다 보면 도망칠 기회도 올 거라고 믿었다. 공포영화에 나오는 등장인물처럼 울부짖다가 생을 마감할 생각은 없었다.

다채는 한 단락의 번역을 마치고 다음 페이지로 넘겼다. 고서들은 대부분 신비한 유물에 대한 이야기를 담고 있었다. 특히 지금 번역하는 구절은 '연옥 목걸이'에 대한 부분이었다.

'가장 필요한 시간으로 연결된다.'

노트에 첫 줄을 옮겨 적은 다채는 다음 줄에서 멈칫했다.

'때로는 과거로, 때로는 미래로.'

미래로 연결된다면 아무것도 되돌릴 수 없었다. 목걸이가 과거와 미래를 연결해줄 리 없지만, 그런 기능이 있다면 류하는 이 부분을 모르는 셈이었다.

다채는 슬쩍 류하의 눈치를 살폈다. 그는 멀찍이 떨어진 소파에 엎드린 채 노트북을 들여다보고 있었다. 그녀는 미래로 연결될 수 있다는 부분의 번역을 누락시켰다.

과거를 되돌릴 수 있다고 믿게 하는 편이 나았다. 그 믿음이 흔들리면 위험해질 가능성이 높았다.

다음 줄을 번역해서 자연스럽게 이어 붙이려는데, 류하의 목소리가 들렸다.

"이 형이 누나 좋아해요?"

다채는 감정을 숨긴 채 천천히 돌아보았다.

"성수 말하는 거야?"

"알고 있었나 보네. 하긴 이렇게 티를 내는데 모를 수가 없죠."

류하는 개구진 표정을 지었다. 그는 가끔 이렇게 소년 같은 얼굴을 했다.

"알고 있어. 오래됐으니까."

"오래됐어요? 그런데 왜 안 받아줘요. 멀쩡하게 생겼던데. 차도 좋고."

"그렇긴 하지."

"별로예요?"

"……별로가 아니라서 별로야."

"그게 무슨 말이에요?"

류하가 관심을 보이며 일어나 앉았다.

"말 그대로야. 처음에는 이채 친구라서 거절했어. 그러다가 말 줄 알았고. 그때 걔는 고등학생이었거든. 난 대학생이었고."

"그래서요?"

"이상하게 계속 날 좋아하더라고. 정말 이상하게. 처음에는 언제까지 저러나 싶은 마음으로 지켜봤어. 나중에는 호감이 들기도 했는데 두렵더라고. 나는 그 애가 생각하는 것처럼 괜찮은 사람이 아니거든. 날 자세히 알게 되면 분명 싫어하게 될 거야. 진짜 나를 알게 된 다음에 떠나는 그 애를 보면 너무 실망할 것 같았어. 넌 이해할 수 없겠지만."

"응. 이해 못 하겠다. 한 가지는 알겠네. 누나 삐뚤어졌구나."

"알아. 나도."

입 밖으로 뱉어놓고 보니 한심한 이유였다.

"괜찮아요. 나도 삐뚤어졌으니까. 난 삐뚤어진 사람 좋아해."

다채는 쓰게 웃었다. 이상하게도 류하에게는 이런 이야기를 쉽게 할 수 있었다. 치부를 드러내는 것이 불편하지 않았다. 자신보다 더 망가진 사람이라는 걸 알아서일까. 아니면 대화 상대가 달리 없어서일까.

이번엔 다채가 물었다.

"성수는 왜 물어?"

"대충 무시하는데도, 끈질기게 문자를 보내길래요."

다채의 입가에 짧은 미소가 스치고 지나갔다.

"원래부터 그랬어. 잘 대꾸해주지 않았지만."

그럼에도 한결같이 다가왔었다. 신기할 정도로 맹목적인 애정이었다.

"재밌네. 이 형은 누나의 어디가 좋은 걸까? 하긴, 능력은 인정. 이렇게 빠른 속도로 번역할 줄은 몰랐어요. 반년이면 다 하겠네."

류하가 쌓여 있는 고서를 바라보며 말했다.

"반년 안에 다 하라는 거야?"

"빨리빨리 하는 게 서로를 위해 좋지 않겠어요?"

다채는 몸을 돌려 고서를 응시했다.

시간 여행은 믿지 않는다. 목걸이를 찾아 이 순간을 벗어나는 기적이 일어날 리도 없었다. 그러니 어떻게 해서라도 스스로 빠져나갈 방법을 찾아야 했다.

그녀가 번역에 집중하는 동안 류하도 노트북으로 시선을 돌렸다. 마우스를 몇 번 움직이던 그는 고개를 들고 창고 구석에 있는 라디오 모양 기계의 버튼을 눌렀다. 그리고 휴대폰 전원을 켜더니 귀에 댔다.

"아저씨. 오랜만이에요. 휴대폰을 꺼놓고 있었어요."

류하가 누군가와 통화하는 것을 처음 본 다채는 귀를 기울였다. 그는 자신의 방으로 향하며 대화를 이어갔다.

"요즘은 잘 안 가요. 네. 여기요? 김포……."

문이 닫히자, 더는 말소리가 들리지 않았다. 하지만 한 단어만은 똑똑하게 들었다.

'김포.'

○○○

이채는 테이블 위에 펼쳐놓은 조각도 중 하나를 골라 연옥에 문구를 새겨 넣었다. 문구를 새긴 뒤에는 광택을 죽이는 작업이 남아 있었다. 다채가 SNS에 올려놓았던 사진과 도하가 건네준 모조 목걸이를 참고했다. 류하를 속이기에 충분한 결과물이 필요했기에 움직임 하나하나가 조심스러웠다.

한동안 작업에 몰두하던 그녀가 거칠게 조각도를 내려놓았다.

'잘살고 있는 건가.'

이채가 가지고 있는 친모에 대한 기억은 버려진 날이 전부였다. 그날의 일은, 바로 어제 일처럼 생생하게 떠올릴 수 있었다.

"여기서 기다려. 이 자리에서 절대로 움직이지 마."

그녀는 어린 이채의 손을 놓고 당부하듯 말했다.

"엄마는?"

"갈 데가 있어."

"같이 가면 안 돼?"

"안 돼."

자식을 버리고 떠나는 여자라고 하기엔 슬픔도, 고뇌도 느껴지지 않았다. 어린 이채는 그녀를 따라갈 생각도 하지 못하고 그 자리에 쪼그리고 앉았다. 절대로 움직이지 말라고 했으니까.

그 자리에서 절대로 움직이지 말라고.

이채는 기억을 떨치며 조각도를 다시 쥐었다. 작업에 몰두하던 그녀는 피로를 느끼고 눈두덩을 꾹꾹 눌렀다. 며칠간 잠을 제대로 못 잤더니 피로감이 상당했다. 살짝 열어놓은 베란다 문을 통해 밤공기가 스며 들어왔지만, 기분은 환기되지 않았다.

철조망이 사라진 베란다에선 간간이 그의 인기척이 느껴졌다. 새벽 3시가 넘어가는 시각이었다.

'뭘 하는 거지?'

이전에도 그는 밤을 지새우며 베란다에서 일하곤 했으니 어색한 모습은 아니었다. 다만, 손을 다쳐서 아무것도 하지 못할 텐데도 여전히 베란다를 지키고 있었다.

이채는 조각도를 내려놓고 베란다를 슬쩍 내다보았다. 그는 붕대가 감겨 있는 손으로 책을 읽고 있었다. 페이지를 넘기는 게 불편해 보인다는 것 말고는 평소와 다를 게 없는 모습이었다.

'설마 나 때문인가.'

아니, 아니다. 그의 행동에서 의미를 찾지 말자.

이채는 다시 의자에 앉아 목걸이를 집어 들었다. 그녀가 연옥에 마지막 글자를 새겨 넣기 시작했을 때였다. 벨소리가 들려 고개를 들어보니 휴대폰 액정에 공 작가의 이름이 떠올라 있었다.

도하의 말대로 그가 먼저 연락을 해 왔다.

'둘 다 밤잠은 없네.'

엄밀히 말하면 한 사람이지만, 둘의 차이점과 공통점을 발견할 때마다 이상한 기분에 휩싸였다. 이채는 바로 전화를 받았다.

"다시 얘기할 마음이 생겼어요?"

"인터뷰는 왜 수락한 거야? 얼굴 팔려도 좋아?"

공 작가는 이채의 말을 듣지 않고 질문을 쏟아냈다. 그녀는 오히려 그 까칠한 목소리가 반가웠다. 도하의 말대로 화가 많이 난 것은 아닌 듯했다.

"내 얼굴 팔리지, 공 작가님 얼굴이 팔려요?"

"나랑 상의했어야지."

"상의해도 되는 거였어요?"

"생각 좀 하고 행동해."

"생각할 여유가 없어서요. 대표님 부탁도 있었고, 또 누구 때문에 이미 동영상도 다 떴잖아요. 이 마당에 가릴 게 뭐가 있어요."

이채는 가볍게 대꾸했다. 그러자 묵직했던 마음이 조금 가벼워졌다.

"인터뷰한다고 해도 달라지는 건 없어. 내가 당신 일 도와줄 거라고 착각하지 마."

"안 도와줘도 돼요."

"……나중에 후회하지 마."

공 작가는 그대로 전화를 끊어버렸다. 고마우면 고맙다고 말하지 참 솔직하지 못한 사람이다.

아직도 나예희의 팬클럽 회원들이 어마어마한 악성 댓글을 쏟아내고 있었다. 소속사에서 자제를 부탁한다는 공지를 띄웠지만 소용없었다. 화제를 전환할 이슈가 필요하다는 윤형의 사정을 외면할 수도 없었다.

이채는 다시 작업에 열중했다. 밤을 새워 작업하면 절반 정도는 완성될 것 같았다. 목걸이를 다듬는 손길이 조금 더 세밀해졌다. 그런데 어느 순간부터 베란다 너머에서 인기척이 느껴지지 않았다.

'들어간 건가.'

고개를 돌려보니 베란다에 아무도 없었다. 잠을 청하러 들어갔다고 하기엔 노트북이 티 테이블 위에 그대로 놓여 있었다. 도하의 거실 안쪽을 살피는데, 현관문 앞에 발이 보였다.

'발?'

이채의 눈이 커졌다. 현관문 앞에 누군가 쓰러져 있었다. 그녀는 베란다를 넘어서 그의 집 안으로 들어갔다.

"도하 씨!"

현관문 손잡이를 붙잡은 채 쓰러져 있는 도하가 보였다. 그는 몸을 제대로 가누지 못한 채 허공의 어딘가를 응시했다.

"도하 씨?"

고통이 심한지 그의 표정이 일그러져 있었다. 현관문 밖에 나가 있는 상체에는 손을 댈 수 없어서 그의 다리를 잡아당겼다.

도하는 그 와중에도 손에 쥐고 있던 종이의 바뀐 내용을 확인하고, 현관문 밖으로 밀어냈다. 아직은 그녀가 알아선 안 되는 내용이었다. 이채는 도하를 잡아당기느라 그 움직임을 눈치채지 못했다. 그를 반쯤 끌어당겼을 때 도하가 손으로 바닥을 짚었다. 몸이 집 안으로 완전히 들어오면서 현관문이 자연스럽게 닫혔다.

도하는 현관문에 등을 기댄 채 숨을 거칠게 몰아쉬었다.

"괜찮아요?"

놀란 이채의 눈동자가 도하를 훑었다. 그의 호흡이 조금씩 안정을 되찾아가는 걸 지켜보다가 다시 물었다.

"어떻게 된 거예요?"

"……별거 아니야."

대수롭지 않다는 투였지만, 그의 이마에는 식은땀이 흥건했다.

"바뀐 기억 때문이죠? 항상 이랬어요?"

"이 정도는 아니었어. 점점 변화의 폭이 커져서 그런 것 같아."

이채는 입술을 깨물었다. 왜 대가가 없다고 생각했을까. 마음대로 미래를 바꾸고 있는데, 왜 괜찮을 거라고 넘겼을까.

"걱정할 정도는 아니야."

그렇게 말한 도하의 손에는 아직도 붕대가 감겨 있었다.

이 남자를 어쩌면 좋을까. 그는 자신이 어떤 눈빛을 하고 있는지 알지 못할 것이다. 이채는 혼란스러운 감정을 애써 갈무리하고, 도하의 눈을 똑바로 마주했다.

"바뀐 미래는 봤어요?"

"응."

"어떻게 됐어요?"

"류하나 당신 언니 일은 바뀐 게 없어. 개인적인 일만 바뀌었을 뿐이야."

처음에는 개인적인 일이 무얼 의미하는지 알지 못했다. 하지만 이제는 알겠다. 나예희와의 관계가 변했을 것이다.

"나예희 씨 영화요. 정말 하차해요?"

"신경 쓰지 마. 그냥 쇼하는 거야."

쇼 한번 크게 한다. 이채는 그녀를 이해할 수 없었다.

"둘이 사귀지 않았어요? 아니면 그것도 가짜 열애설이었어요?"

"처음에는 그랬지. 신기할 정도로 세상이 자기 위주로 움직이는 여자야. 아이 같은 면도 있고. 순수하달까."

순수가 다 죽었나 보다.

"순수한 나예희 씨가 진짜로 하차하는 건 아니라니 다행이네요."

애틋했던 마음이 순식간에 증발해버렸다. 톡 쏘듯 말한 이채는 베란다를 넘어 자신의 집으로 돌아갔다.

○○○

"정이채."

나직하게 그녀의 이름을 불러보았다. 어제까지만 해도 설렘을 주던 이름이 낯설게 느껴졌다. 비를 맞고 걸어가는 그녀를 본 순간 자각해버린 마음은 하루도 채 지나지 않아 길을 잃어버렸다.

공 작가는 휴대폰을 꺼내 이채가 보낸 메일을 다시 읽었다.

'류하가 범인일 리는 없어.'

직접 증거는 하나도 없었다. 모두 정황증거뿐이었다.

그럼에도 신경 쓰이는 이유는 무엇일까. 처음 만난 날부터 그녀에게 휘둘리고 있었다. 신경 쓰지 않으려고 애써봤지만, 신경 쓰여 미칠 지경이었다.

메일을 중반부까지 읽었을 때였다. 휴대폰 화면 위로 메시지 창이 덧씌워졌다.

류하에게 보냈던 안부 문자에 대한 답이었다.

- 이제 와서 형 노릇 하려고 하지 마. 할 거라면 보름 전에 했어야지.

이상함을 느낀 공 작가가 재빨리 메시지를 입력했다.

- 보름 전에 무슨 일이 있었는데? 너 무슨 일 있어?

- 5월 1일 토마토 빌라 501호. 이래도 몰라? 보름이나 지나서 안부를 묻고, 그런 식으로 마주쳤는데도 놀라지 않았나 봐? 정이채도 내가 형 동생인 거 알아? 아니면 그쪽에도 모르는 척했나?

류하는 이해할 수 없는 말만 늘어놓고 있었다.

- 무슨 얘기를 하는 거야? 알아듣게 얘기해.

- 그래. 끝까지 모르는 척하고 있어.

답답함을 느낀 공 작가가 통화버튼을 눌렀지만, 휴대폰은 여전히 꺼져 있었다.

'5월 1일 토마토 빌라?'

공 작가는 뒤늦게 토마토 빌라 501호가 그녀의 집 주소라는 걸 떠올렸다. 문자를 들여다보는 공 작가의 얼굴이 차갑게 굳었다.

○○○

"네, 꼭 좀 부탁드려요. 늦지 않게 찾아뵐게요. 네. 감사합니다."

전화를 끊은 이채는 의자등받이에 몸을 기댔다. 긴장하고 있던 몸이 이완되자 저절로 신음이 새어 나왔다.

며칠이나 잠을 제대로 자지 못해 컨디션이 엉망이었다. 그녀는 고개를 좌우로 돌려 뭉쳐 있는 목을 풀고, 네 잔째 커피를 입에 가져갔다.

초조해지지 말자고 다짐했지만, 자꾸만 조급해지고 있었다.

그동안 취합한 정보대로라면 앞으로 베란다에서 도하를 만날 수 있는 날은 13일뿐이었다. 시간을 효율적으로 활용할 필요가 있었다. 그녀는 네임펜으로 탁상달력에 해야 할 일들을 하나씩 적어 내려갔다. 두서없이 적고 보니 몸이 세 개라도 부족할 것 같았다.

'힘들겠지?'

빽빽하게 적힌 일정을 모두 소화해내는 건 불가능해 보였다. 계획표를 현실적인 수준으로 재조정하는데, 복원실 문이 벌컥 열렸다.

"좋은 오후!"

우렁찬 목소리에 이채의 고개가 자동으로 돌아갔다.

"종일 안 보이던데, 무슨 좋은 일 있어?

성수는 손을 휘적휘적 저으며 에스프레소 머신 앞에 섰다. 느끼한 얼굴로 커피를 내리더니, 돌변해서 키득거렸다. 요 며칠 우울해 보이더니 조울증이라도 온 듯했다.

"있지. 아주아주 좋은 일이 있었지."

커피를 내린 그는 의자를 바짝 끌어다 앉았다. 하고 싶은 말이 있어서 입이 근질거리는 얼굴이었다.

"뭔데 그래?"

그는 기다렸다는 듯이 이채의 얼굴에 휴대폰을 들이밀었다. 액정에는 다채와 성수가 주고받은 대화창이 떠 있었다.

"누나가 날 진지하게 고려해 보겠대. 돌아오면 만나자네."

메시지는 정말 그런 내용이었다.

불쾌감이 이채의 전신을 뒤덮었다. 다채가 아니었다. 류하가 보낸 메시지였다.

"……그래서 조증이 온 거야?"

"보고 싶다고도 했어."

이채는 입술을 깨물었다. 어떤 정신 상태를 가지고 있으면, 사람을 납치해놓고 이런 장난을 칠 수 있단 말인가.

그녀가 핸드폰을 빼앗듯이 낚아챘다. 힌트가 될 만한 정보를 찾아야 했다. 어떤 대화를 주고받았는지 훑어보려는데 메시지 창이 올라가지 않았다. 그 대신 페이지가 옆으로 넘어가며 애플리케이션 아이콘이 보였다.

"캡처해서 배경화면으로 해놓은 거야?"

"보고 싶다잖아. 보고 싶다는데 어떻게 해. 이런 건 배경화면 각이지. 봐. 보이지? 보고 싶대. 누가? 누나가. 나를!"

성수의 행복을 깨고 싶지 않았던 그녀는 휴대폰을 돌려주었다.

"언니가 대답은 잘 해줘?"

"어제부터 칼답장 받고 있지. 이제 마음 놓고 형부라고 불러."

격한 갈등이 이채의 머릿속을 휘저었다. 입술을 달싹이는데, 이번엔 주아가 들어왔다. 그녀는 대충 손을 흔들어 보이고 에스프레소 머신으로 향했다.

"요즘 아주 출근 도장 찍는다?"

성수가 핀잔을 주자, 더블샷 버튼을 누른 주아가 어깨를 으쓱거렸다.

"팀장이 없어서 소외될 그대들을 위해 따끈따끈한 뉴스를 들고 왔는데, 나 그냥 갈까?"

"무슨 뉴스?"

이채가 관심을 보였다.

"동궁이랑 월지, 재건 사업 진행한대. 정식 발표는 아직 안 났지만."

성수와 이채가 마주 보며 눈을 깜빡였다. 주아가 한 말의 의미를 먼저 깨달은 이채가 소리쳤다.

"미쳤나 봐!"

신라의 수도였던 경주에는 지금도 상당한 유물이 잠들어 있었다. 언젠가 모두 발굴해야 했지만, 그 규모가 커서 100년을 내다보며 시행해야 하는 일이었다. 지금의 기술력으로는 조사만 하는 데도 50년은 족히 걸린다는 의견이 지배적이었다.

그런데 몇 년 전부터 '신라 왕경 핵심 유적 복원 · 정비 사업' 바람이 솔솔 불어왔다. 지난 정부가 주도했던 이 사업은 고작 10여 년을 내다보고 있었다. 무리한 발굴 진행은 심각한 유물 훼손과 역사 왜곡으로 이어질 수 있었다.

"영국에서 해리포터라도 초빙해 온대? 원형도 모르는 문화재를 왜 자꾸 복원한다고 난리야."

이채의 입에서 불만이 연이어 터져 나왔다. 신라 왕경 유적임에도 조선 시대 양식을 일부 차용하여 복원 중인 월정교가 떠오른 탓이었다. 성수도 불만을 토로했다.

"관광지가 필요하면 테마파크를 짓든지. 왜 복원을 들먹이는 거야. 제대로 하면 말을 안 해. 대충대충, 빨리빨리. 아파트 짓는 것도 아니고."

주아가 우유 거품이 가득 올라온 머그잔을 들고 돌아섰다.

"아무튼, 그 일로 우리 박물관도 뒤집어졌어. 지금 팀장급 회의 중인데, 너희만 팀장이 공석이잖아. 그래서 내가 이렇게 왔지. 아무것도 모르고 있을까 봐."

이채의 얼굴에 의아함이 모락모락 피어올랐다.

"회의? 우리 박물관이랑 무슨 상관인데?"

"복원 사업에 참여하게 됐으니까."

성수는 벌어진 입을 다물지 못했다.

"우리가?"

"응."

"돌았어. 돌았어. 이건 대재앙이야. 지구가 멸망할 거야."

그가 절규했고, 이채는 고개를 절레절레 흔들었다.

"우리 관장님 노망나셨나 봐."

다채가 알았다면 머리에 띠를 두르고 국회 앞에서 1인 시위를 벌일 만한 일이었다. 주아는 두 사람이 기겁할 소식을 하나 더 전했다.

"너희도 참여 대상이야. 미리 알고는 있으라고."

"난 아니야."

"나도 아니야."

이채와 성수가 재빨리 거절 의사를 표명했다. 이런 식이라면 '동궁과 월지' 복원 역시 한국 복원사의 수치로 회자될지도 모른다. 그런 일에 숟가락을 얹고 싶지 않았다.

"안됐지만, 결정권이 없어. 회의도 형식적인 것 같고. 복원팀은 최소한의 인원만 남고 간대."

"난 안 가."

"나도 안가."

두 사람은 끝까지 부정했다.

"그럼 사직서 내면 되겠네."

성수가 머리를 감싸며 신음했다. 이대로 경주 복원 사업에 참여했다가는 다채가 눈도 마주쳐주지 않을 것 같았다.

절망하는 성수와는 달리 이채는 금방 안정을 되찾았다.

"나 내일부터 보름간 휴가야. 휴가 다녀오면 경주로 출발한 다음이겠지."

주아가 눈을 동그랗게 떴다.

"무슨 수로? 무슨 휴가가 그렇게 길어?!"

"여름휴가 대신이야. 남은 연차, 월차는 다 반납하기로 했고."

"그래도 그렇지."

"공도하 인터뷰 잡아줬거든. 박물관 정원에서."

"뭐? 언제?"

"오늘."

"오늘 온다고?"

"이제 올 때 됐네."

시간을 확인한 이채가 가방을 챙겨 들자, 성수는 본격적으로 울부짖었다.

"안 가! 사직서 낼 거야!"

○○○

류하는 소파에 기대어 키득거렸다. 급기야는 실성한 사람처럼 웃기 시작했다. 침대 위에서 햄버거 세트를 먹고 있던 다채는 그 모습이 신경 쓰여 힐긋거렸다.

'재미있어 좋겠네.'

다채는 시큰둥한 얼굴로 햄버거를 한 입 베어 물었다. 평소 좋아하던 햄버거였지만, 매일 먹다 보니 신물이 났다.

내내 그녀의 점심은 편의점 도시락, 저녁은 햄버거였다. 가끔 초밥 도시락을 포장해다 주기도 했지만, 일주일에 한 번 있을까 말까 한 일이었다.

눅눅한 감자튀김을 입에 밀어 넣던 그녀는 류하 앞에 놓인 노트북 화면을 보고 눈이 커졌다. 그녀의 SNS였다.

다채는 옆에 있던 쿠션을 집어 던졌다.

"뭐 하는 거야!"

쿠션은 류하의 등을 정확하게 맞고 튕겨 나왔다. 맞출 거라 생각하지 못했던 그녀는 순간적으로 얼어버렸다.

한껏 긴장했지만, 류하는 계속 키득거리기만 했다.

"누나를 정말 많이 좋아하나 봐요."

성수에 대한 이야기가 나오자 다채의 표정이 굳었다. 그래도 쿠션을 던진 것 때문에 한결 누그러진 목소리가 흘러나왔다.

"내 계정으로 뭘 하는 거야?"

"궁금해요? 기다려 봐요. 하도 메시지를 보내길래 귀찮아서 씹다가요. 어제 긍정적으로 생각해보겠다고 했거든요. 그랬더니 오늘 온 문자예요."

그가 노트북을 들어서 대화창을 보여주었지만, 거리가 멀어서 확인할 수 없었다. 다채가 반응을 보이질 않자 류하가 느끼한 어투로 메시지를 읽기 시작했다.

"좋은 아침이야. 잘 잤어?"

"출근하는 길이야. 졸려. 누나가 다시 박물관으로 복귀했으면 좋겠어. 그럼 출퇴근 같이하자."

"우리 복원실에 에스프레소 머신이 생겼어. 누나 돌아오면 내가 끝내주는 커피를 내려줄게. 아침은 먹었어? 난 오다가 샌드위치 먹었어."

"매일 누나의 빈 책상을 봐. 누나가 빨리 돌아왔으면 좋겠어."

류하는 빙글거리는 얼굴로 다채를 응시했다.

"재밌죠? 남자 친구 행세야. 뭐 먹었는지까지 보고하고 있어요."

들끓는 화를 눌러 참은 다채가 물었다.

"뭐라고 답했는데?"

"대충 대꾸했죠. 잘 잤다고 했고, 여긴 아침이 아니라 오후라고 했고, 커피 기대한다고 했고, 나도 보고 싶다고 했고?"

류하는 성수를 농락하고 있었다.

"사람을 가지고 노는 게 재밌어?"

"그러게요. 이거 꽤 재밌네요. 또 뭐라고 보내볼까요."

"그만둬."

"왜요? 쪽 팔려서? 되돌리면 돼요. 그럼 이 문자도 없던 게 되니까요."

류하는 시간을 되돌리는 게 만능이라 여기고 있었다. 그 믿음은 마치 신앙과도 같았다. 다채는 그 점이 더 불안했다. 신앙이 깨지면 그는 어떻게 돌변할까.

"그 목걸이, 신기한 점이 많았다는 건 나도 인정해. 1년 가까이 연구했으니까. 그렇지만 시간을 넘는다는 건 그냥 전설일 수도 있잖아."

류하는 큰 반응을 보이지 않았다. 다만 입꼬리를 올려 웃었다.

"걱정하지 마요. 시간을 넘나든 사람을 만나봤어요."

"그 사람이 사기꾼일 수도 있잖아?"

"그런 확인도 안 해봤을까요. 한 명이 아니라 두 명이에요. 우리랑 동시대를 살아가는 사람 중에서 둘이나 된다고요. 그분들이 답을 줬어요. 목걸이는 진짜라고요."

다채는 믿을 수 없어 되물었다.

"둘이나 만나봤다고?"

"한 분은 메시지만 주고받았지만, 만난 셈이죠. 그분이 그린 그림을 봤거든요. 내가 찾지 못한 사람도 있을 테니까 어쩌면 시간을 넘은 사람은 더 많겠죠. 누나는 고서를 보면서도 느껴지는 게 없어요?"

다채의 시선이 번역 중이던 고서로 향했다.

"이것도 그래. 어디서 난 거야? 이거 전부 진품이야."

"엄마의 소장품이었어요."

엄마, 라는 단어를 말한 류하는 갑자기 침울해졌다. 덕분에 다채의 등 뒤로 식은땀이 흘러내렸다. 류하의 극심한 감정 기복은 좀처럼 익숙해지지 않았다. 저러다가 갑자기 소리를 지르거나 물건을 집어 던지는 일이 종종 있었다. 다채에게 직접적인 위해를 가하는 건 아니었지만 언제 돌변할지 모를 일이었다.

다채는 반쯤 먹은 햄버거 세트를 밀어놓고 몸을 움츠렸다.

때맞춰 새 메시지가 도착했다는 알림이 울렸다. 이번에도 성수였다. 샐쭉 웃은 류하가 메시지를 큰 소리로 낭독했다.

"누나, 우리 박물관이 경주 왕경 복원 사업에 참가하게 됐어. 그런데 내가 가게 될 것 같아. 분위기가 그래."

다채의 얼굴이 구겨졌고, 류하는 자판을 두드려 무언가를 입력했다.

"축하해. 잘됐네."

그가 작성한 메시지를 소리 내어 읽은 순간이었다.

다채의 눈빛이 날카롭게 빛났다.

"돌아가면 축하파티 하자고, 덧붙일까요?"

그녀는 떨리기 시작한 손을 이불 속에 감추며, 관심 없다는 듯이 시선을 외면했다.

"소실됐다고 알려진 아유고 벽화가 발굴됐다는 말을 들었다고. 곡창 지대와 하늘이 정교하게 그려진 벽화라던데, 가게 되면 확인해달라고 보내줘."

류하는 재미있다는 듯이 그녀가 불러준 말을 입력하며 키득거렸다. 고서를 집어 든 다채의 눈동자에 초조함이 어렸다.

○○○

공 작가는 전화를 받지 않았다. 이채는 몇 번 망설이다 재발신 버튼을 눌렀다. 전화는 다시 ARS로 넘어갔다.

'오겠지?'

인터넷 댓글 분위기가 점점 좋지 않은 방향으로 흘러가고 있었다. 여론을 잠재우기 위해서라도 이번 인터뷰는 필요했다.

'그래. 올 거야.'

이채는 공 작가를 마중하기 위해 지하주차장으로 내려갔다. 폐장 시간이 지나 한산해진 주차장에 낯익은 차가 주차되어 있었다.

공 작가의 차였다.

'와 있으면서 전화는 왜 안 받은 거야?'

그녀는 표정을 갈무리한 채 다가갔다. 보조석 문을 열자 팔짱을 끼고 있던 그가 돌아보았다. 마치 싸우자는 듯한 눈빛이었다.

"왔으면서 왜 이러고 있어요. 전화도 안 받고요. 시간 다 됐어요. 어서 가요."

이채가 재촉했지만, 그는 내릴 생각이 없어 보였다. 짙은 갈색 눈동자가 이채를 탐색하듯 움직였다.

"잠깐 타 봐."

가라앉은 목소리에 이채는 괜히 주눅이 들었다. 고분고분하게 옆좌석에 올라타자 날 선 질문이 날아들었다.

"당신 집에서 내가 류하와 마주친 적 있어?"

예상치 못한 질문이었다. 당황한 이채의 눈동자가 데구루루 굴러갔다.

"으음. 그게…… 무슨 말일까요. 감기약을 사 가지고 왔을 때 우연히 마주쳤을까요?"

"똑바로 말해."

난감해진 그녀는 슬쩍 눈치를 살폈다.

"그러니까. 그건 갑자기 왜요?"

한쪽 입꼬리를 올려 웃은 그는 심기가 몹시 불편해 보였다.

"류하한테서 이상한 문자를 받아서 말이지."

이채는 머릿속이 싸해졌다. 몸속의 피가 모조리 빠져나간 느낌이었다.

"뭐라고 왔는데요?"

"뭐라고 왔을 것 같아?"

그녀의 눈썹이 아래로 처졌다.

"나나 우리 언니 얘기를 한 건 아니죠?"

"안 했어."

그나마 다행이었다. 그녀가 눈에 띄게 안심하자, 공 작가는 오히려 심사가 뒤틀렸다.

"아직은."

"계속 비밀로 해줄 거라고 믿을게요."

"설명해 봐. 어째서 류하가 당신 집에서 날 만났다고 한 건지 알아야겠어."

그날은 5월 1일이었다. 목걸이를 손에 넣은 날. 베란다 너머의 도하를 처음 만난 날. 그리고 강도로 위장한 류하가 침입한 날.

사연에 판타지가 섞여 있어서 있는 그대로 말할 수가 없었다.

"공류하가 그래요? 작가님을 우리 집에서 만났다고요? 그럴 리가요? 으음, 착각한 게 아닐까요?"

"이젠 내 동생을 정신병자로 몰고 싶은 건가?"

매서운 눈초리에 그녀는 어설프게 둘러댄 말을 취소했다.

"아뇨."

한숨 섞인 목소리가 이어서 흘러나왔다.

"이 질문, 그냥 넘어가면 안 돼요?"

"안 돼."

그는 단호했고, 이채는 연거푸 한숨을 쏟아내야 했다. 류하가 뭐라고 문자를 보냈는지 정확히 알 수 없으니, 어떻게 둘러대야 할지 갈피를 잡을 수가 없었다.

"그래요. 안 되겠죠. 알았으니까 일단 인터뷰부터 진행해요. 그 후에 전부 말할게요."

"시간을 벌어볼 생각이라면 그만둬."

전부터 생각한 거지만 이 남자, 참 예리하다.

"약속 시각이 다 되어가잖아요. 일단 가요."

공 작가는 못마땅하다는 듯이 고개를 돌렸다. 목적성을 갖고 접근한 여자였다. 적당히 이용하고 무시하면 될 일인데 여전히 신경 쓰였다.

"연인 역할이니까 눈빛도 좀 누그러트리고요."

"좋아."

그가 마지못해 답하자, 애써 웃은 이채가 먼저 차에서 내렸다.

"인터뷰는 박물관 정원에서 할 거예요. 이쪽이요."

그녀는 공 작가에게 방향을 일러주며 걸음을 재촉했다. 앞서 걷는 뒷모습이 상당히 지쳐 보였다.

"인터뷰는 왜 수락한 거지? 딱히 나서주지 않아도 되잖아. 속이고 접근한 게 미안해서인가?"

"그런 것도 없지는 않아요. 게다가 열애설이 터진 건 나 때문이었잖아요. 어느 정도 책임지고 싶은 것뿐이에요."

"꿍꿍이가 있는 건 아니고?"

"꿍꿍이는 이미 들켰고요."

이채가 뒤돌아보며 쓰게 웃었다.

"뻔뻔한 것 알아?"

"공 작가님도 가족 목숨이 걸려봐요. 언니가 죽는다는데, 더 뻔뻔해질 수도 있어요."

"납치를 곧바로 죽음과 연관시키는 건 너무 극단적이지 않나? 보통은 반대 아니야? 무사히 돌아올 거라고 믿고 싶을 것 같은데."

이채는 자신의 입이 원망스러웠다. 손가락을 꼼지락거리던 그녀가 조심스레 물었다.

"있잖아요. 내가 말도 안 되고, 증명할 수도 없는 얘기를 하면요. 믿어줄 수 있어요?"

"아니. 안 믿어."

"그럼 묻지 말아요. 일단 직면한 문제부터 해결해요."

이채는 걸음을 더 빨리했다.

박물관 정원 곳곳에는 다양한 수종의 나무와 색색의 꽃이 어우러져 있었다. 나뭇가지 사이로 윤형과 촬영팀이 보였다. 그들 뒤쪽으로는 최 과장을 비롯한 전략홍보실 직원도 있었다.

작은 인터넷 신문사라더니, 조명까지 갖춰진 모습이 꽤나 본격적이었다. 이채가 뒤따르는 공 작가에게 넌지시 물었다.

"인터뷰가 원래 이래요? 무슨 영화촬영장 같네."

공 작가는 걷는 속도를 조절해서 그녀와 나란히 걸었다.

"형이 말 안 했어?"

"뭘요?"

"댓패치야."

이채의 입이 살짝 벌어졌다.

댓패치는 인터넷 신문사 중에서 파급력이 가장 큰 곳이었다. 작은 신문사라고 해놓고.

"……이미 벌어진 일이니 할 수 없죠."

말은 그렇게 했지만, 윤형을 바라보는 시선이 곱지 않았다.

뒤통수가 따끔따끔했는지 윤형이 돌아보았다. 두 사람을 발견한 그가 함박웃음을 지으며 다가왔다.

"오셨습니까. 이채 씨."

"안녕하세요. 정말 작은 인터넷 신문사네요."

이채가 눈에 힘을 주자, 윤형이 인위적으로 웃었다.

"하하하. 그렇죠."

공 작가도 못마땅한 눈초리로 윤형을 쳐다봤다.

"동문회 간다면서 왜 아직도 여기에 있어?"

"이채 씨는 보고 가야지. 인터뷰 진행하는 거 보다가 알아서 갈게. 편하게 해. 인터뷰 많이 해봤잖아. 긴장하지 말고. 사거리 근처니까 무슨 일 있으면 연락하고."

그렇게 말하는 윤형이 오히려 더 긴장한 것처럼 보였다.

"긴장 안 했어."

윤형은 이채에게도 당부했다.

"이채 씨, 어려운 부탁 들어주셔서 감사합니다. 너무 긴장하실 것 없어요. 그냥 예쁘게 웃어주시면 됩니다. 곤란한 대답은 이 녀석이 할 거니까 걱정하지 마세요."

"네."

"자, 그럼 저쪽으로 가시죠."

인터뷰를 진행하는 사람은 자신을 '변 기자'라고 소개했다. '똥 기자'라는 별명으로 더 알려진 그는 문화부 기자 중에서도 독보적인 인물이었다.

무서워서 피하는 게 아니라 더러워서 피한다는 '똥 기자'는 돈을 받아야 기사를 쓰는 거로 유명했다. 진실과 상관없이 통장에 입금

되는 동시에 작성되는 그의 기사는 원색적인 제목과 자극적인 내용으로 항상 높은 조회수를 기록했다. 필력은 어찌나 좋은지, 거짓 기사를 써도 진짜처럼 보이게 만드는 천부적인 재능을 지니고 있었다.

변 기자는 다양한 표정과 추임새를 곁들여서 질문을 쏟아냈다. 대부분은 공 작가에 관한 이야기가 주를 이뤘다.

공 작가와 나란히 앉은 이채는 억지 미소를 지었다. 그래도 질문을 받는 것보다는 인형처럼 웃고 있는 편이 나았다. 얼굴에 경련이 일 것 같기는 하지만 말이다.

한동안 이야기를 이끌어가던 변 기자의 눈길이 돌연 이채를 향했다. 덩달아 사진기자와 전략홍보실 직원들의 이목도 쏠렸다.

"첫 만남부터 가볍게 시작해볼까요? 두 분은 어디서 처음 만나셨죠?"

처음부터 질문의 난도가 높았다. 격렬한 고민이 시작되려는데 공 작가가 대신 입을 열었다.

"여기 이 벤치에서 처음 만났습니다. 첫눈에 반했죠."

이채의 눈동자가 도하의 옆얼굴로 향했다.

그와 처음 만난 곳은 편의점 앞이었다. 필름이 끊긴 관계로 그녀의 기억 속에 없는 장면이지만, 적어도 이곳이 아니라는 것만은 확실했다.

변 기자의 얼굴에 호기심이 떠올랐다.

"여기서요?"

"네. 그래서 인터뷰 장소도 이곳으로 잡은 거고요."

"자세히 듣고 싶은데요."

"딱 이 벤치였습니다. 이채 씨는 하늘을 올려다보고 있었죠. 날씨가 아주 맑았거든요. 가시거리도 좋은 날이었습니다."

곱게 포장된 첫 만남 에피소드를 경청하던 이채는 자신도 모르게 고개를 끄덕였다. 뒤늦게 남의 얘기 듣듯이 하고 있었다는 걸 깨닫고 다시 방긋방긋 웃는 데 집중했다.

변 기자가 이채를 힐긋 보더니 느물느물하게 웃었다.

"첫눈에 반했다고 써 드릴까요?"

공 작가를 떠보는 듯한 말이었다.

"실제로도 그랬습니다."

"물론 그러시겠죠. 작가님은 원래 이상형이 어떻게 되십니까."

"귀찮은 여자랄까요. 이채 씨가 제 이상형입니다."

이채가 움찔거렸다.

"특이하네요."

"정확하게는 귀찮은 일도 하게 만드는 여자죠."

이채가 또 움찔했다.

"그만큼 매력 있는 여자라는 뜻인가 봅니다? 정이채 씨는 그런 분입니까?"

"그런 셈이죠."

변 기자의 시선이 다시 이채를 훑었다. 기사를 써야 하니 바라보거나, 질문을 던지는 건 이상한 일이 아니었다. 그런데 이상하게도 속이 뒤집어지는 느낌이었다. 인터뷰는 계속 이어졌다.

"신작 자문 때문에 처음 만나셨다고 들었습니다."

"맞습니다."

"신작 소개는 잠시 후에 듣도록 하고요. 둘이 처음으로 함께 간 곳은 어디인가요?"

이번에도 변 기자의 시선이 이채를 향했다. 그녀는 둘러댈 말을 찾으려 애썼지만, 머릿속에 떠다니는 단어는 온통 '호텔'뿐이었다.

위기는 다시 공 작가로 인해 무마되었다.

"박물관 앞에 카페가 있습니다. 그곳에서 한동안 이야기를 나눴죠. 열애설 기사에 올라온 사진 속의 장소가 그곳입니다. 이채 씨가 그곳 커피를 좋아해서 자주 갑니다."

딱 한 번 함께 갔던 카페가 단골집으로 둔갑해버린 순간이었다.

"이런 미인이 즐겨 마시는 커피라니, 궁금하네요. 저도 꼭 들러봐야겠습니다."

느물느물한 시선이 또다시 이채를 향하자, 공 작가의 얼굴에 불쾌감이 스쳤다.

"또 사진 찍힐까 두려우니, 카페를 옮겨야겠네요."

"하하하. 잘 찍어 드리겠습니다. 뽀샵도 좀 하고요."

변 기자는 너스레 떨며 준비해 온 질문지를 한 장 더 넘겼다.

"이런 걸 물어도 되려나 모르겠네요. 두 분이 만나는 동안에 나예희 씨와 이중 스캔들이 났는데요. 신경 쓰이지 않으셨나요?"

이번엔 공 작가가 대신 답해줄 수 없는 질문이었다. 이채는 침을 한번 삼키고 입을 열었다.

"신경 쓰였죠. 다른 사람도 아니고, 나예희 씨잖아요. 그래도 사실이 아니란 걸 알고 있었으니까요. 믿음을 주는 사람이거든요. 공작……."

습관처럼 '공 작가님'이라고 말할 뻔한 이채는 입을 다물었다. 차라리 '도하 씨'라고 부를 걸 그랬다. 남자 친구를 '공 작가님'이라고 부르는 건 어떤 이유를 가져다 대도 이상했다.

그녀의 당황을 감지한 공 작가가 말을 가로챘다.

"아, 공작은 애칭입니다. 갑자기 애칭이 튀어나와서 당황한 모양이네요."

"애칭이 특이하네요."

"전에는 공 작가님이라고 불렀었는데, 요즘은 줄여서 공작님이라고 부르곤 합니다. 그럼 전 'My lady'라고 부르고요. 이채 씨가 요즘 중세 드라마에 빠져 있어서요. 오그라들어도 어쩔 수 없습니다. 연애 초기는 다들 그렇지 않습니까."

"아하하. 그럼요."

변 기자가 호탕하게 웃자 이채도 어색하게 따라 웃었다. 그 대신 손을 몇 번 쥐었다가 폈다. 둘러댄 건 좋은데, 'My lady'라니…….

이 인터뷰 기사가 나가면 앞으로 10년 정도는 성수와 주아에게 놀림당할 것 같았다.

공 작가는 타이밍 좋게 그녀의 어깨를 다정하게 감싸 안았다. 당황으로 움찔거린 이채가 그를 돌아보았다. 이게 뭐 하는 짓이냐는 듯한 시선을 보냈지만, 그는 팔을 풀지 않았다.

그리고 야속한 심장은 제멋대로 뛰기 시작했다.

"전 이채 씨가 이 각도에서 돌아봐 주는 걸 좋아합니다. 이 각도가 제일 예뻐요. 물론 다른 각도에서 봐도 예쁘지만요."

이채는 헛숨을 들이켰다.

'뭐가 이렇게 달달해.'

얼굴이 지나치게 가까운 데다가, 다디단 감정이 묻어나는 그의 눈빛이 부담스러웠다. 인터뷰 때문이라는 건 알고 있었다. 어쩔 수 없이 냈던 열애설이었고, 지금은 이채에게 화도 단단히 나 있는 상태였다.

모두 연기일 텐데. 그의 눈에 담긴 감정 모두 연기임이 분명할 텐데……. 어째서 진짜처럼 느껴지는 걸까.

○○○

"두 분 정말 잘 어울리십니다. 그럼 이제 신작 얘기를 해볼까요."

인사치레를 마친 변 기자는 질문지를 넘기며 덧붙였다.

"이채 씨는 그대로 계셔도 되고, 볼일이 있으면 먼저 움직이셔도 됩니다."

"아, 그럼 전 잠깐 저쪽에."

그녀는 공 작가의 팔을 슬쩍 걷어내며 뒤쪽에서 눈을 빛내고 있는 전략홍보실 직원들을 가리켰다. 주저 없이 일어난 이채는 최 과장에게 다가가 팔짱을 꼈다. 그리고 그대로 인터뷰 현장에서 멀어졌다.

"이게 뭐라고 긴장되네요."

"수고했어요. 그런데 정말 여기 벤치에서 만났어요?"

이채는 손사래를 쳤다.

"아니요. 그냥 둘러댄 거예요."

"괜찮은 아이디어였어요."

나긋나긋해진 최 과장을 보니 안심이 되었다.

"그럼 저 내일부터 휴가인 거죠?"

보름간의 휴가는 이번 인터뷰로 얻어낸 보상이었다.

퇴사까지 고려하던 그녀에게 윤형의 인터뷰 제안은 고맙기까지 했다. 그녀는 인터뷰 장소를 박물관으로 바꿨고, 대가로 최 과장과 딜을 했다. 올해 남은 연차와 월차를 모두 반납하는 조건이긴 했지만 말이다.

최 과장의 눈웃음이 조금 더 짙어졌다.

"약속은 약속이니까. 인사과에 말해놨어요. 그럼 2팀에서는 성수

씨 혼자 경주에 가겠네. 팀장도 공석이고."

귓가에 성수의 통곡 소리가 들려오는 듯했다.

"경주는 왜 갑자기 참여하기로 한 거예요?"

"남의 손에 파헤쳐지게 두느니 우리가 뛰어드는 게 낫다는 거죠. 최악은 피해보자는 거예요. 설마 정다채 팀장이랑 시위 같은 거 할 건 아니죠?"

차라리, 그럴 수 있다면 좋겠다.

"아니에요."

"그래요. 그럼. 휴가 잘 다녀와요."

떠들썩한 분위기가 느껴져 돌아보니 인터뷰가 끝난 것처럼 보였다.

인사를 마치고 돌아선 공 작가의 눈빛이 베일 것처럼 날카로웠다. 아직 류하에 대한 변명을 생각해내지 못한 이채는 슬쩍 시선을 피했다. 그녀는 다시 최 과장의 팔을 붙들고 배시시 웃었다.

"과장님, 저 뭐 더 시키실 일 없으세요?"

"일? 아뇨. 오늘 충분히 잘해줬어요."

"아니에요. 뭔가 할 일이 더 있을 거예요."

애절하게 말해봤지만, 최 과장은 이채 뒤로 다가온 공 작가를 반기며 환하게 웃었다.

"작가님 고생하셨어요. 아, 그래요. 이채 씨가 박물관 구경시켜 주면 되겠네요."

"네? 폐장 시간이 지났는데요."

"괜찮아요. 말해놓을 테니까 천천히 관람해요."

최 과장은 눈까지 찡긋거리며 웃어 보였다. 이채가 뭐라 대답할 새도 없이 공 작가가 끼어들었다.

"감사합니다. 굉장히 즐겁고 유익한 시간이 될 것 같네요."

이채의 입에서 저절로 앓는 소리가 나왔다. 그녀가 먼저 등을 돌려 앞장서자 어깨를 감싸는 손길이 느껴졌다. 동시에 변 기자의 목소리가 들려왔다.

"오늘 인터뷰 감사했습니다."

둘은 모두에게 인사하고 자연스럽게 박물관 건물 쪽으로 움직였다. 다른 사람들에게서 멀어지자 다시 공 작가의 눈빛이 형형해졌다.

이채는 괜히 힘주어 말했다.

"인터뷰가 무사히 끝나서 다행이에요."

"누가 실수했지만."

"조금 찔리네요. 공 작가님은 로맨스를 아주 잘 쓰시던데요. 이런 걸 보고 재능 낭비라고 하는 건가."

"그보다, 나한테 할 얘기가 있을 텐데."

잊었기를 바랐는데, 역시 기억하고 있었다.

"……그렇죠. 할 얘기가 있었죠."

이채는 목이 타 들어갔다. 애초에 거짓말은 재능이 없었다. 차라리 있는 그대로 말하는 게 나을 것 같았다. 물론 판타지는 제외해야 했다.

어깨를 감싸고 있던 팔을 내린 공 작가가 주변을 둘러보았다.

"바로 나가기는 그렇고, 오붓하게 얘기할 만한 장소가 있나?"

"옥상 정원으로 가요."

가는 동안 복도를 빙빙 돌면 시간을 조금이라도 끌 수 있을 것 같았다. 그러나 그녀의 바람은 이어지는 말로 무산됐다.

"가면서 얘기하지."

궁지에 몰린 이채는 류하를 처음 만난 순간을 떠올렸다.

"공류하가 우리 집에 온 날은 보름 전, 그러니까 5월 1일이었어요."

이야기는 그렇게 진실로 시작되었다.

"류하랑은 정확하게 무슨 사이지?"

공 작가는 가장 의심스러운 부분부터 물었다.

"잠정적으로는 납치범과 피해자의 가족이죠. 5월 1일은 강도와 피해자의 관계였어요."

"류하의 아파트에 침입했다고?"

어째서 얘기가 그렇게 되는 거지.

"아니요. 제가 아니라, 공류하가 강도였어요. 지금 제가 사는 토마토 빌라는 원래 언니 집이에요. 믿기 어렵겠지만, 공류하가 강도로 침입했어요. 연옥 목걸이를 찾으러 온 거였죠."

앞서 걷던 그녀는 걸음을 멈추고 돌아서서 공 작가의 눈치를 살폈다.

"무서웠던 날을 물었을 때, 강도가 들었던 날이라고 했었죠. 그날이 5월 1일이었고, 강도가 바로 공류하였어요."

그는 이채의 말이 거짓이라고 몰아붙이지 않았다. 대신 그녀가 오르는 계단을 응시했다.

"어디로 가는 거지?"

"여기가 지름길이에요."

그녀를 따라 올라가 보니 2층 전시실이 나왔다. 일반인이 드나드는 관람 동선의 일부분이었다. 공 작가는 조명이 집중되고 있는 전시품에 잠시 시선을 빼앗겼다.

"이거 그 목걸이랑 비슷한 것 같은데. 백제 시대 유물이었나."

그가 가리킨 것은 유리 케이스 안에 전시된 백제 시대의 연옥 목걸이였다.

"백제 시대 것일 수도 있어요. 제작 연도를 가늠할 수 없거든요."

애초에 시간을 떠도는 목걸이였으니 제작 시점을 유추하는 게 불가능했다.

"그만큼 오래됐다는 건가?"

"공 작가님이 생각하는 것보다 훨씬 더 오래되었을 수도 있어요."

조금 더 걸음을 옮기다 보니 황룡사와 9층 목탑 모형이 나왔다.

이채는 동궁과 월지 복원 사업에 대한 이슈를 떠올리며, 저도 모르게 한숨을 쉬었다.

그녀의 시선을 따라가던 공 작가도 모형을 응시했다.

"자료 조사를 하다 보니까 황룡사와 9층 목탑 복원에 반대하는 목소리가 크던데."

"복원이 아니라 그냥 건축이니까요."

"뭐가 다르지?"

"원형을 모르는데 어떻게 복원을 해요. 황룡사와 9층 목탑의 이름을 단 새 건축물이 될 수밖에 없어요. 창작인 셈이죠."

"터만 남겨두는 것보다 창작이라도 하는 게 낫지 않나?"

"시대상을 제대로 반영한다면 그렇겠죠. 하지만 일부 복원 사업이 테마파크를 짓는 것처럼 이루어지는 건 사실이거든요. 새로운 관광지를 만드는 거죠. 빠르고 신속하면서도 화려하게. 거기에 철학은 없어요."

공 작가가 공감하지 못하는 기색이자, 이채는 설명을 덧붙였다.

"지금 복원 중인 신라 유적이 있는데요. 복원 예상도를 보면 조선시대 건축 양식이 차용되어 있어요. 신라와 조선 사이에 천 년의 시간이 존재하는데, 그동안 건축 양식에 변화가 없었다는 건 말이 안 되잖아요."

"그건 문제가 있긴 하네."

"아름답고 화려한 것도 좋죠. 하지만 적어도 복원이라는 이름을 달고 있으면, 그 시대의 미를 재현하려는 노력 정도는 해야 한다고 봐요. 오랜 시간과 많은 노력이 필요하다고 해도요."

공 작가는 잠시 멈춰 서서, 앞서가는 이채의 뒷모습을 응시했다. 조금씩 멀어지던 그녀가 돌아보았다.

"왜요? 미친 여자인 줄 알았는데, 멀쩡하게 말해서 이상해요?"

"응."

픽 웃은 그녀는 다시 걸음을 옮겼다.

폐장 시간이 지난 탓에 옥상 정원에는 아무도 없었다. 이채는 유리 난간에 기대어 박물관 전경을 내려다보았다. 두 사람이 인터뷰했던 벤치도 내려다보였다.

바람에 흩날리는 그녀의 머릿결 사이로 공 작가의 목소리가 파고들었다.

"강도가 류하인 건 어떻게 알았지?"

이채는 침을 한 번 삼키고 돌아서 유리 난간에 기댔다. 공 작가는 벤치에 앉아 팔짱을 꼈다.

"얼굴을 봤어요. 강도뿐만이 아니에요. 며칠 뒤에 절 쫓아오는 것도 봤고, 소매치기도 당했어요. 모두 공류하였어요."

공 작가의 눈초리에 의심이 덧씌워졌다.

"신고는 했나?"

"강도랑 소매치기 때는 신고했어요. 경찰은 아무것도 해주지 않더라고요."

"그럼 류하는 왜 날 당신 집에서 봤다고 하는 거지?"

"착각일 거예요."

"착각?"

"강도가 들었을 때 앞집 사는 남자분이 도와줬다는 건 말했죠. 그분이 공 작가님이랑 닮았어요. 실루엣도 비슷하고요. 어두워서 헷갈렸을 거예요. 너무 닮아서 저도 가끔 놀라거든요."

이채는 적당히 둘러대고 공 작가의 눈치를 살폈다. 침묵을 유지하던 그가 입을 열었다.

"당신은 류하 얼굴을 봤는데, 류하는 날 알아보지 못할 정도로 어두웠다?"

식은땀이 흘러내렸다. 이채는 긴장으로 인해 꽉 쥐고 있던 손을 폈다.

"어두운 가운데에서도 본 거죠. 그때는 확신하지 못했어요. 공류하라는 걸 확신한 건 공원에서죠. 소매치기를 당했을 때는 밝았거든요. 대낮의 공원이었어요."

공 작가가 한숨을 내쉬었다. 그녀의 설명은 조악했다.

류하가 다른 사람을 공 작가로 착각했다는 것은 말이 되질 않았다. 류하가 그런 짓을 저지르고 다녔을 리도 없었다. 원하는 게 생겼다면, 적당한 금액을 지불하고 샀을 것이다.

강도나 소매치기로 몰고 가기엔 개연성이 턱없이 부족했다.

"좋아. 강도와 소매치기는 그렇다고 쳐. 언니를 납치하는 모습도

본 건가?"

"직접 보진 못했어요. 하지만 범인은 공류하가 맞아요."

그녀는 지나치게 단정 짓고 있었다. 말 속에 허점이 많은 것과는 다르게 흔들림 없는 눈빛이었다. 공 작가는 그 점이 더 의문스러웠다.

"다르게 묻지. 강도와 소매치기가 류하라는 건 어떻게 안 거지? 미리 얼굴을 알고 있었나?"

"그게, 음……."

이런 철두철미한 남자.

"말 못 할 이유라도 있나? 이 질문도 그냥 넘어가야 하는 건가? 아니면 묻지 말고, 그럴 리 없다고 의심하지도 말아야 하는 건가?"

그동안 이채가 했던 말들이 고스란히 돌아왔다. 잠시 망설이던 그녀는 되는대로 뱉어냈다.

"언니 SNS를 보다가 공류하가 남긴 메시지를 봤어요. 언니에게 만나자고 청하는 내용이었고요. 그날 언니가 실종됐어요. 얼굴은 공류하의 SNS에서 확인했고요."

뱉어내고 보니 생각보다 그럴싸한 답변이었다. 하지만 공 작가의 날카로운 질문은 끝나지 않았다.

"납치됐다는 건 어떻게 알았어?"

"휴대폰이요. 여행을 간다고 떠난 이후로 대화 내용이 이상했어요. 대답하는 사람이 언니가 아니었죠. 출입국 기록도 확인해보고,

테스트 질문을 하고 답을 받아내면서 확신하게 됐어요."

공 작가의 고개가 삐딱해졌다. 그가 아무런 말도 하지 않자 이채는 초조해졌다. 이대로 해명만 하다가 이야기를 끝내선 안 됐다. 이 기회를 살려서 그의 도움을 이끌어 내야 했다.

그가 다시 시선을 맞춰왔다.

"얘기에 구멍이 많은 건 알지?"

"할 수 없는 얘기가 많아요. 의심스럽다고 해도 어쩔 수 없어요."

"가장 의심스러운 건 당신이야."

"저요?"

"일부러 날 만나러 왔다던 결혼식 날, 그날 당신은 여유로웠어. 한결같이."

그때는 다채의 실종 사실을 알지 못할 때였다. 그저 누군가를 돕는다고만 생각했다. 일종의 영웅 심리도 작용하고 있었고, 로또에 당첨될 생각으로 들뜨기도 했다.

이채가 침묵하자 공 작가가 다시 말을 이었다.

"지금도 그래. 언니가 납치된 상황을 설명하는데 너무 태연하잖아. 안 그래?"

"우는 건, 쉬우니까요."

"뭐?"

울면 상황을 풀어가기 쉬워질지도 모른다. 불안한 모습을 보이면서 언니를 구해달라고 매달리면 말이다.

자신을 좋아한다고 했으니까.

"지금은 울 수 없어요. 내가 울어버리면 안 돼요. 언니가 지금 어떤 상황인지 알 수는 없지만, 최선을 다해 버티고 있을 거예요. 언니는 그런 사람이니까. 그러니까 나도 버텨요. 내가, 먼저 무너지면 안 되니까. 우는 건 나중에, 언니를 만나면, 언니를 붙잡고 그때."

그녀의 목소리가 바르르 떨렸다. 억눌린 감정이 뒤섞여 흘러넘쳤다.

"그때 울 거예요. 그전엔 울지 않아요. 감정에 휘둘리지도 않을 거예요."

공 작가의 한숨이 이어졌다. 몇 번째 내쉰 한숨인지도 알 수 없었다.

어디선가 날아온 나비 한 마리가 나풀거리며 두 사람 사이를 갈랐다. 이채의 시선이 선홍빛 나비를 쫓아 흩어졌다. 살랑이며 불어온 바람이 두 사람의 머리카락을 흐트려놓았다.

"좋아. 당신 말이 맞다고 치지. 그럼 내가 뭘 해주길 바라는 거지?"

나비를 쫓던 그녀의 시선이 제자리로 돌아왔다.

"우선, 나랑 같이 갈 데가 있어요."

〈2권에서 계속〉

국립중앙도서관 출판시도서목록(CIP)

우리 베란다에서 만나요. 1 / 지은이: 김주희. — 고양 :
위즈덤하우스 미디어그룹, 2018
p. ; cm

한국콘텐츠진흥원 '2016 콘텐츠 원천스토리 창작과정'
지원작임
ISBN 979-11-6220-569-3 04810 : ₩13800
ISBN 979-11-6220-568-6 (세트) 04810

한국 현대 소설[韓國現代小說]

813.7-KDC6
895.735-DDC23 CIP2018012105

우리 베란다에서 만나요 1

초판 1쇄 인쇄 2018년 5월 4일 **초판 1쇄 발행** 2018년 5월 11일

지은이 김주희
펴낸이 연준혁

멀티콘텐츠사업본부 이사 정은선
책임편집 오가진

펴낸곳 (주)위즈덤하우스 미디어그룹
출판등록 2000년 5월 23일 제13-1071호
주소 경기도 고양시 일산동구 정발산로 43-20 센트럴프라자 6층
전화 031-936-4000 **팩스** 031)903-3893
홈페이지 www.wisdomhouse.co.kr

값 13,800원
ISBN 979-11-6220-569-3 04810
ISBN 979-11-6220-568-6 (세트)

※잘못된 책은 바꿔드립니다.
※이 책의 전부 또는 일부 내용을 재사용하려면
사전에 저작권자와 (주)위즈덤하우스 미디어그룹의 동의를 받아야 합니다.
※이 작품은 한국콘텐츠진흥원 이야기창작발전소 스토리 창작과정의 지원을 받은 작품입니다.